U0113742

大明王朝
建文悲歌

包明宝／著

中国文史出版社
CHINA CULTURAL AND HISTORICAL PRESS

图书在版编目（CIP）数据

大明王朝·建文悲歌／包明宝著. —北京：中国文史
出版社，2021.11

ISBN 978-7-5205-3199-3

Ⅰ. ①大… Ⅱ. ①包… Ⅲ. ①长篇历史小说—中国—
当代 Ⅳ. ①I247.5

中国版本图书馆 CIP 数据核字（2021）第 193421 号

责任编辑：方云虎
封面设计：新成博创

出版发行：中国文史出版社
社　　址：北京市海淀区西八里庄路 69 号　　邮编：100142
电　　话：010-81136630
传　　真：010-81136666
印　　装：廊坊市海涛印刷有限公司
经　　销：全国新华书店
开　　本：710 毫米×1000 毫米　　1/16
印　　张：20
字　　数：240 千字
版　　次：2022 年 3 月北京第 1 版
印　　次：2022 年 3 月第 1 次印刷
定　　价：69.00 元

序　言

城边人倚夕阳楼，
城上云凝万古愁。
山色不知秦苑废，
水声空傍汉宫流。

　　我虽不能领悟古人《两京赋》感伤倾颓的真谛，然而，眼望着
衰败的南京明朝故宫，树木森森，芳草萋萋，却也能很自然地想起
韦庄吟叹秦宫废都的诗句。

　　像大明江山一样，大明皇宫也是首先被大明皇帝自毁的。登临
明朝故宫午门残楼，鸟瞰一片断垣颓壁，后来的大清康熙皇帝曾经
扼腕长叹。而作为一介书生，我却仿佛感悟着另一种景象：这恰如
登临燕子矶上，眺望大江，唯见脚下的洪涛滚滚，仿佛观看着一派
大明腥风血雨、无尽杀戮的汹涌而去的历史波浪。

　　悲哉！大明从太祖谋害师主、毒杀忠良，到成祖叔侄相残、臣
民涂炭，其残暴之情，亘古旷今，已达极致了！

　　……这就是大明血淋淋历史的悲哀！

　　悲哉！大明朝方孝孺，这等大忠大义大智大勇之人才，却未能
保其一家、十族和大明两代朝国，这乃是国之悲哀，这也是才之
悲哀！

　　拙作《大明王朝·建文悲歌》是建文皇帝的悲歌，也是建文年
代的悲歌，更是建文臣民的悲歌，还是永乐大帝的悲歌……

著名的剧作家张弘曾如上指导过《大明王朝·建文悲歌》，而他本人恰巧又是昆剧《桃花扇》的改编者，"桃"剧宛若末明的悼词，拙作又如初明的哀歌。二者或许纤纤然，真有某种若即若离、隐隐约约的联系？

包明宝

目　　录

第一章　山雨欲来风满楼

青冢森森泪作涛，
一变龙衣万骨凋。
回首犹见石城水，
秦淮流萤照南朝。

南京石头城遗址

一、懿文去，太祖册储君

明朝洪武二十五年初秋，京都南京北郊江边，波涛涌动，蒲草早黄。

大学士刘三吾、侍读黄子澄、兵部侍郎齐泰等王公大臣在江边码头，为大儒方孝孺先生送行。此时，阴云翻滚，衰芦萧瑟，江风凄紧，气氛热烈，宾主难舍难分。

"方先生在京数载，未能返回故里，今日西去，将一时难回浙江了。先生何时能去家乡悼念宋濂先生？"黄子澄问孝孺道，"先生在浙悼念大师时，还望向宋先生谈及吾辈心声，在下鹄望宋先生英灵回京，辅我朝政！方先生就要启航入蜀，万岁已觉朝中人才匮乏了。"

"宋濂先生为孝孺五年之师，亦为太子之师，自离开懿文太子后，宋濂先生就已于流放茂州的路上，自缢于夔州一僧舍。今日想来，我辈仍觉心惊！"齐泰叹道，接着又说，"唉！据悉，宋先生当年也曾有归隐之意。"

"哦，宋濂先生要做第二个刘伯温？"黄子澄问道，"当今之士，大多劳者不能，能者不劳。如今能如方先生这样，德才兼备而又不辞辛劳为天下人谋事者实在太少了！"

"正是!"刘三吾激动地向方孝孺说道,"方先生自洪武九年,拜师宋濂,宋大儒故去,孝孺离浙江后,多年未能再回宁海家乡。尤其在洪武十五年受陛下召见之后,十年来,先生以国为家,为我朝礼制民生和皇孙学业,花费了无限心血!实令我等感激敬仰之至!"

"万岁、皇孙及朝中诸位大臣本不忍与先生离别,奈何先生今日幸得受封汉中教授,又得蜀献王聘为世子之师,我等又岂能阻挡先生此去巴蜀大鹏展翅一番?"齐泰、刘三吾兴奋异常,并同时说道。

"喏,诸位过誉了!大学士等老前辈,竟如此看重我孝孺,乃是前辈们欲激励后生进取之意。孝孺深感诸位情意不浅!孝孺何能,敢叫诸位如此牵挂?"方孝孺慨然说道,接着又说,"孝孺本是宁海乡野一村夫,不谙世事,当年自钱塘出山,沿运河经苏州,达溧水,再由胭脂河、过天生桥、外秦淮,来到这东南形胜之地南京都市,已觉心胸开阔,眼界无边。今应诏西去,体察西南,更是可令孝孺目光远望,受益匪浅。此诚孝孺之愿也!诸位切勿挂怀孝孺!诸位的深情厚谊,实令孝孺眷恋,然而,诸位在京肩负的重任巍峨,每想到此,孝孺西往,犹觉不安!"

"当今万岁,乃英明圣主,以方先生之才,当不日被召回京,委以重任。人称先生为文学博士,文章盖世呀!尤其是先生的'井田'主张,治国安民之策,更令我朝百官信服。万岁曾夸奖先生作为,说道:虽大汉当年的张良,也莫过于此!望先生早日回京大展宏图。此乃万岁之幸、万民之幸也!"侍读黄子澄说,"况且,此趟前往蜀地,溯江而上千里,尚可考察西南民风、民情,对将来先生治国安民之策的实施也大有益处!外放先生于西蜀,乃万岁圣明之举!"

"来日,方先生必将大展宏图!"刘三吾也点头笑道,"嗬!刘伯温——宋濂——方孝孺。哈!人杰地灵的浙江青田、义乌、宁海,相继为我大明朝送来了三位治国大儒!"

"各位大人过奖了,孝孺一介书生,有赖诸位提携,只图来日能与诸公一起,共保国家,为民祈福而已。晚生岂能斗胆,与刘伯温、宋濂大师相提并论?"方孝孺挥泪道,"望各位大人保重!孝孺当牢记诸位临别勉励之言,趁机体察民情,以便来日为国效力。孝孺将时刻谨记范仲淹名句：'处江湖之远，则忧其君也！'"

"方先生言之有理，我等在朝者，也当铭记：'在庙堂之高，则忧其民！'"刘三吾、黄子澄、齐泰三人齐声向孝孺拱手说道。

此时，江风乍起，艄翁张帆，艨船过来。孝孺起身，就要迈步登舟。

"方先生且慢——"突然从南边仪凤门方向穿出一支人马，向这里飞奔而来，为首的一员黄袍少年一边策马飞跑，一边喊叫。

很快，那批人马已到眼前。人们看出，原来是皇孙朱允炆前来送别方先生。

"今日临行之时，孝孺所以要不辞而别，是恐怕殿下为此分心挂念也。想不到殿下却到底赶到这江边来了，实令孝孺不安！"见皇孙赶到，方孝孺立即转身，走到皇孙面前说道，"如此更让孝孺不忍西往也！"

"方先生权且应诏西去！听皇祖说过，先生有周朝的管仲、乐毅之才，不久回京后，将长期为我讲授学业。学生鹄望来日——"皇孙朱允炆下马，紧拉着孝孺之臂，流泪说道，"俟先生回朝后，学生又能与先生朝暮相处，时听教诲！"

"如此，令人欣慰！"众人齐声说道。

此时，大江之上，浪潮汹涌，一行白鹄飞过。方孝孺等人冒着江风吹起的雨雾，陆续登船，艄翁扯帆摇桨，开始起航。

"各位大人——"船行数丈时，孝孺又冒着雨雾走到船头向岸上送行的人们叫道。

"方先生尚有何话要说？"刘三吾面向江中隔着雨雾朝孝孺高声喊道。

"懿文太子初薨……国家册储之事……"孝孺的声音和在波涛声中，传到岸边。

"哦，先生是说……册储之事？先生放心：因袭古制……册立长嫡……"刘三吾立刻大悟，并合掌，大声地向孝孺叫道，他的声音穿过江雾，断断续续地传到远处孝孺的耳中。

接着，孝孺之船，乘风破浪，扬帆而去。刘三吾、黄子澄、齐泰与皇孙一起，再一次频频向孝孺拱手道别。

正当此时，从仪凤门方向又穿来两骑，转眼到了刘三吾等人跟前。原来是左都督徐增寿偕侍从也赶来码头。

"方先生果然行动迅速，莫非已经走远了？"左都督徐增寿一面翻身下马，一面喘着大气向众人说道。

"左都督徐大人也是前来送别方先生的？"刘三吾一见徐增寿，皱着眉头向他问道，"徐大人也如此尊敬大儒？"

"海内大儒，在下能不尊敬？只是在下耳目不甚聪明，未能及时送行啊，很是遗憾！"左都督徐增寿目望着远处的帆影叹道。

"左都督大人是受燕王嘱托，或受魏国公嘱托前来送行的？"黄子澄、齐泰也急忙插话，齐声问徐增寿。

"二位何以如此问话？在下前来，为何定要燕王或魏国公相托？我辈同朝为官，谁人不能前来，二位何必咄咄相逼？"徐增寿十分不悦地反问，"此处莫非在下来不得？也莫非二位大人前来送别方先生，其实还另有秘事，因此不能让在下来此相扰？"

"罢罢，诸位大人切勿多言，以免伤了和气！"皇孙见此，急忙劝告。

接着，人们点头互相道别，各自回府去了。

左都督徐增寿回到府中甚是不悦。

"老爷方才前往江坞送别方先生，为何竟如此不快？"徐夫人见此，忙问徐增寿。

"唉，朝中黄、齐之流实在霸道，他们或许送方是假，密谋是真！"增寿说，"难怪……他们对本官前往十分不快！"

"老爷是说……"夫人问。

"万岁册储在即，黄、齐对此十分忙碌，也早有准备，相谋推出皇孙为储君！"增寿道，"如此大事，我等如不能及时为燕王算计，后果将不堪设想矣——"

"正是，老爷理当及早禀报燕王！原来黄、齐今日江边送行时，已为册储密谋一番了？"夫人又问道。

"自然是如此！我等看来都要为此操心！"增寿轻声说道。

明朝洪武二十五年秋，太祖在皇宫奉天殿内召集群臣廷议，文武百官山呼万岁朝贺之后，分左右两边站立。

太祖在御座上沉思片刻后，徐徐说道："国家不幸，太子已于今夏瞑目归天。古称，国有长君，方足福民。如今太子已先朕而去了，诸卿以为奈何？"

"懿文太子，仁义君子，是我大明贤能储君，而今太子既薨，国家应当再立贤明仁厚者继为储君。"兵部侍郎齐泰出班奏道，"万岁圣明，明察秋毫，能知在龙子龙孙中，谁人最可作为储君者！"

"陛下——"左都督徐增寿出班奏道，"懿文太子虽已故去，然而，诸王之中也不乏贤能之人。因此，储君当从皇子中选取，皇子既然济济在堂，何必还要虑及皇孙？"

"父皇容禀！"谷王朱橞也立即上前奏道，"左都督徐增寿所言极是！诸皇孙多皆年幼，既有英武众皇子在前，选储又何必还要涉及皇孙？"

"朕已立二十四子为王，或在朝为重臣，或在野做藩王，其中可做储者是谁？众爱卿试看：何人堪称是'仁义储君'？"太祖向众臣再三问道，并低头沉思。

过了一会，阶下仍寂静无声，未有人能立即奏答。

"……朕以为，为君者当有仁义之心感召天下，然而……仅有仁义之心还不足，非沉鸷能力者也难以镇服众人。"太祖接下来说道，"如此……朕二十四子中，唯有燕王棣儿最为沉鸷，且已历经沙场百战，肩负重任。朕意欲册立燕王，众爱卿以为如何？"

"父皇英明！燕王有勇有谋，酷似父皇……而且，日角插天，胸怀宽广，大有帝王之相。若立燕王，国无忧也！父皇当立棣兄为储——"谷王朱橞立即上前迎奏道。

"橞儿何必性急？朕乃试问众卿而已！"太祖慢慢说道，"意欲如何，当以理说之！"

"陛下，不可！"大学士刘三吾一听要立燕王为储，忙急切地出班奏道，"懿文太子虽薨，然而，其子皇孙已年富力强，且系嫡出，孙承嫡统，乃是古今通礼。燕王乃是第四皇子，尚在秦王、晋王之后，若立燕王，那么又将秦王、晋王置于何地呢？弟不可先于兄长！倘若册立无序，引至朝乱如何防之？臣以为陛下不如册立懿文之子为皇太孙储君！"

"大学士且细述之！"太祖倍感兴趣地向刘三吾问道。

大学士刘三吾引经据典，侃侃而谈，上自商周，下到宋元，一口气历数了十余部经典史册，道出古代惊心动魄的因立储不当而导致纷争朝乱的故事。说得太祖及满朝文武大臣，胆战心惊。众人默默无语，鸦雀无声。

"……大学士危言耸听！陛下既有英武燕王在前，何必定要皇孙继承大统在后？只以孙承嫡统之由，不可信！"左都督徐增寿急切地再三出班奏道，"微臣以为陛下原意本来英明，不必复议，当册立燕王为储——"

"徐大人差矣！皇孙允炆所以为储者，不只是孙承嫡统，亦不只是其为人聪慧好学、满腹才华。而且另有缘由：其一，皇孙性至孝悌，曾昼夜不离太子病榻凡二年，太子既薨，其又居丧毁瘠，万岁莫不感其孝也；其二，皇孙参之历朝刑法，改洪武律畸重者凡七十三条，天下莫不颂其德。似此感天动地、朝野共敬之人，岂能不为我朝之储君？"齐泰出班向徐增寿说道。

"齐大人！方才，万岁业已选取燕王为储，你意欲皇上收回成命，改立皇孙？"徐增寿又反问齐泰。

"燕王并非唯一人选！朕方才之言，并非定论，乃让卿等廷议而已。众卿切勿受此约束！"太祖厉声说道。过了一会儿又问徐辉祖道，"魏国公乃中山王长子，方才汝弟徐增寿据理力争，其立燕之意与卿相同否？"

"非也！微臣虽为燕王郎舅，然而也不能徇私，国家大事当以先贤法度为准则，微臣还是认同刘大学士之意，遵循古制，以为册立皇孙为好。"徐辉祖回头怒视了一下徐增寿后，再果断转身，向太祖奏道。

"不可！"谷王朱橞又急忙奏道，"父皇——"

"众卿言之有理！穗儿勿再多言——"太祖听罢起身阻止朱穗道，"册储之事当从古制及众卿之意！刘爱卿之言与方孝孺先生之言不谋而合。前次，方先生去蜀时，朕曾与之谈及立储之事。方先生劝朕必须遵循古今通礼，应孙承嫡统，以免招致后患。朕以为此言有理。古今多少是非，皆因法度紊乱所致。'前事不忘，后事之师'。历代宫廷纷争惨痛在前，朕君臣不可不思之。大明千载基业尤重，古人训导，朕岂能忘怀？"

"父皇，儿臣以为……"谷王还想争辩，却见太祖摆摆手，走下金阶。

"魏国公有乃父之风，胸怀宽广，虽与燕王至亲，仍以国事为重，不偏祖燕王。朕之忠臣良将也——"太祖走到徐辉祖跟前，笑对辉祖说道，"爱卿之言，朕当思之；不过，卿弟徐增寿之言，也在情理之中，望卿不必见怪，人目有高低，卿对阿弟切勿过于苛求！"

"微臣恭听圣言！"魏国公感激地向太祖说道。

"众卿话已至此，穗儿及增寿尚有何言可说？"太祖又问道，"况且，对立储之事，当年贤德皇后也有遵循古今通礼之意。穗儿不必固执己见，对立储之事，倘仍有疑虑，可以暂往封国小住几日，以自省——"

"儿臣再无他言——"谷王嗫嚅道。

"穗儿、左都督如无他意，权且退下，来日朕君臣父子再来议论！"太祖接着笑向谷王朱穗、左都督徐增寿说道。

听罢，谷王朱穗、左都督徐增寿等急忙低头退下。殿上沉静了片刻后，又开始围绕册储之事，热烈地讨论起来。

"大学士言之有理——"

"方先生乃国之大儒，所言不差。"

"……"

各位大臣纷纷附和。

"刘爱卿所言极是。朕决意册封太孙，立即颁诏以示天下！"太祖在殿内巡视一周后，又迈步回到龙座上，大声向文武百官说道。

众人欢呼，随即太祖吩咐退朝，文武百官遂徐徐而出。

"辉祖慢走！中山王今年的秋祭事宜准备得如何了？"在百官纷纷告退之时，太祖下阶追上徐辉祖问道，过了一会儿又自言自语道，"徐达的忌日本在仲春，因故只得秋祭……光阴似箭，人生如梦。魏国公——中山王，转眼已仙逝七年有余矣！"

"承蒙陛下关怀，敝府佛事已经一切就绪！"徐辉祖见皇上走来，忙转身跪地，感激涕零，俯首回答，"家父魏国公身为大将，受到陛下格外恩宠，仙逝后又得封中山王，皇上且让微臣世袭魏国公之爵位，此乃微臣满门荣耀！今日又承蒙陛下关心敝府佛事，实令微臣举族感激不尽。臣虽鞠躬尽瘁、赴汤蹈火也难报陛下之万一——"

"爱卿言重了，免礼！哈哈——"太祖欣然扶着徐辉祖的肩膀，开怀大笑道，"魏国公，国之栋梁！朕的万代江山，有赖卿等众爱卿——"

太祖册立皇孙允炆的消息传到北平，燕王听后大为不满，彻夜难眠。这天午夜，在北平燕王府寝宫里，燕王朱棣躺在床上，辗转反侧，刚刚入睡，又从梦中惊跳起来。

"来人——"燕王大叫一声，见侍卫进来，忙向侍卫喊道，"速召张玉将军来见——"

"殿下，叫张将军立马来见？目下正是午夜子时……"侍者不安地问道。

"立即叫来——"燕王又大声叫道。

侍者应声去了，不一会儿，新任指挥佥事张玉跑了进来。

"大王有何急事，请吩咐！"张玉向燕王说道。

"方才本藩梦见一缕白光冲进府内。此是何征兆？主何吉凶？"燕王坐在榻上，急切地问张玉。

"哦——原来如此！殿下不用惊慌！"张玉一听，思忖了一会后，立即由惊转笑说道，"贺喜大王，此乃主吉之兆！敢问大王，白光由何方袭来？"

"由西约五十里处的密林中冲来，来后，本藩突见白日下落！"燕王仍然不安地回忆着，瞪眼说道，"梦中还有人说道，'白光正是大王今日外出所遇的第一人也'。"

"真正贺喜大王了！天明后，大王就能够得遇贵人。此人非比平常，乃是辅佐大王成就万世基业之大才！"张玉笑道。

"如何得见？"燕王也转喜问道。

"大王宏志气冲斗牛，原非久居人下者，自有皇太孙册立之事后，大王忧虑尤甚，此梦正是因此而来的呀！大王将得高人辅佐，以解心头之虑——"张玉说道。

"请将军细述！"燕王笑道。

"王府向西出城凡五十里丛林，乃燕地西山，山高万仞，元大都灵气所在。此乃上天指示，大王天明就应亲往此山迎接贵人！"张玉急切地说道，"那贵人就是大王今日在西山所遇的第一个人也！"

"哈哈，如此说来，本藩事业有望、燕国有幸了？"燕王听后大笑道，"明日本藩与大将军及世子高炽一起，骑马前往西山！"

"如此甚好！"张玉说道。

于是，当日天刚拂晓，燕王就令大将军张玉、世子高炽一同洗漱、更衣，带着一群随从参将，策马向西而去了。

约走了一个时辰，他们来到燕京西山密林深处。此地山高林密，灵谷深幽，枫涛柏哮，怪石嶙岣。人称香山枫岭所在。

"咿呀——"燕王等人正在环顾四围之时，突然，前面一只雄鹰击破树冠，长声一叫，冲向高天。这竟使三人同时惊吓了一下。

"……啊，想不到北平城西深蔽处，竟有如此佳地，本藩驻守北平数十载，还没细品其味呀——"看着眼前的盛况奇景，朱棣在马上仰头远望，不禁感叹起来，"此鹰击长空，当是本藩大鹏展翅之兆？"

"大王之言是也！"张玉说道，"此乃大吉之兆！得此佳兆，又纵览山川，大王今日当不虚此行！"

"父王军政繁忙，辜负了此间大好山河！"朱高炽上前向燕王笑道，"自古寺庙多在南国，父王知否？此处北地却也有寺院楼台数十处呢！"

"啊，哈哈！本藩愧对这大好风光了——"燕王也笑道，"今日贤才虽尚未能见，本藩却先受用美景一番了！"

三人一边说一边欣赏着这山川风光美景，渐渐日已偏西，却仍不见贵人影踪出现，燕王不觉焦虑起来。

"张将军，本藩此来并非只是欣赏好景的，更要看好人的呀。"燕王忽然向张玉说道，"怪哉！偌大一处景色，怎么只听松涛竹哮，只见飞禽走兽，却连一个人影也无？"

"末将深知大王心意，然而，贵人出没，此乃天意，大王岂能性急？"张玉慢慢地向燕王说道，"昔日，文王出泾水磻溪凡十次，才得见垂钓的姜太公，刘玄德三顾茅庐而后方得诸葛亮。大王所见的贵人虽然不能与姜尚、孔明相提并论，但也应有一番等待呀！"

"本藩今日尚须等到几时也？"燕王问。

张玉向燕王说道："以微臣看来，大王梦中所见'日落'应有两种含义：一为见得贵人的时辰当在日落酉时之际；二为此人有冲落九霄、改天换日之能力。望大王耐心等待，直到日落时分！"

燕王与世子听罢，都连连点头。

约近申时，山侧碧云寺方面，香烟缭绕，钟磬之声阵阵响起，引得百鸟噪然归林。燕王无奈，只好带着随从，策马转身向碧云寺禅院而去。来到山门前，三人先后下马，进了院门，侍从们也鱼贯而入。入院一看，是处依然空旷无比，僧侣们忙完了前面的事情后，都去后院了。燕王等人沿着院中枫廊甬道前行，直到大雄宝殿前，才见到一个步履轻盈的矮个老僧，仙风道骨，笑逐颜开，飘然而至。

"阿弥陀佛，施主来此，有何贵干？"那和尚上来躬身向燕王问道。

"师父，怪哉，偌大一个巍峨西山，风景无限，可怎么半天我等都不能见到一人？"见那僧说话，燕王未及答应，燕世子高炽却忍不住在旁边大声地问道。

"……"那和尚听罢，并不答话，只是上来躬身望着站在一旁的燕王。

"你这和尚，目中无人，好生无礼！你没听到我的问话？"世子朱高炽不耐烦地再三向那和尚说道，"难道说你真未曾听得？要知道，在你面前站着的是谁人？正是燕地之主——燕王呵！"

"在贫僧眼中，进山门者皆为施主，无论王侯将相或寻常百姓！"那和尚挺身而出，昂首向高炽说道，"恕贫僧直言，方才施主正是目中无人了，叫贫僧如何回答？"

"此话怎讲？"张玉出来问那和尚。

"人岂能分别贵贱与僧俗？难道说贫僧就不算人了？"那和尚笑道，"施主们明明遇到了贫僧，却说未能遇到一人。这是何道理？"

"啊，原来师父就是——"张玉一听，恍然大悟，急忙躬身向那和尚施礼，并回头向燕王说，"这位师父真是高人！其言语非凡，莫非他就是殿下梦中的贵人？"

"'贵人'不敢当，但贫僧是施主今日所遇的第一个人，此乃千真万确，一点不差的！"那和尚继续笑道，"方才将军谈到'梦中'之事，贫僧昨夜恰也曾得到一个奇梦……"

"奇梦？且住！"张玉一听那和尚所言，急忙阻止道，"师父，请暂不要说穿昨夜的奇梦奇境，先以笔将梦境写出一语如何？"

"贫僧正有此意——"那和尚仍然笑道。

"大王意下如何？也写一纸？"张玉又回头问燕王道。

"此言不差。请纸笔伺候！"燕王也笑道。

于是，张玉命人呈上纸笔，燕王与那和尚同时举笔疾书着自己昨夜梦境中的一语，张玉收好了二人的字条。而当张玉同时将二纸展示时，竟然都是"一缕白光"四字。

"天然巧合？竟有此等奇梦！"众人见了，不觉同时惊叫起来。

张玉说罢，目望燕王。

"先生贵姓？"燕王见此，急忙向那和尚作揖，并且谦恭地问道。

"阿弥陀佛，贫僧原姓姚名广孝，出家人现已无姓氏。贫僧法号'道衍'，本来原籍汴梁，但三代前已南迁到苏州吴县，后来成了一个南国僧人，因见北方紫气凝聚，故而云游至此。昨夜贫僧也曾得一梦：仙翁将贫僧化为一缕白光，直入东城。醒来后，长老相告，贫僧今日就将由贵人相请出山，所以一早求得长老恩准，择机投军到殿下

13

面前来了！"道衍和尚一听，忙躬身向三人表明了心意。

"先生乃世外高人，实为本藩的贵客，本藩唯恐三顾相请，也难求先生出山，共辅本藩成就大业，想不到先生能如此踊跃。此乃上天保佑，燕府之福，本藩之幸也——"燕王激动地上前与道衍执手说话。

"贫僧本无诸葛孔明之才，岂敢劳动燕王大驾，三顾相邀？想当年，在磻溪侧畔，姜尚只见得文王父子之一，贫僧并无太公之才德，却蒙大王君臣父子齐来相迎，荣幸之至，实不敢当——"道衍边说边向燕王跪下身来。

"先生何必行此大礼，先生是本藩梦想之人，本藩得先生如鱼得水，此乃本藩之幸！"燕王忙躬身还礼不迭。

"大王君臣父子亦非常之人，能一早亲来香山僻野，已令贫僧受宠若惊！"道衍起身笑道，"只要世人不笑贫僧攀龙附凤，贫僧就已足矣——"

"从今往后，先生就是燕王的谋士，就是燕府的上宾，谁人敢如此无礼怠慢先生？"燕王听罢，突然厉声叫道，"本藩叫他头如此树——"

燕王说罢，挥起一刀，死命地向面前的一棵大枫树砍去，大枫树随之"吱吱"断成了两截，众人惊吓得默然无语。道衍见了，面露笑容。

"诚感大王如此厚爱，贫僧为大王出力，当不遗余力！"道衍激动地向燕王说，接着又小声对燕王等三人耳语道，"目下京城多事，还望大王常去南京逗留——"

"知我者，先生也！先生此言正合本藩之意。"燕王听罢，立即说道，"中山王的秋祭不日就要举行，本藩今日就将借此机会，前往京城小住几日了！"

"如此甚好——"道衍、张玉、高炽三人齐声说道。

"……望师父恕我方才无礼！"此时，高炽上来向道衍致歉，"方才后生有眼无珠了！"

"世子亦系非常之人，贫僧岂敢让你赔罪？"道衍向朱高炽说，

"只是……如此观之，世子虽然为人忠厚，但是……或可……气量不长矣！"

"只是……如何？"燕王疑惑地问道衍，"莫非先生由此，已知炽儿的未来？"

道衍闻罢，笑而未答。燕王见此，也不便再问。于是，道衍和尚收拾好行装，拜别了长老，随着燕王等人，四马并肩，说说笑笑，逶迤向东、朝北平城内燕王府而来。

数日后，中山王忌日佛事在南京紫金山定林寺进行，燕王也率子女及众将南来祭奠。

这日，京城郊外，紫金山中，秋色如染，定林寺内，烟笼雾绕。

中山王的忌日本在仲春，今因重修陵墓场面浩大之故，才拖到了秋天。在圣上特准下，这日王府为他做了一场隆重的秋祭大典。这场秋祭自辰至未，数百王公大臣、僧侣侍从，簇拥在定林寺院内外，热闹异常。

根据皇帝意旨，明孝陵选定在钟山南麓独龙阜，徐达、李文忠等开国元勋们都依次排列在山西山北。他们共朝孝陵，如众星拱月。

当六部九卿及燕王府人马驻扎定林南溪时，白日方渐偏西，中山王府在钟山定林古寺中的奢华的佛事已将收场。接着，前来祭奠的王公大臣们的大队人马，开始依序列队，沿着东城墙太平门方向的小路，向钟山北麓中山王陵墓方向走去。

徐辉祖和徐增寿兄弟、燕王朱棣和燕王妃徐氏等人都夹在人群之中。人马前行了一会儿，魏国公徐辉祖策马向前去招呼前面的贵宾去了，这里边徐增寿伴随在燕王身边，二人在叙谈国事家事。燕王妃徐氏与几位王子都走在队伍的最后面。

"……殿下不日就将去北平了，朝中之事，但凭殿下吩咐，增寿定当照办！"徐增寿一边走一边对燕王说道，"大王与末将，同为朝中重臣，又是亲戚至交，大王之事，弟当效力！"

"……前次……"燕王沉着脸欲言又止。

"前次册立储君之事，小弟也曾出力，奈何刘三吾、黄子澄之流倚老卖老，一意孤行，力谏万岁，以致让太孙允炆占了上风！"增寿痛心疾首，接着又说，"然而，来日方长，弟思量：允炆无能小儿，终不能长久——"

"可叹，此番立储，就连令兄魏国公也为他人说话，难道本藩就如此不得人心？"燕王叹了一口气说道，"虽然，允炆不足虑，然而朝中齐泰、黄子澄之流甚是可恶，更有那方孝孺，也非常了得！他可是储君之师呀——恐将来，我等会有一番争夺！万望左都督时时挂怀本王，切不可再有差失——"

"末将遵命，决不懈怠！"徐增寿严肃地答应，"俟家兄来后，小弟当以情理说服他，想必辉祖也是一时糊涂，必不会有意怠慢大王的！"

"令兄之事，本藩当与令姐说之！"燕王说，"想必她总能从中说合，因为令姐是本王的王妃呀！"

"燕王妃乃贤惠之人，她自然可以居中调停，家兄也自然觉悟！"增寿说，"不知燕王还有何要务，悉听吩咐！"

"此外，都督尚须着意思索，与朝中有情之士，多相联络。"燕王轻声地吩咐道，"譬如，谷王朱橞虽然此番未能说动皇上，然而，他仍是深得父皇恩宠的，左都督对他切勿大意；曹国公李景隆乃大明故将李文忠之子，威慑朝野，手握重兵，常陪皇上出巡。对谷王和景隆等人都应格外尊重！后宫中官、嫔妃侍从，信息多灵，左都督也应以好言说之！"

"末将遵命，弟定当联系朝中所有同心者，为殿下出力！"增寿说道。

说着说着，此时，二人已到厚载门外，曹国公李景隆带着亲将王平也跟了上来，随来的还有大内太监魏宁。

"燕王仍在谈论前次册储之事？"曹国公问燕王道，"微臣对此，也十分不满，凭燕王之才德，岂能不及皇太孙？"

"曹国公乃国之义士！本藩此厢有礼了！望将来——"燕王笑向李景隆说道，"本藩常驻北方，今后朝中之事，还望国公多加关照！"

"这个自然！"景隆躬身说道。

"宫内之事，也望魏公公多予窥探打点！"燕王又走到魏宁身边，拍着其肩说道。

"奴才甘为殿下效力，万死不辞——"魏宁见燕王走来，慌忙屈膝答道。

"借中山王定林佛事之机，我等有幸相聚，今日本藩与诸位此番谈话，就算是我等'定林之约'罢，望诸位铭记于心，切切不可忘怀！"燕王欣然向众人说道。

"我等谨记'定林之约'——"众人齐声答道。

接着，魏国公徐辉祖等人也已陆续地欣然策马到来。燕王和增寿等人遂改换了话题，随着大队人马向东转去。

二、举国动，外藩震寰宇

次日午后，南京三山门外，市井繁华，车水马龙，人声嘈杂。

十八坊巷外，孙楚楼边，一位青衣少年偕书童匆匆而过，转眼上了一家名为"清明"的书楼来，侍者掀开门帘，二位进了一间书斋。这少年就是当今皇孙朱允炆。他是身着便装，微服出宫，走向市井，向儒子求学来了。那书童正是皇孙的随身太监小林子。

在书楼上，一位老翁满面笑容地迎上来，说道："王公子来了！请上坐！"

"陈老先生，前次《论语》篇章可有新解？"皇孙笑问老者。

"新解在此——"老者取出一书，送上来，同时笑道，"老夫已录解在此，公子过目、斧正——"

"多谢，有劳老先生了！"皇孙客气地向老人谢道。

"不用谈'谢'字！王公子是个有心人，多有当今大儒宋濂、方孝孺超凡脱俗之风骨，实令人敬佩。老夫理当效劳！"老者笑向皇孙说道。

"陈老先生，你近日去过巴蜀方先生处？"皇孙问老者，"大儒近来可好？"

"可惜老生无缘，只见过一面。先生虽才高八斗，怎奈时运不济，身处江湖之远，心忧其君而不能作为，十分忧虑！故而，他虽然离京不久，却比先前在京时清瘦了许多！"陈老先生随意答道。接着又认真地问，"王公子也识得方先生？看来天下读书人都挂记着方先生呢。方先生乃天下读书人的种子呀！"

"正是——"皇孙点点头，附和道，"学生求教于方先生也已有多年！"

"呵！"陈老先生张嘴惊叹，怪不得公子气宇非凡，风度翩翩，原来正是方先生的高徒？失敬、失敬了！"

"当然——"小林子插了一句，"方先生西出川东，还是我家公子送行的呢！"

"怪不得呀，高徒尊名师呀——"陈老先生激情迸发，并离案向皇孙作揖。

皇孙忙起身还礼，并与陈老先生相视而笑。接着，这一老一少，开始在一边翻书，一边继续谈笑。

"殿——下——"过了一会，突然一名殿内太监模样的人冲进门来，向皇孙禀报。

"嘘——"旁边的书童模样的太监小林子，赶紧向那位冲上楼来的太监使了个眼色，并附耳嘱道，"啊，叫王公子！"

"啊，公子不必隐瞒了，老夫已知公子绝非常人——"陈老先生见状又起身向皇孙笑道，接着回望那太监道，"不必顾忌！有事尽管向你家公子直言相告！"

"哦！王公子，齐大人、刘大人都在家中等候！"那太监环顾了四周后，见此时皇孙已向他笑着点头，忙上前一步，轻声地向皇孙说道，"……二位有要事相商呢！"

"啊啊——"皇孙听罢，一面连连向陈老先生表示歉意，一面随着二位太监，转身急匆匆地走出书楼。

三人乘车进三山门，沿十八坊街区向城东皇宫而来。

皇孙朱允炆一干人入得东角门大殿时，早见侍读黄子澄、兵部侍郎齐泰、大学士刘三吾等人出门迎接。

"万岁册立皇太孙的诏书已下，册储庆典不日即将举行！祝贺殿下——"齐泰首先向皇太孙贺喜，并向刘三吾道，"万岁圣明！刘大人当日曾极力向万岁奏报古今圣贤通礼，自周到元，引经据典，振振有词，幸得万岁应从。此乃殿下一大成功也！"

"齐大人所言是也！不过……"太孙转身落座谢罢，见众人迟疑未坐，又起身向众人谦逊道，"齐大人、黄大人、刘老先生！哦，各位大人——请上坐。我等且慢慢叙谈！"

"……诚然，皇太孙的册立是殿下的一大成功，然而……接下来的事，则更加任重而道远。我等当慎重视之！"众人落座后，刘三吾忧郁地说道，"圣上的犹豫和各藩王的桀骜不驯，均令我夙夜忧叹！"

"……后辈不才，承蒙皇祖垂爱和列位大人抬举，降大任于我，实令我感激，又令我诚惶诚恐，恐有负众望。又，当今之时，是为多事之秋，如无深谋远虑，恐难担起国之重任！各位大人有何良策赐教？"太孙接着说道。

"太孙本出自嫡脉，大明万里江山的未来，非君莫属！只是，为今之计……"刘大学士谆谆地说着，突然欲言又止。

"大学士直言相告无妨！"太孙道。

"……太子在日时，就有人告知众藩王的非常态势。尤其是燕王在北平拥兵自重的行为举止，不居人下，已形同帝王模样。其幕僚道衍和尚、部将张玉、邱福、朱能等人，甚至称'燕有天子之气'，企图攀龙附凤。其司马昭之心业已昭然！当年，臣等曾多次请太子审慎一二，奈何太子仁厚，以为燕王对他甚恭，而未加处置。这的确是养虎成患，为殿下留下了坚顽的痼疾呀！"刘三吾停了一会又道，"太孙今已受万岁重托，成了储君，切不可大意，以重蹈太子'过于仁厚'之覆辙。太孙当维护皇储尊严，积聚力量，尽早慎重行事，不可轻视众藩力量！"

"我有何力，可据天下？"过了一会，太孙忧郁地问大家。

"太孙本出嫡脉……"刘三吾笑道，"皇太孙何必过谦此问？"

"只因我身居正统，即可镇得天下？"太孙又问道。

"臣以为，太孙不只是身居正统，名正而言顺，而且太孙才智卓越，学富五车，将来必是一位有能有为国君。太孙只要不过于恭谦仁恕，而是行止决然，当断则断，国家基业终于可保万世！"黄子澄又说道。

"正是！'当断不断，必为其乱'！"兵部侍郎齐泰也走上前来说道，"况且，今日万岁在册立储君时，也表现有犹豫的神情，这恐怕更会助长燕王的气焰。然而，太孙只要有果断决策之风，雷厉风行，天下即可无恙！"

"诚然！如各位大人所言，实令后辈鼓舞，但愿我朝上下同气，一切太平！"皇孙不无忧虑地对侍读等人说道，"只是……诸叔各就藩封，拥兵自重，若不以仁义亲情感之，其有变端之时，我等如何对付？后辈确实不知有何良策！"

见太孙优柔的言谈举止，众人面面相觑。谈了很久，时渐黄昏，君臣只好在东角门便殿晚筵，餐后继续谈论。

"藩王之中，各有异象，当以燕王最为桀骜。然而，天下事，终究邪不压正！只要殿下能以国事为重，一改优柔寡断之风，大刀阔斧，效法汉朝平定七大藩国之故例，对各国的骚动，毫不姑息，定可悉被除之。藩王不足惧！即使诸王并起，只要太孙对叛逆之徒，不留亲情之意，兵来将挡，逐一剪除，终可平息诸王之乱——"黄子澄坚定地说道。

"诚然如卿所言，邪不压正，然而，今日叔王势大，已有'尾大不掉'之势。奈何？"太孙又问道，"况且分封之策，本是皇祖所为，我等岂能废之？"

"殿下可以缓兵之计，徐然图之！"黄子澄接着说道，"汉朝文景之治，正是削藩的开始。当年汉朝吴王濞也像今朝的燕王，具有'尾大不掉'之险恶态势，其不臣的迹象明显。因此，文帝有意令贾谊作'削藩策'以告诫朝野。到了景帝，御史大夫晁错，在廷议的一片反削藩的叫声中，冒死力排众议，在景帝支持下，冲锋陷阵，终于取得了削藩大事的成功。今日燕王虽然势大，然而也莫过于当年的吴王刘濞。何可惧哉？"

"再者，虽分封之策是当今万岁所为，我等不可立即废之，然而，太孙今当虑之，否则，养虎为患，将来就会措手不及！"齐泰说道，"如今，皇上年事已高，太孙新立为储，今日虽然一面要遵从分封旧制，一面也要适时调度，以备将来削藩！"

"唉，既然藩王多乱，皇祖当年何必封建？"太孙又说道，"大学士，请说一下古代藩王故事！我等或可从中得到一点启发。"

"回顾上古，封建行为最盛的莫过于周，而东周之败又实因分封。到汉朝的七国，晋朝的八王，唐朝的藩镇，元朝的海都笃哇诸汗，皆有'尾大不掉'之顽疾。此乃酿成祸乱的根源。然而，当今万岁既已留此封建制度，殿下自然不能立即废之。不过，殿下可以因势利导，迎风挂帆，逆水行舟，以获强汉之辉煌！"大学士刘三吾说道，"大汉削藩自文景开始，曾历三代，才得武帝大业。既然太孙已成储君，就必须以今为始，竭力图藩！"

"叔王们势大，又属至亲骨肉，难加酷刑，如之奈何？"皇太孙又问，"倘若以仁义感之，又难见效。实令心惧！"

"叔王有何惧哉？汉朝的吴王刘濞还是景帝的伯父呢！吴王刘濞如何？邪不压正！朝廷大军一到，他就一溃千里、望风而逃，退至南方越国去了。南越又岂敢收留吴王刘濞？最后还是将他献给了汉皇，吴王刘濞最终还是被消灭了。殿下当效强汉之故事，不循蹈东周之覆辙。凭国中如许兵马，终可逐一剪除诸位藩王——"兵部侍郎齐泰上前说道，"殿下若求天下太平，就当以兵镇之——"

"正是，正是有了削藩的成功，大汉才有了后来的汉武大帝的丰功伟业！"众人纷纷点头称善。

"……大汉削藩有晁错，今尔辈皆愿当大明的晁错？"过了一会，皇太孙又略显顾虑地慢慢问道，"大汉削藩虽然成功，然而晁错却牺牲惨烈……"

"微臣就是大明的晁错！微臣愿意以身许国——"齐泰激动地大声说道，"只要确保我大明江山万代，齐泰何惜这五尺之躯，一腔热血？"

"臣等均愿做大明的晁错！"刘三吾、黄子澄也齐声应道。皇太孙激动万分。

太孙与大臣们谈论了很久，此时，已到玉兔东升时分。

"万岁正在朝阳门城楼吟诗赏月，命太孙殿下陪驾！"突然太监小林子跑进来禀报。

于是，皇太孙朱允炆辞别了众位大人，随太监小林子急匆匆乘车出了东华门，向朝阳门楼台而来。

在朝阳门城楼之上，笔墨书案齐备，一群王公大臣正在热热闹闹，陪着太祖、太孙赏月吟诗。

"……孙儿终日苦读，大有长进，令尔作诗一首如何？"太祖笑向太孙朱允炆说道，"这里的王公，皆属族中之人，孙儿不必拘谨！"

"孙儿遵命，请皇祖命题！"朱允炆上前跪答。

"今夜月光浓浓如水，就以此月为题——"太祖笑指南天明月，向太孙说道，"孙儿对天咏月，口占一律如何？"

"孙儿遵命！"皇太孙谢过太祖，转身面向苍穹。太孙略微沉思后又面朝太祖，并欣然走到案边提笔一挥而就，回过身来，躬身将诗笺献给太祖，说道，"小孙不才，劳皇祖训示！"

"……虽然隐落江湖里，也有清光照九州！"太祖接过诗笺，看了片刻，念着，忽又愁眉不展，摇了一下头，口中喃喃说道，"这……末位二句太懦弱……唉！"

太孙立在一旁，看着太祖，诚惶诚恐。众人默然无语。

接着太祖沉默了一会后，又走到太孙面前，俯瞰城下，月光树荫片片，灯火摇晃，见不远处燕雀湖间，山林水泊，波光明灭，风吹水皱阵阵，即手指城下问太孙道："孙儿再对上一联如何？"

"乞皇祖出上联。"太孙道。

"风吹马尾千条线——"太祖欣然说出上联。

"雨打羊毛一片毡。"太孙立刻对道。

众人一阵哗然，未敢评述，都纷纷望着太祖。

"……唉，"太祖叹息了一声，停了一会，更为不悦地走向城楼，背靠在女墙上，双眉紧锁道，"孙儿性情太软柔了！气概太小……"

"日照龙鳞万点金——"燕王朱棣见状，突然从太祖身后跃出，向天大声对道。

"啊哈！好气魄——"太祖一听，忽然拍手叫道，"棣儿口气不小——"

"四皇兄果然英气了得！"谷王朱橞立即上前高声叫道。

左都督徐增寿等人也一拥而上，众人齐声喝彩。燕王便越加得意扬扬起来。

"贺喜皇叔，才思敏捷——"太孙走向燕王，躬身向燕王祝贺。

"太孙客气了——"燕王趾高气扬，迎上皇太孙笑着，并伸手轻蔑地摸了一下太孙的头。太祖见状，顿时收住了笑容，面浮愁云。

深夜，朝阳门城头赏月后，太祖随太监们回到西宫内殿，见身后御花园不远处有几个人说着话，打着灯笼向这边走来。

"何人跟到西宫来了？"太祖问身边太监。

"是魏国公徐辉祖大人来了！"远处的侍从向太祖答道。

"参见我主——"说话间，徐辉祖等人已到太祖面前，并且下跪拜见，说道，"深夜又来打搅，望万岁恕罪——"

"徐爱卿请起！"太祖笑着向辉祖说道，"今已夜深，有何要事须奏？"

"方才在城楼上……"徐辉祖张口欲说话。

"赏月之事……朕心中已有所觉察，爱卿且先歇息去吧，明晨早朝后，爱卿请同连楹、铁铉、炳文、平安等人一并来西宫听候面谕！"一见徐辉祖欲提城楼赏月之事，太祖立刻眉头紧锁起来，且若有所思地说道。

"如此说来……微臣告退——"徐辉祖说，说罢起身告辞了。

徐辉祖等人走后，太祖甚是不安和烦躁，在龙榻上坐了片刻后，又站了起来。

"传驸马梅殷——"突然，太祖向侍者令道。

侍者应声去了，不一会，驸马梅殷整顿好朝服急匆匆地进了西宫。

"参见我主父皇——"梅殷一面跪拜太祖，一面说道，"父皇寅夤召见，有何吩咐？"

"皇儿请起！驸马已是皇族一家，往后宫见驾，不必大礼——"太祖说道，"来吧，驸马且来与朕同榻而坐！"

梅殷赶忙靠在太祖身边坐下。

"方才城楼赏月情景，想必驸马业已见了？"太祖轻声问，"卿对燕王……"

"见了……"驸马小声答道，"叔王竟对储君如此不恭……"

"唉，冰冻三尺，非一日之寒！"太祖叹了一口气道，"人生不满百，常怀千岁忧！事既如此，朕当设法防之！"

"儿臣悉听父皇差遣！"梅驸马离座向太祖说道。

"驸马皇儿，尔一向忠义，更兼智勇双全。朕子女数十余人，只宁国公主是朕掌上明珠，朕能嫁之于爱卿，足见朕对爱卿之期望！"太祖意味深长地对梅殷说道，过了一会，又欠身问，"太子早去了，储君皇太孙生性软弱，将来待朕百年之后，朝中或有变故，驸马拥兵数万，将奈之如何？"

"皇儿梅殷定当遵从父皇意旨，以身报国，竭力辅佐少主——"驸马斩钉截铁地说。

"朝中兵部大臣齐泰虽一心保驾皇孙，但外力不足，驸马的淮上之军，也切莫轻易外去，以防不测。"太祖又说。

"梅殷理当时刻牢记父皇之嘱，长驻淮上，与兵部齐泰、老帅耿炳文、魏国公徐辉祖、都督平安等大将遥相呼应，南保京都安危，北屏外乱骚扰！"梅殷激昂地说道。

"若果如此，朕心安矣——"太祖激动地向驸马说道，说罢，太祖挥手道，"夜已至深，皇儿暂且回驸马府安歇去吧！"

梅驸马随即向太祖告退。

三、叹域中，马妃共夜话

初更时分，皇城后东宫苑内太孙马妃寝房中，红烛摇晃，四周书案剑架参差。太孙妃马氏正在挑灯夜读。

太孙妃低声吟道：

> 槛菊愁烟兰泣露，罗幕轻寒，燕子双飞去。
> 明月不谙离别苦，斜光到晓穿朱户。
> 昨夜西风凋碧树，独上高楼，望尽天涯路。
> 欲寄彩笺兼尺素，山长水阔知何处？

此时，突然太监小林子打着灯笼引太孙走了进来。

"哦，原来太孙驾到。妾迎候殿下——"太孙马妃一见，立刻放下手中的书，躬身出来，向太孙下跪施礼道。

"爱妃请起——"太孙说着，用手扶起马妃，并笑问道，"方才爱妃吟咏的是晏殊的蝶恋花词？"

"是的！"太孙妃笑容可掬，欠身答道。

"唉，晏氏心境可嘉！一样的景象，杜安世的《端正好》却唱出了无限伤感——"太孙若有所思，黯然叹息道。

"殿下如何竟然想到了杜词？"太孙妃惊问，并接着说，"杜安世的《端正好》却过于忧伤了呀！"

"晏殊的'槛菊愁烟兰泣露'与杜安世的'槛菊愁烟占秋露'仅一二字之差却意境大相径庭了！"太孙道。

"是的！然而晏殊的'罗幕轻寒，燕子双飞去'与杜安世的'天微冷，双燕辞去'相差就更大了！用词不同，盖因词人心境不同所致啊！"马妃赞同道，"又若，晏句的'昨夜西风凋碧树'与杜句的'夜来西风凋寒树'也是一二字之差，却是两重境界。还有，晏句的'独上高楼，望尽天涯路'与杜安世的'凭栏望，迢迢长路'也是风景迥异呀。"

"爱妃之言是矣——"太孙徐徐说道。

"只是……'言为心志'，殿下今日总不会是专来谈论古代诗词的吧？殿下今日谈到此诗，似有不悦之情？"马妃不安地问太孙，"是否朝廷今又有何令殿下不快之事……"

"无非还是皇家族内之事啊！我虽贵为太孙，奈何诸位叔王仍是目中无人、小觑于我！"太孙略带不悦地说道，"尤其是燕王，他大有不臣的神态，在朝阳门楼上赏月时，其盛气凌人，已达极致，长此下去，令人忧虑——"

"哦——妾也曾听说此事啊！妾也以为：此事亦非偶然，此乃非常之事，妾劝殿下求皇祖庇荫，务必早作计划，毅然决断，以免他日横生祸端。"太孙妃轻声说，接着又道，"方孝孺先生胸怀宽广，多有谋略，又是《大明太祖实录》总裁，深得皇祖信赖，威慑四野，乃国中之大儒，且对殿下忠心耿耿。可否恳请皇祖速将方孝孺先生从蜀地调来京师？有了孝孺先生在侧，殿下早晚也好求教。别看孝孺乃一介书生，然而'秀才胸中当有百万雄兵'哪！"

"爱妃所言极是——"太孙连连点头。

"兵部侍郎齐泰大人和侍读黄子澄大人求见——"此时，太监小林子又急忙进来禀报。

"呵，有请二位大人！"太孙连忙迎出。

不一会，兵部侍郎齐泰和侍读黄子澄进来，宾主分别坐定。

"臣等也已知城楼赏月吟诗之事。燕王此举似有僭越之嫌，绝非儿戏，事已严峻，殿下不可不防！"兵部侍郎齐泰道。

"燕王此举确有喧宾夺主之意！万岁今日原是要展示储君殿下之才的，燕王却目中无人，抢先争宠，趾高气扬。这不臣之态，成何体统！"侍读黄子澄也激动地说，"难怪万岁在册立储君时，已显迟疑神态！莫非万岁也畏于燕王势力？"

"更有甚者，燕王竟蔑视君臣之规，当众手摸储君太孙之首，如同儿戏！"齐泰愤怒地说，"此乃犯上作乱、以臣犯君之举！"

"万岁在日时，燕王尚且敢于目空一切，俟万岁百年之后，燕王当会变本加厉！"黄子澄接着说道，"而今万岁年事已高，为长久之计，首先，我等当调动军事布局，布防北平燕地，加紧对燕地的防务，细察燕王的动向，向北平派遣耳目；其次，还要乞请万岁召回方孝孺先生，共商国事。殿下，有方大儒辅佐，朝臣们才能放心，殿下才会如虎添翼！"

"殿下今日又去三山门外书楼陈老先生处了？听说陈先生与蜀中方先生多有来往。"太孙妃欠身问太孙道，"殿下明天就应向皇祖禀明，请速调方先生回京！"

"然！与方先生离别不久，我如相隔三秋，自然欲召他从速返京。召回方孝孺先生之事，俟我明日奏请皇祖后再作决断。"太孙赞同道，接着问齐、黄二人道，"二位爱卿也和方先生一样，乃国之栋梁之臣。一切还望尔辈昼夜防查，共同策划！"

"为国为家，我辈理当竭尽全力——"二人说罢相继而去。

八月中秋佳节，京城内外一片节日繁荣景象。在皇城东宫太孙朱允炆的寝宫里，侍从穿梭不绝，喜气洋洋，张灯结彩。

"太孙妃马娘娘到——"太孙允炆在宫中正焦躁不安，忽听太监小林子跑进来禀报。说话时，马妃与一群侍女已经走了进来。

"爱妃如何来了？"太孙闻报，遂即起身迎上马妃说道。

"嘿，妾知太孙连日为国事忧虑，特来叙谈，以解君忧！"马妃轻声笑道，并回头命侍女道，"今日中秋佳节，举国合家团圆，尔等且在御花园石舫亭上摆好茶点，我将与太孙前往石舫亭上赏月！"

众侍女得令去了。这里边，马妃见太孙愁眉不展，忙上来拉着他，就向后苑走去。

到了御花园，太孙和太孙妃在侍从簇拥下，双双在石鼓礅上坐下，四面侍女成群。几个乐坊名伶开始操琴歌舞。此时，圆月已在歌乐声中冉冉升起。

"……算了，暂且下台歇息去吧。"皇太孙和太孙妃谈笑着，饮食了一会茗茶月饼，欣赏了一会歌舞音乐后，遂向歌舞者们摆了摆手，说道。

乐坊名伶们下去了，此处一阵沉寂。马妃蹙了一下眉头，看了太监小林子一眼。

"教坊新来了一名歌妓，才色超群，殿下要宣她进来？"太监小林子一见此情，忙走上前来问太孙。

"宣——"未等太孙发话，马妃赶忙对小林子说道。

小林子领命出去了一会后，接着引来一位妙龄歌妓。太孙仍在低头沉思。

"向殿下、娘娘请安！"歌妓一见太孙慌忙躬身行礼道。

马妃立即笑逐颜开，向歌妓还礼道："是上次新来的美女歌仙？昨日，本妃曾闻小姐歌喉，深觉十分悦耳。何方神仙下凡？好个绝色佳人也——"

太孙闻声也立刻抬头，举目相看，只见那女孩不过二八年纪，生得楚楚动人、娇柔灵巧，顿时产生了爱慕之情。

"殿下，请点上一曲！此女歌喉，妾曾有所耳闻！"马妃笑问太孙，接着回头问那歌女道，"小姐芳名？家住何处？"

"小女子姓王，贱名翠红，临淮人士！"那位歌女欠起身，轻声答道。

"哦，临淮毗邻中都凤阳，小姐乃是圣地仙乡的仙女呀！"马妃开怀大笑道，声如银铃。

"好吧！"太孙说，遂仰头问，"翠红能唱何曲？"

"禀告殿下，一般小调，翠红都能知一二，只是技艺不精，不知是否会有辱圣听！"翠红慢慢地站直身来，轻声说道。

"今日是中秋佳节，此处虽不是临淮，然而，却有中都气象，此处也可作尔辈家乡。"太孙兴奋起来，向翠红说，"近年来，元曲经久未衰，今夜明月皎皎，你且不必拘于礼节，弹唱一首元曲马致远《落梅风》如何？"

"小女子遵命——"翠红听说，十分高兴地回答。

随即，翠红向太孙和太孙妃再次躬身行礼后，遂缓移碎步，轻弹琴弦，张口唱起：

> 人初静，月正明。
> 纱窗外玉梅斜映。
> 梅花笑人偏弄影，月沉时，一般孤零……

"好呵！"翠红琴声如诉，歌声如莺，赢得一片喝彩。接着，翠红再操琴唱道：

> 蔷薇露，荷叶雨。
> 菊花霜冷香庭户。
> 梅梢月斜人影孤，恨薄情四时辜负……

翠红的歌声琴声委婉动听，绕梁不绝。

"翠姑娘还能够弹唱江南丝竹吴韵否？"过了一会，皇太孙兴味盎然，再问翠红。

"民女略知……"翠红答道，"有一首韦庄的《台城》是近年来京城一带最为流行的唱词，殿下愿听否？"

"且请弹唱——"太孙急切地说道。

于是，翠红轻起罗衫，调起吴语软喉，移座弹唱道：

> ……
> 江雨霏霏江草齐，
> 六朝如梦鸟空啼。
> 无情最是台城柳，
> 依旧烟笼十里堤……

太孙及全场人听罢，又是一阵喝彩。

几曲之后，太孙令翠红以昆腔弹唱王实甫的《西厢记》后折。于是，翠红又应声接唱道：

> 碧云天，黄花地，
> 西风紧，北雁南飞。
> 晓来谁染霜林醉？
> 总是离人泪……

唱了好一阵之后，众人皆已陶然。

此时，马妃见太孙面上露出从未有过的笑容，已知太孙心意，遂起身走到太孙身边。

"此女花容月貌，琴棋书画，无所不精，更兼才智过人，知书达礼。殿下若有意纳之为嫔，妾当为殿下操办！"马妃轻声笑问太孙。

"……封为翠嫔如何？"太孙随后问马妃道。

"翠嫔答谢呀——"马妃大笑着，向王翠红道。

翠红闻罢，面泛红云，遂起身抱琴鞠躬答谢。

"好吧，侍女容儿，且将翠嫔引到后宫沐浴更衣去吧！"马妃向侍女命令道。于是，众人陆续地散去。

"殿下容禀，正学方孝孺大人已经到京！现在东角门殿门外求见——"正在这时，太监小林子走来禀报。

"啊！方先生到了，方先生到了。快速有请！"太孙一听，赶紧吩咐侍者起轿，直奔东角门殿迎接孝孺。

方孝孺风尘仆仆，刚进宫门就一面笑着走到太孙面前跪揖，一面大声向太孙说道："在蜀的每日，微臣无时不挂记殿下。正如范仲淹所谓'去江湖之远，则忧其君'也——"

"先生请起，学生这里有礼了——"太孙说着也躬身向方孝孺施礼。

"啊呀，殿下不能呀，折杀微臣了！"方孝孺见状，急忙匍匐在地说道，"今非昔比，殿下已是储君了，孝孺每日熟读圣人之书，岂能有失君臣之礼——"

"一日为师，终身为父。学生在朝堂之外，总要以师生父子大礼待先生。"太孙兴高采烈地说道，"学生数月翘首以盼，望穿双眼，祈盼先生。"

"殿下言重了！如此，微臣虽百般舍身，也难报万岁和殿下知遇之恩于万一！"方孝孺感激涕零道，"况且，殿下本大明嫡脉储君，孝孺身为殿下臣子，即使为殿下肝脑涂地、赴汤蹈火也是本分！"

"皇祖诏请先生回京时，就已颁旨晋升先生为侍讲。学生有幸，时听先生之教诲。三生有幸，三生有幸！"太孙大声说道。

说罢，方孝孺起身再揖。当夜师生在太子东宫，抵足而眠，彻夜长谈。

四、逐荣华，沈嫔入宫闱

洪武三十年正月，南京城一片繁华节日景象。

正阳门内南大街一户沈姓人家，张灯结彩，热闹非常。因为今日正是沈老员外六十大寿的庆典日。

沈老员外家本与有名的京城豪门沈万三家沾亲带故，虽无万三那般家产巨富，却也是良田千顷、房舍千间的大户，而且心仪诗文，与社会名流常有来往，虽然到了沈老员外这一代已经家境中落，但虎死威在，他至今仍然不失为京城一户上流人家。

明朝皇宫是偏依在南京城东一隅的，从皇宫午门至正阳门的御道由北向南伸去，其西乃是沈万三出资帮朝廷兴建的京城聚宝门。这沈家大宅就坐落在皇宫午门与正阳门御道东侧的一片巨商大贾的高楼深院群中，且宅楼宏伟，大有鹤立鸡群的气派。在其宅院内园中，亭台楼阁、树屏花榭更是让人称羡。园中假山倚着黑色的南墙，从后园沿秀湖向西到临街红楼，是一条九曲回廊。这红楼就是沈家内眷的一间绣楼，穿过楼前西壁假山缺口，楼台上面的女眷可以领略街上的市井繁华。

沈家虽也是注重封建礼教之家，但毕竟是商贾出身，对子女仍有一种放纵之心。这沈老员外膝下有一位女儿，虽然乖巧聪明，富有心计，而且也有三分姿色，但因沈老员外对她百倍溺爱，常是百依百顺，所以给她造就了一副骄横和暴躁的性格，而且不思女红，不工琴棋书画，整天只知道在侍从中摸爬滚打，惹是生非。

这天虽是沈老员外六十大寿的庆典日，但沈小姐仍在临街的绣楼上与众使女们吃茶、聊天，全然不顾家中上下的忙碌。

"大小姐可知道，外面正传说北平燕王府要来京都选美呢？"突然一位侍女笑着向沈小姐说道，"大小姐，这可是一个千载难逢的机会呀！"

沈小姐对她不屑一顾，未予理睬，并且将一颗瓜子壳吐在她的脸上。

"我们小姐是金枝玉叶，要嫁就嫁给皇上！岂能稀罕给王爷做小妾？"另一侍女走上前来，巴结地抢先说道。

"哈哈，本姑娘要嫁皇上，做皇后——"沈小姐忽然手舞足蹈，向她们大笑起来。

"请看，皇宫里真的来人了！"正在此时，一侍女用手指着街头，赶紧叫道。

人们透过假山豁口低头看去，却见一群骑马官员沿着御道街，正向这边走来。

"那是宫内大太监魏宁！"一位年长的侍女惊道，"前年老爷送礼时，我曾见过！"

"魏宁公公，十分了得！听说他能管半个皇家后宫呢！连这次北平燕王府选秀之事，也是由他操办的呢！"另一个侍女插了一句道，"听说，魏宁进可总管内务，出可独掌外交，其权力是何等显赫？"

"你们叫他来！"沈小姐偏了一下头，随口对侍从们说。

"这——太难了！"那位被叫的侍女为难地说，"小姐声名显赫，或许能够叫得动宫中中官，我辈侍从的话，官家人怎能听从？"

眼见得，那群人已到西墙窗户之下。沈小姐灵机一动，忽然飞奔下楼，冲上假山，眼疾手快，立即果断地将一条绣巾扔下，不偏不斜，竟正落在魏宁头上。魏宁骑在马上，行走着，正兴味盎然地同随从们说着话，突然被绣巾打了一下，恼怒地将头向山上一仰，愤怒地大气正要发作，却见楼侧"沈家大院"四字红色门牌赫然在目，同时一位美女正向他讪笑，于是，他的气恼立刻烟消云散。因为他近日正要为北平燕王府选美呢，选美本是个肥差，家富人美的女人油水更足，是最好的人选。

"这沈家高门内的美女不正是咱家求之不得的稀罕物吗？此非现成的美人？这沈宅在京城也非寻常人家。咱家碰上好事了！"魏宁一面想，一面支走了随从，自己欣然下马，转身进沈家大门来了。

"大人临门，老奴未能远迎——"见来了宫中的大人，沈家院公赶紧迎上来施礼。

"叫沈员外上来说话！"魏宁昂首向院公喊道，并不打招呼，自己径直穿过假山，向红楼方向而来。

家人们赶紧从后院找来沈员外，众人一齐将魏公公拥上楼来。楼上一阵热烈谈论之后，沈老员外捧出百两黄金，交给了魏公公，并与女儿一起，点头哈腰、笑逐颜开地把魏宁送出沈院西门。

"我儿的终身总算有靠了。我儿刚才何必还要和官家纠缠呢？"魏公公走后，沈老员外不解地问女儿，"倘若惹恼了官家，可是了不得的！"

"我已将自己嫁给燕王府了，然而，做王妃也非我最终大愿呀！"沈小姐得意地说，"父亲大人难道不知？"

"我儿竟如此说话？"沈老员外大吃一惊，并又说道，"此话切不可让官家知晓！"

"女子自可做主，休要你老操心！"沈小姐说了一句，一甩手，就又径直上楼去了。

沈老员外及楼下各位亲朋们见了此情，都目瞪口呆。接下来，沈府上下，又开始紧张地计划起礼送女儿入宫的事了。

次日清晨，沈老员外家中，得到了内宫中官一干人飞马送来的喜报书帖，于是，全家上下，顿时忙碌起来。沈老员外一家摆办了数十桌盛宴，大张旗鼓，张灯结彩，披红挂绿，最后吹吹打打，用八抬大轿，以隆重的礼仪，将沈小姐送往选秀宫中去了。

燕王选秀宫在皇城后宫地安门西侧，此处也是皇家豪华车马必经之处。沈小姐原是个不守本分的女子，入宫后虽未北上燕京，更未能正式做上王妃，但见到金碧辉煌的宫殿，她的心意已经是越发高远了。在入宫的第四天，她就急风暴雨似的把侍女叫来，并且令道："你速将魏公公叫来，我有话说！"

不一会，恰巧魏宁带着两个小太监经过此宫廊下，沈小姐忙上前拉着他说："公公，你老正是本小姐的恩人呀！"

"为皇家出力是咱家本分，王妃不必感恩！"魏宁客气地说道，"俟王妃去了北平之后，还要为咱家美言呢！"

"本小姐今日请公公说话，并不为此事。"沈小姐狡猾地说，"北平地处偏远北地，本小姐本是南国佳丽，不想远去北平了，我就留在皇宫不更好？"

"这如何使得？"魏宁听罢，大吃一惊，为难起来。

"事在人为嘛！有钱能使鬼推磨，本小姐家产万贯，有何事不能办到？"沈小姐笑道，"况且，像我这等才华容貌，做个皇后也不为过分吧？"

"小声！"魏宁一听惊恐起来道，"我的祖宗，你要咱家的命了！这是何处，敢说此话？这是要掉脑袋的呀！"

"公公不必大惊小怪！"沈小姐声色俱厉，"不行，我可直接找总管——"

"沈小姐，沈王妃，我不是总管，即使我就是总管，要办此等大事，也须从长计议，此事非同小可呵，岂能立马办到的？"魏宁惶然说道。

"公公从速设法！你不是总管，待我做了皇后，就升你为总管。本沈小姐有此力量——"沈小姐飞快地将一包金锭塞进魏宁怀中，并压低了嗓门说道，"这二百两黄金，权作公公的茶资，事成当更有厚报！公公相信本姑娘能做皇后否？"

"喏喏，咱家相信！"魏宁说着，收了金包后又与沈小姐耳语道，"待咱家从长计议！"

"魏大公公，前殿燕王府来人找你了！"正在此时，侧面突然来了一位西宫的小太监，急促地向魏宁说道。

魏宁赶紧回屋收好金包后，随着小太监来到前殿的一间侧厅中，只见燕王子朱高煦，正趾高气扬地站在大厅中央，一边来回踱步，一边喘着粗气。

　　"郡王殿下驾到，老奴这厢有礼了！"魏宁一见，忙笑向高煦施礼说道。

　　"公公说话当有分寸，我不敢当'殿下'呀！"高煦哈哈大笑说道。

　　"这里并无旁人，说说何妨？"魏宁诡秘地答辩，"况且，咱家早是燕王府的奴才了，一日不叫殿下，数日食宿不甘呢！"

　　"言归正传！请问选秀之事如何了？"高煦笑着摆了摆手说，"可有京城大家女子入宫？公公这次发大财了？"

　　"唉，可叹！奴才运气不佳，都是一些平民家的子女，哪有什么财路！"魏宁摇了摇头说。说罢，向高煦递上一包金银。接下来，魏宁说道："正阳门内沈家倒算得上一个，这是他家的贡礼，黄金百两，请殿下收了吧！至于美人沈小姐，咱家自然要首先送到北平燕王府的。"

　　"不忙！"高煦打住了魏宁的话头，说，"这次并非是我父王选妃，是为燕大世子高炽选美呢！高炽能算何物，竟敢要我等费尽心机为他效力？"

　　"殿下的意思？"魏宁不解地问，"莫非——"

　　"贡银我等平分，人给我留下！"高煦说着，并顺手打开包，看了一下黄金。

　　"这贡银均分可以，但秀女都在宫中上册了，万一……万岁计较起来……"魏宁犹豫道，"咱家是担待不起的！"

　　"……好吧，公公把人留下处置！"高煦大声说着，同时伸手抢过魏宁呈上的金银包，向魏宁摆手说道，"公公去吧，日后多为燕王想方设法，将来定有你好处的！"

　　"这个自然——"魏宁恭敬地笑答道。

　　"燕府不要沈小姐，这正好让我做了顺水人情了！"魏宁听完高煦的话，高兴地自言自语，"沈小姐呀，你果然造化不凡，真的能留在皇宫了！"

接着，魏宁会心地点点头向沈小姐所住的选秀宫走去，不一会，进了宫，与沈小姐嘀咕了好一阵。过了不久，这沈小姐果然真的被留在宫中，做了皇太孙嫔。但是，这位沈嫔仍是眼比天高，心比天大之辈。她并不能安心做嫔，从此以后，她又在做皇后的美梦了。看出自己难以贴近万岁，后来，她又想方设法，仍与燕王世子高炽挂上了钩。真可谓"狡兔三窟""脚踩双船"啊！

五、窥大位，燕王谋篡国

洪武三十年二月。在北平燕王府中，灯火辉煌。

燕府议事大厅气派显赫，俨然帝王金殿景象。

燕王端坐在宝座上。两边百官分立。

"父皇既已册立了允炆那小儿，本藩岂能阻拦？只是父皇年事已高，大明江山岂可放在那文弱幼稚之辈的肩上？"燕王愤愤地说道，"允炆性情极弱，身边奸臣多多，到头来，大明天下唯恐会旁落到朝中奸臣之手，实令本藩挂怀和忧虑！"

"况且，太孙身边小人狂妄，奸佞之辈越轨迹象已现。"指挥金事朱能上前叫道，"莫非我朱家后继乏人，非那小儿支撑大局不可？"

"燕王文功武略、身经百战，本可取而代之，奈何朝中一批奸佞迂腐之辈，定要搬出什么历朝旧制，册立长嫡！他们无视大王。"指挥金事邱福也出班说道，"其情可恼——"

"我看奸佞迂腐之辈意在篡国——"站在一旁的布政司参议李友直也愤然地说道。

"然！万岁作此决断，皆因齐泰、黄子澄、刘三吾之辈作祟！"燕王麾下大将、新任指挥金事张玉起身向燕王说道，"我等务必要与贼子们争个高下，否则燕人再无出路了！"

"当今诸王英雄，谁可与燕王相比。殿下怎能久居太孙之下？况且，我辈也望攀龙附凤。望殿下及早思之图之！"指挥金事邱福再次说道。

"皇祖早晚将命归西天，当今天下也早晚将落到藩王之手。与其被他人窃去，不如我等先行取之。父王何必迟疑？怕齐泰、黄子澄、刘三吾之辈做甚——"右边跳出燕王子朱高煦，拍案叫道。

"齐泰、黄子澄、刘三吾之辈诚然可恶，然而还有一人我等更不可小觑！否则，后事难以处置！"此时，屏风挂帘掀起，其内忽地飘然走出一个仙风道骨之人，只见此人边走边捍起长衫向燕王说道，"为了燕王的这件惊天动地的大事，我辈应当从长计之，不可以一时意气用事——"

众人看去，原来说话者正是刚进燕府不久的谋士——道衍僧人。

"道衍仙师既有长策，当与本藩共同计议！"燕王起身迎上前去，急切地说道。

"贫僧夜观天象，早知皇气在燕，燕王迟早将登大宝。殿下早有帝王之相，未来，大明的江山，非君莫属。保得殿下夺取这大明万里锦绣江山，是贫僧夙愿。此乃贫僧所以要重入红尘的原因啊！"道衍仙师一边伸出指头说着，一边慢慢地从屏风后面走出来，说道，"贫僧与诸公共佐燕王，一为天下可怜的亿万生灵，二为实现贫僧本人夙愿。殿下放心，为此大业，贫僧当知无不言，言无不尽也！"

"望道衍仙师赐教！"燕王又说道。

"为今之计，殿下必从远谋取。我辈非只是有齐泰、黄子澄、刘三吾之辈掣肘，更有万岁心意、朝野官情民意和万世古训之胁迫！因之，我等切不可求之太急，正所谓欲速则不达也——"道衍仙师接着说，"燕王目今之计，必须在北平国内施与韬晦之计，以麻痹朝野，接着收买圣贤能人之心。这贤能之人亦是难克之人，非只是齐泰、黄子澄、刘三吾之辈，更有从蜀地而来的皇孙教授——当今大儒方孝孺之流。常言道，文功武略，大王欲成大事，必收人心。对待天下书生，也不可不慎而处之。"

"天下本可用武力夺取，对手握重兵的兵部侍郎齐泰之流，我辈尚不为其所惧，我们何惧儒生？量他方孝孺一介书生，手无缚鸡之力，无可作为！书生意气，岂能阻我大事成功？"燕王第二子朱高煦又大叫道，"我燕王大军一呼百应，拿下江淮数州，大事即成矣！"

"不然！郡王之言差矣——"道衍和尚不慌不忙地说道，"不论取江山还是坐江山，我辈皆不能不用谋略，尤其不能小视文人仁德之力。方孝孺乃国之大儒，是《大明太祖实录》总裁，当今旨檄多出自他手，倘若燕王得到他的归附，天下读书人将因之而蜂拥而至，燕之大事成矣！大王得到文人之心，胜得江淮八十一州！"

"道衍仙师所言极是！"燕王点头称是，"煦儿不可鲁莽。应当遵从先生的至理名言，遵从先生的谆谆教导。"

"……当然，虽然是，得天下需先得人心，然而，打江山终究不能少了军力，为图大事，燕王也不能忘记厉兵黩武，发奋图强，操练军队，以为将来之需。"道衍接着话锋一转，又说出了用兵的重要，说罢，走上前来，向燕王耳语了几句。燕王听罢连连点头。

"各位今日就议论到此。往后尚需大家齐心协力——"燕王说完，向众人摆了摆手。人们渐渐散去。

"炽儿慢走！"待众人散后，燕王上前一步，从三位王子中将世子高炽叫住，同时手携道衍和尚步入内厅密室。

燕山春光明媚，在燕王府内厅里，热气升腾。

燕王朱棣正同谋士道衍和尚及世子朱高炽、部将张玉、邱福等密谋篡位总体大计。

"仙师且请直言，天意如何，上天佑我否？本藩大事终有几分胜算？"刚坐下，燕王就急不可耐地问道衍。

"殿下年方四十，龙行虎步，日角插天，而今已然可以号令关内外诸路兵马。王权愈盛，兵马益强，殿下本有太平天子之相。又兼燕京乃故元遗都，物华天宝，得此根据地，俟时机成熟，大王登高一呼，八方响应，大事当成！"谋士道衍和尚徐徐说道。

"仙师既有此说，我辈为何迟迟不能进展？"燕王朱棣欠身问道。

"然而，天降大任于燕王，必给燕王以苦难。大事成败，当需时机，大事常在百折萦回、峰回路转中诞生。欲成大事者，必须心怀远虑，放眼未来。如今万岁仍然在位，大王岂能操之过急？古往今来，有多少豪杰竟是失败于一时之气！燕王切勿不计时日，只贪一时一事之得失！"道衍和尚说道。

"本藩知矣，一切当在父王归天之后再作计较。然而，而今本藩将如何处之？"燕王朱棣问道。

"事业当在万岁百年之后，大王所言是矣！"道衍说着，又伸了一下脖子向燕王朱棣娓娓道来，"今为整军备战计，我辈应一面暗里招兵买马、练兵习武，一面要即刻开始暗地锻造器械，积蓄粮草。并且此番密事，决不可泄露于朝中！"

"此事工程浩大，如何方可掩人耳目？"张玉问。

"为防泄密，可在府后密砌瓦罐，修筑高墙，并以暗道与府内相通。墙内督造兵械，四围广养鹅鸭，以鹅鸭呼叫之声掩人耳目，以免泄露墙内锻造兵器的响声。我等应以当年越王十载练兵为先例，不可早有泄露，惊动南京帝都。"道衍接着说道。

"仙师高论，大计远虑！"燕王赞同道，"炽儿可精心安排手下将士，慎密为之。"

"谨从父王密令！"高炽答道。接着，高炽又向燕王试探，"只是二弟高煦性暴，三弟高燧性弱，皆不可协同从事。如之奈何？"

"可矣！此事可暂由你独办，不必要他们插手。"燕王点头说道，说罢，朗声大笑道，"如今春光无限，燕地疆域广大，大宁猎场雄威，明日，我等何不暂去跑马狩猎一遭！"

"愿与大王同往——"众人兴高采烈，齐声答道。

次日，燕王北往狩猎大队遮天盖地，呼叫着向大宁山原而来。

"炽、燧二儿，快马加鞭，冲上前岗！"燕王的坐骑健步如飞，一马当先，上了高坡后，在向两个王子大声喊叫。

世子高炽与高燧闻声，遂急忙策马飞奔上来。接着，大将张玉、邱福、朱能等人带着随从，也奋力赶来。众将飞马越过居庸关大长城，直向关外蒙古大原驰骋。

"大王果然名不虚传，仍如当年一员年壮虎将！"缓坐在后骑上的和尚道衍看着这一群生龙活虎般的燕军将帅，十分兴奋地向燕王夸道，接着神秘地笑道，"贫僧人老马衰，恕不能奉陪，只能绕道南路而去了！"

"仙师请便！"燕王说道。见道衍诡秘，燕王随即笑问道衍，"谋士的笑容灿烂，莫非看出了什么迹象？"

燕王问着，并且转身，策马向道衍身旁走来。

"今日乃燕军的一场演练是也！"道衍也笑道，"大王之意，就将引军越过长城高山？"

"本藩果有此意，先生竟然先知！乃神人也！"燕王见道衍一语中的，十分惊奇道，"本藩无事能瞒过先生也！"

"先生知我穿过长城后，还将去往何地？"燕王又问。

"以迅雷不及掩耳之势，冲过大宁宁王府前猎场！"道衍微笑道。

"去宁王府何意？"燕王大惊道，"本藩的计划，并未告知仙师，仙师竟能未卜先知？"

"所以有此估计，盖因大王意欲将来先行收并宁王腹地也！"道衍向燕王说道。

"实不相瞒，本藩确有此意。仙师竟预知本藩心意计划？"燕王又惊道，"先生如何知晓本藩之意？"

"燕地窄小，不足为大事基业，大王迟早会收纳宁国，今去北地，不是为将来谋图宁王，又岂有他念？"道衍和尚答道。

"今日初次来到宁王府，欲将何为，有何益处？"燕王问。

"一可探宁王的胆识；二可与宁王结党。"道衍仍微笑道，"与宁王共图大事？不！让宁王为我所用也。"

"先生神明，猜中我心中一切！"燕王遂滚鞍下马向道衍作揖道，"本藩肯求先生自始至终，保我燕地大业发达兴旺！"

"岂止燕地大业？"道衍严正地说，"大王请不必过谦逊，且上马细谈！"

"先生之意？"燕王问。

"燕王今天是去射麋鹿呢，还是去射天狼？"道衍问道，并接着自己答道，"大王今日射麋鹿，就是为了明天去射天狼呵。燕王的抱负当是大明的一统江山，万年伟业，岂止弹丸之地的燕国？"

"先生的抱负？"燕王问。

"贫僧虽不图攀龙附凤，然而，出山之意正是以身心许国，与大王共谋大事！请大王放心。"道衍郑重其事地说，"大王知晓当年的刘皇叔否？今日之大宁就是当年刘备的荆州，取之可使大王立足施展之地更加宽广！大鹏展翅恨天低呀！大宁岂能不取？"

"先生知我之志，愿同心协力。果然如此，本藩幸矣！"燕王高兴地与道衍并辔前行。

在大宁关前二人分手，道衍向东慢行等候，燕王却率引大队人马翻过长城和北岗，不一会，已飞奔北去，进了宁王朱权的封地大宁国。

六、先帝崩，建文登大宝

洪武三十一年闰五月，太祖皇帝病危在西宫皇寝中。在皇宫寝门内外，各王公大臣云集，跪在宫前，黑鸦鸦一片，空气沉闷肃然。寝室内宫女、中官跪泣一片。

"……王爱卿……"太祖在榻上微欠起身，向少监王钺说道。

"臣在——"少监王钺闻罢，立即爬过来，向太祖答道。

"……各位爱卿且……"太祖向四周王公大臣示意道。

王公大臣们见状，忙纷纷告退，这里边只剩下了少监王钺及掌宫中官。

"……王爱卿……尚记得昔日朕躬在南郊遇奇僧之事否？"俟众人离去后，太祖轻声问少监王钺道。

"臣记得！"少监王钺道，"昔日陛下微服私游，在南郊寺中偶遇一奇异僧人，并向他询及后事。那僧人环顾了一下陛下后，答道，'施主非常贵人也——'"

"正是如此！"太祖微微点头，"欣喜爱卿尚能记得！请细道来！"

"……其时，陛下又问，'既然如此，就请高僧预测朕躬后事！'那僧不敢答，只乞陛下求签。陛下遂向寺中取出一签。只见签上赫然写道：'施主祖孙道途相反！'陛下又问'何为相反？'僧答道，'祖先为僧，后为帝；而孙先为帝，后为僧也'。"

"正是……"太祖轻声说道，"后来……"

"……当时陛下不悦，那僧却说天命既然如此，幸施主可设法化解。于是，陛下回宫后即与军师刘伯温先生相谋，刘先生遂为陛下设一锦囊妙计，命臣等备下了一个密箧盛之。"

"正是！爱卿所言分毫不差……"太祖点点头，略露笑容。

"如此，少监王钺及掌宫中官听着……且将榻下一个密箧取出……挂于奉先殿之左！"太祖断断续续地嘱道，"……来日……子孙若有大难，可劝其开箧一视，自有办法。"

"奴才遵旨！"中官伏地答道。

"微臣遵旨！"王钺慌忙起身答道。并立即弯腰从榻下取出密箧，带着那中官，转身去了奉先殿。

接着，太祖宣众臣进入，并与黄子澄、朱橞等人说话，以托后事。

"万岁宣——储君皇太孙殿下觐见！"过了一会，侍讲黄子澄、谷王朱橞等低着头，一边从西宫皇寝中走出，一边向宫外跪着的王公大臣们叫道。

太孙朱允炆听宣，忙从地上爬起，垂泪整冠，随着太监进了太祖的内寝，跪在太祖的病榻前聆听教诲。

"务乞皇祖静心保养龙体——"太孙泣道。

"孙儿不必哀痛！'世上无不散的筵席'，朕虽保养，也终将去也！"太祖侧身躺在龙床上，眼含热泪，慢慢向太孙说道，"……孙儿，朕出战数十载，戎马一生，杀戮无数，方定下了这大明社稷。朕自知有杀人太过之误矣！然而，尔同乃父懿文太子一样，又过于仁义！尔仁义宽厚有余，而刚毅雄才不足，仅有'仁义'非为君治国之道。……今国基初定，海内未稳，上天即将唤朕，朕就将去矣，尔一介文弱之躯，可否支撑这万里江山。此乃朕之所虑也……"

"皇……皇祖，不必如此伤情，上苍不忍让皇祖舍大明朝廷而去……"太孙再三泣道。

"人活百年，总有一死。况朕已到古稀，终将远去天国也。孙儿

不必忧伤!"过了一会,太祖又接着说,"……好在……朕为尔留下
这万里江山的同时,也为尔留下了一批保国贤能之士子……"

"务乞皇祖细说其详——"太孙允炆轻声泣道。

"……嗯!"太祖躺在榻上,微微点头,说道,"……方孝孺乃国
之贤能之大才,朕早已为尔察得,并曾令其西往天府蜀地考察,以集
治国经验。此人,博学多才,才高而不孤傲;熊胆赫赫,胆大而心不
粗乱。其忠心耿耿,可为尔用,堪为国家栋梁……"

"皇祖,孙儿记住了!"允炆哭着点点头,"孙儿定当时时聆听方
先生的教诲!"

"……而后之事,尔当内靠侍读方孝孺及黄子澄、齐泰、连楹、
景清等大臣辅佐,……外靠中山王长子太子太傅徐辉祖及铁铉、梅
殷、耿炳文、平安、瞿能等宿将保国……这一切……朕方才已与各王
公大臣一一嘱托过了,尔当慎重处之。"太祖断断续续地说,"……
朕曾私下嘱托驸马梅殷,说明'诸王强,太孙弱,烦尽心辅佐。如
有犯上作乱,应为朕讨伐。'驸马也已应允……"

"谢皇祖!孙儿谨记皇祖圣教,请皇祖放心!"允炆泣道。

"……大丈夫切勿哭泣。朕本上天之子,上天当传朕去也!朕死
下葬后,葬丧仪物一切从俭,不用金玉。天下臣民,出临三日皆释
服,无妨嫁娶。国内不可长期举哀,家国一切喜庆贺筵照旧,尔也千
万不要让各方藩王来京悼祭,以免徒生枝节,引出祸端,反令朕九泉
之下,于心不安也……"太祖说。

"引出祸端?此祸……"太孙问。

"此祸有二:一因我朝丧变,藩王挥军来京,致使边关空虚,或
可引至外侵;二因藩王来京骚扰,或可引至内乱!"太祖说罢,泪流
满面,溘然长逝了。

"皇祖驾崩了!"太孙见了惊叫起来。

"万岁驾崩——"太常侍卿黄子澄闻声向宫殿内外的王公大臣大
声叫道。

此时,宫内外一片呼唤、繁忙和混乱。宫殿内外的王公大臣、侍
卫宫女顿时号叫,哭泣之声震动皇宫内外。

洪武三十一年闰五月，太祖驾崩后，新皇即位。

新皇登基大典刚刚结束，新皇建文帝朱允炆正端坐在奉天殿御座之上，朝中诸事还在进行，皇亲国戚、文武百官、宫女太监拥聚在新皇帝两侧。太常侍卿黄子澄总理政务，在殿前行走，中官在极力维持着内宫秩序。

"先皇遗诏：命太孙继承大明大统，且诏示诸王各自镇守在各自的国中，不必来京朝祭。"太常侍卿黄子澄站在太孙朱允炆之侧，大声向诸位叫道，"新皇登基，大赦天下！目下大行皇帝梓宫业已安葬在孝陵，与马氏孝慈皇太后同在。新皇业已诏告天下，嗣位大典期间，各藩王，无须来京，只需遣使朝贺可矣。京城内外各级人等，均各就各位，坚守原职——今为洪武三十一年，明年为建文元年。"

黄子澄说罢，兵部尚书齐泰等王公大臣都齐声附和。

"各位爱卿各尽职守，乃先皇帝遗愿。朕已令侍讲方孝孺大人议定了更定官制及内外官品勋阶的方案。此案悉仿周礼更定，且逐条细订了礼制。凭此礼制，本朝贤臣和各地读书人才，都可各尽所能，量才擢用。望众爱卿遵之诵之！"建文皇帝朱允炆慢慢向众说道。

言罢，全场又一次高呼万岁。

接着建文皇帝转身，面向站在一旁的侍讲方孝孺，命道："方爱卿即日可将新定官制官衔颁行天下！"

方孝孺面带笑容，微微向建文帝及众人点头。

新皇初登大宝，诸事千头万绪。当夜，建文帝紧迫地与方孝孺在寝宫计议。

"……先生乃海内大儒，才高八斗。先帝临终时已将先生荐出，望先生勿辞劳苦，为朕出力！此乃朕之大幸——"建文帝对孝孺说。

"先帝过誉微臣了，臣决不负先皇重托，更不敢负陛下的知遇之恩！孝孺本江南一介儒生，自幼向刘伯温、宋濂大师学得一点学问。大师们学业非凡，然而，孝孺最为持重的乃是大师们做人的本分。为人在世，誓为正直，志在一个'忠'字而已！'忠'是微臣的精髓和灵魂，舍此，臣别无他求！"孝孺感叹道，"在此非常之时，微臣自知更应精忠报国！"

"今日之事，皇祖初逝，海内震动，先生有何治国安邦大计？"帝问。

"……今日先皇既逝，邻邦倒无多变，只是国内各藩颇有动作，此乃臣之最大忧虑！"孝孺慢慢地说，"昔时削藩之计，今将付之于行矣——"

"如何处之行之，先生当胸有成竹？朕愿闻其详！"帝说。

"……如今朝内，多有良臣，黄子澄、齐泰、连楹、景清、程济等大臣皆为有能有德之人，足可辅佐陛下于内庭；太子太傅魏国公徐辉祖等将帅驻防四郊，足可保京畿无误；驸马梅殷等将帅驻守淮上，可扼南北要冲；北方、辽东诸将，可防北疆滋事……太祖用兵数年，凡四方邻邦大多畏我大明，亡元余孽自上次被魏国公扫荡之后，今也已分崩离析。陛下外靠梅殷、铁铉、李景隆、耿炳文、盛庸、平安、瞿能、庄得等宿将保国，江山基业也可安泰……"孝孺说罢，又话头一转，叹道，"外患不足惧，内忧尤可虑！今日之事，最大隐患莫过于皇家内部之争。觊觎大位者，常会无端发难，陛下当火速行动，以除心腹之患！"

"先生是说要立即动手削藩？"建文帝问道，"此事为何正是难解的心腹之患？"

"说它为何是陛下难解的心腹之患者，乃因如今藩王势大，已成'尾大不掉'之势，此为一；再者，陛下乃仁义之君，常不忍骨肉相残，然而，朝廷欲治胜藩王，必有一番血战也，此为二！"孝孺说。

"可否两全其美，既可削藩，又不至骨肉相残？此策细节如何？"建文帝问。

"如此勉为其难也，臣非圣人，只能尽力而为而已！为免削藩之战过于残酷，陛下当对各藩王，分而治之！"孝孺沉思道，"以臣看来，虽然王有二十四，然而势力各异，且各王心意也非同一，陛下当分而治之。陛下当将诸王分为四种：一如谷王橞等，常住京城，多有静享天年之心，陛下应当以恩安之；二如宁王权等镇守大宁外藩，虽有私心，但因与燕王不和，陛下当以名抚之；三如周王等皆与燕王沾亲带故，陛下当多以厉害镇之；四如燕王，乃诸王之首，首恶者陛下必惩，决不能姑息。朝廷削藩之战，燕王首当其冲，燕王乃我削藩之劲敌，陛下应一意除之，决不可犹豫！否则，如若陛下一意仁义，战事反会愈演愈烈，更为凄惨。陛下到那时，将悔之晚矣！"

"详情如何？"帝问。

"虽然，如今藩王已成'尾大不掉'之势，然而，京城内外，文武百官齐齐，皆可为陛下所用，国中邪不压正，国家大局尚稳！微臣唯愿，陛下每日里勤政不懈，君臣细心研讨国事，因势利导，国家近日定当无忧。至于将来之事，臣无先贤诸位伯温之能，也不能事先尽述也！"孝孺说道。

"虽如此，先生也如孔明伯温了。先生的一席话，使朕茅塞顿开！"建文帝感叹道，"朕得先生，如刘先帝得诸葛亮。愿本朝无忧，并因此兴旺发达！"

"君臣协力同心吧！"孝孺轻声说道，"臣仍旧感到，邪不压正，只要陛下有颗防人之心，对作恶藩王不一意仁恕，可矣！"

七、欲攀附，沈嫔竟卧底

洪武三十一年，六月初夜，京城殿内，灯火辉煌。

建文帝在大宴王公贵戚。这是建文帝的第一次国宴，所以意欲嫔妃齐出，君臣共喜，百官同乐。酒过三巡，建文帝吩咐歌乐侍候。一群教坊名伶操琴歌舞，热闹异常。歌舞达到顶峰时，建文帝又令乐嫔献技。最后，令皇嫔翠红献歌。

"今日也属皇族家宴，君臣欢聚，老少同乐，诸卿不必拘礼，爱嫔也来献上一曲如何？"建文帝向坐在一旁的翠红说道。

"妾愿领旨——"王翠红笑容可掬，轻声答道。接着，走上前台，献上一曲苏轼的《水调歌头》：

> 明月几时有？
> 把酒问青天。
> 不知天上宫阙，今夕是何年？
> 我欲乘风归去，又恐琼楼玉宇，高处不胜寒。
> 起舞弄清影，何似在人间……

翠嫔身在前台，唱声激越，伴音叮咚，使全场肃静。身在一隅的燕王世子朱高炽听着听着，瞪着双眼，想入非非，已到痴迷的境地。

约一个时辰后，翠嫔才走下台来。

"殿下多日不见了！"正在此时，朱高炽被人碰了一下，只见沈嫔扭腰弄姿，轻声地笑说着向他走来。

"哦——"朱高炽忙回过神来，向沈嫔笑了一下，立即缩回了脑袋。

此时，朱高炽已见沈嫔做了一个熟悉的动作，进了偏门。他急忙凭借着酒性站起身来，也挤进了那扇门首。

"殿下与妾早有姻缘，难道如今把妾身全忘了？殿下好狠心哪——"朱高炽一到侧门口，就被等在那儿的沈嫔心急火燎地一把拉入房间之内，并听沈嫔激情叫道。

"外面人多眼杂，请娘娘小声！"朱高炽吃了一惊，忙轻声向沈嫔道。

此时，沈嫔已连滚带爬地把朱高炽拉到室内案上，并且气喘吁吁地把他搂到怀中。

"殿下，本嫔好苦呀！"沈嫔娇柔地说，"自从那夜后，我一直思念着殿下——"

"娘娘已是当今皇上的嫔妃了，我哪能常与娘娘在一起呢？除非我成了皇……"朱高炽轻声说，"你何必如此——"

"妾在宫中如在牢中。整日除了太监，再也见不到一个男人！"沈嫔抽泣道，"殿下为何如此心狠？妾何时能与殿下长相厮守？"

"也许……将来……你做了我的……"朱高炽道。

说罢，二人犹如干柴碰上了烈火，上滚下翻，已经到了难分难解的地步。

"刚才那翠嫔是何处来的仙女？"云雨几度后，朱高炽坐起身来问沈嫔。

"那个贱人可不是和殿下一条心的人哪！"沈嫔满腔醋意地说道，"她可是皇上的宠儿，一心为皇上。殿下岂能打她的主意？不怕掉脑袋了？"

"唉，事在人为，世事岂能预料？我心只有娘娘，娘娘何必多疑？"朱高炽叹道。说罢，高炽又沉思了一会，问，"娘娘能为我燕国所用否？你本是我的妃子，今却落在这里冷守活寡。等我发迹后，定当将你接回。你现在在此能为我燕王世子办事？"

"士为知己者死！只要殿下有用得着本姑娘的地方，尽管吩咐！"沈嫔一听，立刻睁大了眼睛，说，"本姑娘就盼着那一天哪！"

"那就拜托了。从明天起，你就在宫中注意，为我燕府收集情报消息！"朱高炽说。

"殿下要……要要本姑娘做……燕王的锦衣卫？"沈嫔问。

"……嗯，差不多，也许正是呀！"高炽轻声地说。

"……好吧，为了我等的将来……本姑娘万死不辞！"沈嫔说道。

"谢谢娘娘——"朱高炽说。

"殿下若是有意，请收好此物！"沈妃突然翻身上来，取下自己头上的金钗塞给朱高炽说，"本姑娘虽然家财千万，但唯此物最是妾的随身珍藏之宝，愿它能为我等团圆作个见证，殿下日后见此如见妾身也！"

"啊，金钗？"朱高炽见了大吃一惊道，犹豫了一会后，遂将金钗塞在自己的袖中说，"谢谢娘娘的美意，我当慎重保存！日后我定会派员与娘娘联络，此乃信物！"

"殿下能立下誓词，永不相弃？"沈嫔认真地问朱高炽，"倘若殿下登上大宝……"

"娘娘放心，我决不负娘娘！倘若来日我登大宝时有负娘娘，则我的皇位不过一年！"朱高炽发誓道，"苍天在上呢！"

"何人在说话？"正当二人热烈谈论时，门外不远处有一个皇宫太监喊了一声，"莫非是贼？是歹人？"

二人慌忙起身钻向后殿东侧。此时，后面已经跑来了一大群人。接着，朱高炽和沈嫔立即整理好自己的衣裳，巧妙地混在抓贼的人群之中。人们忙碌了一阵之后，未能抓到贼人，也只好作罢。

"此事定要向皇上奏报。可能是嫔妃偷情——"大太监总管闻声愤愤地说道，"不查个水落石出，决不罢休！"

"让嫔妃与王公杂居嬉闹，有失大礼，终会引出事端！"另一太监又咕哝了一句。

过了好长时间，众人见未能抓住真凶，才惶惶散去。

次日清晨，沈嫔急风暴雨似的走到翠嫔王翠红娘娘宫中，翠嫔正在做绣活。

"哎呀，妹子好手艺呀！可惜本人不谙女红！"未等翠嫔招呼，沈嫔一边说着，就一手抓过翠嫔手中的绣绢叫起来。

"我的女红不好！"翠嫔红着脸慢慢地说，"姐姐切勿见笑！"

"好好！送我一块，也算我们姐妹一场，留个纪念——"沈嫔突然从翠嫔手中拿了一块绣绢就走了。

"你这人真不讲理呀！"翠嫔鼓着嘴无可奈何地向沈嫔叫道。

这时，沈嫔一边将那块绣绢塞进自己的袖中，一边向西宫方向走去了。

"魏公公好早，本姑娘正要找你呢！"沈嫔刚到宫侧，恰巧迎面碰上了大太监魏宁，忙向魏宁叫道。接着轻声告诉魏宁说："此绣绢是在昨晚出事的房中所拾，听说是翠嫔的物件！"

"正是！"魏宁一把接过绣绢，并与沈嫔会心地笑道，"一点不差，正是翠嫔的物件！"

八、肃朝纲，君臣论削藩

深夜，在南京明皇后宫的议事厅中，建文帝正与皇后马氏讨论国事。

"如今朕已遵照皇祖嘱托，命方先生修撰太祖实录，追尊父亲懿文太子为孝康帝，庙号为兴宗，母吕氏为皇太后，尔为皇后，子文奎为皇太子，三位弟兄皆封有王位。"建文帝轻声向马后说着，接着又略显迟疑地说，"目下几件大事悉已办理完毕，宫内诸事又已妥当。只是……京城之外——各位叔王……恐有不服……"

"妾身在宫中，心早在四野。范仲淹所谓，'在庙堂之高，则忧其民'，妾却如孝孺等朝臣一样，'心忧我藩臣'哪！妾乃一介纤纤女流，更兼胸少文墨，原欲夫妻琴瑟和谐，太平一生。妾本无力忧心国事，奈何身处此位，不能不朝夕忧虑。为了江山社稷，妾夙夜忧叹，不能贪图以安逸。至于妾身名分早已置之度外了！"马后慨然说道。

"朕与梓童双双文弱，本是柔情书卷中人，更哪堪，苦承万世江山之重任。无奈何，皇祖降大任于朕，为保宗庙万世之基业，朕不敢稍许懈怠也！"建文帝说道，"而今，外藩各位叔王虽是至亲骨肉，不会有太大举动，但看种种迹象，也有'山雨欲来风满楼'之先兆。

朕不能不防之！"

过了一会，建文帝又慢慢说道："皇后乃先太祖皇太后至亲，本是女中豪杰，当有先太祖皇太后辅太祖之才德。卿为朕肱，此朕之幸矣——"

"唉，陛下过誉了！妾虽是先孝慈皇太后嫡脉，但德才难与之相比，况且……"马皇后接着说道。

"谷王橞、左都督徐增寿大人求见——"正当此时，太监小林子进来奏道。建文帝招了招手，就见谷王橞偕左都督徐增寿进得厅来。

"叔王和徐大人夤夜到此，有何急事？"建文帝问二位。

"陛下莫非正在议论国事？臣等适才闻得，陛下有兴兵削藩之说？"谷王和徐增寿齐声问建文帝。

"二位的意思？"建文帝反问。

"诸王与陛下本为同宗，纠纷乃为家常琐事，肤外之疾不足虑，何必大动干戈？臣等思虑再三，觉得如今国中百事待举，宜静而不宜动！倘若因家事引来外患，将有损国家根本。"谷王说，"况且，各王即使有错，陛下也不能绳之以重法。先皇尸骨未寒，如果同室操戈，陛下又何以面对太祖高皇帝？陛下年轻，切勿误听了外人之言而疑虑同宗！"

"王爷之言极是！"左都督徐增寿点头称是。

"诚然朕不能加害同宗，然而叔王中有不驯形迹，也当惩之！"帝道。

"同宗之事，只需晓之以理足矣，何必兵刃相向？"橞王说。

"朕自知之，二位且先退下！"建文帝沉默了一会后，向二位摆了摆手说道。

于是，谷王橞偕左都督徐增寿出宫去了。

谷王橞与左都督徐增寿出去后，帝与皇后马氏对视了一会。

"皇后且不必理会方才谷王和徐增寿的言语，此二人一心反对削藩，神情近日一直如此。只是卿方才所说'况且'……如何？"建文帝问马皇后。

"时事迥异，人亦异呀！"马后叹息道，"陛下虽为贤德之君，然而，少有太祖气概，而藩王之中，譬如方才谷王神态，桀骜不驯之气弥漫。治国者无有太祖魄力，岂能镇住此等外藩众王？"

"这……"建文帝沉思良久，道，"谷王等已有'不能绳之以重法，不能同室操戈'之说。朕不能不慎察！"

正说间，忽报侍讲方孝孺大人求见。建文帝急忙召入。

"启奏陛下，臣近闻风声愈紧，外藩举止甚是可疑。尤其是北方燕王智虑过人，酷类先帝，现在镇守北平，地势形胜，士马精强，万一有变，不可控制。微臣以为，在削藩之前，就应改封燕王去南昌，让他易地为王，以与下属断了关联为好。"尚未能落座，侍讲方孝孺立即上前向建文帝密奏道，"如今'山雨欲来'，前途堪忧，陛下不可缓而行之！"

"哦……叔王们虽有异动，无非图谋藩镇势力，目前虽有篡位之心，但未必会有篡位之胆！如今朝廷大军数百万，倾其一支藩国之军，其岂敢妄动？况是同宗血脉，非万不得已，诸王岂忍铤而走险？更兼朕已有卿等忠实大臣在侧，藩王安肯胆大妄为，置自家性命于不顾？"帝对孝孺说道，"诸王本未起兵，倘若朝廷错怪了藩王，并因此而将藩王调动，牵一发而动全身，恐怕反会招致不测，使举国震荡。引起内乱，如何是好？朝廷可否以静制动，求得一时安逸？"

"常言道，'树欲静而风不止'。目下外藩已有动作，陛下岂能以静制动？"孝孺再说，"虽然，国家暂还安静，陛下也不可少了防患于未然之心！"

"……先生既有防患于未然之心，朕当仔细思之，此事可矣！"过了一会，建文帝又转念说道，"不过，朕与众王，至亲骨肉，又岂能……"

"陛下岂不闻隋文杨广的故事？父子至亲，尚有逆谋之事，何况叔侄之情？"孝孺再三提醒建文帝。

"陛下，当遵重方先生至诚之言！高皇帝亦曾多次谆教：治国者仅有仁义贤德不足也！"马后也接着说。

"……二位所言是也！看来藩王势力果然不小，容朕再三思之。"建文帝忧郁地说着，回头命身旁太监小林子道，"速请太常寺卿黄子澄大人来见!"

太监领命去了。这里建文帝接着与马后、孝孺在继续研讨削藩安国对策。

"……以先生之言,国家委实危在旦夕!"许久后,建文帝感叹。

"'日晕而风,础润而雨',在此多事之秋,陛下万勿疏忽。如今,天地惶惶,事情宁信其有,勿信其无。我等理当防患于未然,以免大事暴出时,我等措手不及。此非危言耸听——"孝孺再次进言道。

"如先生之言,朝廷危矣——"建文闻罢孝孺之言,浑身抖动了一下,说了一句。

一会儿,黄子澄随太监小林子赶到后宫,参见建文帝。

"黄先生还曾记得,当年朕与卿东角门的谈话吗?"建文帝急切地问黄子澄,"今日之势已非当时,朕已临朝,万事皆已落在朕君臣肩上。四野风波,已有不平,太常寺卿有何高见?适才朕与方先生已谈及国中奇事,不知黄先生意下如何?卿与方先生、兵部尚书齐大人等,皆朕之临危受命大臣,当竭力辅翼,帮朕监督和抑制外藩啊!"

"臣乃陛下爱臣,沐浴皇恩至深。臣等当竭诚保国,为陛下,虽赴汤蹈火,亦在所不辞,岂敢忘记当年'东角门'千金承诺?"黄子澄激昂地高声答道。接下来说,"至于国中藩王之事,臣早与方先生多有同感,并欲竭诚劝谏万岁。希望陛下,未雨绸缪,对外藩恩威并用,使之畏威怀德,以便力挽狂澜,削平外藩!"

"今日之势,唯削藩而已!迟削不如早削——"孝孺再三说道。

"方先生所言是也!如今,国中'尾大不掉',此乃累卵之危!静也得削藩,动也得削藩;迟也得削藩,早也得削藩。迟削则尾再大,祸及四方,国病进入膏肓;早削则残尾早日凋谢,国病痊愈于肌肤。迟削不如早削!"黄子澄接着说,"如今陛下业已临朝,此乃建文朝大业之始,然而,欲保我建文中兴,万古流芳,而后的路途甚长,任重道远,削藩乃是扫除途中障碍!我等君臣当为此协力同心。"

"太常寺卿大人所言极是!"建文帝与孝孺同时点头称是。

"黄先生运筹帷幄，不忘'东角门'千金承诺，朕之幸也！然而，今日之计如何？先生可将谋略详情道来！"建文帝向黄子澄说，"倘若削藩之战开始，本朝国事将会如何？未来战事如何？先生将如何处之？"

"周因藩王兴起而衰亡，汉因文景之治而削藩，终于带来了强汉武帝宏伟之大业。削藩必须先行整肃朝纲，开创建文之治，在陛下身边，聚集一批敢为之士。如今洪武已过，藩王欲起，建文中兴之大业将始，削藩之战胜利就会到来，陛下当有汉武之志！"黄子澄激昂地站起来说，"臣也知，削藩乃是一场恶战！当年汉朝虽然削藩成功，然而，削藩的元勋功臣——晁错等人，却也未能逃脱灭顶之灾。微臣不才，却有'东角门'千金承诺，愿作陛下削藩敢为之士，与陛下肝胆相照。臣世食国禄，愿肝脑涂地以报陛下知遇之恩……"

"爱卿有晁错之忠心？"建文帝问黄子澄。

"大汉有第一个晁错，为臣已曾发誓：臣愿做第二个晁错！愿做大明的晁错！臣愿以臣血荐家国，愿以臣命报君恩。"黄子澄接着说道。

"先生言重了！"建文帝含泪说道，"朕……诚感诸位的忠心耿耿——"

黄子澄和建文帝说罢，全场气氛肃穆。

于是，君臣三人及马后重整衣冠开始长谈削藩细策。

"朕已知此战非同小可，刮骨有损筋肉之痛，复巢无完卵之幸。然而，在削藩恶战之中，朕可舍一切，但万不可相残骨肉，尤其不忍害了皇叔性命！"许久之后，建文帝又慨然向众人说道，"倘若削藩之时坏了叔王们的性命，朕虽胜犹哀！"

"今日之争为国家大计，陛下切不可因顾及小义而舍了国家之大计也！古人言：'擒贼必先擒王，斩蛇必先伤其七寸之处。'燕王虽是皇叔，却正是群藩之首要。燕王确在国家削藩途中之要冲，是顽固障碍。燕王之死生关系到削藩之成败！陛下怎能因此而畏首畏尾？"孝孺力谏道，"又如关云长刮骨去毒，倘若骨肉不刮，虽华佗也不能为也！国家为除强藩毒瘤，当承受切肤之痛！倘不如此，胜利何在？

其战事危矣——"

"先生之见是也！"子澄、马后纷纷点头。建文帝仍犹豫不决。

"诸位莫非再无两全其美之策？朕断不能为江山而舍同宗骨血！"建文帝说道，"倘若如此，朕何以面对先祖高皇帝？血荐山河，朕不敢为！"

"倘若陛下因仁义而断送了大明江山，又何以面对太祖高皇帝？"子澄闻罢帝言，急忙跪地惊呼，含泪谏道，"若果如此，我辈如何能巩固基业，力挽狂澜？"

"先圣以为，先国而后家；又说，社稷为重君为轻。何况皇叔！正是此念，令微臣不敢以家而误国！陛下当以社稷为最，家事次之！若为大明社稷，何惜皇叔？"孝孺再三劝说建文帝，并也跪伏在地。

"养军千日，用在一朝。望诸公协力同心，以朝廷百万雄师，四方威慑，足以扶危以救朕之大明社稷，何必还要行此骨肉相残、伤筋动骨之下策？"建文帝坚持着，"身为帝王，能感召天下，唯独不能感召同宗叔王？"

"非也！天下百姓，乃陛下子民，得一衣一食已足矣！而藩王之贪，意在江山社稷，岂能与百姓相比？倘若陛下心存侥幸之念，则我等难为矣！"子澄伏地哭道。

"二位先生请起！容朕再三思之！"建文帝起身扶起二人，并将二人送出宫外。

"如此我辈危矣——恐家国不保！"刚出宫殿门，黄子澄忧郁地对孝孺说，"在下今日方知当年项伯'竖子不足与谋'之苦恼！"

"太常寺卿不可如此悲叹，更不可如此诽谤我主！"孝孺厉声说道，"陛下乃圣明之主，万尊之躯，空前贤德之君。只是当今时日不济，才有燕王等不臣之徒作祟！我等唯有齐心协力辅佐朝廷，方可护国保家！生为人臣，当此之时，唯有据理力谏，舍生忘死而已！岂敢诽谤我主，藏有他念？"

"已临深渊，我等只有奋力向前矣——"黄子澄叹息，"只是举家数百丁口，也要随我生死而沉浮了！"

"子澄，'人生一世，草木一春'，我等何有惧哉？"孝孺对黄子澄说。

"在下早有'愿做第二个晁错'的意念和决心，非贪生怕死之徒。只是觉得陛下理应毅然决然——"黄子澄仍在辩道。

"我佩服先生志趣！大丈夫当有先生'愿做第二个晁错'之勇烈浩气！"孝孺感叹道，"然而，既有此念，又何惧将来？即使将来某日，不幸要我等兑现承诺誓词，我等也应视死如归，一生无憾！"

"先生所言是也！先生乃当世鸿儒，我辈当随先生行止！"子澄钦佩地说道，"但愿先生苦心，能获得万岁猛醒，一改寡断之风！"

二人说罢，遂默默回府去了。

皇城马后寝宫一侧。沈嫔与翠嫔正在争执。

"姐姐不可过分，这皇上诏书，我辈后宫妇人，岂可随意取走？"建文帝翠嫔见沈嫔从马后房中取走了一份诏书，十分着急，忙上来与她争夺吵闹。

"你我同为皇嫔，而你已看过，为何独我不能观看此书？"沈嫔怒道。

"姐姐何出此言？本嫔知道，诏书事关国家大事，本嫔也从来未曾观看！"翠嫔急切地说道，并问道，"况且，我辈后宫妇人看此何用？"

"这……你等乡野之人怎知？因为燕王世子欲观此诏呢！"沈嫔得意地说，"我与燕王世子相识，世子与皇上乃为兄弟，皇家兄弟为何不能观看此诏？"

"燕王世子？"翠嫔突然警觉起来，因为前不久她已听到过燕王不臣的流言蜚语。

"你如何与燕世子……"翠嫔欲言又止。

"本嫔乃南京的名门望族，你个临淮歌女怎能与本嫔相比？本姑娘还认识燕王许多部将呢！"沈嫔得意地说。

"万岁能让我等嫔妃与皇族子弟同乐，乃是今上格外的宽宏大度，广恩深惠，然而，我辈怎可趁机与外藩染有私下交情呢？倘若如此，弄出差错，又如何面对万岁？"翠嫔深沉地说道，"姐姐的行为未免太过份了！"

"本嫔名门岂能与平民相比？我沈家万三老员外还曾与太祖皇帝同游呢！本嫔岂是寻常嫔妃？能与皇家子弟来往是本嫔的造化，皇上也未必会怪罪于我，岂容你这临淮歌女教训？"沈嫔越说越怒，竟然情绪失控起来，接下来破口喊道，"当初，燕将在京聚议时，还邀本姑娘上坐鼓琴歌舞呢，你等岂能知之？"

"啊，这……"翠嫔听罢越发觉得可疑起来。

正争论间，一位年轻的"太监"低着头，鬼鬼祟祟地从二人身旁溜过。

离开翠嫔后，沈嫔愤愤然走进了自己的寝宫。

"你是沈娘娘？末将在此有礼了——"沈嫔刚一进门，就忽听有人从身后闪出，上来说话，不免吃了一惊。

"你是哪宫太监？怎知本嫔的？敢如此和本嫔说话？"沈嫔定睛一看，原来向她说话的正是方才从她们身边溜过的那位"小太监"，忙不耐烦地厉声问道。

"嘘……娘娘，适才听娘娘与那边宫女说话，就已断定娘娘是沈嫔了。在下不是宫中的中官！"来人轻声地说。

"你是何人？姓甚名谁？"沈嫔又问。

"娘娘识得此物否？"那人从怀中取出金钗在沈嫔眼前晃了一下，说道。

"你是从北平来的？"沈嫔见了忙问。

"嘘——是呀！在下是世子殿下的亲信部将谭渊，今日是特来取货的！"谭渊轻声说道，"想必娘娘还识得此物！"

"啊！世子高炽，我见此物也如见殿下呀！"沈嫔突然扑上去，一把接过金钗，动情地向来人说道，"此乃本姑娘传家之宝，我岂能忘怀？"

"那货在何处？在下公务在身，要立马取去赶路呢！"谭渊又急切地问道。

"谭将军是燕府千户吧？哦！本嫔久仰大名……将军且拿好，这是兵部上奏皇上的征燕文书，待本嫔抄好一份，给谭将军带往北平去吧！"沈嫔掩上门，快速地从枕头下取出一笺，并抄好，递给谭渊，接着又显迟疑道，"将军和世子们在北平一切可好？"

"好呀……娘娘何出此言？"谭渊一边揣着那信笺抄本，一边轻声问道，并站在二门内侧未动，仔细听沈嫔说话。

"……本姑娘在此，度日如年……"沈嫔流泪说道，接着忙回头向四周张望了一下，见左右无人后，就急忙将门关上，随即将谭渊一把拉进内寝室中，并把他推到床上，疯狂地自己宽衣解带，同时说道，"将军既然来此，也就权替世子陪本姑娘一夜吧！"

"娘……娘，将要如何？"谭渊忽见这突然袭击，不知所措，忙问沈嫔道。

"男女之事，谭将军不知？莫非将军真的是宫内中官不成？"沈嫔忘情地笑道，"本姑娘量将军不会对我无动于衷！"

"啊哟——"燕将谭渊被此女子的一阵搅扰，叫了一声，已经情不自禁，如堕入五里雾中，只好昏昏然由沈嫔疯狂地摆布起来。

"谭渊将军来时，燕世子可有口信给我？"沈嫔骑上了那燕将身上颠覆了几番后，带着胜利的微笑，又轻问道。

"啊——"谭渊叫了一声，经沈嫔这一问，突然醒悟了过来。谭渊脑中突然响起了世子高炽对他临行时的话语："沈嫔虽然出身名门，但为人粗鲁，本不擅做奸细行径，望你与之相交，格外小心，切勿坏我大事！"

"谭渊将军为何惊叫？"沈嫔听了谭渊的惊叫，立刻问道。

"哎呀！娘娘，不可——"谭渊突然翻身坐起，轻声说道，"我等如此放肆，一旦被人知晓，在燕王和皇上的面前都是死罪呀！"

沈嫔听罢，也清醒了许多，只好悻悻而起。

"唉，那么……将军就请先回吧！"沈嫔恋恋不舍地起身整衣道，"愿——天从人愿，我辈大事早成，早日团圆！"

"娘娘不必忧伤，眼见得，不过数月，太祖高皇帝周年忌日就到，燕世子、郡王们就要应燕王之托，来京祭祀。到那时，末将也将

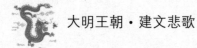

随来，我等尚有见面之机呢！"燕将谭渊起身走到门边，又转身回头对沈嫔说，"那时节，吕太后将去鸡鸣寺烧香、做佛事，末将将扮着小僧前往与你联络，为了我等联络，娘娘一定要随太后前去鸡鸣寺一遭啊！"

"将军请转告世子放心，本姑娘决不失信于世子！"沈嫔动情地流泪说道。

"娘娘保重——"那燕将谭渊听罢，点了点头，收好了信笺，转身出了嫔宫后门。

九、剪燕羽，智取周王府

一个月后，建文帝正在后宫内与方孝孺为削平外藩的事情忧虑，谷王朱橞和徐增寿又前来打扰，二人只好与谷王等人周旋。

"户部侍郎卓敬大人偕蜀地术士程济求见——"此时，忽闻太监小林子奏报。

"宣——"建文帝挥手道。

于是，卓敬、程济等二人并肩而入。

"微臣卓敬偕蜀地术士程济拜见皇上，愿我主万岁、万万岁——"卓敬、程济二人双双跪在阶前，卓敬轻声说道。

"二位平身！户部侍郎卓爱卿偕仙师到来，有何要事报来？"帝问道，见那术士欲言又止，帝又说道，"此处皆朕朝中爱臣，术士仙师有话直言无妨！"

"启奏陛下，天象告警，荧惑守心。星应兵象，并在北方，来年北方必有战乱。"术士程济跪地不起，且再三向四周环顾了一下后，忙向皇帝奏道。

"仙师……"建文帝张口欲问程济。

"陛下——"正在这时，方孝孺赶紧附向帝耳奏道，"目下外藩风声正紧，互传陛下已有意削藩，人心惶惶，大有诸王串联，黑云压城城欲摧之势。在此非常之时，我等不可打草惊蛇，当斥责此仙师，以麻痹诸位藩王，稳住四方——"

"术士妄言！我国内太平盛世，亲王共辅朕之万世基业。有何战祸？朕岂容尔辈方士哗众取宠、造谣惑众？"建文帝正要点头，忽得孝孺的暗示，立刻转为怒状，严厉命道，"将此妖人推出去，斩首——"

"忠言逆耳——不信？陛下可权且先囚贫道于狱中，倘若明岁无战祸，再杀贫道未迟！"程济跪在地上，睁着大眼委曲不服地叫道。

"就依术士之愿，打入死牢！"帝怒道，说罢向谷王和徐增寿道，"二位也且先行退下，朕将严惩此等造谣惑众的妖人！"

于是，程济被送往狱中。谷王朱橞、徐增寿也随着退出。

"启禀万岁！"见人们已陆续退出，站在一旁的户部侍郎卓敬立即上前轻声奏道，"目今国中，流言四起。臣昨日接连收到周王之子——汝南王多份密报，称周王、齐王、湘王、代王、岷王等已互相勾结，共图不轨。"说罢，递上汝南王密折。

"啊，果然如此！诸王之事蜂起？"建文帝惊道，停了一会又说，"朕也曾接到锦衣卫密报，北平燕王确已在四方运动。其秃头谋士道衍和尚与燕世子高炽正加紧秘造兵器，招兵买马，大有取朕以代之的意图。唉，不料诸王竟然群起！仙师之言并无大谬，也不无道理。户部侍郎卓敬大人引他前来见朕，实在无可厚非，然而为了掩人耳目，无奈朕暂时只能假说术士有谬，为保国安，朕只有严处术士，请爱卿见谅！"

"万岁之意，微臣知也，陛下不必细说！"卓敬小声说道，"为了国家，权让程济演一场苦肉之计吧！"

"微臣早已申明：础润而雨，月晕而风。如今天下既有此征兆，我等当急速商定派调削藩军马之事。请万岁降旨，召兵部齐大人、太常寺卿黄大人等计议——"方孝孺进言道。众人点头称是。

"速召兵部齐大人、太常寺卿黄大人等，入宫觐见！"建文帝立即向太监小林子下旨。

夤夜，明城深宫。建文帝与齐泰、黄子澄、方孝孺等众臣正在密议削藩兵马调动事宜。

“众爱卿，对诸叔王之事曾耿耿于怀，而当今时势，藩王行踪已劣迹昭然，削藩之事犹箭在弦上，不得不发了。只是藩王四野，如何削之，孰先孰后尚应周密计划！希望诸位出谋划策，作个决断。”建文帝向众人说道。

“擒贼必先擒王。今秦王和晋王均已薨去，燕王统领北国，已成众王之首。诸王中唯燕王最强，削除了燕王，余王可不讨而服矣。”兵部尚书齐泰奏道。

“不可！齐尚书错了。欲要图燕，必先剪其手足。周王系燕王同母兄弟，今天既有周王密谋不轨的把柄露出，如不追究，恐被外藩认为朝廷软弱可犯矣！何不就以此事为契机，将周王拿来先行处罪。一可以除周，二可以撼燕。”太常寺卿黄子澄赶忙说道，“况且周王乃无能之辈，擒之易如反掌！”

“先擒王，或先剪手足。均以对方势力大小及他们互相关系而论定。”侍讲方孝孺慢慢道来，“倘若燕王谋逆之事已准备就绪，且与其弟唇齿相关，则其必然与周王联手；倘若燕王起兵诸事尚未就绪，其羽翼未丰，又与周王不甚休戚，则其必然回避，并丢车保帅，弃周以自保矣。知己知彼，方能百战百胜。为今之计，宜火速弄清燕王何时起兵及燕京近日演兵底细，不可再延误时日了——”

“若周、燕已到联手之际，势力浩大，羽翼已丰，岂肯就擒？”建文帝问道。“卿等有何良策以擒叛王？”

“……削藩之初，当先以计取之，不必立刻大动干戈！”孝孺对帝说道。

“卿等有何良策擒之？”帝又问。

“陛下不必过虑，臣等自有计策。”太常寺卿黄子澄向孝孺、齐泰等点了点头后，转向建文帝说道，并接着走上一步，轻声向建文帝陈述了系列计划。

“……啊！此计甚好。朕得诸公，可无他忧矣。凡重任当完全委托诸公，国家幸甚，朝廷幸甚！”建文帝听罢大喜，“方先生且拟定谕旨，由朕仔细看来！"

方孝孺应声写好诏书，向帝呈上。

"此计实为上策，望诸位都能遵旨照办。眼下众卿权且各自回府安歇！"帝看罢诏书，说道，"朕将召人，依计而行！"

于是，齐泰、黄子澄、方孝孺等顿首谢命，告别而去。

建文帝偕齐泰出来，走进东角门大殿，命太监小林子道："速召曹国公李景隆觐见！"

不久，李景隆来到东角门殿。君臣见礼罢，经过一番计议，最后，建文帝向齐泰点头示意，齐泰马上走到李景隆面前。

"李爱卿此番出兵如何行动，详情请兵部细述！"帝道，"出兵诏书已颁，可暂留宫中。爱卿可持兵符调兵遣将！"

"目今乃国家多难岁月，燕王拥兵自重，更有周王等外藩与之沆瀣一气，今上欲征讨北燕，必先以智取周王。尔身为国公，乃国之栋梁，国之将帅，当不负陛下重托。周王反迹业已败露，昭然若揭，今圣上命尔率兵三千人，前去问罪。尔出都时，当偃旗息鼓，并可扬言奉命防边西疆，道出汴梁，周王必无防备。一俟全军到达汴梁时，即率兵突然袭击，进入周王宫府，拿下周王全家，解回京都，听皇上发落。"齐泰闻罢帝言，即向曹国公李景隆说道，并拿出调兵符令交给景隆说，"曹国公且领兵符！"

"末将遵命——"李景隆接过兵符答道，"请兵部堂放心，末将决不负圣命！"

说罢，建文帝和齐泰又向李景隆密授一番。之后，曹国公李景隆辞别了众人，不敢怠慢，急忙走出东角门殿宫门，手持兵符，清点军马，风驰电掣，向北而去。

次日，建文帝与齐泰、黄子澄等君臣集于奉天殿，再次讨论北方防务诸事。

"景隆兵擒周王，此信燕王不日即可知晓，目前削藩之战，业已打响，防燕之计，迫在眉睫。众卿意下如何？"建文帝说。

"接着，陛下当遣能将镇守开平，调燕护卫兵马出塞，密剪燕王羽党，倘若燕军杀出，然后即可见机讨伐。"兵部尚书齐泰说道。

"卿言极是！"建文帝点头称道，"为了在北平燕军中加入耳目，朕即颁旨，加封工部侍郎张昺为北平布政使，都指挥谢贵和张信执掌北平都司事。"

"再以防御北方元朝余党为由，令都督宋忠屯兵开平，将北平燕王府内卫兵调给宋忠指挥，以削燕军力量。并遣调耿献屯兵山海关，徐凯屯兵临清口，共窥北平，严行防备燕王行踪。"黄子澄说道。

"此言正合朕意！"建文帝再三点头称道。

"还有京都防务？"齐泰接着问道，"陛下有何旨意？"

"朕还要飞召番骑指挥关童等，驰还京师护驾。京畿魏国公及淮上梅驸马的大军原地听令！"建文帝接着说道，"其实，对此，朕也已与方先生说过，一切都在方先生所拟的诏书之中了。众爱卿今且去吧！"

"臣等遵旨，兵部上下即刻行动——"齐泰等人说完，辞别建文帝出宫去了。

齐泰等人去后，建文帝已觉疲惫，遂袖藏军务诏书回到马皇后宫中。在马后宫中，帝与后议论了一阵国事之后，建文帝又将那诏书随手放在案几上，和衣与马后一同睡去了。

次日凌晨，内宫沈嫔前来向皇后请安时，一眼看到案上的诏书，遂趁马后不注意，顺手牵羊，把诏书塞进袖中，急急忙忙出宫去了。

沈嫔回到自己的寝宫后，忙打开诏书一看，知是朝廷遣曹国公李景隆出兵削藩、讨燕的细则，其中竟有捕捉周王之计，顿时觉得非同小可，急忙拿纸抄下一份，将原书又偷偷地塞回马皇后宫内。

接着，沈嫔出门找到大内太监魏宁，并将此事向他备述了一遍。魏宁从沈嫔手中取过此信，立即向前殿走去，找到当日早朝的左都督徐增寿。

徐增寿取得此书后，连夜派员将书送往中都凤阳，交给李景隆的亲将王平的营中去了。

"哎呀！不好——"王平一见来书，大惊失色、自言自语道，

"朝廷削藩之战实已打响。欲让景隆假借西去，顺手牵羊，擒住汴梁周王等人了！周王等实为燕王手足屏障，若屏障既失，燕王独木难支，势必危矣！可叹景隆对此，也爱莫能助，只能照办！来人——"

"将军有何吩咐？"王平的部属闻叫，赶忙上来问王平。

"快，快，快将此书，共抄两份，连夜快马加鞭，分别送到北平燕王府和汴梁周王府——"王平急切地叫道。

"得令——"部将应着，遂即行动。

"且慢！"正当部将手持文书欲走，王平忽然又叫道，"景隆大军业已出发，看来周王命该有难，已措手不及了，与其给周王一个马后炮，还不如不去通知周王，以免我辈反而因此遭到朝廷更多的猜疑。你只将此信火速送达燕王去吧！"

那部将得令向北送信去了。

洪武三十一年冬，李景隆的军马已达黄河南岸，汴梁周王如热锅上的蚂蚁，惶然不知所措，并立即在议事厅内召集文武官员计议。

"方才探马报告，朝廷三千大军已到河南。各位且看如何是好？"周王急切地问道，"我辈可否派兵迎之？"

"父王不可贸然用军，当探明官兵此来的用意。"周王子——汝南王上前劝道，"况且探子已说李景隆前来北国，分明是说奉命边防，假道汴梁的。"

"殿下与燕王串联，防止朝廷削藩的密函已被朝廷拿到，由此看来，此次官兵来者不善！"周王参将说道，"我军不得不防！"

"不可造次！万岁并无父王与燕王共谋的确凿证据，怎知就会兴兵前来问罪？况且朝廷不远数千里，只带有三千兵马，怎会是攻我周国？"汝南王又厉声说道，"更何况，眼下我朝削藩与反削之争，众说纷纭，倘若汴梁周王兵马自找战事，招致朝廷疑惑，引火烧身，如此反而不妙矣！"

"诸位的意思——"周王惊慌失措又犹豫不决地问众将。

"既无实情，殿下不如派探马再三打听，缓然处之为好！"另外两位部将也说道。

"正是，本藩当坐以静观！"周王听罢点头称是，"听听燕王的消息，切不可引火烧身！"

此后，周王府中依旧是整日笙箫达旦，歌舞升平。

过了几天，突然，汴梁周王府内外人喊马叫，一片嘈杂。原来朝廷所派的李景隆军马已进中州汴梁城区。

"殿下，不好！李景隆军马已临周王府邸了——"周王的一名家将冲进王府前庭，向周王禀报道。

"竟有此事？"周王瞪起大眼睛再三问来将道。

"……已达前门照壁——"来将道，"有的兵勇业已冲破了府门，入前厅来了！"

正说话时，数百官军冲到大堂，周王等上下数十员将士，个个目瞪口呆，面面相觑，不知所措。同时，一支兵勇进了后院，王府后院也顿时呼天号地，哭叫之声乱成一团。不一会，周王全家老小及属下部卒，猝不及防，束手就擒，一一被捕获了。

周王原以为曹国公兵马路经汴梁，不料李景隆军马到达汴梁后，就再不西去，却直临周王府邸。周王猝不及防，全家老少悉被捉拿。

数日后，周王家眷和部属被押解至京，面见建文帝。

在朝堂上，周王见与燕王共谋反叛朝廷之事泄露，惊慌地跪伏于阶前，痛哭不止。建文帝看着阶下诸囚狼狈，正在犹豫不决。

"陛下，图谋反叛乃是死罪，周王等人既已拿到，又兼有其密情文书在侧，理当予以严惩！万岁何必寡断？"兵部尚书齐泰出班奏道。

"万岁明鉴，臣叔虽然与燕王是同母兄弟，而且至今仍有书信来往，然而，兄弟间的书笺并非谋逆信函。望陛下姑念先帝高皇之面，且恕臣叔，放本王北去戍边，以报君恩——"周王颓然伏地乞求道。

"这……叔王果真会痛改前非，意欲归国？"建文帝见了周王等痛苦形象，顿生怜悯之心，说罢，意欲放他们回国。

"臣叔正有此意！"周王立即答道。

"唉，同是高皇帝子孙，何其遭此狼狈？朕本不忍加害，无奈何，尔等多有非常之举也！"建文帝痛心疾首，下阶与周王握手叹息说道。

"臣叔行为欠恭，然而，虽有无礼之处，却绝无不轨之心。望陛下看在先皇面上，恕本王一回。万勿因外人挑唆言语，而伤我等叔侄之情！"周王继续跪着痛哭，泪流满面，"陛下倘不能见谅，叔王愿跪死殿前——"

"叔王请起，俟朕查明实情，立即放叔王归国。"建文帝陪泪道。

"陛下，不可！"齐泰、黄子澄见此，大吃一惊，遂赶紧出班，齐声阻止道，"窃国大事，岂能恕之？况周王阴谋密情，已有汝南王禀报，汝南王乃周王之子也，并非外人。证据确凿，不能抗辩！"

"叔王虽然罪不可恕，然而骨肉之情，岂可忘心？众卿不必苛刻！此事且容朕再三思之。"建文帝流泪道。

"国事重大，陛下不可放虎归山——"方孝孺、黄子澄又赶紧出班阻止，"陛下仁义，然而仁义不可宽恕反叛之徒！"

"待朕想出两全其美之策！"建文帝向众臣说着，停了一会，走到周王面前说，"虽然叔王本是皇族，但皇子犯法，也必须罚罪。国法难容呵……权且废尔为庶人，暂离封国，戴罪发配，前往异地。"

"臣叔叩谢万岁不杀之恩！然而，我等何时可以返京，以见天颜，为国效力？"周王仰首，又含泪问道。

"如此为国家计，权且让皇叔先委曲别徙蒙化！俟事态好转，定将召回。事本由叔王引起，叔王不必怨天尤人。望叔王能因此洗心革面，来日能够为国出力！"建文帝安慰周王，接着向采访使刑部侍郎暴昭说，"此事且由刑部办理去吧！"

说罢，刑部侍郎暴昭率刑部一众官员带着周王等一批人犯出了大殿。建文帝退朝，与方孝孺、齐泰、黄子澄及若干刑部官员随转入了内殿。

"周王乃是燕王的手足，叛藩之帮凶，陛下不可放虎归山——"入内殿后，太常寺卿黄子澄等人急切地向建文帝说道，"况且，此等宽恕先例一开，陛下将如何处置湘王、齐王、岷王、代王等不法藩王？”

“削藩虽是国之大事，然而，朕念一家血脉、高皇金面，决不忍以死罪相加。众卿莫再三进言罢！”建文帝深深忧郁地向众臣说道。

“如此说来，此削藩战事艰险也——”众人听罢建文帝的话，不约而同地叹道。

“朕意欲以德报怨，愿上苍及高皇帝在天之灵佑朕的一片苦心！”建文帝仰天长叹了一声。众人相顾无语。

“……发往收缴湘王、齐王、岷王、代王王印的使臣是何时回京的？”过了很久，建文帝问站在一旁的兵部尚书齐泰道。

“启奏万岁，使臣们的人马均在前日陆续返京！”一位刑部官员上前奏道。

“各王近况如何？”建文帝又问。

“湘王已弯弓跃马，投火身亡，其余罪臣均将陆续押送到京！”齐泰答道。

“唉，湘王既已投火身亡，就不再追究其家人之罪了。其余各王统按周王先例，废为庶人，发配异地吧！”建文帝向众人说道，“明日可向各藩国派遣使臣，以处理后事！”

众人得旨分头行事去了。

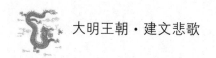

十、探北平，擒审燕家将

次日，朝廷数名派往各藩国的使臣陆续离京。

采访使刑部侍郎暴昭、锦衣卫千户张安等一干人被派往燕国。他们夜以继日，飞马急行，数天后，就赶到北平城外。然而，他们尚未驻足，就见城郭南山谷口处，约有数骑向内飞奔而入，行踪诡秘，如同哨兵，但此地却无岗楼。这时，其中两匹膘肥黑马进入山口后不久，又忽然转回。暴昭见了甚觉可疑。

"暴大人，莫非此处有燕王暗藏的兵马？"身着黄衣的锦衣卫千户张安回头向暴昭说道，"此处离城尚远，末将曾多次来往此地，也从未见此地设有岗哨！"

"张将军熟悉燕地，所疑果然不谬，其中定然有诈。我细观之，此队人马之中仿佛混有漠北番人打扮的小卒，不全似燕府兵马！"采访使暴昭凝视了一下前方后，向张安等人说道，"也许是西域探马夹在其中。尔等速将他们拿来盘问！"

"得令——"锦衣卫千户张安应了一声，立即率领手下数骑飞奔而去。

此时，那群人马见朝廷人到，立刻四散，落荒而逃。于是，锦衣卫千户张安策马追去，不一会，张安抓来一名探马来见暴昭。

"末将暂且先将此贼拿来交大人审问！"张安策马走到暴昭面前说道，同时手指远处人影说，"其余官兵正驱马进入城关，追杀其余二贼去了！"

"尔等是何处人马？"采访使暴昭问那名探马道。

"小人是……是……是周王殿下的护卫！"探子抖动着双手说。

"周王派尔有何公干？"暴昭再问。

"无有他事，只是与燕王递封家书而已！"探马答道。

"家书何在？"暴昭又问道，并令一部将道，"给本使全身搜查——"

于是，数位陪同官兵们一拥而上，来搜探马，并很快从他身上查得一封信笺。暴昭打开一看，发现这竟是周王与燕王秘密联络、企图配合反叛朝廷的密函，顿时面带怒容。

"且将此贼绑了，押往京师御审！"采访使暴昭立即向兵士命令，同时对身旁的锦衣卫千户张安道，"看来那漏网的二贼身上，还会藏有非常军情，尔等身为锦衣卫，必有万岁重托，务必将他们拿住候审，此事关系非常！"

兵士应声上来将那探马捆了。张安又引军飞马前去捉拿另外二贼去了。

原来这黄衣参将打扮的张安，作为皇宫锦衣卫，的确神通广大，灵机无比，更兼有以死报国之心，因此十分机智勇猛。此次，锦衣卫千户张安随侍郎出使燕地，自然早有建功之意，当此之时，他岂能让那二贼漏网？然而，事不顺利，当张安再次回头追赶那二燕将时，二将却已飞奔到了城楼之下的吊桥边。此时急坏了那张安。

"二将休走，我有燕世子高炽殿下书札在此——"见二将就要上吊桥逃避，在这千钧一发之际，张安急中生智，忙用谎言向他们喊了一声。

"世子信在何处？"一听有燕世子书信，二将急忙勒马止住脚步，并回头朝那锦衣卫张安叫道。

"哈哈！世子业已南下了——"张安见燕将果然中计，忙高兴地笑道。

而就在此时，说时迟，那时快，张安趁人不备，飞马跃到吊桥后侧，挥刀砍下桥索，同时与另五位部将一起堵住了那二位燕将的去路，并随即飞身跃马，回步将他们擒拿，再令部卒捆住，押解过来。

"且暂不谈世子，我等先去面见暴昭侍郎大人吧！"锦衣卫张安对此二位燕将说道。

于是，张安和另外几个部将一起，将拿到的这两个燕将也拉拉扯扯，推到暴昭马前。

"尔等何人？"暴昭问道。二人垂头不答。

接着暴昭又问那探马："这几个穿戎小校是何种人？尔等既然沆瀣一气，就必定知晓他们底细，如不实招，当立即处死！"

"喏喏——他们都是燕王家将！"那探马慌忙回头答道，"他们就是燕府的于谅、周铎二将！"

"原来是有名的燕王亲将！"暴昭又说道，接着暴昭回头对锦衣卫张安说，"此案重大，还要烦请张安大人，将此三贼一同绑了送入京城御审——"

"得令——"张安及众人齐声答道，分头行动去了。

一个月后，建文帝与方孝孺、齐泰、黄子澄等重臣在东角门殿内再次计议叛藩诸事。

"湘王、齐王、岷王、代王之事如何了？"建文帝回头问齐泰道，"兵部偕使臣们应慎重处理四王的后事！"

"使臣们已于上月陆续返京，各位心萌异图之王，均已照旨适度处置。陛下勿虑！"齐泰立即答道。

"北燕情况如何？众卿务必关注燕王此后的行迹！"建文帝吩咐道。

"燕王地广兵强，削燕之事艰难，而且目下西方军务繁杂，因此，削燕之事，尚无多大进展。采访使刑部侍郎暴昭、户部侍郎夏原吉均在上月遵旨出京分巡天下。刑部侍郎暴昭已在北平查知燕王诸多罪证。"齐泰又说道。

"如此说来，非集大军，已不能平定燕王矣！"建文帝忧虑道，"战事开始后，即召山海关外诸将协同作战，如何？"

"由北来密报观之，燕王谋逆证据比比皆是，朝廷自然是要动用关外诸将的了——"兵部尚书齐泰果断地说，"应立即诏告辽东兵将？"

"令辽东、广宁守将皆需防备！卿且将燕情密札呈上，让朕仔细观察！"建文帝说。

"陛下御览——"齐泰说着，呈上密折并激昂地说道，"此乃燕府一位忠于朝廷的陈姓家将，冒死为陛下送来的密折呀！"

"哦，陈义士——"建文帝惊叹道，并接折看了一会后，又举头问站在一旁的黄子澄道，"卿还有何事？"

"刑部侍郎暴昭还在北平城外探马身上，查到燕王与周王最新的罪证。"太常寺卿黄子澄向帝奏道。

"唉，如此看来朕亦不能再恕周王了！"建文帝阅罢燕王与周王最新的书笺后，又叹了一口气，接着回头对方孝孺说，"周王业已与燕王联络反叛朝廷！请先生拟旨，即令刑部侍郎暴昭，将周王押送还京，锢禁刑部狱中，不可大意！"

"遵旨——"方孝孺答道，并转身取纸笔去了。

"此外，对其他犯王也应慎重处之！"众人齐声奏道，"如今众藩纷纷躁动，陛下不可姑息所有的叛王！"

建文帝点头称善。

"陛下，刑部侍郎暴昭还在北平城外拿到燕府亲信于谅、周铎二将！"此时，大学士刘三吾上前说道，"此二贼现已被锦衣卫千户张安拿在殿外候旨发落——"

"押上来！"建文帝叫道。

廷官和张安一同将于谅、周铎二将推上殿来，并经建文帝君臣一阵审问，建文帝忧心如焚，渐感事态严重。

"啊，刑部必须严审于谅、周铎二贼，弄清燕王谋逆细节以便应对之！"建文帝怒道，"看来，燕王即将起兵了——"

刑部二位官员闻罢，押着于谅、周铎两个燕将退出了大殿。

"启奏万岁！燕世子高炽和燕王子高煦、高燧，因太祖小祥，特来京城祭祀。"此时，太监小林子入门禀报。

"传入——"建文帝立刻下诏。

齐泰、黄子澄等人听罢，一阵紧张忙碌。

"天赐良机！天赐良机！"齐泰说，"此三位王子既来，即可作人质留京，以对燕王牵制，省去了朝廷多少兵马血刃！"

"此计甚妙！"黄子澄等人也赞同道。

建文帝向齐泰等人点点头，并说："此事概由大理寺酌情处置。"

在刑部大堂内，于谅、周铎二将经过数番拷打，已是浑身皮开肉绽，奄奄一息。

"犯罪之人，为何迟迟不招？"一位刑官举鞭站在于谅、周铎二将之中，左右猛抽几鞭后骂道，"反叛之徒何必代人受皮肉之苦？"

此时锦衣卫千户张安领着大理寺少卿胡闰从大堂侧厅走来，正在厅内监察审讯的刑部侍郎暴昭见了胡闰，忙迎上说话。

"燕贼部将个个骨硬，下官料难开口，因此欲将燕王三位王子带此一示。暴大人意下如何？"大理寺少卿胡闰问道。

"有胡大人协助，在下万分感激，理当高兴，只是不知大人将如何进行？"暴昭说。

"世子乃皇家血脉，下官自然不能怠慢，因此想用一计：不动声色，即可让于谅、周铎二将妥协投降。"胡闰接着说道，"大人且将于谅、周铎二将转囚于厅侧前室，下官以陪同燕王三位王子视察为名，引他们从前廊走过，以便让于谅、周铎二将看个明白。如此一来，二贼或可幡然悔悟！"

"我等以燕王三位王子来钓得燕王二位亲将？"暴昭恍然大悟，并立即吩咐随从道，"尔等立马准备，按计行事——"

胡闰及刑部官员们分头去了，不一会，暴昭把浑身伤痕的于谅、周铎二将转囚在侧厅一间前室中。

"本部堂见你二位也是开明之人，深知协同篡国之人乃有灭门死罪，在死字面前，谁不思量再三？"暴昭向二人说。

而正在此时，于谅、周铎二将忽然一齐悚然抬头，朝窗口看望，暴昭却佯装不知。

"大人，那……那窗外之人莫非真是燕王世子？"于谅、周铎二将不约而同地问暴昭。

"正是，他们如今也已投奔在万岁阶下了。事已至此，北燕尚有何可说？"暴昭随意地说道，"君君臣臣，乃自古常理！不日燕王殿下也要亲来京城朝觐了！"

"如此说来，燕王之事已经泄露，燕王业已服罪……"于谅、周铎二将忽然齐声惊问，"连三位王子都已落在刑部掌执之中？"

"'道高一尺，魔高一丈'。自古以来，哪有藩王敌过了朝廷的？藩王岂能抗拒朝廷？如今五王已败，大树已倒，猢狲岂能不散？本官奉劝二位：'苦海无边，回头是岸'呀！"暴昭若无其事地说，"世子已带来燕王的认罪书了！二位何必定要将举族性毁于一旦？"

"我等愿招！燕王的确将于近日起兵反叛朝廷，我等已聚议了多次，操练了数月。我等愿招供一切！"于谅、周铎二将相互对视了一下后，于谅抢着向暴昭说道，"乞求暴大人且恕末将一回——"

"这个自然！"暴昭说，"只要二位能识大体，将功折罪！"

"末将当竭力同心，为朝廷出力——"二将齐声说道。

说罢，二将取过刑部官员递上来的纸墨，举笔直书，过了不到一个时辰，于谅、周铎二将的一份血色叛书，立刻写就。两个时辰后，于谅、周铎二将的供词惊心动魄，已由锦衣卫千户张安转到了建文帝的案头。

十一、红颜冤，翠嫔玉香陨

次日清晨，阳光暗淡。太祖高皇帝的周年祭日就将到来。

"唉，小林子，引路去吕太后慈宁宫——"建文帝心情沉重，把于、周二将的供词反复看了多遍后，才慢慢放下，并且疲劳地对身旁小太监令道，"朕有事要与太后商量！"

"陛下忘了？明日是太祖高皇帝的周年祭日，今日太后和庆城郡主等人都去鸡鸣寺做烧香佛事去了。"

"哦，朕竟忘了此等大事！"建文帝拍了一下头道，随即，伏案疾书一纸，递给太监小林子道，"那么，你就前往鸡鸣寺一回，将此函当面呈送给太后吧！"

小林子用锦帛把那信包好，藏在袖中，急急忙忙地带着几个随从出了厚载门，转身向西边鸡笼山而去。

进了鸡鸣寺，只见山上古林之中，一片繁忙景象。寺中钟鼓阵阵，与僧尼居士们梵香诵经之声混成一片。在烟雾缭绕中，小林子从大殿内找到了吕太后，并呈上皇帝书信。而正当太后转身展信观看时，透过山门，小林子突然发现：在太后身后远处山道旁有一嫔妃，被一位行动可疑的和尚拉向舍利塔内，似乎窃窃私语了半晌。只是来此的嫔妃都面挂轻纱，小林子远远地不能看清她们的面目。

"啊，燕将，你是谭渊将军？你好大的胆！此处耳目众多，将军竟要与本姑娘说话？"沈嫔惊问那位潜入寺内的燕将谭渊道。

"事情紧急！燕王世子及二位王子都已到京，不幸经朝中奸臣的挑唆后，万岁把他们都羁押在京了，末将好不容易才得逃脱。求娘娘务必尽快设法，劝说皇上立即放人！"谭渊急切而又轻声地说。

"这是京中的近日情况，谭将军权且取去速回！"沈嫔听着，同时塞给谭渊一个纸包，急催他走，并且说道，"营救世子之事，本姑娘自当急办！"

于是，那燕将潭渊急急忙忙，沿着山前石梯，鬼鬼祟祟地溜出了鸡鸣寺。沈嫔似乎已觉察得有人窥见，而正当她心惊胆战之际，忽见对窗屋中有一尼正在书写条幅，她忙招呼侍者，向那尼姑借来纸笔，并且假借翠嫔之名，书写了一笺道：

> 拜呈……燕世子殿下，别来无恙？自那日后，妾对殿下
> 朝思暮想，梦魂轻飞，不能守舍，望与君郎相见……寂寞人
> ——深宫王翠红谨上。

沈嫔叠好书笺，转身出了舍利塔，迎面确实真的碰上了宫监小林子，并见小林子正在疑虑重重地向她这边张望。

"幸好本姑娘早有先见之明，备了此书，可嫁祸于翠嫔矣！哈哈哈……"沈嫔自言自语，不觉高兴起来，并笑着将那书笺故意丢在路边。走了约数百丈远时，她回首恰见小林子正弯腰拾起她丢下的书笺，带着随从回宫去了。沈嫔不禁得意地笑逐颜开，遂快步轻松地下了石阶，回到吕太后身旁边。

小林子怀揣着沈嫔的伪书，回到宫中，立即向建文帝传达了吕太后口谕，接着，又将在寺中所见蹊跷之事，向建文皇帝细说了一遍，并向皇帝送上他在鸡鸣寺所拾得的书笺。建文帝看后，叹息一声，默默无语。

一日后，建文帝驾临翠嫔宫，宫嫔翠红赶紧出门迎接。施礼罢，双双落座。

"爱嫔此次约朕前来，有何要事相商？"建文帝落座后，忧郁寡

欢，随即快速问翠嫔。

"妾今求万岁圣驾，不为妾身，只为国事！妾有一事，不知是否当说？"翠红道。

"直说无妨，何必吞吞吐吐！"帝不耐烦地说道。

"妾曾在沈嫔处……"翠红张口说道。

"又是沈嫔！一名嫔妃，岂能干预到国事？"未等翠嫔说完，建文帝就不耐烦地说道，"嫔妃所为，无非都是后宫争宠之事罢了！"

"冤杀贱妾了——"翠红委屈地说道，"沈嫔如今已说出燕王之事……妾以为，燕王不臣的举动已昭然若揭，沈嫔又有不轨之嫌。故望陛下极早图之——"

"贱嫔强恃朕宠，排斥内宫，分明自通燕王世子，却反诬害他人！"帝向翠嫔怒道，"上次在鸡鸣寺，你与燕人私通情书之事，朕因国事繁忙，也念你无知，姑且未能追究，你今日却反而得寸进尺，又来'恶人先告状'了——"

"贱妾不明，妾哪有鸡鸣寺之事？"翠嫔不解地问，"妾近来并未曾去过鸡鸣寺呀！望陛下姑念翠红的一片真心……"

"有你的情书为证，何必强辩！更有甚者，你今竟以谋国大罪来加害异己。而且，竟敢阴参皇亲国戚，离间皇家骨肉，毁我王公大臣。朕岂容后宫干政到如此地步！此事不可轻恕——"建文帝怒道，并向翠嫔扔出前次沈嫔所假造给燕世子的情书，同时大声地叫道，"如再多言，立即处斩！"

"有此书笺？"翠嫔莫明其妙地自问，"此书何来？竟有此书？"

"不必抵赖，如再如此……"建文帝说。

"陛下，这……这——妾绝无此书！陛下意欲杀妾，易如反掌，何以造此伪书以陷害贱妾？妾死不足惜，只是陛下万不可因此而误了国家！"翠红拾书看罢，仍坚持说道，"此书何来？此绝非贱妾所为也——"

"是前日在吕太后上鸡鸣寺时，有人拾得的！"帝说。

"妾前日并未随太后去鸡鸣寺，此事可求太后做证！"翠嫔一边哭泣，一边力争说道。

"……此事可待朕再查——"帝犹豫地说道。

"沈嫔已在门外求见!"正在此时,小林子进来奏道。

"叫她进来!"建文帝令道。

立刻,沈嫔大步地走了进来。

"陛下,给妾做主!妾今拿到翠嫔与燕世子私通的把柄,竟然反被她暴打了一顿——"沈嫔进门就跪,并且大哭大闹起来。

"原来如此!"建文帝勃然大怒,并对翠嫔道,"上次,在侧宫私通情夫者,原来就是你王翠红——这贱人,你反而还要恶人先告状来了?"

翠嫔一听,摸不着头脑,目瞪口呆,并轻声答道:"那夜众差官分明是看到沈嫔与燕世子一同从侧殿出来,妾……妾怎……"

"……唉,你说上次行为不轨之事是翠嫔所为,可有凭证?"过了一会,建文帝又转头再三问沈嫔。

"我有证人在此!"沈嫔仍旧哭道,并手指身后,恰巧此时大太监魏宁赶来门外,并信誓旦旦,要为沈嫔做证。

"陛下,且请御览!此乃当时在侧宫中所得——"魏宁说着,并将翠嫔亲手所绣的绣绢向皇帝呈上。

"这是你的?"帝问翠嫔。

"……是……不过……"翠嫔见此,顿时慌了手脚。

"这是君臣大宴的那天晚上,奴才在那出事房中拾到的物件!"魏宁说道。

"这……这是沈嫔她……她从妾房中抢去的呀!"翠嫔惊慌地说,自觉自己已有口难辩了,"此绣竟落在……"

"大太监也冤枉你?王翠红,你太不成体统了!"建文帝怒向翠嫔道,"朕念你多才多艺,多器重于你,你却辜负了朕一片情意——"

"妾……妾,冤杀贱妾了——"翠红委屈地一时语哽。

"勿再多言!"建文帝怒斥道,"不然,赐你自尽——"建文帝说完,向翠嫔扔下一条白绫,摔门而出,随太监小林子朝东角门殿去了。

不一会，太监来到东角门大殿。

"翠嫔已在后宫投缳自尽了。"那太监向建文帝驾前奏报道。

"……真有此事？"建文帝闻罢，突然惊问，接着又喃喃说，"……可悲可惨！烈女可惜呀，朕尚未能细查，她怎么就……怎么她真的……"

"陛下方才已……已给翠嫔留下了白绫一条……"小林子轻声提醒皇帝说道。

"哦，朕过于决断了——"建文帝感慨了一阵，并下旨道，"将她升为翠妃，厚葬于三山门外万岁岗中，以表朕之思念！"

大太监应声去了。

十二、帝仁义，放虎归山林

　　建文元年夏。北平燕王府内外，空气肃穆，形势陡然紧急。燕王朱棣正与谋士道衍及亲信张玉、朱能、邱福等计议起兵篡国大事。众人神态严肃，议论纷纷。

　　"如今，本藩秘事已泄，朝廷业已动手！更加少主之侧，有齐泰、黄子澄等一批小人蛊惑人心，拆我皇室宗亲。前次，中都凤阳王平已来信密报，有朝廷捕捉周王之事，方才吾弟周王的使臣又来告急说，齐泰已派曹国公率兵西出，赚押周王全族至京受审，数日后，方准其戴罪西去蒙化，另谋栖息之所；周王、齐王、湘王、代王、岷王等也已相继落马。"燕王激动地对众将说，"可惜中都凤阳王平将军得到此信太迟，未能救得周王全家！"

　　"我等前日虽得中都凤阳密报，然而，由于调军遣将不速，终未能求得大破朝廷军马之计？"邱福问道，"今日如何？大王将如何行动？我等一定要尽早行事！"

　　"本藩外援已溃，形势危急，势已火延本藩了。如今之势，只有高举大旗，进军南都，兵逼少主这一条路了。我等不可坐以待擒！"燕王朱棣神情紧张地向诸位说道，"而且，据各路密报：以防御北方元朝余党为由，少主又令都督宋忠屯兵开平，还将本王府的一支卫兵也作改调，交由宋忠指挥。并且，朝廷又遣耿献练兵山海关，徐凯练兵临清口，以严防本王。此乃'山雨欲来风满楼'之兆！大战在即，本藩当决心一搏，此战将使万颅落地，或可惨烈，诸位有不愿从本藩者，可另辟蹊径！"

"大王何出此言？我等理当协助燕王挥军南国！今日应加速备战，决不为金殿少主所困。"张玉叫道，"我等首先应当整顿好北平各路军马，军政统一号令，吞并北方诸州，扩张燕国版图以作南下基业。"

"张将军所言极是！末将当随燕王起事——"邱福叫道，"末将与燕王，一荣俱荣，一辱俱辱！我等誓与燕王同荣辱，共生死！"

"共保燕王大业发扬光大——"众人齐声叫道，"我等誓与燕王同荣辱，共生死！"

"启禀殿下！"突然小校冲进跪报，"皇上已命工部侍郎张昺为北平布政使，都指挥谢贵和张信掌北平都司事。二位大人已临北平，收取兵权——"

"啊！下手好快！"燕王惊叫道。

"少主此着厉害！这一切部署皆为束缚燕王殿下而来！"谋士道衍出班说道，"北平本是殿下一统天下，如今却来了这布政使之辈……这不正是要在我城中加入朝廷耳目，削我燕王之力吗？"

"正是如此！"燕王说道。

"我等业已实力雄厚，就公开地扯开大旗反了吧——"邱福气急败坏地叫道，"虽然北平城内已加进了张昺、谢贵与张信，然而城外各州，燕王尚能一呼百应！"

"不可！一切当待三位赴京祭祀的王子返回后，方可行动！"朱能上来阻止道，"否则，王子们性命不保！"

"世子和郡王们回来后，我辈一可探知京城情报，二可保王子们的安全。这十分重要！"道衍说道，接着又慢慢沉下脸道，"贫僧只怕王子们此番前去，凶多吉少——多有'风云乍起，不测之灾'呀……悔贫僧当初未能阻止王子们南下！"

"先生是说……"燕王思忖后，惊问道。

正说间，又有小校来禀："京城探子来报，高炽世子和高煦、高燧等王子已被羁扣在京师！其中只有谭渊将军等少数随从才得以逃脱！"

"果不出道衍仙师所料！"燕王惊道，"本藩将如之奈何？"

众人正在惊愕之际，接着又有报子禀道："我燕王府中亲将小校于谅和周铎，在城外操练时，均被锦衣卫赚送南京了。并且经过拷打成招，他们已经吐出大王举旗秘事，二将不久均将在京师被行刑斩杀。"

真是一波未平，一波又起。

燕王懊恼嗟叹，不知所措。

"如今之事奈何？若朝廷突发大军前来，本藩尚难应对？"燕王问道，人们一阵沉默。

"殿下不必忧愁！目今尚未起兵，我等仍不可明招兵马，但可先招壮丁护卫王府，以解燕府人力不足之危！"谋士道衍说道，"少主为人，重情重义，燕王欲救王子，不可加兵，只宜以情感之。目下之势，燕王对于朝廷，尚不宜明目张胆发兵，一旦兵起，王子之命就会更加危险！"

"仙师所言极是！邱福与朱能即刻率家将招募壮丁——"燕王点头说道。

"邱福听令——"邱福说罢，出了大殿。

"末将听令——"朱能也出班答道，迈步欲出殿门。

"朱将军且住！"正当朱能欲出门时，军师道衍走上来阻止道，"将军稍等，另有要务，尚需劳驾将军前往！"

"本藩今将何为？"燕王问道衍。

"在燕府暗自招兵买马的同时，还劳殿下在一个'装'字上狠下功夫！"道衍说道。

"这'装'字是何意？"燕王问道衍。

"虽然，我朝南北大战在即，然而，少主性弱，他至今还在犹豫之中，非万不得已，少主不会急切用兵。我燕军粮草辎重尚不丰足，燕府壮丁准备也未及，燕王尚需施与韬晦之计，以麻痹朝廷，拖延时日！这'装'字正是大王的韬晦之计！"

"这'装'字如何？"燕王又问。

"……只是这一个'装'字要难为殿下了！殿下要：一装重病，且奏报少主，乞请少主让世子们速回北平见上最后一面；二装大疯，让在北平的朝廷锦衣卫耳目报向京城，以使少主懈怠，如此一来，量少主大军不至立即北上，我燕军即可从容不迫，招兵买马，准备起事。而且还易保得三位王子的性命。"道衍说道，"不过，这'装'字必须成功。装一时我等就多了一分胜算，千万缜密，否则，朝廷害了王子，并急切对燕用兵，燕王就无暇自顾，弄巧成拙，结果事与愿违矣！"

"如此甚好——"燕王大笑，并问，"仙师方才留下朱能，另有要事委之？"

"对三位王子之事，大王必须从速办好！请殿下附耳上来……"此时，道衍一边看了朱能一眼，一边又欠身靠向燕王耳语道，"千军万马不能救得王子，欲救王子们，必须以情感之。殿下尚需火速派一得力干练与皇家至亲之人赴京，到燕王至亲相好的左都督徐增寿府上走一回，让他火速入宫，以情感召，劝告少帝放回燕王三位王子。不可有误……"

"仙师是说让朱能前往？此人胆大心细，又是朱姓本家，正合本藩之意！"燕王听后点头称是，众人也齐声叫好。

于是，燕王立即写下一书，派朱能怀揣书笺，星夜赶往南京。

几天后，朱能带着几个小校，星夜赶到南京，并立即只身微服来到左都督府。宾主未能坐定，左都督徐增寿忙向来人询问燕王的长短，朱能不及细答，就迅速拿出燕王亲书。

"燕世子被羁于京城，燕王十分痛苦，特令末将前来求徐大人助一臂之力，力劝少主速放三位王子返回北平。"朱能告徐都督说。

"唉，此事……在下也已知晓，正在为此烦恼呢！"徐增寿慨然叹息。

"都督务必关心此事，并办好此事！燕王是个爱憎分明之士，也是血气方刚、说一不二的大丈夫。倘若恼了燕王，将血溅京门也！"朱能见徐增寿面露难色，急忙厉声说道，"左都督且思之：左都督与魏国公徐辉祖同为中山王徐达大人之后，而且，徐辉祖还是燕王徐妃的长兄，也是燕世子的嫡舅，然而，在燕王眼里，却只有左都督阁下而无魏国公也！其中轻重高低，请大人再三思之！"

"……这一切在下早已知之！燕王对在下的信任，在下早已刻骨铭心，在下绝无他念。只是在下唯恐不能办好此事，以愧对燕王也！"徐增寿犹豫道。

"大人系中山王之后，身为左都督，威慑朝野，出入皇宫自如，燕王及道衍军师看重于徐大人，望大人务必说通万岁，立马放人。万勿推脱——"朱能说，"况且，少主与燕王，将来孰胜孰败，尚未可知，大人未必不虑及狡兔三窟之计？"

"在下虽为朝廷左都督，实如燕王家将也。对燕王之事，岂敢推脱？只是如何说服陛下，在下正苦思而未得其法！"徐增寿仍为难地说道。

"今上少主，本重孝义！而燕王世子是为高皇帝祭祀而来的，就此捕之，于太祖面上无光。此一也。"朱能说道，"其二，燕王已经病在垂危，思儿心切。看在一脉骨肉分上，万岁也不能有悖情理。少主理当放王子北归，让燕王父子见上最后一面！"

"多谢将军指示，在下知矣！在下必然极力说动万岁！"徐增寿赶紧答道。

"既然如此，还望大人黉夜入宫，事不宜迟！"朱能急速催促道，"刻不容缓！末将权在贵府中静候佳音！"

"朱将军少等，在下去矣——"徐增寿说罢，转身吩咐家人备马，接着上马扬鞭，向皇宫方向去了。

看到于谅、周铎二位燕将的供词之后，建文帝十分震怒，更加坚定了扣留燕王世子的决心，并且下令刑部，立斩于谅、周铎二位燕将。

深夜，月上三竿，诸事处理已毕，建文帝正想在皇城后殿寝宫安歇。

"启奏陛下，左都督徐增寿有要事求见——"这时，太监小林子进来跪奏。

"他此时到来何干？"建文帝皱了一下眉头，自语了一句后，向小林子说，"宣吧！"

那小太监出门不一会，就引得左都督徐增寿急急地进来了。见了万岁，徐增寿连忙下跪，施过君臣大礼。

"爱卿贪夜来此，有何急报？"建文帝坐下后就问增寿。

"陛下——"徐增寿忧心如焚地说道，"惊闻陛下要羁扣燕王的三位王子？"

"爱卿的意思？"帝问。

"微臣以为，此事不妥！"徐增寿说，"世子是燕王的使臣，又是为高皇帝祭祀而来的呀！虽然，燕王对待陛下有不尊之处，然而，罪也不至如此。看在太祖高皇帝的面上，陛下也不能羁押三位王子呀——"

"燕王之事非同小可！他已有篡夺之罪。由前次刑部对于谅和周铎夜审情形观之，如今北燕狼子野心业已昭然若揭，朝廷拘其子以作人质，理所应当。此乃于国事有益之举，有何不可？"帝反问道，又铮铮说道，"况且，朝中大臣们多有此意矣，朕岂能违众人之意而自生恻隐之心？"

"世子之事乃皇上家事，皇王一门血脉，陛下不可听信外人的挑拨而不顾一门骨肉之情！"徐增寿面红耳赤地说道。

"爱卿差矣，世子之事，事关国家社稷，非一门家事！"帝又说道，"朕的本意在此，岂是因他人挑拨所致？"

"陛下本是仁义开明之君。在微臣看来，羁押燕世子之举，绝非陛下本意！"徐增寿竭力争辩道，"况且，今悉燕王已重病垂危，急待见王子们最后一面，陛下原是况世仁义之君，岂能有悖于人之常理？"

"……爱卿且退下，此事待朕再三思之！"增寿此言，正中建文帝要害，帝闻罢沉思了一阵后，又慢慢皱起眉头，向徐增寿问道，"增寿是为燕王做说客而来的？"

"微臣此来，看似为了燕王，实是为了陛下也！陛下万勿激起燕王反意，徒起血光之灾！"徐增寿转身一边出门一边说道，"如此一来，国与家均不得安宁……"

"容朕再思——"建文帝欠身向徐增寿挥手说道。

皓月当空，夜色孤凉。左都督徐增寿走后，建文帝思绪万千，百感交集。

"如何对待燕王三子？是留，是放？"建文帝自言自语，不能决断，于是他让太监小林子引路穿过西宫，向后方御花园走去。

"贱妾向陛下请安，愿我主万岁——"建文帝来到侧宫假山旁边时，突然见到侧宫沈嫔领着一群侍女跪迎出来，匍匐在地。

"爱嫔免礼、平身！"帝挥手向沈嫔道，"夏夜已经深沉，时辰不早，爱嫔都歇息去吧，不必如此多礼！"

"贱妾有一事儿，要当面奏请皇上——"沈嫔仍旧伏在地上向皇上道。

"何事竟如此紧急？"帝问。

"乞求皇上应允贱妾上奏！"沈嫔说。

"何事？且说吧！"帝说。

"贱妾斗胆乞求陛下，允许贱妾入室细奏！"沈嫔又说。

"好吧……"帝慢慢说着，并带沈嫔入了侧宫，进宫后即问沈嫔道，"说吧，有何急事，竟要黉夜急奏？"

"适才听说陛下拘押了燕王三子？"沈嫔问。

"后嫔对此也……"帝诧异地说道。

"妾虽为女流，然而，也知人情事理，今闻燕王病危，急盼父子相见最后一面，我主本是万世国君，忠孝仁义明主，浩荡皇恩，岂能拘押前来为高皇祭祀的燕王三子？"入室后，沈嫔使出女人的浑身解数，拽着龙裳，矫揉造作地叫着，"况且，燕王亦皇家一脉——"

沈嫔如此纠缠了半个时辰，建文帝终未能说话。

"事关大体，妾愿陛下万勿……"沈嫔媚然说道，"常言道，与人方便，自己方便。明主岂能不与人方便，或可引至朝野怨声？"

"……爱嫔勿虑，此事朕已知晓，不日就叫刑部妥善处之！"帝说着，并木然随着沈嫔入了寝宫。

第二章　龙争虎斗几春秋

钟山东去阳山开，
南京北望燕京来。
天生桥下秦淮赤，
只为奉天一墟台！

南京石头城遗址公园

十三、韬晦计，朱棣装疯病

北平城外，山重水复，僻涧溪长，在长城旁的曲径林深处，绿隐寺中响起了唱声：

> 钟山东去阳山开，南京北望燕京来。
> 天生桥下秦淮赤，只为奉天一墟台！……

歌声凄凉、悲壮而又惶然。

京城三山门外，陈氏"清明"书楼门前车马喧哗。

"爷爷，爷爷——"一位后生进门穿过长廊，直向后院奔去，并口中叫道，"先前国子监那位大人先生来了！"

"啊！是方大人，大儒方孝孺先生来了？"书楼掌柜陈老先生一听，高兴地急忙放下书简，从楼上下来说道。

说话间，方孝孺和一位书生已走了进来。

"陈老先生一切安好！"孝孺进门说道。

"啊，方大人，稀客呀贵客！自大人去蜀地至今已有多时未能来小店。小人一家日夜记挂。大人来京身负侍讲重任，身为皇师，也无闲光顾小店，小老儿今日总算再见先生了！"陈老先生兴奋地迎出来说道。

"有劳老先生惦记!"方孝孺一面坐下,一面笑答。

"方先生乃当今鸿儒,现已在万岁身边任侍讲要职,参谋国事,乃国家之幸,万岁之幸!"陈老先生兴奋地说个不休。

"见过方老大人——"陈老先生说罢,此时,陈老先生身边的那位后生也急忙上前向方孝孺施礼。

"这位少爷是?"方孝孺问陈老先生道,"如此气宇不凡!"

"老朽长孙。"陈老先生兴奋地答道,"承蒙大儒夸奖!"

"老先生,贵府的公子?"方孝孺又问。

"犬子现在北平燕王府中。小老儿本也是书香之家,本不想让他从军,奈何国家虽定,北方战事未断,小的就叫他投笔从戎了。"陈老先生说着。

"国家正当多事之秋,贵公子投笔从戎,也不失为英明抉择!"方孝孺道,想到燕王,他接着又问陈老先生道,"贵公子近日如何?燕府有何繁务?"

"小老儿虽一介布衣,然而,忠君报国之大事,犹能时刻挂怀。"说着,老人俯向孝孺耳边道,"犬子前天已冒杀身之险,为在北平查防燕王的刑部侍郎暴昭大人,向朝廷送来密折一份——"

"哦!原来那冒死送折者,就是令郎?如此,孝孺当为国家向老先生深表感激——"方孝孺对陈老先生肃然起敬,并一面说着,一面离座向陈老先生施礼。

"折杀小老儿了。方大人请起,请起!"陈老先生连忙扶住孝孺,说道,"一切都是为了家国,小老儿也是万岁的一子民呀。大人何必见外?"

"令郎正是被万岁称赞为'义士'的陈义士呀!"孝孺说道。

"国家兴亡,匹夫有责。谢我主万岁!感谢皇上能如此看重小民了——"陈老先生起身激动地说道。

"啊——国有是民,亦是万幸!"见此情景,孝孺回头向随从感叹道。

接着孝孺与陈老先生谈论了一阵《左传》释义之后,就急忙与随从回府去了。

建文元年炎夏，北平燕王府前，人来人往。

七月酷暑，燕王在北平装疯已有数十日。这天，烈日炎炎，北平布政使张昺和都指挥谢贵奉旨又来察看燕王疯病实情。

燕府端礼门前，楼阁高耸，巍峨矗立，卫兵往来如织，十分森严。

"请通报燕王，布政使张昺和都指挥谢贵来访。"二人走到门前，立即下马，向燕王府守卫说道。守卫接过帖子进门去了。不久府内家将率侍者出门迎接。

"奉燕王徐妃之命，恭请布政使和都指挥二位大人——"家将出迎说道。

侍者躬迎，二人遂入燕王府。二人只见不远处，一群侍女簇拥着徐王妃向这边走来。

"恭迎二位大人！因燕王重病在身，府内事乱，恕本妃姗姗来迟，未能远迎！"燕王徐妃笑容可掬地说，又回头向侍者令道，"引二位大人上前殿待茶！"

侍从快速去了前殿，后面，徐王妃伴随着张、谢二人谈笑风生，慢慢上得殿来。

"本来燕京弹丸之地，无多繁务，燕王一人打点可矣！只是天不从人愿，燕王近来身体欠佳，而且每况愈下，致使——"徐妃边走边说，并脸色也阴沉下来。

"燕王近日小恙，今日尚未能好转？"不等落座，二人忙向王妃问道。

"燕王如今病情越发加重。府中上下甚是不安！"燕王徐妃说道。

"燕王他在？"二人再问。

"家人正在四处寻找，尚不知下落。"燕王徐妃说罢，以巾拭泪，"尚不知今日又去了何处。着实让人心焦！"

此时，忽有家人报道："燕王现在西巷，走呼街头，夺取市人酒食，自己食之——"

燕王徐妃一听，十分痛心，挥泪如雨。

"烦请二位大人与本妃一同前往察看燕王?"徐妃拭泪问张、谢。

张、谢点头同意,于是,徐妃偕二位大人出了燕王府,来到北平西巷。

布政使和都指挥刚到巷口,就见一群人正围着一个衣裳不整的乞丐嬉笑。二人再定睛看时,不觉吃了一惊,只见那人疯狂披发,蓬头垢面,语言颠倒,奄卧沟内,引得一群顽童乞丐呼哮,而且此人正是燕王朱棣。

家人上去,边走边劝,强行将燕王拉进府中。

"冻杀我也——"虽然时值七月炎天酷暑,但入门后,却听燕王叫冷不止。

人们只好将燕王拉到炽热火炉旁边。只见燕王瑟瑟发抖,披上羔裘,抱着炉火,叫喊不停,连呼天寒人冷。

"燕王尚知我辈乎?"布政使张昺向燕王问道。

燕王起初未答,继而满口胡言乱语:"尔辈是牛头马面,魑魅鬼怪?啊,尔辈是本王父母兄弟也——"

布政使张昺和都指挥谢贵观察了好一阵后,甚觉茫然。最后,在其好友燕长史葛诚的陪同下,走出了燕王府。

"燕王着实病势沉重啊!"布政使张昺对都指挥谢贵说道。

"非也!燕王着实是诈病,二位切勿上当!"燕长史葛诚立刻向二人说道,"我常闻,燕王白日装疯卖傻,深夜却召百官聚义……"

"这……"二人听罢不知所措。

接着,谢贵对张昺道:"我等还是按本人今日所见,如实向万岁奏报。"

"正是——"张昺赞同道。

京城内宫,建文帝正在与诸臣议事,忽然太监小林子进来。

"启奏万岁,北平布政使张昺和都指挥谢贵二位大人的信使已到京城,现在殿前求见!"太监小林子奏道。

"宣他觐见!"建文帝立即召见。

张、谢二位的信使入殿向建文帝跪奏:"经查,燕王的确已病入膏肓。"

说罢信使呈上张、谢二位的密扎。建文帝略一御览，即递给齐泰、黄子澄过目。

"燕王之事一定有诈！目下各方消息均已表明燕王就将起兵，我等不可轻信其病。"齐泰坚定地说道。

"人有旦夕祸福。齐爱卿为何竟如此断言燕王无病？"帝说。

"臣又有了新的证据！不过，臣先请陛下恕罪！"齐泰闻罢，立即上前，向建文帝跪道，"为了国事大计，昨日燕王府的百户邓庸来朝时，臣未奏明圣上，已先将他拿下审讯，果然又得知燕王不轨细节。望陛下恕臣未奏之罪！"

"啊？朕恕卿无罪！"建文帝听罢急忙说道，"速带邓庸——"

顷刻邓庸被带来，伏地求恕："燕王图谋已成事实，进攻京城的大军即将齐集。燕王计划先占据北地数州，扩充地盘，再图南下。罪臣所言，句句是实。若有狂语，甘当死罪——"

建文帝听后，立即叫人带走邓庸。接着与众臣急谋发兵应对之策。

齐泰道："今日事急。请陛下从速降旨，前往燕府逮捕其府中官属！同时尽快密令北平布政使张昊和都指挥谢贵二位官员设法拿下燕王及其党羽！"

建文帝听后连连称是。

"然而，燕王重病，要求立见三位王子。此事如何处之？"接着，建文帝问道，"朕意欲放回燕王三子，让他们父子重聚，以抚慰燕王，麻痹其志。卿等意下如何？"

"不可放虎归山！目下形势紧迫，燕王之病或可有诈！还望陛下以国之大局为重，万不能太重亲情而误国事！"齐泰、方孝孺立即上前奏道。

"如此一来，国人以为朕太无情意了——"建文帝犹豫起来。

"臣以为让他们归去也不失为良策！燕王或可真会因此而得到麻痹，对朝廷不疑，我等即可再察其详，从容不迫地调出辽东和北方大军，以备战燕王。"黄子澄说道。

建文帝听从了子澄的建议，并令太监小林子速去下旨放人。说罢，众人渐退。黄子澄、齐泰、方孝孺等人争论着走出宫门。

"削藩本是残酷恶战。万岁前次执意'不杀亲叔'，今日又要放走三位燕王王子。如此多情，削藩大计如何能成？国事危在旦夕矣！"齐泰、方孝孺纷纷叹息。

"二位大人不必如此忧郁。万岁此举或可懈怠燕王，使之以为朝廷对他并未察觉，从而缓然起兵呢！"黄子澄解释道，"如此，朝廷即可从长处之，将北方数路人马，齐集北平四围，如此即可求得削藩之战万无一失！"

次日晨，建文帝君臣仍在争论北平燕王之事。正当众人争执不休之际，燕王徐妃之兄——魏国公徐辉祖急冲冲地走进宫来。徐达之子太子太傅徐辉祖正是燕世子的嫡亲舅父。此人深知燕三王子的为人，因此，在听到万岁已下旨遣归三子后，十分惊慌，急忙入宫见驾。

"燕王三子均已过长江，出了瓜洲。请陛下收回成命，立即派兵，快马加鞭，追回三子！臣三甥中尤其高煦更是勇猛无赖，非但不忠，将来或可有背叛臣父的不轨行动。这畜生实乃不忠不孝之逆子，留他必有后患！陛下应当先羁押他们于京中，免得他们胡作非为！"魏国公徐辉祖进来跪地，急忙向建文帝说道，"尤其高煦那逆子，临走时还潜入臣家厩中，盗窃了一匹良马，并且加鞭疾驰、沿途烧杀向北而去。臣家众卫兵追之不及，他现已一路斩杀向淮北方向去了。"

"啊——竟有这等恶事？"建文帝闻罢，慨然叹息道，又问，"朕派爱卿前往，倘若追得三位王子，爱卿将如何处置？"

"末将世蒙国恩，当以大义灭亲——"魏国公徐辉祖激昂地答道，"先父与太祖皇帝情意如何？末将虽无先父之能，然而有一颗为陛下捐躯之心，岂能姑恋舅甥之情？"

"魏国公忠义之士，令人敬佩！"在场众人纷纷说道。

"魏国公真忠臣也！"帝感叹道，"然而，同是中山王之后，尔弟左都督的言行，却与卿大相径庭。这是何道理？"

"家弟徐增寿曾为燕世子之事来过？"魏国公徐辉祖急问。

"左都督已夤夜来求，要朕放归三位燕王子北归！"帝答道。

"呵！家弟徐增寿是为燕王的一点蝇头小利而被蒙遮了双眼！"魏国公徐辉祖捶胸叫道，"臣徐家不孝子，将要误我国家也！"

正在此时，小林子进来向建文帝递上一书。

"朕错了——"帝接书阅罢大叫道，"燕长史葛诚来函，已说明燕王确属诈病！"

"此事也在意料之中啊，陛下是否令人迅速追回燕王三子？"齐泰问道。

"今已迟矣！如今局势已明，燕王之心，昭然若揭。陛下不如加紧京都防务，再速令在北平的兵将处置燕王各部力量！"方孝孺道，"此外，为懈怠燕王计，陛下也不妨颁旨令燕王处罚朱高煦沿途烧杀之罪，以使燕王以为陛下与之仍未撕破君臣之体面。"

"先生之言极是！"帝愧然点头说道，"朕一面下旨给燕王，一面下旨交兵部，让兵部尽快派员命令在北平的布政使张昺和都指挥谢贵立即动手，擒拿燕王及其爪牙！魏国公及其余各位大人都各尽职守，或驱军各路，分头行事去吧！"

众人听罢，又议论了一阵后，陆续出宫，各行其事去了。

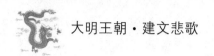

十四、求自保，张信投燕王

北平城内一隅营帐中。不久前才被万岁委以都指挥重任的张信，正在愁眉苦脸，无限焦虑。他将近日烦事反复想了很久之后，仓皇走进老母房中。

"孩儿不幸，就要大难临头了！"张信跪向母亲大哭道。

"我儿何出此言？"母亲惊问。

"朝中已密令布政使张昺和都指挥谢贵擒拿燕王。二位大人已约长史葛诚、指挥卢振为内应。因孩儿本是燕王旧部，所以二位大人又令孩儿以虚词骗擒燕王。"张信向母亲大哭道，"儿知燕王势力甚大，擒之唯恐要死，然而不擒即为抗旨，也要死。儿终将一死矣——"

"不可！不可！"张信母亲听罢大吃一惊道，"我闻燕王当得天下，其为真龙天子，皇者不死，你一人岂能擒得了他？"

正说间，小校又送上京都的密旨，张信阅罢更是惊慌失措。

"我儿何故脸色越加惨白？"张母见状，立即发问。

"朝中又催儿早日动手，擒拿燕王矣！"张信叹道，"无论死活，儿都将赴燕府再走一回，以观情景呀！"

"我儿且去吧！三思而行，苍天佑我……"张母双手合掌，默默祷告道。

张信在袖中藏好密旨，别了母亲，百般无奈，硬着头皮再次来到燕王府前。

"烦请通报燕王，张信再次求见！"张信躬身向门卫作揖道。

"都指挥张信大人再次来访燕王！"张信向燕王府卫报后，燕王府卫闻声进门叫了起来。

"张信贼子，靠了朝廷，却又要来以虚词赚我！"燕王正在密室内与谋士道衍及张玉、朱能、邱福等部将计议起兵之事，忽听家人报说张信又到，吃了一惊，骂了一声，接着令道，"只说本藩重病在身，不能会客！"

府卫领命出来告知张信，张信只得又悻悻而去。

燕王不解张信事情紧急，为了拖延，决定托疾固辞张信。张信被三造三却，不能够与燕王见面，心急如火。最后，只得又转身来到老母处商议。

"……母亲大人，北平布政使张昺和都指挥谢贵奉旨在命儿诱捕燕王的同时，已令城内九门收紧兵力，又调开平宋忠、关外耿瓛大军，向北平压来，燕王府不日就要变成一座落在重围中的孤宅，燕王犹如待擒雄狮。今日事急，孩儿急于见燕王，而燕王又惧而不见，如之奈何？"张信问母亲道，"孩儿已知，此一血战，无论燕王胜败，孩儿都会死无葬身之地也！为今之计如何？"

"我儿虽然曾是燕王幕下，然而，今日已为朝臣，乃是燕王仇敌，燕王与朝廷已成水火，其反迹又已经暴露，他又岂敢直接面见你这朝廷大臣？"张母说道，"然而，我儿应知：倘若我儿不能早日亲见燕王，说明心意，恐日后燕王得势，就再不能说清今日心迹矣！我儿心迹不能表明，日后定有杀身之祸！"

"母亲所言极是！"张信愁眉苦脸地说，"只是儿今如何才能与燕王相见？"

"燕王虽不愿见朝臣，然而，总不至拒见妇孺亲戚。我儿不如男扮女装，乘着妇人的车子径入燕府！"张母指示道。

母亲一语，使张信立刻恍然大悟。他连忙按着母亲之计，男扮女装，乘着母亲的车子，带着老母的侍女，赶到燕王府门前。

"请军爷通报燕王，燕王老家远亲前来，有急事相求。"车停燕王府端礼门前之后，侍女从车中探出头来，向燕府门卫请求道。

门卫听罢，赶忙进去通报，不久传出话来，燕王下令准入。当张信随侍者到达客厅前门时，燕王一见来者竟是都指挥张信大人，不觉大吃一惊，十分恼怒，并慌忙又转回内寝，卧在床上不起，装疯卖痴。

"殿下不必如此！有事尽可与臣相商。"张信见此，忙来到燕王身边，只得跪于床前向燕王顿首道，"实告殿下，朝旨已多次令臣前来捕擒燕王。若燕王果真有病，臣当押解燕王至京城，以释君疑。否则，燕王则应趁早与臣计划来日之策，切不可隐瞒于臣，以免误了大事！大王知否？北平布政使张昺和都指挥谢贵，奉旨已在北平内外聚集兵马数万，来图大王，形势越来越严峻，当此十万火急之时，何故大王还在对在下疑心不决？张信虽为朝臣，然而，更是燕王部将。今日的张信，仍然是昔日的张信。张信终日记心，绝不能忘记燕王昔日之恩德也。"

"尔说何言？"燕王一听，转身跃起，睁大眼睛问道，"尔不要押解本藩全家进京？"

"若要押解，臣早行动矣，何至于到今日？"张信道，"臣今特来，是想与王共商大计。臣有心投靠燕王，望王尽早决策起兵之事，否则，晚矣！"说罢，张信呈上朝廷密旨。

"啊！恩人哪，张信！我一家性命，全靠足下——"燕王看罢朝廷密旨，翻身起来，万分感激地与张信执手说道，"原来足下仍然是本藩知己！"

接着，燕王引张信于密室，同谋士道衍、大将张玉、朱能、邱福等继续共商大事。

"如今，燕王殿下将如何处置朝廷内应长使葛诚、指挥卢振？"密谋许久之后，邱福问燕王，"可否擒而杀之？"

"不可！"谋士道衍和尚起身说道，"葛诚、卢振虽然是我燕府家将，然而，他们又是朝廷大臣。而且，他们现今手中尚有重兵，我等倘若轻举妄动，一会打草惊蛇，引起朝廷不安；二会反受二贼之扰，恐难已收拾也！燕王不如暂不声张，并且将计就计，利用二贼，俟时机成熟，可一举歼灭之。"

"末将能立马脱离布政使张昊和都指挥谢贵管束否？"张信急忙问道，"末将一家老小倘若仍在他们手中，恐有不测！"

"亦不可！"道衍和尚又说道，"将军目标甚大，权且隐藏其中，秘而不漏，窥探其中情报，以作燕军内应，到时更能为我所用。况且尔老母在彼，搬家多有不便，如轻举妄动，出了差错，或许反而招至不幸，我等目下不如以静制动！"

"谋士所言有理——"燕王等全场点头称赞道。

燕王等正在紧张密议时，忽然徐妃欣然推门进来，随即三位王子也鱼贯而入。

"恭喜燕王！贺喜燕王！"徐妃进门就大声叫道，"我三位王子均已安然归国——"

"真是天助我也！我父子相聚，本王如雄虎添翼也——"燕王一听高兴地大叫，并与世子高炽热烈拥抱，"建文少主失策矣，放了我儿。本藩已无后顾之忧，如今本藩即可正式起兵，反叛少主了！"

众人狂热祝贺。正说间，有小校进来。

"京城旨下——"小校跪禀，"都指挥谢贵已夜临燕府，将向燕王传达上圣谕旨！"

燕王兴味索然，慌忙走出密室，上楼进了客厅。

在上房客厅中，燕王见了都指挥谢贵向自己问候，他却既不向谢贵问候，也不跪接圣旨，竟然假借病态，疯狂地随手抓过圣旨，拆开念道："……朕念一脉亲情，放归燕世子，然而燕王第二子高煦却恩将仇报，为非作歹，渡江之后，沿途乱杀吏民，至涿州，又杀驿丞。望燕王捉拿高煦，加以严办……"

"哈哈——"读罢圣旨，燕王目中无人，掷旨于地上，得意地大笑起来。

都指挥谢贵见状，发现燕王胆大妄为，已开始明目张胆反叛朝廷了，心知不妙，不觉大惊，只好慌忙地退出燕王府。

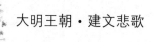

北平局势已经真相大白，朝廷前途危在旦夕。布政使张昺和都指挥谢贵见此，立即遣使，星夜快马加鞭，报至南京。京城君臣在加紧策划应变。

"目下，一应火速剪除燕府将官，擒拿燕王侍从；二要急令北平四周兵马积极合拢，围攻北平，直至燕府，以胁逼燕军。"齐泰忙说道。

"远水难救近火。务必快马北去，先令北平布政使张昺和都指挥谢贵做好准备，一俟朝使到达，就开始进攻北平九门，包围燕王府。"黄子澄也奏道。

"方爱卿请速拟奏折，发往各地，责令四处防范！"建文帝向方孝孺令道，"诸位今夜就通达宵旦，拟议讨燕具体方略。"

说罢，众臣围拢过来，加紧与建文帝共同策划。

十五、拉大旗，北燕起靖难

数日后，朝使来到北平，与北平布政使张昺、都指挥谢贵等一同发兵，围攻燕王府。

"燕王听着：北平今有不轨之事。我等深受皇恩，万岁今日既已下旨令我等查办，我等岂有违抗之理？因此，请殿下交出府中将官待审。一概与殿下无关系！"都指挥谢贵站在城楼上，向燕王府内叫道。

面临着府外重重围兵，燕王府内人心惶惶。

"外兵甚众，我兵不足。如何是好？"燕王问朱能道。

"不如首先擒杀了张昺、谢贵，余者群龙无首，定可不战自乱！"朱能道。

"教尔募集的壮士，共有多少了？"燕王问邱福道。

"已有八百人在内府！"邱福答道。

燕王听后，与道衍和尚相视而笑了一下。

"已够用了！"燕王令朱能道，"尔与张玉各引四百人，潜伏在大堂两庑，待我设法诱来张昺、谢贵，听我掷瓜为号，尔等一齐杀出，就可除了这二奸贼。到那时，府外的朝廷官兵们群龙无首，就不战自乱了！"

"此计甚好！"道衍说，"然而……"

"……只是这诱敌之策？"燕王又转眼看着道衍和尚，"设若张昊、谢贵不愿轻入……"

"正是！布政使张昊和都指挥谢贵皆非等闲之辈，设若他们不能被我诱入，殿下如之奈何？"道衍问燕王。

"这……"燕王一时无语以答。

"报——"府后一将冲到前厅向燕王禀告，"京城世子内应耳目，今有密函在此！"

燕王接过，打开阅罢，交给谋士道衍过目，并说："朝廷伐燕的兵马已经出发。此乃内宫沈滨所窃兵部重抄文书呀！如今本藩与少主，已成水火，这捉拿布政使张昊和都指挥谢贵之事，已非常紧急。先生且细述诱敌之计！"

道衍看罢文书，又与燕王对视了一下。

"既然如此，诱敌之策已在贫僧心中了——"道衍胸有成竹地说，"张、谢不正是要擒拿府中将官吗？俟殿下一切伏兵部署妥当之后，即可遣人向张、谢报告说'人已悉数拿到，且已捆在堂下，等张、谢二位大人前来处置'。倘若他们人少即可放他们直入；倘若人多可用各种理由限制余众随进。此计万无一失矣！"

"设若如先生所言，布政使张昊和都指挥谢贵仍然不能诱入，如何？"燕王问道衍。

"……今日是用张信的时候了！"道衍想了一会，接着说道，"大王可速令张信侍从去府外找到张信，令张信力谏张昊、谢贵，尽快入我燕府接收被捕的家将。张昊乃性情刚烈之徒，只要张信以朝廷讨燕大局为由，再三怂恿，张昊一来怕跑了被捆缚的燕将，二来求功心切，必定入府前来接收。到那时，我等即可瓮中捉鳖了！"

燕王听了点头称是，并派张信侍从立即出府，向张信吩咐此计。

众人称"妙"。并纷纷各行其是去了。

不一会，燕王府内家将向张、谢传话说："燕王病愈，亲往东殿接受百官谒贺——"

布政使张昊、都指挥谢贵等不知内情，正在惊奇，忽然又接到府里送来的燕王私折。张昊拆而视之，见那信上写道："朝廷遣使来收捕的官属，燕王已照册上名录全部捕获。请二公亲往府中查验。"

谢贵、张信等人也挤上来观看。

正当张昊、谢贵二人迟疑之际，燕王又遣中官来催道："官属已悉被捆缚在厅中，二公若不早去处理，恐有失误。本藩岂敢担当？"

"这如何是好？"谢贵疑惑地说，"燕府如虎狼之穴，我军兵力不足，也不知深浅，倘若孤军轻入，恐遭暗算！"

"倘若不入，贻误朝廷大事，我等如何吃罪得起？"张昊道。

"朝廷讨燕乃是大局，我等不可懈怠？布政使大人乃是决策主将，末将劝尔尽快和谢大人率人入府，接收所擒囚犯，以免有失——"张信与从燕府内出来的侍从嘀咕了一阵后，赶紧走上来，火上浇油，催促着张昊。

"尔等勿虑！且等本官与都指挥去亲自走一遭！"张昊不耐烦地叫道，"龙潭虎穴，有何可惧怕的？头落不过碗大的疤。"

"身为人臣，当有布政使大人的气概——"张信赶紧又加了一句。

谢贵等人都不答话，此时燕府内又一次叫喊。二人在再三催促后，只得带着卫士径入燕王府门而去。但二人走到门口，卫士们被司阍挡在门外。二人只得让卫士们在门外等候，自己随中官径入。来到了大殿上时，只见燕王扶拐而来，满面春风地迎接二位。二人谒见完毕，燕王赐宴，酒过三巡，只见侍者捧出瓜盘，放在席上。

"刚刚得到下属献来的新瓜，愿与卿等共尝时鲜之味！"燕王热情地说道。二人遂笑着，并起身拜谢。

众人依旧在吃瓜，室内竟然鸦雀无声，十分安静。

"……如今平民百姓，尚少有谋害宗族之心。本藩身为天子亲属，反却性命危在旦夕，是何道理？是可忍，孰不可忍？"燕王突然向张、谢大叫道，言毕，掷瓜于地。

燕王的瓜刚落地，蓦见两庑的燕王伏兵杀出，鼓噪而入，蜂拥而上，立即将张、谢二人死死地捆住。在座的葛诚、卢振也猝不及防，被牢牢缚住。

"燕王为何翻脸？臣本遵守皇上意旨行事——"张、谢二人叫道，"燕王原是病体，何必徒然生此怒气？"

"本藩能有何病？皆因奸臣所逼，才至于此也。今既已擒获尔辈奸佞，不杀何待？本藩此次起兵靖难，就以尔等人头祭旗了——"燕王厉声叫道，并吩咐左右，"先将此辈推出斩之——"

"我等遵旨行事，何罪之有？"张昊、谢贵齐声质问燕王。

"奸臣佞贼，尔全家都要殉罪！还敢质问本藩？"燕王怒道，并向部下令道，"还不立即行刑——"

左右立即将张、谢、葛、卢推出斩首，且枭首示众。风云突变，一霎时，燕王府门口张、谢所带来的部将和卫士以及围城的将士闻报，立刻大哗，奔跑呼号，纷纷溃散，立即去了大半。

北平指挥彭二闻变，急忙从行辕内跑出，披挂上马，率数千人马来攻燕王府端礼门。燕王派遣敢死队壮士庞来兴、丁胜等率众出战。壮士敢死队员，人人勇猛异常，格杀数人，仍奋不顾身。彭军余众见了，个个胆怯，纷纷逃避。

燕王壮士越杀越勇，眼见得北平要塞纷纷落入燕军手中，彭军腹背受敌。指挥彭二见自力不可支撑，只得慌忙引军出走，退向城外山坡高处驻守。

朝廷军兵外撤，燕军趁势在城内冲击，于是，北平城内一片大乱，人们呼天号地。接着，燕王壮士、府官、部将，一面在城内四处奔腾，抢关夺卡，进攻要塞，强占街衢据点；一面捕捉有关官兵人犯，收逮张、谢、葛、卢等各家全族人员，尽行处斩；又一面下令出榜安民。经过几个时辰的厮杀，城内朝廷残兵败将，或死、或逃，余者纷纷倒戈投燕。不一日，北平城中九门已有八门尽为燕王所占有。

此日直到黎明，北平城内，唯有西直门尚未能被燕军拿下，燕王仍然心急，欲用计取胜。燕王忙令指挥唐云解掉铠甲，单骑来到西直门城楼之下。

"守城将士听着：北平八门均破，朝廷已同意燕王自治北平，你们若还在抵抗燕军，将被燕王斩诛全族，格杀勿论——"唐云向守城将士叫道。

"我等立即投降——"守城将士听罢，个个胆战心惊，齐声喊着，纷纷弃甲投降。

顷刻，燕王占领了北平全城，在北平城楼上，四处飘扬着燕王大旗。

都督宋忠得此消息，害怕朝廷怪罪，于是立刻引军三万，从开平前往居庸关，以胁迫燕军。但又畏于燕军力量的凶猛，只好又退保怀来观望，并与众将计议。

此时，燕王与道衍、世子及部属一起合议之后，正式宣布起兵反叛，誓师抗拒建文圣命，高举大旗，讨伐南京。并自署官职，自称"靖难之军"。封道衍为总领军师，张玉、朱能、邱福为指挥金事，擢升李友直为布政司参议，拜金忠为燕纪善。

燕军秣马厉兵，扬旗击鼓，向各地藩王发布告示，正式宣布靖难。四处响应之军此起彼伏，渐渐会聚北平。

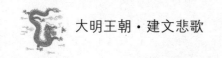

十六、杀京使，怀来多陷落

建文元年秋八月，北平风起云涌。

燕王以"清君侧"之名，正式起兵抗命。收逮张、谢、葛、卢等各户家族人员，夺取北平九门。在拿下北平之后，又招降了参政郭资、副使墨麟、佥事吕震、同知李浚、陈恭等数十名将官。接着，出师通州，降服指挥房胜；进陷蓟州，杀都督指挥马宣：再进军遵化，指挥蒋云开城出降。

燕王拿下了蓟州、遵化之后，军威大震。于是，燕王与军师道衍及众将商议出兵东北，夺取居庸关口。

燕王正欲挥军北上，各路兵马调动将定，只见军师道衍策马走到大将朱能身边。

"端礼门的部卒乃与居庸关守军是同旅之师，将军请携带他们共赴居庸关！"道衍向朱能说道，过了一会又道，"将军还要记住，将他们在北平的家属男女老少及部分财物也掳掠前去居庸关，听候使用。"

"得令——"朱能答应后，立即行动起来，号令部属行事。

接着，燕王与众将商议后，即催军向居庸关前杀来，并且一鼓作气，指挥精锐之师奋勇争战，冲锋陷阵，以迅雷不及掩耳之势，夺取了居庸关口，逼走了守将，迫使残将余琪，引兵逃往怀来。

当时，都督宋忠正驻军在怀来，从败将余琪口中，闻得居庸关失守，大吃一惊，急忙偕骁将都指挥孙泰，引军三万前来回救居庸关。

宋军来到关前山口时，见燕军遍地旌旗，人山人海，声势浩大，勇猛异常。部下犹豫不敢向前。宋忠屡次战败，已是一筹莫展。今天，宋忠见部下又不敢应战，十分着急，只好赶紧前来，挥军催马督阵。

"兵将们！你们的家属都在北平，现在全被燕军屠杀，城内积尸成山，血流成河了。事已至此，你们还不随我前去报仇雪恨？"宋忠大叫道，挥鞭跃马，飞奔向关口而来。

"我等当拼命争先——"军士们闻罢宋忠之言，一片哀伤号哭，个个怒发冲冠，切齿摩拳，呼叫着，奋勇地向居庸关杀去。

燕王身着战袍，立在居庸关镝楼之上，远望宋军漫山遍野，滚滚而来，正惊慌不知所措之时，忙回头看到道衍笑颜而上。军师道衍向燕王点了一下头，燕王慢慢会心地也笑了。

"朱能将军何在？速调端礼门的部卒出关迎敌——"道衍赶忙向朱能叫道。

"军师之意？"朱能不解地问，"此群人马，力量不济，又是未经改编的降卒，何能抵御这声势浩大的宋军？"

"将军勿忧！北平端礼门的部卒原与宋忠前部兵将同属一旅，一家之人，他们相见，岂忍相互残杀？使此军作我前盾，此乃贫僧当初所以令你带他们共赴居庸关之用意！贫僧当初带他们前来，正是为了今日之用。今日有他们在前，宋军决不能进关，朱将军不必见疑！"

"原来如此，先生高明！"朱能高声赞道，并接着问，"军师为何还令末将把北平的男女老少及部分财物也掳掠前来？"

"宋军身在怀来，眷属多在北平，今城中却已生大变，宋军不知大王对其家属如何处置，必然心生猜忌。因此，贫僧要请他们家属亲来，作个见证，以瓦解南军报仇决心！"

正当燕王、朱能与道衍等人谈论时，宋军前锋已过山口，靠关而来。

宋军兵士风起云涌，来到关前之后，却见燕军前队的士兵都举着他们熟悉的旗帜，旗下士兵又都是自己的父兄子弟，所以迟疑不忍冲击相杀。双方近距相对，彼此互问，不久宋军又从燕军熟人处得知，城内家属秋毫未损，人人平安，顿时哗噪起来。

"原来我等家人平安无恙，宋忠却谎称我等家人已亡，以此诓骗我等北平兵将为他卖命，我等上了宋忠的当了！"宋营兵卒愤然大骂主帅，并且哗然大乱，叫道，"我等不为谎将宋忠卖命——"

宋军叫喊着，纷纷倒戈向后，自相残杀，大败而逃，势如天塌地陷，一败涂地。

都指挥孙泰本是一员骁将，然而，此时也难以阻挡这人仰马翻、溃如山倒的阵势，只得也随军节节败退。最后，不意被朱能的流矢所中，惨然阵亡。余众见本阵失了大将，更是没命地四散逃亡。

主帅宋忠见全军大败，只好策马而走，逃向怀来城内。燕军喊声大作，随后追来，冲到城边，因宋忠城门来不及关闭，所以，早被涌上来的燕军以排山倒海之势压破。

燕王二子高煦率着燕军，趁机冲进城内，四处搜杀，并在厕所内擒住宋忠，又在城角处擒得余琪，尽皆当场杀死。宋军近千残余降卒，同时被高煦剁成肉泥。城中其余近百名将士，因见主将已亡，大势去矣，于是，也只好纷纷自刎或被杀。一霎时，怀来城池内外，南军尸堆成山，血流成河。

日将偏西，两军还在拼杀着，又过了三个时辰，南军越杀越少，到月上山岗时，怀来遂告全城沦陷，燕军随即进城，血洗怀来。

怀来全城陷落后，山后各州均被震动。开平、龙门、上谷、云中诸守将，皆闻风丧胆，望风披靡。谷王朱橞本是镇守宣府的主将，又不常守封地，且因本来与燕王相好，自然也就趁机按兵歇马，暗中降附燕王去了。

怀来陷落，燕王军威大振，兵过十万之众。

"燕王大事业已兴起，不免遣使赍书奏达朝廷，以清君侧！"在战火中，道衍和尚向燕王说道，"如此，一可展示燕王出师有名，胸怀大度；二可趁势直逼京都少主，威慑朝野。"

"文武兼用！军师所言极是！"燕王点头称是，说道，"发出讨伐檄文，可以震动天下，更可正我起兵靖难之名，有利我燕军进展！"

于是，燕王引军进了怀来城。在府厅大堂上，燕王与军师及众将紧急商议之后，拟定了交给建文帝的书函，并遣使赍书上达南京建文皇帝。上书大意道：

> ……皇考太祖高皇帝，艰难百战，定天下，成帝业，传至万世，封建诸子，巩固宗社，为盘石计。奸臣齐泰、黄子澄，包藏祸心，不过数月，五王被废或全家自焚。圣仁在上胡可忍此？盖非陛下之心，实奸臣所为也！臣以君臣大义，骨肉至亲，守藩于燕二十余年，奉法循规，事陛下如事天，而奸臣跋扈，竟加害于臣。……望陛下除之！

建文元年八月仲秋。燕王"清君侧"之书，火速到达南京。

京城大殿建文帝正与文武大臣商讨复燕王诏书，讨伐燕军大计。

"……燕王此书，乃反客为主，逼我屈从。朕将如何答复？"建文帝看罢燕使赍书后，正在迟疑未决。

"如今燕王业已公然谋反，与反贼岂能论理？"黄子澄怒发冲冠地说道，"陛下不如立即调兵，一心一意，设法破贼——"

"启禀万岁——，北方八百里加急军报，已如雪片飞来！"兵部尚书齐泰引领着宿将耿炳文出班奏道，"燕王自从杀了张、谢、葛、卢等各家族人员后，又占了北平九门，接着出师通州，进陷蓟州，再进军遵化，夺取居庸关。现已扫平了都督宋忠在怀来一线的四万兵马，杀死主将宋忠、余琪，占领了怀来。开平、龙门、上谷、云中各州形势紧迫，人心惶惶。"

"又有甚者，谷王朱橞无视君臣之道，竟趁火打劫，其实已暗中投靠了燕王，已有不臣之意。"侍讲方孝孺也出班奏道，"国事十万火急，擒贼必先擒王。愿陛下火急遣大将，迎头痛击燕军，奋力征讨燕军，再不可迟疑，以免星火燎原、诸藩并起，越发不可收拾矣。同时抚慰谷王，召谷王在京就职，以免谷王萌生他念，为虎作伥！"

"众卿所言极是！朕即照办——"帝道。

"陛下圣明，请速发兵讨伐——"群臣激昂，纷纷请战。

"朕当在南郊祭祀上苍，在城内祭告太庙，削燕王属籍，废之为庶人，诏示天下。并且立即派兵讨燕，同时召回谷王，令其在京守城——"建文帝情绪激动地说道。

"今弦箭既发，削藩之战业已打响，当年汉景帝削藩时有周亚夫等卓越将帅，今朕的周亚夫何在？"建文帝不无忧虑地问左右。

"臣等可以出征——"众臣激烈争论，踊跃请缨，建文帝轻轻点头。

"末将虽不能自诩昔时的廉颇、周亚夫，然而，一息尚存，也能为国效力——"老将耿炳文出班请战道。

"老将军耿炳文不亚于汉景帝的周亚夫！"兵部尚书齐泰上前奏道。

"末将愿为副将，助老将军一臂之力——"未等建文帝发话，驸马都尉李坚、都尉宁忠一齐出班请战。

建文帝望着耿炳文的白须，又看看此二小将，思忖了一会后，再与方孝孺、齐泰、黄子澄等商议了一阵。

"命宿将耿炳文为征虏大将军，驸马都尉李坚、都尉宁忠为副将，率师二十万北往讨燕！"过了一会，建文帝下诏道。

"此外，"黄子澄又向建文帝奏道，"陛下应再命安陆侯吴杰、江阴侯吴高，都督都指挥盛庸、潘忠、杨松、顾成、徐凯、李文、陈辉、平安等分道并进，以威胁燕军左右。"

"众爱卿所言是矣，朕一概准奏！"建文帝道。

"蜀地术士程济文武双全，乃世上高人，其前次原奏'天下将有战乱'之事本来不差，当时陛下将他下狱，只是为了遮掩燕王耳目而已。今事态既然果真如此，陛下理应从狱中放出此人，为陛下所用，并将他提为翰林院编修，再充随军军师，以护诸将北行。"方孝孺突然向皇上建议，接着转头向卓敬说道，"户部侍郎卓敬大人所荐之人本无差错，今日正好已到用人之际，望万岁起用术士程济先生……"

建文帝及众臣齐声叫好。

"解铃尚须系铃人。"建文帝向户部侍郎卓敬说道，"请卓爱卿即刻将程济先生请到宫中，朕封其为翰林院编修，择机委以北伐军师之职！"

"微臣得令——"户部侍郎卓敬答道。

"又，为防不测，朕还将传檄山东、河南、山西三省合供军饷。"建文帝又补充道。

众人听罢，如释重负，立即欢欣鼓舞。随即诸臣出殿，三三两两分头行动去了。

"众位爱卿，尚有一事务必牢记！"正当方孝孺、齐泰、黄子澄也将走出宫殿时，忽见建文帝走下丹墀，向众人大声说道，"昔日，萧绎举兵入京，号令军中，谓'不杀一门至亲'。今日卿等与燕王对垒，亦须体会此意。毋使朕有'诛杀叔父'之恶名啊！"

"……陛下既有此意，臣等遵旨！"方孝孺、黄子澄等数人听后，迟疑了一会后，遂慢慢应道。

出了宫门，方孝孺见老将耿炳文走在前面，遂快步赶上对炳文说："老将军首次出师，征讨北燕，关系重大，我大明讨燕之战成败，在此之始。"

"先生且宽心！炳文虽一介武夫，须发尽白，然而，亦已身经百战，凭此一颗忠心，即可战胜燕贼！"耿炳文说道。

"老将军此去真定讨燕，犹如当年诸葛亮北出中原，讨伐曹魏，而真定之北的雄县实为险要隘口，正如当年孔明的隘口'街亭'也。雄县险要，老将军将派何人把守？"孝孺问道。

"悍将杨松可当此任否？"耿炳文问方孝孺。

"杨松虽然勇猛，然而此人勇而少谋。他常会目空一切，老将军应当再派足智多谋之士辅之，以防有失！"孝孺说，"因雄县胜败，有关老将军全军进退，老将军自镇中军真定，不可不防雄县！"

"老夫将使军师程济协助杨松！潘忠给予策应。"耿炳文思忖了一会后，说道。

方孝孺听罢，微微点头。

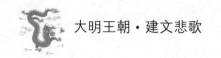
十七、挥雄兵，炳文初败北

次日，京城北郊龙江驿，在耿军演练场上。

方孝孺、齐泰、黄子澄、耿炳文等文武百官，正在操练将士，接见新兵。无数京城百姓把自己的子弟送入军营，兵民抱头，怆然惜别。

"小老儿今再将我的孙子托付于军中，让其父子一同为国出力。老朽一身足矣！"三山门外"清明"书楼的掌柜陈老先生，也把爱孙交给耿军，并向方孝孺说道，"国之多舛，我愿让孙儿像大儒一样为国操心出力。"

"民为国本，有民心在系，国之大幸！感谢京城父老——"方孝孺、耿炳文等拱手激昂地向民众说着，拜着，热泪盈眶。

又过了一日，大军在京城北郊龙江驿前，祭过上天，耿炳文等各位出征将领拜别了建文帝与方孝孺等朝中大臣后，总领大军三十万，开始浩浩荡荡，向北进发。

耿炳文大军风尘仆仆，陆续抵达河北真定地界。

在真定军营中，主将耿炳文与军师程济商议了一会后，立即向诸将传令："徐凯率兵驻河间，潘忠率兵驻莫州，杨松率先锋九千兵马驻防雄县，潘忠给予策应，彼此互为掎角之势。雄县驻地险要，令军师程济再带一支两千的人马，与杨松共同坚守，互相商议、互相策应。"

"得令——"众将应声，分头安营扎寨去了。

"杨将军且留步——"见杨松将走，耿炳文急忙下阶上前叫住道，"雄县实为雄关，将军切勿有失！本帅特将军师分配在彼处，望尔辈能够协力同心。倘若雄县有失，我军或可一败涂地矣！将军切不可有大意粗心——"

"大帅不必多虑！想这小小的雄县，末将不用军师随行，也万无一失——"杨松笑答。

"话虽如此，然而将军不可大意也——"耿炳文谆谆说道，随后挥鞭去了。

杨松兵马驻防雄县后，军师程济即向杨松说道："燕王突然起兵，率有三位十分凶悍的王子，更兼有张玉、邱福、朱能等部将和道衍军师撑腰，雄心勃勃，其志不在小处，将军不可小觑北燕！"

"区区数万兵马，虽迫于无奈，敢与我数十万大军抗衡，亦为短期行径，难成大事，而终不敢轻举妄动！我军今夜可暂休整一时，养精蓄锐，以备来日会战，一举歼灭之！"杨松得意地说。

"不可！雄县城池低劣，四围少有遮挡，今夜月明，我全军如同暴露在光天化日之下，凭燕王和道衍等能战之辈，决不会放弃这大好的可乘之机。杨将军不可不防燕兵突然的袭击——"军师程济急切地说道，"为防燕军夜袭，我军必须有一半人马埋伏在城外土岗矮丛之中，以免燕军劫营时，我军措手不及。"

"非也！军师何必多虑？燕军现已被我五路兵马牵制，未必敢于孤军深入，独袭我营。况且，倘若我军今夜不能趁此良机，全盘休整，来日岂能以逸待劳，克敌制胜？"杨松不耐烦地说道。

杨松说罢，遂号令三军乘着中秋佳节，宰牛杀羊，饮酒作乐。

"将军太大意矣——"军师程济见此，无奈地摇摇头，叹了口气，进了自己的内帐。

"唉，我呕心沥血数十年，今日方得出山，为陛下重用，却与这无能少谋、目空一切的杨松共事，建功立业何望？"回到自己营房中坐定后，军师程济自言自语，长吁短叹起来。心中无限忧愁。

过了一会，程济突然害怕起来："今日倘若兵败雄县，讨燕之战全盘皆输，毁了耿老将军的全军声威，作为军师，我程济非但无功可表，而且还要深受万岁严责，从此将销声匿迹矣！我于心何甘？"

想到此，军师程济忽然站了起来向帐外自己的部下叫道："来人呀——"

军师程济的部将们正在饮酒作乐，一听军师大叫，慌忙放下杯碗，纷纷入帐，排列在帐前听令。

"为防不测，你等即刻整装待发，多带纵火之物，强弓毒箭，星夜领兵出帐进入前山，四周安扎假营，以虚待实，而在实际上，却将全部兵马埋伏在城外土岗树丛之中，以防燕军深夜劫营！不得有误——"军师程济令道。

"遵令——"众人应声去了。

在怀来军营中，燕王朱棣正与诸将商议进军之事。

"耿炳文等三十万大军已达真定！"张玉从帐篷外进来向燕王说道。

"其兵马如何布置？我等应如何应对？"燕王问道，"雄县是何人驻守？"

"徐凯驻河间，潘忠驻莫州，杨松驻防雄县，潘忠给予策应。"军师道衍说道，"耿炳文年事已高，潘忠、杨松有勇无谋，俱不足畏。我军欲南下，可先取潘忠、杨松，打开南向的通畅大道，方可长驱直入。"

燕王、张玉齐声称善，并令诸将移军涿州，大军驻扎桑娄，以达雄县。

中秋之夜天高月朗，燕军人马偷偷过了白沟河，直抵雄县城下。

燕军来到雄县时，杨松毫无防备，却在乘着中秋佳节，宰牛杀羊，饮酒作乐。正当杨军醉饱酣眠之际，不料时至半夜，燕军已缘城沿而上，到达城关后，突然喊声大作，大刀阔斧，砍入城中，杨军多在休眠之中，毫无防备，见此突然呼叫，一片混乱。等到杨松从梦中惊起，披挂上马仓皇迎敌时，已是措手不及，人马溃退。一霎时，杨松梦中的五千兵士，前后互不相顾，搅成一团，纷纷被混战而死。杨松在忙乱中丢盔弃甲，狼狈地伏在马背上，向着潘忠兵马驻地的莫州落荒而去。

此时，在雄县城门口，燕军人喊马嘶，张玉挥舞着大刀随后赶上，刀起头落，砍了一员杨将，冲入城中。随后，张玉又调头策马出城，追上杨松，又举刀一劈，杨松也死于乱军之中，身体倒地，顿时在马蹄践踏之下，尸烂如泥。此时，燕王亲领大军喊叫着，已冲向南军军师程济预设的假营，准备引兵入城。

军师程济带着两千人马欲出丛林来战迎燕敌，却被燕军紧紧阻拦，抽身不得。看看燕军势大，自己寡不敌众，军师程济万分着急。此时，突然北风骤起，燕军已成千上万聚集在城门边的丛林旁假营之中，并且，燕王策马跳上了城门吊桥。

"快速举火焚烧营盘——"军师程济急忙下令。

于是，军师程济部下两千兵卒，随着军师一声令下，个个放火，火随风势，立刻把岗边的燕军都吞没在烈焰之中。燕王慌忙率军回救，为火中兵将杀开一条逃命血路。无奈，燕军见火，个个争先恐后，纷纷夺路逃命，顿时燕王军阵大乱。

"速放毒箭——"军师程济见状又下了第二道命令。

接着，纵火的兵卒慌忙抛弃火把，拿出弓弩"嗖嗖"向纷乱的燕军万箭齐发，又一批燕军倒在血火之中哭叫，燕兵忽然转胜为败，节节后退。

此时，城门树丛土岗边的燕军伤亡过半，燕王忽然人马倒地，接着又立即爬起，浑身污垢，看看身边已没了副将，渐成了孤家寡人，被南军围在核心。

南军军师程济似乎就要反败为胜，扭转杨松的败局了。然而，他突然听到前方人喊马叫，抬头一看，在不远处燕军如排山倒海般冲来，为首的正是燕王二子朱高煦。而此时，莫州潘忠的援救杨军的兵马，尚无影踪。

"将士们，燕王只身在前，擒贼先擒王！你等赶忙再放毒箭——"军师程济感到形势依旧危急，忙再次下令拼搏。

"军师不知？"正当毒箭待发时，突然一位部将冲到程济面前叫道，"万岁有'不杀燕王'之令。军师岂敢抗旨？"

"呵！"军师程济忽然想起建文帝此道御旨，立刻惊恐地叫了一声。

然而，正在此时，一位弓弩手已听令张弓，放出一箭，那毒箭"嗖"地一声直指燕王后背。眼看着燕王就要中箭，程济万般无奈，只好自己连人带马挺身而出，冲上前去，以身接住了毒箭，并立即中箭倒地，落入深渊之中。南军见没了主将，立即大乱。这时，燕王二子高煦等大队人马，已趁机漫山遍野地涌来，救了燕王，并把其余活着的南军全部杀死，踩成肉泥。于是，雄县遂告陷落，燕王忙整顿兵马，率众进了雄县城郭。

燕王得到了雄县之后，立即招集诸将商议。

"本王今已得雄县，南下大门已为我洞开。下一步将进攻何处？"燕王欣喜地问左右。

"潘忠兵将驻在莫州，近在咫尺，然而还不知雄县城破。雄县乃我军南下要道，地势险要，潘忠见雄县被围，必然引军救援。我等应一面在前方埋藏伏兵，一面星夜赶取潘忠的莫州。"张玉向燕王说道。

"其余兵马宜屯扎在此，严阵以待！"军师道衍笑道。

"此计甚好！"燕王赞同，并向千户谭渊命道，"命你领兵二千，夜渡前方的月漾桥，埋伏水草树丛中，俟潘忠军过，守住大桥，断其归路。"

"得令——"谭渊说道，遂引兵而去。

调派已毕，燕王自领大军出城，分列两边，严阵以待潘忠的莫州援救的兵马。果然不出张玉所料，不一会，潘忠引兵前来救雄县，且越过月漾桥，直赴县城。然而，潘忠才到城下，迎面看见燕军旗帜满地，不知城中军情深浅，已知形势不妙，不禁心慌意乱，赶紧硬着头皮前去交战，却见燕军生龙活虎，锐不可当。潘忠自觉力不可支，只得且战且退，向月漾桥边退去。

"潘忠何不下马就缚——"俟潘忠退到月漾桥边，忽然见到水中跳出数员勇士大叫。

潘忠慌乱无比，背着月光，尚未能看清对手，就被谭渊手起刀落，斩于马下。接着，数千谭军一齐杀出，堵住了潘军的退路，潘军见主将落马，腹背受敌，只得纷纷逃避，大多投水而亡，余者死于乱军之中。

燕王连夜直趋莫州，进城杀尽余敌，得了莫州，重设大营，整军三日。接着在莫州大营中，燕王将帅在紧急商议进军事宜。

"今日我军又战告捷，下面又将先取何地？"燕王问诸将，"耿炳文兵驻数处，互为掎角之势，我辈应先取其何方兵力薄弱之处？"

"以贫僧之意，何不径取真定耿军老巢？"军师道衍说道，"耿军现在要溢多失，虽然还有数十万兵力，然而乃是新集乌合之众，我军可乘胜进攻，或许可以一鼓而下，事半功倍，何必进取犹豫，以徒延时日？"

"此计事半功倍，的确可用！"大将张玉说道。

"就依军师之言！"燕王说道。

于是，燕王指挥大队人马，浩浩荡荡，直向真定进发。

"启禀燕王！今拿得耿军一员部将。敬请发落——"正在走着，途中将军马云把一名耿将捆押上来，并告燕王道。

"燕王容禀！末将乃是耿将军部下张保，今特来归顺殿下。"耿将急切申辩。

"将军莫急！"燕王说着，并下马走近张保问道，"本藩相信将军能降。可否将真定耿军主力布置情况说出一二？"

"耿军共逾三十万，先遣人马有十三万，分驻在滹沱河南北两岸。"张保说。

"大王……"军师道衍忙走到燕王身边叫了一声，接着与之一阵耳语，燕王闻罢笑着，走了过来。

"好！将军既然诚心归顺，我今就放尔回去。尔可自称是兵败被捕获，后又偷马逃回。并将这里雄县、莫州等所有战况，以及我军直趋真定的举动，也都如实告知耿炳文。"燕王向张保说道。

说罢，燕王令小校给张保一匹快马。张保唯唯诺诺，骑马而去。

"大王直趋真定，本是要趁耿军不备而袭击。为何倒叫他向耿炳文先行通报？"诸将不解地问燕王。

"诸位有所不知：原来我不知耿军虚实，只好袭其不备，如今既已知他军分南北，可以南北相顾，我难以速破。所以，我应当让其知我大军压境，军心内乱。因耿炳文老成多疑，又闻雄县、莫州败状，锐气挫损，他必然会并南岸之兵于北岸，这正可被我一举尽歼。此乃兵法上所谓'先声后实'之策呀！"燕王说道。

众将称妙。于是燕王引军直达真定城下。

到达真定后，燕王亲领数骑，径往真定东门，擒来两个耿军小卒，经审讯得知，耿军果然南兵北去了。燕王闻罢，十分高兴，赶忙调兵遣将，欲一鼓作气，拿下真定。

"大王，真定可用分兵合围之计取之！"道衍告燕王道。

"然也！张玉、谭渊、马云，你等各引军三千，分别绕出城池西、南、北三方，进攻耿军。朱能引五千兵马策应。不得有误——"燕王大声令道，"其余兵将，随本藩从东门正面袭击耿军大营。"

说罢，众将大呼，纷纷奔向真定城边。一霎时，喊杀之声震荡天地，燕王挥军东向，连破耿军城外数营兵马，使城内耿军胆战心惊，已临重围境地。

南军二十多万将士兵勇，聚集在河边，耿炳文正在城内外调动，布防未定。忽然间，炳文见城外燕军人喊马叫，数路杀奔前来，措手不及，只得亲率驸马都尉李坚、都尉宁忠等数将出城，仓促应战。燕将张玉挥马扬鞭，率军从西杀来奋击。炳文忙又挥军西向，摆成一字长蛇阵势，迎战张玉，三军将士齐向西郊山边逼进。

而正在此时，燕将谭渊、马云各引数千兵马，绕出城池，趁耿军不备，从南、北两旁袭击而来，叫声四起，逼得耿军阵脚难立。老将耿炳文咬牙切齿，高举长刀，身先士卒，一马当先，力斩数敌，在极力支撑。而正当炳文左冲右突之际，又遭燕王亲领的万余大军压来，终于招架不住，只得回退据守。

此时，耿军数十万人马搅在真定北岸一隅，难以翻身，无法调度，虽然将多兵众，但终不能施展前行，只得纷纷倒退。炳文支撑了一会，大军阵脚突然大乱，互助挤压，溃不成军。耿炳文见无法脱身，只好回马出逃。燕军三面冲击南军，又加上朱能数千"敢死队"狠命追杀，南军东躲西藏，业已损兵折将过万。

直到滹沱河边，耿军只剩数万兵马，炳文见势危急，为了稳住阵脚，急忙重整旗鼓，列队依堤，再三向朱能冲杀反击。

驸马都尉李坚、都尉宁忠两位副将见情况不妙，忙挥军从敌后穿来，无奈何，朱能又率着英勇敢死队，冒着性命危险，冲入耿军队中左右开斩，把耿军隔成数块。这样，敌我两军互相交叉，拼搏惨杀，难解难分。朱能虽已损兵折将，然而耿阵却更遭重创。在混战中，耿军副将李坚、宁忠，都督顾成也都纷纷落马。见此败相，炳文已无心恋战，只得招集残部，落荒而走。一时践踏至死者不下数千，弃甲降卒者过万。

在城外的这一酷战中，耿炳文的副将李坚、宁忠，都督顾成，都指挥刘燧皆被擒去。炳文带着惨兵败将急向真定城内逃来，闭门固守。

此后，燕军连日攻城，却三日未能攻下。

燕王偕军师等众将，如热锅上的蚂蚁，惶然在城边四周察看。

"大王离开北平已有时日，真定乃老将耿炳文中军所在，炳文原是久经沙场的骁将，岂肯轻易放弃真定？"军师道衍向燕王说，"'一张一弛，用兵之道'，殿下不如暂且息兵，返回北平，以待来日！"

"先生以为真定不能一鼓作气而攻下？"燕王问。

"物极必反，我军连日战火，已令朝中惊慌，不如权且退兵，一可休整燕军，二可观察朝廷变化。"道衍说，"兵书云：'穷寇勿追'，南军已败，倘若我军一意追打，耿军势必要来拼命。况且长此下去，我军兵将疲劳，亦恐有不测。"

众将纷纷点头，燕王只好同意权且收兵，退还北平去了。

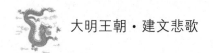

十八、遵帝旨，南军不杀燕

建文元年九月。在南京皇都，建文帝闻知耿炳文战败，十分气恼，便召齐泰、黄子澄等百官入朝议事。

"惊悉北方战败，朕夜不能安。炳文老将，尚不能挡敌拒燕，如之奈何？"建文帝焦虑地问道，"众卿以为谁可引兵破敌？"

"胜败乃兵家常事。"黄子澄出班安慰道，"臣以为曹国公李景隆身为已故大将李文忠之子，深通谋略，可当讨燕之帅！陛下不如命他代炳文前去破燕！"

"不可！"兵部尚书齐泰忙出班奏道，"景隆虽懂兵法，但如古代的赵括，纸上谈兵，而且为人胆怯，燕王势大，景隆怎当讨燕主帅？陛下断不可让曹国公当此重任！"

"然而，众卿以为，有何人能当此任？"建文帝目望两边良久，无人回答，遂道，"……既然诸卿均不能另举贤能，朕只好拜景隆为大将军了！"

"虽无能将，亦不能让曹国公挂帅。贻误了大事，怎能了得？"监察御史韩郁出班奏道，"倘若国中实无能将，不如就此罢兵，与燕王讲和！燕王虽有不忠，但终是孝康帝之手足，陛下之叔，设若重修旧好，也是国家一件幸事，谅他也不会……"

"韩爱卿差矣！"建文帝打断监察御史韩郁的话，"近年之情，种种迹象，足可见皇叔不臣之心，朕躬当能一再忍让，听之任之？长此以往，国将不国！"

"陛下英明！为社稷计，我等万万不可侥幸与叛贼讲和——"方孝孺、黄子澄等众臣齐声说道。

建文帝点头同意。

"……李景隆听旨！"过了片刻，建文帝遂向李景隆说道，"朕且拜卿为讨燕大将军，并赐天犀玉带。出师之日，朕再三祭天于南郊，还将亲为大帅饯行于城北龙江驿上。望爱卿于军中切记：朕睢望北国，时时都在听候爱卿佳音。讨燕乃我大明保国大计，鹄望爱卿努力奋勇，万勿有负朕之重托！"

建文帝含泪说着。曹国公李景隆伏在阶前激昂听命。

"臣本不才，却蒙国恩，受封国公，当誓死不忘朝廷！"李景隆激昂地说道。

"为了讨燕一举获胜，此次朝廷当发大军。曹国公将如何布置全军人马？"建文帝接着问李景隆。

"留下一支军马驻守中都凤阳，此兵仍由骁将王平统领。其余大军直抵真定，而后招集北方诸军，合围北平，以威胁燕王。"李景隆答道。

接着，百官继续争论，也别无他议。

"陛下容禀，据前方战报所言，此次老将军炳文出战失利，虽是炳文用兵失误、杨松轻敌之过，然而，尚有一个致命原因：陛下'不杀皇叔——燕王'之旨，乃是绑缚将士手脚之羁绊！"过了一会，正当建文帝将宣布退朝之时，侍讲方孝孺出班奏道，"微臣以为，今日陛下当收回'不杀燕王'的成命！"

竟有人责问皇上，众人闻后大惊，但见说者却是方孝孺，随即愕然，全场顿时一片寂静无声。

"……先生之意？"帝起阶问方孝孺。

"军师程济之死已令人痛心！"方孝孺慢慢说道，"当初若能允其射杀燕王，军师程济岂能亡命？而死者乃是燕王矣，燕王既死，叛军群龙无首，岂不自乱，何有炳文后来之败？"

满朝见孝孺矛头直指万岁，都不敢言。全场又是一时沉静。

"方先生之言极是！"阶下，御史连楹和左佥都御史景清同时叫道，"陛下不能再自缚手脚了！如此下去，削藩之战如何取胜？"

"出战失利，罪在将帅！大胆的连楹、景清，尔等小小的御史，也要教训万岁吗？"左都督徐增寿突然跳出来叫道，"'不杀燕王'，乃万岁的仁义之举。自古仁义君王必胜！万岁仁义之心，岂能容忍尔辈诽谤？"

"左都督差矣，'不杀燕王'实为我军此番失利的一大原因。朝廷应当前事不忘，后事之师！古人云：'擒贼必先擒王。'燕王乃众藩之首，也是燕国之首，从今而后，朝廷岂能再次'不杀燕王'？"此时黄子澄等也纷纷发表意见。一时间满朝文武，闻之大乱。

"众卿少安勿躁！"见阶下吵成一团，建文帝连忙站起身来，大声说道，"朕曾自度：杀燕于心不忍，倘若不杀燕王，朕削藩之战委实难以取胜。这实在令人进退维谷、难以定夺。再次出兵，能否直接诛杀燕王，朕当与吕太后商议后，重新审察！公等且先退朝——"

建文帝说罢，众人遂纷纷退出。曹国公李景隆拿着出兵圣旨，出宫之后，率军绕城向北，进龙江驿去了。

"启奏万岁！前方兵将抬来一位脸面墨色的奇人——"正当建文帝将退朝时，太监小林子进来奏道，"据说此人声称：非面见陛下不可！"

"哦，宣兵士抬入大殿！"帝道。

于是，一群兵将将那人抬到金殿。建文帝起身走到担架前，用手掀起那人的遮脸破衫时，不禁大吃一惊。

"爱卿莫非正是北伐军师程济先生？爱卿竟然还活着，落得如此模样？"建文帝激动地差一点叫起来。

"正是微臣……微臣败兵之将，本想早日了结残身，今日尚能留得一息残命，是为来日效忠陛下也！"破衫下的人轻声地向帝说道，"只是微臣身负重伤，不能起身朝拜陛下，万望见谅……"

"爱卿受苦了，是朕差一点误了爱卿的性命！"建文帝沉痛地说道，接着向侍从说，"速送程济先生去太医院，令御医精心医治！"

"是军师程先生从死神处回来了？万幸！万幸！"方孝孺闻声冲了进来，急切地说道。

"方爱卿，前方战事残酷，北伐军师程爱卿是如何从燕军包围的深渊血海中挣扎出来的？"建文帝向方孝孺问道。

"微臣也是方才得知的。程济编修真是智勇过人！他竟在战场上万尸堆中，浑身涂黑，假扮乞丐，瞒过了燕军耳目，死里逃生回来的！"方孝孺向帝说道。

"哦，朕终于又多了一对翅膀！"建文帝叹息道，"莫非上苍怜朕，不忍断朕膀肘？"

"陛下仁义感召天下，也感动上天，上天将驱使天下志士为陛下所用也！"孝孺道，"程先生精通道儒，当令其为翰林院编修。"

"先生所言极是，爱卿拟旨，俟程济伤势痊愈后，即进宫就职！"帝道。

左都督徐增寿下朝回到府中，长吁短叹。

"老爷今日为何总是闷闷不乐？是前方战事吃紧否？"徐夫人见状急切地问道，"本来也是呀！今日削藩之战，成败皆我朝之难。"

"老夫之恼，非为前方的战事也！今日在朝堂之上，少主被方孝孺、黄子澄，还有连楹、景清之流挑拨，这次恐要下达斩杀燕王的圣旨了！"左都督徐增寿忧郁地说，"燕王徐妃本是我姐，我与燕王素来交好，近日事变，我也多蒙燕王垂爱，倘若此次我不能为燕王阻止这股杀燕之风，我将招来杀身之祸，亦无颜以见燕王矣！"

"为今之计，老爷将如何处之？"徐夫人焦急地问。

"……当今吕太后对懿文太子情深意切，对燕王亦十分器重，而其德高望重，地位只在当年的马太后之下，今上万岁对她也十分尊敬，常有言听计从之举。夫人与吕太后曾有一面之交，不如你即刻进宫面见太后，以述其详，劝太后勿生杀燕之心！"左都督徐增寿说道。

"妾谨遵夫命！只是不知吕太后可否听从贱妾一言？"徐夫人说。

"毕竟老太后也不愿皇家叔侄相残呀！"徐增寿接着说道，"还是麻烦夫人辛苦一遭！"

"老爷所言是也！待妾往宫中走一遭——"徐夫人点头称是。说罢，徐夫人拿着徐家御赐黄牌，连夜驾车匆匆向皇宫而去了。

左都督徐增寿等待夫人走后，想着朝中伐燕之事，更觉惴惴不安，急如热锅上的蚂蚁，甚为忧虑。

"曹国公李景隆数十万大军北上，加上此番燕王可能失去了'不杀'的护身符，燕王之命，危在旦夕矣。我身在朝中，若不能为燕王设法保驾，恐日后在燕王处难脱干系！况且……燕王本是我晋升的依靠呢！"徐增寿自言自语道，"我不如趁景隆尚未出师之前，与之交涉一番，如此一来，或许燕王之险有所化解，对燕王有所益处！"

想着，想着，徐增寿赶忙命人备马，带了一千人，匆匆向城北龙江驿而去。

"曹国公安在？"一到李景隆大营边，徐增寿下马，就急风暴雨似的大叫起来。

"何人来访……"李景隆闻声从帐内跑出，见了增寿，立即笑道，"原来是左都督大人驾到！本帅出征，岂敢有劳都督前来……都督有何吩咐？"

"国公此次出征，功劳盖世，末将特来送行，并有几言相告！"增寿上前与李景隆执手说道，"国公出征讨燕，非同小可。以前国公南征北战，可以一意冲杀，力争取胜，因此能够得胜回朝，荣归故里。而今日之战，乃皇族内部之争，胜负皆我大明流血，安知大帅胜负，是祸是福？想必国公也正为此而忧虑？"

"知我者，都督也。都督所言极是！"李景隆激动地拉着徐增寿的手，告增寿道，"本帅此番出征，也正有此顾虑。是进是退，本帅进退两难，不好定夺！还望都督不吝赐教，为本帅指点迷津！"

"末将与国公数世至交，又同为高皇帝部属，因此有话在心，岂能不说！"徐增寿道，"只是唯恐言有失当，还望国公见谅！"

"但说无妨，本帅洗耳恭听！"李景隆急切地催问。

"国公知否？国公此去，多有艰险！"徐增寿说，"国公挥军数十万，若不能克敌制胜，朝廷将治国公以无能渎职之罪；倘若一时打败了燕王，燕王终究势大，不可完全被国公战胜，而一俟日后燕王得势，国公将何以面对燕王？"

"都督之言，一语中的。此乃本帅忧虑症结所在！"景隆听了倍感激动，并立即向增寿求道，"今日之事，本帅将何以处之？都督本是皇亲，又是燕王外戚，既已知本帅病在此处，必也知解救之法。还望都督明示！"

"进而不围，围而不打，打而不力，避实就虚，以保双方有生力量。岂乃延迟时日，敌我共保同荣之计——"增寿说，"只有如此，才可保敌我兵将，亦可保国公身家性命也！"

"都督至理名言，本帅永远不忘。都督乃本帅恩人，本帅当再三拜谢！"景隆听罢，热泪盈眶，执意下拜增寿，却被徐增寿一把拉住了。

"国公功高位显，末将岂能受此大礼？如此折杀末将了。"增寿说，"况且，我等本为至交，来日方长，何必今日如此客气？"

二人说罢，李景隆感激涕零。知景隆如此，徐增寿也如释重负，忙策马引入回府去了。

再说，徐夫人离开徐府后，来到吕太后的寝宫，却见少主正在其中，与太后、庆城郡主等人在谈话。

"臣妇拜见太后、万岁……"徐夫人进门见了太后、皇帝，慌忙跪拜，并退到一边。

"哦！那位是中山王府的人吧，不妨且进来一同谈话！"吕太后见了，忙笑着向徐夫人说。

"臣妇是徐增寿家的……"徐夫人进来跪在地上，轻声说道。

"太后，她是左都督府的！"庆城郡主告诉吕太后。

"哦，是左都督夫人，本宫曾经见过！"未等徐夫人把话说完，吕太后就赶紧说道，"徐府的人是无事不登三宝殿的，先说说你来此何事吧!"

"太后、皇上容奏……臣妇此来是求……太后切勿听信了朝中外人……挑拨离间，让皇上下旨杀燕……"徐夫人断断续续地说着。

"本宫方才也正与皇上谈论此事呢。请夫人放心，本宫将想方设法，阻止这叔侄相残的悲剧。"吕太后认真地告诉徐夫人，接着回头向坐在一旁的少主说，"请皇儿听母后一言，向出征的李景隆再颁一张'不杀燕王'之圣旨!"

少主听了点头，立即亲手写了一笺，递给了站在一边的太监小林子，并向小林子吩咐了一声。小林子接旨后，急忙转身出去了。

这里边，徐夫人与太后说了几句后，也起身告退。庆城郡主起身，将徐夫人一直送到宫门宝和殿前。

"夫人勿忧，我等谁人不想息事宁人？大明这些年来，战火太多，杀人已经不少，我等再也不想看到同宗骨肉相残呀!"在宫门口，庆城郡主对徐夫人说道。

"有烦太后、郡主了——"徐夫人再三拜别了庆城郡主。

在京城北郊神策门外，太监小林子引着一帮人，拿着建文帝亲书圣旨，急匆匆地向龙江驿奔去。将到驿边李景隆军营前时，迎面碰上了方孝孺一干人。

"中官何事如此急迫？"方孝孺问太监。

"万岁又下'不杀燕王'圣旨了。"小林子忙将圣旨向孝孺展示了一下后，说道。

"唉，万岁果然如此——"方孝孺闻罢耷下头来，叹了一口气，慢慢上了回府的马车。

侍讲方孝孺乘车出了城北龙江驿，回到城南聚宝山下方府时，已到月出三更时分，见结发老妻郑氏还在烛光下，依门凝望。

"先生为何此时方归，朝廷出师不利否？"方夫人郑氏不安地上来问方孝孺。

"唉……而今，朝中朝外尚有百万大军，讨燕之战胜败不在于兵力多寡强弱，乃在于万岁决断呀。少主如今仍颁'不杀燕王'的圣旨，前方将士何以克敌制胜？"孝孺叹道，"况且，景隆本来就是位优柔寡断、华而不实之人，对待燕王，他又是畏首畏尾，进退不定的，此次出征，再加上'不杀燕王'的圣旨掣肘，其胜负难料矣……"

"先生将何以说服万岁？"郑夫人问孝孺，并接着忧郁地说，"削藩之战只能成功……此战不胜，我国我家均皆危险——"

"夫人所言极是！今若不能胜燕，国将亡，岂有我家？身为大明臣子，孝孺将不负先帝高皇之托，也不能有负今上少主知遇之恩，我愿以我血溅燕贼——"孝孺感慨地说道，"只是到那时，'复巢之下无完卵'，我方氏一门凶多吉少，恐无宁日矣……孝孺本是宁海的一介寒儒，无权无势。当年泰山大人将你下嫁于孝孺，本欲求得来日方门封妻荫子，共享富贵！岂料今日……唉！"

"先生之言差矣！古人云：'物以类聚，人以群分'，妾委身先生，唯敬慕先生德才而已，岂有他图？妾虽无能，然性情本与先生一样高洁。妾虽非出身名门，然而也略知妇德，自从来方家数载以来，离了浙江宁海，随夫北来京城，西往巴蜀，每日里朝夕相伴，终日劳碌，并非贪图富贵。妾既有先生，死无憾矣。"郑夫人慨然说道，"只是浙江阿叔克家及阿弟孝友一门，或可因我家而招致不测，如之奈何？"

"不如且早日向阿叔阿弟说明，乞其见谅。孝孺终是一介书生，力量微薄，不能庇护家族。虽尽力辅佐少主，恐也不能力挽狂澜。不能卫国，岂能保家！"孝孺感叹道，"望阿叔阿弟勿怨恨也！"

"……少主今既不能从先生之言，先生不如急流勇退，以求自保？"夫人说。

"孝孺今生只此少帝一主，别无二心，无意做行尸走肉，苟且偷生于乱世之人。"方孝孺道，"孝孺不能力挽狂澜，不能说服少主，乃孝孺无能之过矣！倘朝国不保，我将三生悔恨，又岂能独善自身？为人臣子，孝孺不能诽谤其君。今日之计，孝孺唯有力谏少主，我与国家共存亡而已，别无出路矣！"

"唉，先生何必过于自谦自责？先生既已尽力尽忠，国家虽有不测，也不必……"郑夫人叹道，"凭先生之才之德，当成就大明伟业，奈何天下大事是帝王的大事，唯帝王方可最终左右操持，成败非臣子可为呀！为人臣子，也不能全不顾自身安危——"

"夫人差矣！为人臣子，唯以君命是从，不可虑及自身，况我主乃是大明嫡脉。其宁屈国法，而不忍以法病民；宁阙储积，而不忍以敛妨农！"孝孺说道，"昔……三国的诸葛亮与司马懿，虽然司马终辅曹魏而得到天下，以至三国归晋，司马一家江山大统，然而……青史未能以成败论英雄，毁誉自有后人评说啊！诸葛未因蜀败而被后人遗忘，司马亦未因大晋而为后人敬仰！身为人臣，孝孺不图今生荣华富贵，但求来日青史留名，万世流芳！我当随我主我民共沉浮，别无选择——"

"如斯，既然先生以生民为虑，以王道为心，妾当'夫唱妇随'，妾当与先生同生共死、荣辱与共！"郑夫人听罢，流泪说道，"妾本无另外选择！"

"孝孺先谢过夫人了！"方孝孺说着，并上前抱着郑氏双肩，流泪说道。言罢，吩咐夫人道："夫人近日可以先率中宪、中愈、中庸三子及小女前往浙江老家一趟，偕孝友一起，为我祭祀宗祠，为我先祖扫墓，恐我辈来日无多，难有此机会矣！"

"妾谨听先生之命！"郑夫人点头称是，接着又说，"往后或可世事纷乱，幼儿中庸，就留在宁海老家，由叔弟照看和教养，以防万一，可否？"

"就依夫人——"方孝孺点头说道。

十九、遏外藩，围攻北平城

建文元年九月。在北平燕王府，燕王与众将正在议事。

"少主已令曹国公李景隆率领数十万大军星夜赶向真定，并收集炳文将卒及诸路兵马，计五十万余众，进抵河间诸州。南军军威大振，抑我燕军！"邱福出班向燕王报道，"燕王将如之奈何？"

"大势甚佳，岂有忧虑？"燕王喜道。

"五十万余众压境，燕王为何反而窃喜？"邱福等人问燕王。

"从前，汉高祖刘邦用兵，还只能率十万之众。今景隆一介文弱书生，不谙军事，竟用兵五十万。他能有何作为？少主此着，是自取败亡之举。"军师道衍和尚向众将说道。

"况且，景隆虽然位高职显，然而，为人胆怯，也非拼命悍将，更兼优柔寡断，军纪不整，素来怕我，有何能耐？"燕王向道衍和尚相对而笑后，又向众将解释道。

"禀报大王！南将吴高、耿献、杨文举大军也已到达永平——"突然小校入门报道。

"待本藩亲率大军前往！"燕王立刻跃起身来，说道。

"景隆军众而吴高军寡，大王怎能反而亲率大军援永平？倘若景隆乘虚而来袭击北平，如何是好？"众将齐声问燕王。

"景隆本不足畏！他乃色厉而中馁之辈，他见燕王军在，必不敢来。"此时燕王张口欲说，却见军师道衍起身抢先说道，"燕王出兵援助永平，一可先破吴高，二可诱景隆前来，以便燕王回马破之。"

众将听罢，个个称妙。

"本藩亲率大军出征，军师可坐镇北平。世子高炽听令——"过了一会，燕王说道，"今我大军将东往永平，令尔留守北平。尔等务必坚守勿战，待为父自率军马平定永平之后，我等里应外合，即可回军杀败景隆之兵。军中之事，孩儿可与母妃商议，也应多向军师道衍大师讨教。不可有误！"

"喏——"燕世子高炽得令退出。

接着，燕王十万大军，遂浩浩荡荡直向永平奔去。

南军主将吴高正在帐内沉思。

"报——"小校忽然进来报道，"燕王亲领大军十万，向此奔杀来了！"

"曹国公数十万大军压境，燕王却置之不理，反而重军向我冲来，是何道理？"吴高惊问左右道。

"此乃先声夺人、以强凌弱、各个击破之计，吴公万勿大意！"耿献说道，"燕王此来大有不取胜果，誓不罢休之心。"

"既然如此，永平城低池浅，不宜固守，我军不如立即退守山海关——"吴高顿时惊慌失措地叫道。

"看来也只能暂且避其锋芒——"耿献说道。

于是，吴高带着军马，仓皇向北逃遁。沿途丢下千万粮草、辎重，旧营一片狼藉。

燕王一听吴军北逃，急忙挥军随后赶来，见了南军，边冲边砍，尾随在吴高军后，马不停蹄，大刀阔斧，抢得辎重上千，斩杀南军士卒无数。

再说曹国公李景隆得知燕王北去，北平空虚，立即虚张声势，挥军来到北平城边。

在北平城下，南军营中。曹国公李景隆正在与众将商议着攻城之计。

"燕王已去永平，眼下敌寡而我众。我军当以'人海战术'为宜！各军应齐头并进，步步为营，慢慢逼近北平城门，以减少伤亡——"主帅曹国公李景隆向诸位部将说道，"诸公切不可冒进！"

"不可！兵贵神速。"都督瞿能出班说道，"我军远道而来，北平天将寒冷，我军不能久留北地，加上燕王北去不久也将回归北平，因此，我军只宜趁机急速进攻，重点击破，速战速决，方可一鼓作气，取得胜利——"

"此计甚好。急速寻找燕京城垣的薄弱处，以强兵夹击，方可在燕王回师之前，拿下北平。北平既下，燕王回来后也无可奈何。此乃关系战略全局大计，望大帅应允！"先锋都督陈辉也出班向景隆说道。

"此计为冒险之计！"李景隆跳起来向诸位部将说道，"分兵各个袭击，就有某些进攻不利者受到伤亡的情形。前次，耿炳文先失雄县，再失莫州，然后全盘皆输，此乃燕军对我各个击破之计。正因如此，炳文方有真定之败。炳文被燕军各个击破，终成残局，所以，受到万岁斥责。尔辈谁无家小在京城？本帅此番出师，不求有功，但求无过已足矣！本帅当依齐头并进，稳妥万全之策行事，岂能再做第二个耿炳文呢？"

"倘若长期围而不能急破城池，俟燕王回师我军处境不是更加困难？"都督瞿能厉声反问景隆，"大帅胜在何处？"

"胜败乃兵家常事。我辈都是有家有眷之人，何必要拿身家性命来冲杀？"李景隆说，"倘若兵败，我军可以暂时退守山东德州，以休养生息！"

"如此，我军危矣——胜利无望矣！"都督瞿能哭道，"想当初，我军出征，帝师方孝孺大人及兵部齐大人多有告诫。万岁也有嘱托，鹄候佳音。大帅岂能对此都全然忘却，充耳不闻，欲贻误削藩战机？"

"将在外，君命有所不受！何况朝臣之言？将士们休再多言！概听本帅号令，每天金鼓齐鸣、加紧攻城即可，倘若未能攻克，那是北平城坚，也不是我辈之过。"景隆又说道，"今日无话，各位权可退去。"

于是，众将陆续退出。李军开始在北平九门外筑垒高台，日夜加紧攻城，城内城外，炮火滚滚，杀声震天。虽然轰轰烈烈，但是北平城垣依旧太平，业经数日大战，也未能被南军攻下，却只是徒耗了南军许多有生之力。

城上的燕军士卒，在燕世子朱高炽率领下，上奔下忙，夜以继日，督城固守。妇女儿童也被驱上城楼，向城下投掷砖砾瓦块。景隆军令不严，兵卒竟然人人怕死，纷纷抱头逃避，又遭朱高炽的勇士偷袭，缒城劫营，自相惊扰，惶惶不可终日。燕军如此骚扰多时，景隆夜不能安息，自觉疲惫，只好引军后退十里，方才驻足，重新扎营。

"主将身为国公，世沐皇恩，今当为国出力之际，为何却只图安逸，不图进取？"部将都督瞿能愤怒叫喊，"我儿安在？随为父冲锋陷阵去也——"

这时，都督瞿能自率二子及精骑千余，叫喊着，连夜直扑北平张掖门，并且高叫着，趁势爬到坡顶，搭起云梯，率众将登上城楼，守城的燕兵见了，忙再三下投杂物，看看砖瓦投掷将尽，守城的燕军，个个心惊胆战。北平守军，突受瞿能父子如此袭击，已有怯意，将士深感，北平危在旦夕。

"都督瞿能目无军纪，却要私自擅出，贪天之功！还不退下？"正当此时，景隆挥兵赶到，不来攻城，却来斥责都督瞿能。

都督瞿能畏于军纪，只好率军，悻悻退去，进攻的南军立即放缓了脚步。北平又一次转危为安。

在燕王徐妃宫中，灯火如昼。

"启禀母妃！"燕世子朱高炽急速赶到燕王徐妃宫内，紧张地说，"城外瞿能兵马在加紧攻打，城内建材大都将要用光，加高垒壁材料也已显不足。如何是好？"

"啊！"徐妃听了，即惊叫了一声，接着问，"军师知道？"

"孩儿当夜去问军师时，见道衍大师正在池塘边散步，听孩儿问他，他却不以为然，只是用手指了指池塘之水说道：'若无砖石，就用它们吧！'孩儿百思未能得其解，故而前来求教母妃。"

"就用池塘之水？"徐妃思忖着，过了一会就恍然大悟，"用水浇城墙？妙——如今北地，天寒地冻，滴水成冰，冰可为砖，坚硬且奇滑。妙——"

燕妃说罢立刻吩咐人马，汲取池水，准备水洒城头，以水代砖。

于是，城上燕王守城将卒，在燕王徐妃的带领下，连夜用水浇城，翌日凌晨，结水成冰，光滑如镜，景隆、瞿能兵士攀登者纷纷坠落，城墙四面冰滑如玉，更无法攀登，上去的兵士纷纷滚落，死伤无数。如此，两军相持不下，对垒多日，南军本不适北寒，更兼时日长久，已觉饥寒疲惫。

而此时，燕王大军在东方阵上，已长驱直入，拿下了永平之后，又移师东北，窥视大宁去了。

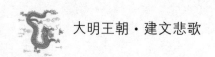

二十、无义者，智取大宁国

　　建文元年冬十月。吴高被逼，东走山海关，燕王遂即屯兵关前，北窥大宁。

　　大宁是宁王朱权的藩国，东控辽东，西接谷王朱橞的宣府，扼守关内关外，地处十分险要。更兼所属朵颜三卫骑兵，十分骁勇善战，因此大宁成了燕军和南军必争之地。

　　这天，燕王与大将张玉等人骑马在遥察远处的大宁城池。

　　"对待大宁，将军有何高见?" 燕王笑问张玉。

　　"末将早知，大王在起兵之前，就有吞并大宁之意。然而，大宁虽系北国要冲，我军必夺。但是，目今之计，不可强攻，只需智取！因为，在燕王起兵之初，朝廷怕宁王与燕军联手，乃召宁王回返京城，宁王抗旨未去，被削去了护卫之职，如今宁王已成燕王的盟友，朝廷的异己。燕王只需乘机修书通好，或暗地加兵即可。不可用大军征讨宁王！" 大将张玉说道，"况且，北平军情危急。设若我军强攻大宁不下，长久在此地耽搁，北平万一有何差错，则我辈根据地散失，腹背受敌，形势危矣！"

　　"大宁城虽小，且是宁王属地，然而，它是战略重镇，北平屏障，我军得此，方可保基业稳固。况且从刘家口径去大宁，不日可达，而且城中只有老弱驻守，强兵多在松亭关上。这块业已到口的肥肉，本藩岂能不顺手取之？譬如，当年刘备虽讲信义，然而，本家刘表的荆州，可作立足之地，他也不能不取呀，大丈夫处事，岂可拘泥于小节？我若得大宁，抚慰将士家属，则松亭关不战而降了。我便可一并得到北方大片土地，声势强大，南下有望矣！"燕王说道，"北平沟深城高，兼有军师、徐妃、世子率军坚守，纵有百万敌兵，一时也难攻下，况且，李景隆与其部属貌合神离，并无拼战的意志，岂能轻易攻下北平？众位勿虑！待本藩得了大宁之后，还师北平，则已事半而功倍了。"

"如此说来，大王高瞻远瞩，我辈不及矣！"张玉等众人听后齐声叹服。

"诸位随我前往，星夜赶往大宁——"燕王说。

燕王说罢，遂引军从山间小道登上城外高岭，星夜急速行军。不到两个时辰，燕兵业已神速驰抵大宁城下。

到了大宁城下后，燕王暗令健卒在宁王府的四面埋伏，自己却单骑入城，直入宁王府，与宁王相会，来智赚大宁城池。

"宁王贤弟救我——"燕王只身进了宁王府后，一见宁王就立即握手大哭道，"建文负我，现今我北平被困，不日就下，族人性命不保，请宁王代兄写表向朝廷请罪。"

"竟有此事？兄王勿忧！待弟为你代草表章请罪。想必建文看在高皇帝面上，或可法外开恩！若少帝不许，则弟情愿代兄而死矣——"宁王激动地慰藉燕王道，"唉，想不到先皇尸骨未寒，我皇家兄弟却连遭此等劫难！"

"呵，如今周王等四王已被废为庶人，柏王全家自焚。惨遭血光之灾——"燕王流泪道，"如今祸灾已临我之身了！"

"如此，小弟我或许也会……"宁王叹息道。

说毕，宁王潸然陪泪，并设宴以相安慰，多日招待燕王。

正当宁王与燕王唏嘘感叹之际，燕军城外埋伏的将士，已在暗中不断渗进大宁城来，燕军将士，多混杂于街市，同时又与宁王的三卫部长暗中互相勾结，频繁联络。燕军的便服密探进进出出，常向燕王通报内外军情。

待燕军入城兵将近万、吞并大宁的万事就绪之后，燕王方托故向宁王告辞。直至此时，宁王仍毫无觉察，并激动地送燕王于郊外，为他置酒洒泪饯行。

"……皇兄即将离去，为弟这里敬皇兄一杯，愿燕王逢凶化吉，遇难呈祥，今后一切平安！"宁王向燕王敬上第一杯。

"诚感皇弟盛情——"燕王接过酒杯，一饮而尽。

"这第二杯……"宁王满斟第二杯，并将它高高举起。正待落在燕王手中时，突见燕王翻脸不认人，并抓过此杯，掷于地上叫道："伏兵安在，还不动手拿下宁王？"

话音刚落，就见一阵呼喊，燕军突至，立即把宁王捆起，拖向南屋。

"我等……本为兄弟，况且弟又曾盛情款待燕王，燕王何故以怨报德，反而缚我？"宁王见此，不知缘由，忙惊叫道，"卫侍们且速来救我——"

而在这时，三卫侍从见此，却闻后不动，袖手旁观。

"燕王不可对宁王无礼——"大宁都指挥朱鉴叫着，并冲上前来，欲救宁王。

"雀鼠之辈，妄想顽抗？本藩取大宁，实为救尔大宁——不知善意的奴才！"燕王向都指挥朱鉴大怒道，并令侍从道，"左右，还不将此辈杀死？"

于是，燕兵一拥而上，大宁都指挥朱鉴刚想上前争夺，竟被燕军当场杀死了。

燕王又驱兵入城，挟持宁王以搜捕宁王余党。斩草除根之后，燕王揭示安民，遂完全占领了京北重镇大宁城。

接着，燕王挥军北上，并收取宁王府官将、妃妾及各类珠宝，千军万马，浩浩荡荡，统统装运，带往松亭关下。

"关上守城的将士听着，宁王已为燕王所制服，举城投降了燕王，尔等的家眷悉在城内，鹄候尔等投燕佳音。否则，性命不保——"

关下燕兵号鼓大震，高声向关上喊话。接着一大群官属被高煦的部将推了出来。

"为何竟有此等模样……"关上人马见此突来的变故，惊慌不知所措。

"燕王诡计多端，我等是被燕王威胁而降的——"忽然，在关下的俘虏队中，宁王府的一位年长的侍女向关上哭叫，"燕王恩将仇报，突然袭击，拘捕了宁王，骗取了大宁藩国，将士们当为宁王复仇——"

"大胆奴仆，如此可恶！"燕王闻声飞奔前来骂道，并举刀将那侍女剁成了两段。

"燕王无信，我辈死不瞑目——"此时关下被押人中一名宁王府家将也大声叫道。

"奴才休想活命！"燕王子高煦闻罢大怒喊道。

"末将死不足惜，只是燕王从此少了信义了——"那家将高叫一声，遂纵身跃起，在关下碰崖而死了。

关上的人们见此，更加惶恐不安，犹豫不前，面面相觑。

"关上的人看了！这便是尔辈大宁城中的眷属，倘若尔辈不立即投降，我将逐一杀之！"燕王子朱高煦随手又杀了一个宁府官属，并且抓起那人血淋淋的头颅，向关上高叫道。

关上守城的宁王将士见了此等情景，一时无措，个个目瞪口呆，魂不附体，见大势已去，只得纷纷下关，抛戈弃甲，向燕王投降。于是，燕王不费一战，就收服了宁王部属和朵颜三卫骑兵，又得到了松亭关隘。最后，燕王整顿军马，挥军回奔北平去了。

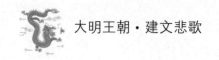

二十一、再得胜，燕王整军威

建文元年十月末，燕王兵达会州，已逾十五万之众。

于是，燕王在会州设立大营，重整军务，检阅全军兵将，并设立中、左、右、前、后五军。在每军中再设立左右副将。令都指挥张玉统领中军，以李郑享、何寿为副职；朱能统领左军，以李浚、朱荣为副职；李彬统领右军，以徐理、孟善为副职；徐忠统领前军，以陈文、吴达为副职；房宽统领后军，以和永忠、毛整为副职。将大宁健壮的降卒分隶各军，重新编伍，严整军纪，以免归降的兵将心怀异志。

次日，燕军十五万兵马，浩浩荡荡，驰援北平而来。

入夜时分，大雪纷飞，燕军来到孤山，兵驻北河西岸。

"天寒地冻，河面一片汪洋，这无有船只，如何过河？"燕王策马立在北河坝上，望水兴叹，看着河水忧心如焚道，"前方黑点是否船家？"

"如此众多人马，少量船舶也无济于事。除非大河冰冻，我军履冰而过！"张玉接着说。

"天若助我，今夜河水当结厚冰，让我军无舟也能踏过大河。"

燕王说罢，唏嘘良久，遂领人权且入帐歇息去了。

"……燕王，大喜了！"正在睡梦中，燕王忽然听到有人叫道，"河上已结厚冰——"

燕王睁眼看时，只见张玉、朱能等已到帐内床前。听了他们的叫喊声，燕王忽然坐起，忙随他们披衣出帐走到河边，燕王果然看到河水冰冻如镜。令人击打，坚固如铁。

"啊哈！上苍助我，河伯显灵，一夜严风，河水冰冻三尺，如此坚固，本藩何须船只？"燕王兴奋地叫道，又向张玉道，"命令人马立即早餐，寅时过河！"

正当寅时，燕军人马饮食之后，大呼大叫，精神振奋，漫山遍野，浩浩然过河而去。

河流对岸，燕王遥见李景隆兵马如蚁，都扎营在山田之间。

李景隆的先锋都督陈晖见燕兵突然过河而来，忙率军渡河拦截，然而刚渡一半人马，就临燕军大阵，于是，与燕兵发生了一场激战。而恰巧此时，河水又开始解冻，所以，都督陈晖兵卒后方大批人马下冰落水，被淹死在冻水之中。燕王又趁机挥兵驱来，只杀得南军人仰马翻，残军慌忙败退回营。接着，燕王乘胜追击，直捣主将李景隆大营帐前。

为了自保大帐，景隆只好挥军抵抗。顿时又是一场大战，人喊马叫。自午到申，燕军连破南军七营。景隆招架不住，连忙退去，燕军趁势冲杀而来，直达北平城下。

燕王抵达北平城北，又见李景隆后军兵营九座，忙以数千精兵奋勇杀入。此时，北平城中将士看出城外燕王大部援军已到，个个精神百倍，鼓噪出迎。南军被燕军这样城内城外两面夹击，只杀得进退无路，尸横遍野，血流成河。李景隆见大阵已破，整军无法，只得收集残兵败将，向德州逃窜去了。

李景隆到了德州，已觉军情严重，如此战况，已将难以向朝廷交差。于是，他连忙整顿兵马，准备来春再与燕王决战，以便取得一星半点的胜利。

"圣旨到——"正当景隆不安之时，突然京使赶来帐中，向景隆叫道。

李景隆吓得面如土色，跪听宣诏。

"……今加封大帅李景隆为太子太师……"来使开诏宣读道。

事出意外，连吃败仗，却反得封赏。李景隆等人一听，均觉莫名其妙。

"今日世事，难以预料，莫非黄子澄大人、左都督徐增寿大人都有美言在万岁面前……"景隆接诏后，莫名地惴惴不安地叹道，"本帅回京之时，将有何吉凶，实在难料。身在乱世，当以自保为最！"

建文元年仲冬，李景隆败回德州后，正在营中郁闷不乐。

"启禀大帅大将军！京城太常寺卿黄子澄大人有书到此——"突然小校入帐报道。

"呵——黄大人书信？"李景隆急忙接过书信拆阅。

来书上写道：

> 惊悉将军军报，我等恐慌。为了不使朝野震动，万岁苦恼，我等只好代为掩饰，推说将军失利皆因天寒地冻。奏请陛下加封将军，来日必克燕军人马。因而得到陛下的恩准。
>
> 来春将至，将军千万勿负重托，务必一举击败燕军——

李景隆阅罢来书，感激涕零，同时也觉此战关系重大，其前途险恶。

"我率众六十余万，倘若不能立有寸功，将有死罪！燕王呀，恕景隆无礼了！本帅不能再次贻误战机——"李景隆自言自语道，"将与燕人决一死战！"

"大帅，在说什么？"安陆侯吴杰问道。

"哦——"景隆支吾道。

"来春，我等倘若不能战胜燕军，将无颜回朝！将军有何退路？"都督瞿能、安陆侯吴杰同时愁眉不展地问景隆。

李景隆目望帐下黑压压一片激昂的部将，情绪无限焦躁。

"……众将听令——"过了一会，李景隆向麾下叫喊道，"飞檄各处，招兵买马，来春必须再战！不胜燕军，誓不罢兵——"

各将唯唯，应声而去。

建文二年春二月，李景隆各路兵马齐集，约有六十万之众，正在祭旗，准备出征。

"禀报大将军！燕王已出兵攻打大同。"忽然探子来营报道。

"大同苦寒，南军多有不适。奈何？"安陆侯吴杰说道。

"养兵千日，用在一时！身为大丈夫，我等当以身许国，何计寒苦？"瞿能父子齐道，说罢又道，"禀告大帅，我父子愿为先锋，去打头阵——"

"老将平安也愿为先锋！"都督平安也说道。

"老将军之言是也。既受君托，我等虽死也不能退！诸位当随本帅西去。"李景隆苦着脸说道，"平安将军听令！本帅命尔为先锋，与瞿能父子协力同心，前往北地，将燕阵打开缺口。本帅随后也将率军前去——"

于是，南军数十万兵马冒着晚冬余寒，火速飞奔，出紫荆关，直指苦寒的北国大同。南军日夜兼程，经受着艰难险阻，人疲马乏，好不容易来到大同地面。

"大帅大将军，燕军业已由居庸关回返北平——"正在此时，探马又来向李景隆禀报。

"燕王行军为何如此反复？"李景隆听后惊奇地问左右，立即又向军将命令，"我军从速调头，后队变前锋，再回德州去吧——"

此时，南军经历了反复奔波，饥寒交集，已觉疲劳不堪，南归心切，无数铠杖被弃道上，残兵败将，沿途陈尸。景隆六十万大军，未接一战，却已损失二三万之众。

北平燕王府。燕王又与诸将计议。

"到了德州，李景隆会同武定侯郭英、安陆侯吴杰等数路军马，计六十万余众，列阵数十里，又将誓师进攻真定！"朱能出班向燕王报道，"大王将如何迎敌？"

"李景隆等人，都是无能之辈！其将帅不专，号令不一，左右又不相共谋，只靠数十万杂乱兵马，岂可胜我？"燕王笑道，"南军来北地已有数月，苦不堪言。尔等只需整装待发，以逸待劳，敌来我挡，时间一长，李景隆自然不战而自退去！"

"我等何不先驱兵进抵白沟河，扼住要害，以逸待劳？"张玉向燕王进言道，"如此可立破南军也！"

"此言甚好！"燕王答应，且又令张玉道，"令尔率兵八千为先锋，星夜行军，直达白沟河前沿——"

张玉得令，引兵去了。

"报——"小校又报，"李景隆前锋都督平安已引大军抵达北平城郊五马河。"

"平安小儿，前次让他从我处走脱，今天竟敢再来送死！本藩自当亲领大军擒他——"燕王听罢怒吼道。

燕王说罢，三声炮响，拔营奔向五马河。

但是，当燕军刚到苏家桥时，就忽听一阵骤响，地动山摇，伏兵四起，大喊大叫。

同时，一员大将挺身而出，向燕王叫道："燕贼还不下马投降，更待何时？燕贼听着，都督平安已引大军在此等候多时了——"

燕王大吃一惊，刚想接战，忽然又见左侧杀出二将。

"都督瞿能父子来收反臣也——"瞿能叫着，随即父子双双举枪杀来，刀光闪闪，气势非凡，直取燕王。

燕王猝不及防，连连向后倒退，几乎乱了阵脚。

"平安休得无礼——"正当危急之际，燕阵跳出三员骁将，高喊着飞身敌住平安和瞿能父子。原来是内官狗儿、千户华聚、百户谷允也急速赶来援救燕王来了。

双方三对大将盘旋厮杀。真是棋逢对手，将遇良才，直战得天昏地暗。战到日暮，未分胜负，双方只得鸣金收兵。

次日，在李景隆北平城外大帐中，李景隆正会同武定侯郭英、安陆侯吴杰、都督瞿能父子、前锋都督平安、京师来援的太子太傅魏国公徐辉祖等数十员大将商议破燕之计。

"我朝廷之师多日劳累，却至今未能取胜，如之奈何？"李景隆无限忧愁，叹息问道。

"国家已到生死存亡关头，燕王已是国之祸根，因此，如有良机，我等应不顾一切，杀死燕王！"平安大声说道，"倘若我等仍如以前一样，遵守'不杀燕王'的御旨，将再次失去取胜良机，悔之晚矣。"

"'不杀燕王'是圣上的旨意，尔等怎能违抗？"李景隆反问道，"对燕王，我等只可生擒而不可斩杀也！诸将倘若违反，则功不能抵罪，或者死有余辜！"

瞿能上前叫道："前次，我与平安大人曾有多次杀死燕王而取胜的机会，然而，都被这'不杀燕王'的命令限制了。马儿带着辔头，怎能吃草？不杀燕王，擒贼不能擒王，我等终究不能取得此战的胜利哪！"

"老瞿能，'不杀燕王'非本帅命令，乃万岁最新的圣旨，尔要违抗圣命吗？"李景隆有些气愤地说，"为将者当以君主为重！"

"圣人常以为'国重而君轻'，国如皮，君如毛。皮之不存，毛安能附之？我辈杀燕保国，正是为了保卫主上。"瞿能激动地说，"况且，将在外，君命有所不受！上次老将军耿炳文已因'不杀燕王'，致使军师程济差一点壮烈身死，从而使伐燕初战失利。这次我辈又曾多次因此而无功，倘若再如此下去，国事堪忧！我等怎能仍抱着'不杀燕王'的意旨而贻误战机呢？末将父子奋战数载，而且老夫已近天年，岂能不为主上？"

"我等出兵应注重自保！倘若你杀燕成功，已是违背了圣旨，即当受死；倘若你杀燕未能成功，兵败为他所杀也是死。这于我等自身何益？"李景隆怒发冲冠地向瞿能道，"况且，前次连老帅耿炳文也已失败，我等今日即使再失败一次，万岁又能究我何罪？本帅一片苦心，都是为了诸位全家性命呀！尔等为何木然不知？"

众人听罢，无言以对。瞿能、平安等骁将也只好忍气吞声，垂头丧气。

"燕王决然不能斩杀！为今之计，我等还是计议'擒燕退敌'之策吧！"李景隆缓和了一下口气，接着说道。

"我军虽然人多势众，但是，未能注重谋略智取，徒费时日，因此，事倍而功半！"魏国公徐辉祖上前说道，"我虽初来乍到，然而却有一计，不知大帅是否可用？"

"魏国公请讲无妨！"李景隆及众将齐向魏国公徐辉祖说道。

"燕军多次得逞，盛气凌人，骄兵必败，我观目前之势，可用此骄兵之计一试！"徐辉祖说毕，轻声向众人道出一番计策来，李景隆与众人一听，齐声称妙。

"武定侯郭英率兵暗将火器埋在东路地下；安陆侯吴杰率兵上前诱敌；其他人等随本帅后行，分地埋伏接应。"李景隆一一发出号令。

"得令！得令……"各将纷纷答道，遂依计而行去了。

于是在前方战场上，南军浩浩前行，是处立即响起了人马喧哗之声。

几天来，燕军几度获胜，情绪盎然，因而不知南军大帅李景隆也有杀敌计策，所以仍在肆无忌惮，一鼓作气地赶来。看看燕军将要进入南军的埋伏圈中，南军阵后一将，举手将红旗一摇，伏兵突拉火索，炸药进飞，冲向燕阵。顿时，燕军阵中火器爆发，烟焰冲天，兵将仓皇不料，鬼哭狼嚎，多被烧得焦头烂额，纷纷败退。燕王见了大惊，忙高声大呼急阻，也不能禁止溃军。

"将士不必惊慌失措！前进者有赏，后退者必杀——"燕王叫着，亲自断后。

燕王已立斩数人，士卒却仍然纷纷后退，不能驻足。燕王见处境险恶，不能取胜，只好也慌忙只身出逃。燕王逃了半天，天色渐晚，四顾麾下，只有张玉等不足十人。此时燕王所在，真是愁云惨淡，林树苍茫，难知东南西北。幸好，南军都知，有"不杀燕王"的圣旨，因此追了一阵之后，看看燕王业已远去，南军又不敢射击，所以也就只好纷纷驻足，收兵回营去了。

　　"张将军，前方却是何地？"在狼狈逃窜的路上，燕王伏在马背上问张玉道。

　　"大王请听潺潺流水之声在前！莫非已达白沟河？"张玉说道，"我燕军大队人马即在此处？"

　　"待我前去打探！"燕王说罢，下马跑到水边，伏地谛听，才辨明了方向，遂仓促渡河。

　　直到北岸，燕王等数人方见到本部大队人马，一阵悲喜，忙入帐安息，以便翌日再战。

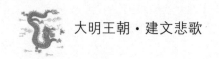

二十二、图大事，定林曾有约

过了一日，燕王升帐。

"此次兵进白沟河初战受挫，盖因景隆失信于燕王！"张玉愤愤说道，"末将原以为李景隆不过虚张声势而已，孰料他竟真的设下毒计，欲置我军于死地……"

"李景隆为人奸猾，本藩自然知晓。然而，本藩以为，景隆此次得胜而归，其心中有喜也有忧！"燕王思忖说道。

"此话怎说？"张玉问。

"景隆此次喜的是，战胜了本藩，既可以向少主请功领赏，又可以向本藩示威，让本藩对他不能小觑；其忧的是，惧怕本藩会因此而动怒也！"燕王说。

"不过，末将常见李景隆对待殿下甚是谦恭？"张玉说。

"景隆希望与本藩亲近，这无非是狡兔三窟之念。"燕王叹息道，"然而，身为人臣，各为其主。我等也不能过于责备景隆而自我懈怠。胜败当由燕军自己以武力而为之——"

"目下，大王将如之奈何？"张玉、朱能等将问燕王。

"命张玉为中军，朱能为左军，陈亨为右军，房宽为先锋，邱福为后应。"燕王闻罢，立即回头向部将们高叫道，"尔等共率军马十万渡河列阵，拼杀南军！本藩坐守中军帐内，静候佳音！”

“得令——”张玉等众将应声而出，率兵直奔河岸。

连日劳碌，两军对峙，未能大破李景隆大军，实令燕王不悦。因此，在众人去后，燕王仍坐在帐内愁眉不展。

“李景隆呀李景隆，尔为何要如此实心相战，总不会虚晃一枪？难道说，尔真要与本藩大战到底？”燕王在自言自语，接着怒道，“尔当自食后果也！狡兔呀，李景隆！”

“启禀大王，帐外有一位将军求见——”正在这时，小校入帐向燕王禀报。

“哦！快点有请——”燕王一听，喜出望外，忙令左右道。

不一会，侍卫引着一位身披长袍，头戴战盔的人入帐，并走到燕王身边。燕王起身定睛看时，不觉吃了一惊。

“将军莫非是朝廷久驻中都凤阳的王平将军？”燕王惊问道，“何风将尔吹来？”

“大王不识末将了？”王平取下头盔笑道，“末将曾多次来过殿下大帐呀！”

“哎呀，果然是王将军！将军还能记得本藩！哈，将军这身打扮，叫……叫本藩如何识得？”燕王热诚笑道，“将军身为李景隆的亲将，本藩今日与景隆交战正酣，将军此来，有何良策？想必将军有妙计带来？”

“末将正是为此事而来！”王平说着。

“曹国公何其威风，竟一意战我？”燕王向王平问道，且面转怒容。

“非也，大王误会了！身为南军主帅，曹国公身负重任。”王平道，“曹国公时刻未忘大王‘定林之约’，所以冒犯大王，实因不得已而为之也！”

“将军且细说端详！”燕王说。

“大王知否？二虎对垒，必有一伤。曹国公近日为此也十分苦恼：景隆大帅率军数十万，经年无功，朝廷众臣和万岁谕旨都在不停催促大战，但面对殿下，景隆如何下手？然而，若久不出战，或战而无功，景隆身为主将，将来如何向朝廷交差？故而景隆此次不得已才与燕王大战了一番。"王平说着，并靠近燕王耳语道，"然而，此战让大王蒙受了如此灾难，还望大王海涵！景隆正为此事心中焦虑，故而派末将前来与大王商议，并且甘心赔罪，保证今后绝不致燕军遭受损失！"

"原来如此，本藩错怪景隆了！"燕王转喜并感激地说道，"请将军转告景隆：本藩与曹国公本来交好。两军交战，各为其主，本藩决不能憎恨景隆！诚感景隆和将军都还记得当年我辈的'定林之约'！"

"是呀，那次在前往中山王陵园的途中，彼此都谈得十分投机，而且后来也曾多次相顾。我辈当然不会相疑！"王平说道。

接着，燕王与王平又密商了许久，之后，方送王平出帐。

"将军去李营见景隆后，别无他言，叫他尽管虚张声势，大战我军，只是切勿再以诡计陷害于我，致我重创可矣……至于，南军帐下平安、瞿能之流，本藩自会对付，也望景隆对他们多加管束！"在送王平出帐时，燕王拉着王平的手说道，"后会有期，公等好自为之！"

"大王大福大贵之人，必然前途无量。末将代曹国公再三请求大王宽恕冒犯之罪！"王平出帐时向燕王说。说罢，翻身上马。

"各为其主。将军不必客气了！将军且去，俟来日京城相见，本藩决不负曹国公和将军！"燕王挥手送走王平，说罢，转身回帐去了。

王平星夜回到曹国公李景隆大营，将与燕王商量的结果，告诉了李景隆。

"燕王对大帅此次战绩，又气又怕！"谈了一会后，王平告诉李景隆道，"燕王吩咐末将，要大帅好自为之！"

"燕王所托之事，本帅自然照办，只是帐下那几位……"李景隆忧心如焚地对王平说。

"大帅是说平安、瞿能之流？"王平说，"末将以为：对待他们，唯有加以军令可矣！"

"这几位忠心耿耿，乃是国之良将，本帅多不忍加害于他们！"

李景隆犹豫不决地说,"况且,本帅帐下如无他们宣扬军威,燕王岂能看重于本帅?"

"对待燕王,大帅也要软硬兼施、阳奉阴违?"王平笑问李景隆。

"将军曾闻'兔死狗烹'之说?"李景隆问,"为了面对朝廷,也是为了面对燕王,本帅应当打出几个胜战来!"

"末将知矣!"王平说道。

"然而,对待平安、瞿能,本帅亦不能稍有放纵,以免他们酿成大错!"李景隆说。

"大帅可时时管束他们,以'不杀燕王'的圣旨来制约他们——"王平说。

"……也只能如此……"景隆听罢点头,轻声说道。

次日,南军侧营内,瞿能父子与平安商议后,走出营帐,先后引军杀向燕军。

"逆贼何往?还不下马送死——"平安前军与房宽先锋两军突然遭遇,平安遂大喝一声,飞奔而去,并立即挺身而出,大战房宽。

"平安休得猖狂!房宽将取你首级——"燕军先锋房宽叫了一声,也举刀迎上。

双方在河边大战十个回合,平安怒发冲冠,策马冲入房阵,使房宽军马不及站立,纷纷倒退,致使燕王中军顷刻崩溃。

张玉等见平安来势汹涌,多有惧色,也纷纷后退,向北回逃。

"平安小儿!想来送死?本藩来也——"燕王见势不妙,立刻大叫一声,亲率精兵两千,策马杀奔而来。

都督平安一见燕王亲率精兵前来,立刻放了房宽,转身来战燕王,同时,平安突见本阵后面又有二将冲出,叫喊着围攻张玉和燕王。

"都督平安勿虑!我父子来也——"瞿能父子说着也飞出前来助战。

"父王,我等来也——"只听燕军阵中大叫一声,冲出了燕王子朱高煦。

此时张玉等也杀出阵来，拼命冲击平安兵马。双方数对奋战，直杀得山摇地动，天昏地暗，天将日暮，犹未能停息。

"三军齐心协力，直抵燕军阵中——"主帅李景隆挥军冲杀上来叫道。

将士们一哄而上，将燕王重重包围在核心，无数刀枪就要直逼燕王身首。

"将士们，小心！只灭燕军，不杀燕王。杀燕王者，以抗旨论处！"此时，李景隆唯恐兵将有失，砍杀了燕王，又慌忙叫道，"勇士们，可用箭射燕王马首以生擒之，决不能伤及燕王身首！"

主帅言毕，突然，南军阵内，一声梆响，无数硬箭呼呼飞来，并且纷纷逼向燕王坐骑，只是不敢直射燕王本身。

燕王坐骑屡被射中，左右冲突，三易坐蹶，终未能脱身。眼看自己真将就擒，急得燕王上打下砸，半日无计可施，只得也抽出强弩相对。但是，过了一会，燕王箭又射尽，慌忙中，又重新拔剑向左右砍杀。在燕王的屠刀下，一群南军头颅血淋，犹如瓜滚，一群士卒倒下了，另一群南军士卒又乱纷纷地接踵而至，死死地围住了燕王。

燕王长剑已经砍杀得残缺不堪，坐骑已经困乏难支，适逢一名燕将中箭落马，燕王忙又将他从马上拖出，自己翻身上马，跳出战场，向北逃避。

"燕贼休走！"瞿能见状，大叫一声，遂策马赶来，"瞿能来生擒你了——"

燕王辨不清来人，只听得身后如千军万马滚滚逼来。

"父亲当心有伏——"正当瞿能驱马紧赶之际，其子恐有燕军埋伏，忙叫了一声。

瞿能勒马细看，却见燕王在王子高煦、前军大将徐忠、统领陈享等护拥下，又回马转杀过来。此时，恰逢平安率兵冲出，一伸长矛，刺死燕军统领陈享于马下。燕军大将徐忠急来相救，不意也被瞿能剑砍三指。大将徐忠忍痛将伤指剁去，并撕衣包扎，勉强应敌，却又见南军数万步兵冲杀过来，他只好回马溃退。

"燕王暂且北去——"王子高煦、大将徐忠等恐燕王有失，忙喊叫着，杀开一条血路，欲从圈中救出燕王。

"燕王就擒——"瞿能父子又叫着杀来，并连砍燕骑百余人，就是不敢刀劈燕王。

"我等前来助战——"此时，越侯俞通渊、陆凉卫指挥滕聚见瞿能父子得手，也叫着纵马飞来助战。

"老将军不可！"正当瞿能大刀举起直抵燕王。燕王危急之际，突然主帅李景隆又飞马前来，拼命大叫，"陛下有旨，'不杀燕王'，将军莫非不知？抗旨死罪！"

"将在外，君命有所不受！擒贼先擒王，古有此理。两军对阵，不杀主将，我等如何取胜？如此作战，胜在何日？"老将瞿能红着眼，向李景隆大叫，"末将世食国禄，将以身捐国，不杀燕贼，决不罢休！"

"瞿能听旨！"李景隆见瞿能不为所劝，急忙取出圣旨向他叫道，"皇上圣旨在此，抗旨者斩——"

瞿能父子及俞通渊、滕聚等人见圣旨在前，只得低头缩手，众将遂悻悻然，为燕王留下逃避之路。

正当此时，北风陡起，猛扑南军，飞沙走石，迷人双目。同时，随着营内一声怪响，景隆身后大旗忽然折成两段。景隆心惧，忙鸣金收兵回走，却见燕军队中，火具万发，向这边袭来，火随风起，一霎时，南军阵上一片火海，立刻全军大乱。在景隆犹豫不决之中，南军反胜为败，是处一片哀鸣。

燕王又趁此机会，亲率精兵数千，绕到李景隆营后杀奔过来。

前面高煦再三引军复出，卷土重来，燕军将士一齐纵火，顺风冲杀。

顷刻，瞿能父子及滕聚等都被困在火海之中，可怜三人，一代悍将，悉被烧杀至死。

平安见此，独力难支，只好领着一支人马向南逃遁。他们绕过燕军身后，渡月洋桥，来到德州城边。见燕军又尾随而来，平安忙深深埋伏在路旁山林丛中，以应将要追来的燕兵。接着，俞通渊同平安一阵计议后，带着数十骑奔向德州城里去了。

这边，南军剩余的数万人马，兵将四散，难相自顾，立刻兵溃如水，山崩地裂。

燕王更是挥众奋追穷寇，直到月洋桥下，南军除丢弃器械投降者外，被杀、被溺死者不下二十万众。此时，南军大队已临绝境，只有魏国公徐辉祖大军还在拼命冲杀，并且跃过前方土城，挡住了月洋桥下的燕军，使李景隆的左军残部转危为安。

郭英向西逃去，景隆南走德州。南军沿途抛弃的器械辎重，堆积如山。幸而有魏国公徐辉祖拼命断后，才收拾到了一些残部，不至片甲不留。

二十三、畏强燕，景隆兵再败

　　数日后，燕王再攻德州，大军尚未到城下，李景隆就已闻风逃遁，且丢下了万担军粮。

　　燕王兴高采烈，忙催军入城。而正当燕王策马奔到城门吊桥上时，城内的俞通渊忽然一声大叫，引着一支人马，奋不顾身地从城内冲出，一下子将燕王连人带马，挤下吊桥来。此处桥下正是平安人马埋藏之处。当下，平安等人一见燕王从高桥上跌入深树丛中，立即从林中杀出，欲再次斩杀燕王。

　　"燕王休走，老夫终能杀尔！死亦足矣——"平安红着双眼大笑着、叫喊着，跃马飞奔举刀，直逼燕王头颈。

　　"老将平安，刀下留人——"正在此时，平安身后又忽然响起了一阵叫喊声。

　　原来是李景隆见平安冒死进城，心中疑惑，只好又回马过来干涉平安的行踪。此时，恰逢燕王又一次将遭平安斩杀，所以李景隆急忙拼命叫喊，阻止了这场险情。而此时，正当平安发愣之际，燕王子高煦、大将张玉等数十员将领也已指挥大军赶到，景隆见状，慌忙独自回马逃去。俞通渊等将却又一次身陷众敌重围之中，刚想聚军奋杀，就立即被燕军砍成几段，死于非命。平安从血泊中挣扎着站了起来，砍杀了三名燕将，只身突围外逃。燕王也不追赶，遂率军凯旋，进了德州城。

至此，燕军连胜数场，又得到大批粮草辎重，军威愈振，人马已过二十万。

在通往德州的途中，山东参政铁铉正押着粮饷辎重赴向景隆军营，将到德州，忽见探马来报，南军人马正急速往后溃退下来。

"大人，慢行！前方已闻我军大败——"铁铉正在惊疑时，忽听探马报道。

"调转马头，驰往济南！"山东参政铁铉闻罢，吃了一惊，遂命兵士改道前行。

入了济南城，山东参政铁铉见济南参军高巍等守城文武人员正在忙忙碌碌，准备迎战燕军。

"高巍大人，景隆大军已败，我等定要整顿军马，死守济南！"山东参政铁铉一见济南参军高巍，急忙哭道，"据说，曹国公李景隆损兵折将过半，人马如今已不到二十万了——"

"参政铁铉大人勿虑！我等世食国家俸禄，定当共誓保城。"参军高巍听罢一惊，接着又安慰铁铉道。

说话间，李景隆大队残兵败将已逶迤赶到，驻防在济南城的东郊外。

接着，燕军又尾随而来，进逼济南。李景隆尚有二十多万大军，却不能抵敌，见燕军到来，南军上下兵马一片慌乱。稍后，见燕兵驻足，景隆才又仓皇迎战，先锋却被燕军杀败。接着，燕军大将数十人，引军数万，气势汹汹，向李景隆主力中军大帐扑来。李景隆见燕军来势凶猛，自觉难以应对，竟弃了大军，单骑逃去。于是，景隆部下数十万兵马，不相自顾，也随大帅而退去。这里只留下了铁铉、高巍诸将，孤城独守。

建文二年冬。

景隆大军已数场惨败，几近覆没。警讯报到南京，举国震动。建文帝遂召集文武百官在奉天殿聚集，仓皇计议。

"前方军情告急，景隆已放弃了济南，照此下去，燕军不日就将南下。为今之计如何？"建文帝非常焦虑地说道，"山东济南一线，目今只有铁铉、高巍在拥兵固守，然而敌我悬殊，已有累卵之危，军情甚为紧急。"

"臣以为今番出师不利，是用人有误！不过，胜败乃兵家常事，陛下也不必过于忧愁！"兵部尚书齐泰出班奏道。

"尚书齐泰大人所言差矣！"太常寺卿黄子澄奏道，"景隆之败也非用人有误！乃因天气时令不佳。设若今夏天暖，陛下再遣能将，必可取胜——"

"老将耿炳文与后生李景隆均已败退，今尚有何人能当此讨燕重任？"建文帝说道，说罢，许久无人回应。

"微臣早在景隆出师之前就曾奏道：倘若国无能将，不如就此罢兵，与燕王讲和！燕王虽有不忠，但终究是孝康帝之手足，陛下之叔，设若重修旧好，也是国家之福，何必定要兵刃相向？"监察御史韩郁又出班奏道。

"……既然，卿等暂无能将，权依监察御史韩郁之言如何？"良久后，建文帝说道。

"虽然，今依监察御史韩大人之言，但此仍为权宜之计，陛下还要细作安排，作长久灭燕之策！"侍讲方孝孺先生出班奏道，"燕贼其人反骨终不可变也——"

"此言极是——"齐泰、黄子澄同时附和道。

"朕立即下旨：暂时罢战，遣使与燕王议和，令李景隆星夜还京，一切军务饬左都督盛庸代理。"建文帝说道。

"既言求和，臣乞陛下暂削我等官职，以慰燕王！"齐泰、黄子澄凄然奏道。

"朕将下旨，权削二卿之职！"建文帝颓然说道，"然而，国中之事，二卿尚须操心！"

"遵旨——"齐泰、黄子澄齐声应道。

"为了赏罚分明，陛下在严罚景隆之时，也要大奖为国奋勇当先之兵将！"侍讲方孝孺先生又出班奏道。

"……朕升铁铉为山东布政使，并帮办军务。封平安公爵，对瞿能父子等阵亡烈士，也将追封。"建文帝停了一会，说道，并转头向方孝孺说，"以上各道旨意概由先生代为斟酌，拟旨颁发——"

"遵旨——"方孝孺得令入内颁旨。

不一会，方孝孺走向殿前，与齐泰、黄子澄等两两对视。

"……此外……陛下……"方孝孺、齐泰、黄子澄同时上前，欲言又止。

"……今日时辰不早，众卿权且退朝！"建文帝看了三人一眼后，又凄凉说道。

众臣听罢，遂各自退朝。

退朝出了宫门，齐泰、黄子澄在殿前快步赶上了方孝孺。

"方先生，今日尚有一件天大之事未能朝议决定，大人知否？"赶到方孝孺面前以后，齐泰、黄子澄立即问方孝孺。

"莫非是二位被削职之事？"孝孺随即反问。

"方先生何出此言？难道说，我辈真能计较这点官职！事到如今，我辈尚惜此身官服？大人何必明知故问？"黄子澄高声说道，"先生自然知道，此次与燕王议和，无非是朝廷对燕王虚晃一枪、权宜之计而已。恶战就在后面！然而，时到今日，万岁仍然尚未收回'不杀燕王'的成命，这叫前方将士如何取胜？实令我辈挂怀忧虑也！"

"……在下方才也正为此心中焦急！"孝孺点头说道，"正待发话，怎奈……唉……"

"事关国家大事，先生永勿言弃！目下先生将如何处之？"齐泰问道。

"此时众大臣业已相继离去，我等不如再度进宫，向陛下力谏！求陛下收回'不杀燕王'之成命！"方孝孺说道，"如此一来，前方战事或可转危为安，否则，战事无望矣——"

齐泰、黄子澄同时点头同意，随即三人携手进了皇帝后宫。

二十四、势危急，重论杀燕王

在建文皇帝寝宫中，建文帝与方孝孺、齐泰、黄子澄等君臣四人，为"不杀燕王"之旨已争论了两个多时辰，君臣仍旧未能达成一致意见。

"……'不杀燕王'之旨意不能更改！此乃太后懿旨，也是朕之为人本分。朕岂能有违仁义道德？"建文帝痛心地说。

"……陛下，朝廷数十万大军削藩未能见效，如今讨燕之战也未有寸功，长此下去，国将不保，何谈陛下之仁义？"齐泰激昂地说道。

"朕……宁不坐龙位，亦不忍叔侄相残！……"建文帝仍旧忧伤地说道。

"陛下知否？"方孝孺上前问帝道，"尽管陛下仁慈，不杀燕王，国人岂保燕王不弑今君？'庆父不死，鲁难未已'。留下燕王，国无宁日。树欲静而风不止！叔侄相残，乃燕王所为。倘若陛下一意忍让，不杀燕王，唯恐血流成河之惨状更不能避免！欲免惨状，唯有皇权强盛，舍此，陛下如何才能避免叔侄相残？"

"哦……唉……"建文帝听罢孝孺此一番话，浑身颤抖了一下，遂徐徐说道，"公等之言不谬，朕当思之……"

"陛下，朝廷业已多次失去了灭杀燕王之良机，今日陛下不能再三迟疑了——"齐泰急道，"目下，国家已临深渊，前景堪忧，陛下岂能再保燕王？"

"……如此，方卿拟旨！俟谈判失败后，前方将士可竭力诛杀燕贼，再不宽恕！"建文帝思索了一会后，突然斩钉截铁地命令，接着又缓言道，"圣旨拟定后，若吕太后天明临朝，朕还须乞太后过目训示！"

"……也好……"众人听罢，只好同意。

接着，建文帝示意诸位退出。

"如果在太后那里，又出差错，如何是好？"刚出宫门，齐泰和黄子澄又同时问方孝孺。

"……二位勿虑！太后临朝，当先往皇帝寝宫，作为帝师，在下将今夜与帝长谈，以免太后前来，搅了皇帝收回'不杀燕王'成命之旨意！"方孝孺说，"况且，明日太后也未必临朝！"

"为了国家，望先生不辞辛劳，再进宫一次！"齐泰、黄子澄向方孝孺说道。

"……也罢，待在下再走一遭！"方孝孺答道。

说罢，齐、黄遂转身各自回府去了。方孝孺只得再三进宫。

方孝孺与帝又一次同室而睡，彻夜而谈。天刚破晓，方孝孺就借口起身外出，来到宫门朝房太监小林子处。

"小公公切莫忘记，倘若太后驾到，定当告知于我！"方孝孺向小林子再三吩咐道。

"先生放心，奴才决不懈怠！"小林子说罢，转身出去了。

不一会，小林子果真引来了吕太后。

"太后早安——"方孝孺赶紧上前跪接。

"啊，有劳先生又辛苦了一夜！哀家并无大事，今日放心不下前方的战事，特来与皇帝叙谈——"太后说道。

"太后不必挂虑，当多保重，让凤体安康，国事自有朝臣们效力！"方孝孺向太后说，"况且，皇上昨夜与微臣一夜长谈，已觉倦意，方才歇息，以应卯时早朝繁务！"

"哦，如此说来，哀家改日来议？"太后说。

"也好，太后慢行——"方孝孺说着，终于送走了吕太后。

此时将到寅时，即将早朝，帝与方孝孺忙将收回'不杀燕王'成命的密诏封好，准备差遣一员干将，飞马送往济南铁铉兵营中。

"启奏陛下，锦衣卫已接前方密报，燕王已经无心议和。望陛下圣察！"此时，突然皇家锦衣卫千户张安进来，向建文帝轻声报告。

"唉，果不出朕之所料！"建文帝说道。

"既然如此，陛下当尽快将此收回'不杀燕王'成命的圣旨送达山东铁铉大营——"孝孺听罢，遂急切地向帝说道。

"这个自然——"帝说，并随即命小林子道，"将此密旨速交兵部，让齐大人派勇将快马加鞭，赶紧送到济南铁铉大营。此乃关系燕王性命和国家削藩大局之事，叫兵部齐大人务必办好，不可有误！"

小林子应声去了。正在这时，太监魏宁突然来到宫殿门边，并竖耳细听宫内君臣谈话。

"'关系燕王性命'？难道说，朝中鼓噪斩杀燕王之风今已得势，陛下真要下决心斩杀燕王了？"魏宁在殿外听罢，吃了一惊，自言自语道，"有这等大事，非同小可，我当快速将此信报告给北方燕王！"

魏宁感到事情紧急，忙转身跑到前殿候朝房。此时魏宁见左都督徐增寿恰来上朝，于是，他忙把增寿拉到一边，将陛下将要收回"不杀燕王"成命旨意的事，向增寿说了一遍。增寿听罢，赶紧转入内厅修书一封。

"尔辈火速北往，向燕王送达此信，让燕王务必截住前往铁铉兵营送递密旨的兵部勇将。"左都督徐增寿从内厅出来，回身就命令家将道。

于是那家将出宫，飞奔去了。

左都督徐增寿派往燕王大营的家将，快马加鞭飞奔了一个多时辰后，赶到江边。

"左都督大人失算了！如此北地千里，末将插翅也不能及时赶到燕营。如何是好？我即使去了，又如何能阻止送旨的兵部勇士？"家将想着，顿生一计，"我不如先到中都凤阳李景隆亲将王平将军处，求王将军帮忙！王将军与左都督及燕王都是暗中好友，岂能不为此帮忙？"

此家将一面思索着，一面策马向中都奔来。来到中都凤阳，一见王平，增寿的家将忙将左都督所托之事说了一遍，并递上手书。王平自觉事情紧急，也不向景隆通报，遂赶紧翻身上马，向济南铁铉大帐飞奔而去。

京城送递密旨的兵部勇将夜以继日，马不停蹄，赶到济南铁铉大营。正想闯入，恰巧迎面碰上了也是刚刚赶到的大帅李景隆的亲将王平。

"何方兵卒能闯我军大营？"景隆亲将王平一把拉住送旨人，厉声问道。

"末将是前来送递密旨的兵部侍卫！有重要圣旨面交铁铉将军！"送旨的勇将气喘吁吁地向王平说道。

"密旨留下，待我等转递。铁将军日夜操劳，刚刚睡下，不可打搅！"王平严令道。

"临来时，已得兵部严令：末将必须将此圣旨亲交铁大人！"送旨人力争道。

"我乃主帅曹国公大营部将，尔等兵部岂能专权，对我不恭？岂有此理！"景隆亲将王平闻罢，暴跳如雷，向送旨人叫道。

"将军息怒，非是末将不恭，乃因皇命如此！"送旨勇将据理力争道。

"前方军情紧急，岂能听你鼓噪——"王平盛气凌人，向来人大叫起来。

说罢，送旨人还想争辩，却见王平举起长刀，手起刀落，砍下送旨人的脑袋。接着弯腰从送旨人身上搜出皇上的密旨，揣在怀中，遂即翻身上马，去秘密前往燕营报功去了。

二十五、忠勇师，东昌报大捷

建文三年春。济南城外，人山人海，杀声震天。

燕军正在济南城外筑垒围城。铁铉、高巍在日夜指挥兵将固守。燕兵数日进攻不下。

"报——"忽然小校策马走到燕王马前禀报，"京旨已到！"

"啊，已战多时，今却又要下旨？"燕王接过圣旨，撕开看后说道，"嗬，要本藩罢兵？少主听信小人之言讨伐我等，如今其自知国力不支，又要听小人罢兵之言，麻痹我燕军。哈哈，可笑至极矣！本藩既已发难，岂肯中途而罢兵？"

"已将奸臣们罢免？"朱能问。

"虽说罢免，然而不过是掩人耳目，骗人的伎俩而已。我辈岂可上当？"燕王说，"少主此等小计，能骗过本藩？"

"朝使如何发落？"张玉轻声问燕王。

"暂羁于营中，酒肉相待，以观事态发展。"燕王说着，并举起长鞭向攻城的将士叫道，"尔辈继续加紧进攻——"

正在此时，忽见一名小校进来，向燕王耳语了一阵后，燕王随即出帐，却见中都王平将军正在帐外等他。

"哦，原来王将军又来了！"燕王笑着迎上来说。

"殿下请看！"王平一见燕王，急忙将一带血的锦帛圣旨交给燕王。

"哦！少主终于收回不杀本藩的成命了——"燕王看罢惊叹道。

"此旨被末将中途截获，并未能到达铁铉手中，乃如一张废纸而已！"王平笑道，"只是大王日后需多加小心了！"

"正是！有劳将军了——"燕王感激道，"将军且进帐歇息一会？本藩军务在身，将去商议军情，不能久陪了。"

"大王请便！末将时不可待，也要立即回程！"王平说罢，向燕王拱手作别，策马去了。

送走了王平，燕王又进帐议事。

"济南城守甚固，我辈数日强攻不下，如何是好？"朱能向燕王说，"王平此来，有妙计送上否？"

"看来此战更将惨烈，少主已决意收回'不杀燕王'之成命了！"燕王说道，"不过，此旨幸被王将军截获，未能到达铁铉手中！"

"对待眼前济南，我等将如之奈何？"朱能问道，"铁铉勇猛，大王可否以利招降？"

"加紧苦攻——"燕王叫道，"铁铉小儿，竟敢如此抗我！想必是自知别无退路，本藩不如招降铁铉？"

朱能立即向城内铁铉射去降书一封。铁铉在城内接到降书后，略一过目，即怒不可泄，撕毁来书，掷于城下。

"天下只有反贼降服，哪有我降反贼之理？"铁铉向燕王骂道。

"铁铉小儿，今不速降，将来会死无葬身之地！"燕王气愤地叫道，回头又向将士们说道，"决裂河堤，引水入城，淹死此贼——"

于是，无数兵卒挖开河堤，黄河之水滚滚而来，向济南城中流去，城中顿成泽国，军民浮动，痛不堪言。

"军民不必恐慌，本司自有良策。静等三日，就可破敌！"铁铉忽出此言，言罢，铁铉与高巍轻声说，"燕王不正要我等投降吗？公请从速派员送书到燕营求降！"

"大人真的要……"高巍问铁铉道。

只见铁铉笑而未答。高巍点头也笑道："呵，大人诈降，欲行缓兵之计?"

军民听了铁铉将会破敌之言，虽不知其中奥妙，但也只好静心等候三天。

次日，铁铉派员夜往盛庸大营联络后，随即差人到燕营求降，得到燕王允许，并约定燕王明日入城，铁铉假意撤离守城兵马，又召集城中百名父老百姓，密授机宜后，再让他们去燕营中去见燕王。燕王听说父老们到来，忙出营巡视。只见百名父老都跪伏在道路旁边。

"大王恕罪!"父老百姓们满面涕泪道，"奸臣不忠，使大王蒙受辛劳，跋涉到此。大王是高皇帝之子，民等也是高皇帝子民，不敢违大王之命! 但小民害怕兵战，突见大军压境，疑有屠城之举。大王若果真爱民，就请退兵十里，单骑入城，我等当备壶浆欢迎大王——"

燕王听后大喜，并以好言劝慰，令百姓们回城。

次日，燕王下令退兵，只带了数骑直驱济南城。燕王抵达城下，过了吊桥，果见城门大开，且有无数父老伏地，夹道欢迎，并有高呼千岁之声。燕王得意扬扬，徐徐进来，然而才到门首，蓦然发觉城上一块千斤沉重的铁板飞压下来。亏得燕王眼明手快，勒马退了回去，那板却正中马头，马头顿成肉泥。燕王惊落马下，随从忙另送一马，燕王跃上马背，策鞭回逃，桥下铁铉的伏兵见燕王要走，赶紧拆桥，偏偏桥板太牢，一时情急，未能拆卸下来，只好眼睁睁地看着，让燕王越桥逃走了。铁铉忙引兵追去，但已来不及了，遂回城叹息不已。

过了不久，济南城关，炮声震天，燕军大队人马赶来复仇。铁铉督兵守城，只觉得城在炮声中颤抖。燕军攻城甚烈，城垛破裂，砖瓦滚滚，城残不及修复。看看城似不能保，铁铉无法止住燕兵，只好急忙叫人拿来一块神牌，上书"太祖高皇帝之灵"几个大字，将此牌伸出城楼，挡在城上。

人喊马叫，燕王正在指挥攻城之际，忽见太祖神牌赫然在目，不觉发起愁来："有此牌在前，我炮岂能再击?"

正在此时，铁铉所派与盛庸秘密联络之人，已与盛庸接洽。盛庸听后，急忙引兵由远郊向济南杀来。顿时铁、盛二军齐集，以迅雷不及掩耳之势，向城外压来，南军前应后合，内外夹攻，在济南城外拼命厮杀，战火连天，直抵燕王大营，连破燕营八十座，燕兵果然大败，燕王只得狼狈退回后方营帐。

"军师来到——"正当燕王骑虎难下，即将转胜为败之际，朱能上来报道。

"接迎——"燕王知道衍到来，必有妙策，十分高兴地叫道，并迎上问，"道衍大师到来，有何指教?"

"王师屯兵攻城日久，师老将殆，故而特来请燕王暂回北平，以图后举!"道衍大师说。

"本王大战正酣，欲求军师妙计，不想军师已有此意!"燕王听罢索然，但燕王深知道衍计无虚谬，所以虽然扫兴，也只好点头同意撤军。

接着，燕军撤围北去。铁铉与盛庸赶忙率军追来，直抵德州，德州城内的燕军知燕王已经北去，也无心恋战，遂弃城向北逃去。于是铁铉与盛庸又收复了德州。

铁铉与盛庸忙将收复德州的喜讯上表，奏报京城，京都满朝文武雀跃振奋。万岁立即下旨：封盛庸为历城侯，擢升铁铉暂代兵部尚书之职。接着，又进一步诏封盛庸为平燕大将军，总领北伐大军人马。圣旨被星夜快马加鞭，送到铁铉与盛庸军营中。

于是，铁铉与盛庸重整军马，令副将军吴杰进军定州，都督吴凯屯兵沧州，以便遥为椅角，合图北平燕军老巢。

一日，燕王在北平宫中，正同诸将商议进军事宜，突有探马来报："铁铉与盛庸已收集兵马三十万，调吴杰进军定州，吴凯屯兵沧州，合图北平来了。"

此时，道衍和尚一听忙上前走到燕王身边耳语了一番，之后悄然退入屏风后面去了。

"本藩且不管这些!"燕王向众将道，"仍然出师辽东去矣——"

"大敌当前，理当合力退敌，大王为何反要出师东去?"张玉不解地问。

"出师东去，乃舍近求远，实令我等不解!"朱能道。

于是，燕王屏退左右，向二人密语道："虚虚实实，此乃兵书常策。尔等不知？沧州远离南军中帐，不能及时与铁铉大军联系。沧州主帅都督吴凯乃无谋之人，方才军师已与我密议。我今诈往东去，实即将由东转南，兵指沧州，如此定可出其不意，打得都督吴凯一个措手不及！沧州得手，其余各城即可迎刃而解了。"

张、朱齐声称妙。

接着燕王率众兵过通州，趋天津，到塘沽，转而下令军士循河向南，朝沧州进发。

"大王，莫非走错了道路？"此时将士们不解起来，并问道，"出师辽东，岂能南下？"

"尔等以为本藩是要东去，却错走了南方？"燕王笑着说道，"我本欲向东，却夜间梦见南方白气二道，占卜得知，南征必大吉，因此南来也！"

众人不再言语，燕王却催促大军夜行三百里，快马加鞭，急往沧州而来，为掩南军耳目，燕王遂将沿途的南军侦察兵卒，悉数杀死。

次日天明，燕军神不知、鬼神不觉地突然到达沧州地面。燕王立即召集众将布置军务。

"城东北隅较为低矮，今令张玉率精兵八千，速占城头，登攀城壁！"燕王令道。

"得令——"张玉应声，率军去了。

"朱能听令！"燕王又道，"给你一万兵马，叫你从速飞奔，包围城西南两面！"

"得令——"朱能也应声去了。

"谭渊！"燕王接着叫道，"令你带五千军马，埋伏在城北道路两旁的树林之中，当听北门人马喧哗，铁铉败兵溃来之时，即悉数杀出！"

谭渊也应声去了。顿时，沧州一带，燕军鼓噪之声大起，炮火连天，众将各引军攻城。

沧州镇帅吴凯已探知燕军大队开向辽东，所以毫不防备，只是派遣兵丁四出伐木，修筑城垛，不意燕军突然杀到，兵将不及穿甲，一片混乱。

此时，城东北隅，张玉已率数千兵士，如狼似虎，强硬攻城，杀得血肉齐飞，南军猝不及防，纷纷成了燕军刀下之鬼。同时，其他各门也在人喊马叫，危在旦夕。

几经拼搏，沧州主帅都督吴凯料不能守，忙与都督程暹、都指挥俞琪、赵浒、胡原等人商议放弃沧州城池而去。

"吴凯休走——"主帅吴凯、都督程暹、都指挥俞琪、赵浒、胡原等人，刚刚率兵开了城门，出走不到一里路，就听见路边飞出一彪人马大叫而来。

"将士们杀开血路南走——"吴凯向部下大声令道，并努力应敌，而且自己突斩一位燕将于马下。

"谭渊在此等候多时！吴凯不要猖狂——"谭渊见此大叫，"有我等在此，无有你等逃去之路，还不从速下马投降？"

南军将士见燕军个个凶猛，纷纷逃避，遂四分五裂，成了一群乌合散兵。谭渊等燕军燕将十分勇猛，正在左右开杀，南军头如瓜滚，血流成河，伤亡倒地挣扎者，已逾万众。混战了一个多时辰后，南军余者不过三千人，见已临绝境，只好跪地缴械投降，却被谭渊军士一刀一个，全部砍死。主帅吴凯、都督程暹、都指挥俞琪、赵浒、胡原等人，见不能再战，也只得束手就缚。谭渊连夜设出毒计，命部下将所有的南军降卒计一万三千人，全部活埋在坑中，只留着被缚的主帅吴凯、都督桯暹、都指挥俞琪、赵浒、胡原等数位朝廷悍将，解向燕王大营邀功请赏去了。

燕王令人将沧州所有的俘虏和财宝都运往北平。

在德州的东昌盛庸大营中。众将情绪激奋。

"燕王见计遂功就，气焰万丈！如今又气势汹汹，率兵南来，已抵我东昌城下。如何是好？"众将向盛庸说道。

"诸位安静！燕王此时正在盛气之上，锋芒毕露，我等应当暂且避之，以待时机！"盛庸向众将说道，"当此屡败之际，我等切不可暴躁！"

"大将军所言是矣！我军只能以守为攻，以逸待劳了！"众将赞同道，"我军权且坚守不出，看他怎奈我何？"

数天后，城下燕军一阵阵呐喊，从早到晚，终日不歇。燕军在攻城的同时，还分兵到临清、大名、越汶、济宁等处抢夺粮草，四周百姓发出一片鬼哭狼嚎之声。

"军师又到——"燕王正在奋力攻城之际，又闻帐下报说，军师道衍和尚到来。

"请——"燕王焦急不宁，情绪不悦地向身后说道。

隧即道衍和尚慢步走到燕王马前。

"请大王切勿烦躁！恕老僧又来唠叨了——"道衍上来时，就大声说道。

"本藩正在进军未克之中呀，军师前来，又有何指教？"燕王沉下脸来问道衍，"莫非燕军有何不祥征兆？"

"正是！臣知王已攻城许久，特来请殿下休兵歇息！"道衍和尚说道。

"歇息？军师一来，总是歇息？况且，只是歇息，又何劳军师如此前来指教！莫非另有大事相告？"燕王又问。

"不然——"道衍慢慢地答道，"贫僧自度：今日，非贫僧亲自来说厉害，不足以劝得大王班师北归！"

"为何要退？莫非本藩再不能取胜了？"燕王问。

"非也！殿下出师，最终必克，但'难'就在这'两日'之中！"道衍伸着两指说道，"故而贫僧特来劝王北归，以待他日！"

"莫非本藩今日真会损兵折将，或有灭顶之灾？"燕王紧问。

"大王命大福大，皇上早有'不杀燕王'之旨，今虽收回了此份成命，南军主帅也尚且未知。大王有了此等护身之符，岂会有性命之灾？"道衍断然说道，接着又叹息道，"唉……只是这'两日'之中，或有大将陨落，恐怕于燕军不利……"

"两日？本藩这两日连胜数阵，并无大难。先生之意？"燕王问军师道，"先生何必过于谨慎？请说细详！"

"形势如此，贫僧难料细详！况且……天机不可泄露……"道衍犹豫地说道。

"军师不妨略述一二？"燕王道。

道衍见问，沉思未答，且迈步回营。燕王不悦，也并不以此为然，遂令军士继续进攻东昌古城。

一日后，盛庸在军营中计议反攻燕军之事。

"燕兵攻城久久未能下，军心已怠，加上如今四野百姓民不聊生，而我军以逸待劳，如今已是进攻的时机！"盛庸告诸将说道，并随即拿出两封书信对小校道，"速去联络铁铉、平安二位大人，约其一齐出兵，重设分兵合击之阵，于东昌山中，合攻东昌燕营——"

"我辈听令——"众将应声，并翻身上马去了。

"不过……"盛庸沉思了一会后，又说，"主上曾有旨给诸将：我辈不能杀死燕王。望各位遵守此命！"

"事到今日，国事危急。将军为何还要如此谨小慎微？"众将问盛庸道。

"本将也知遵从此旨，难以取胜。然而不遵圣旨，即使得胜，我也于心不安！为人臣子，生命犹不足惜，唯圣命至高无上，我等岂能违抗？我等要死遵圣命——望诸位从之！"盛庸谆谆向众将说道。

众人默然，遂各自出帐行事。于是，在东昌城中，又是一片南军备战气氛。

"今日杀牛宰羊，大犒三军，誓师厉众，背城列阵——"盛庸说道，并令守城将士道，"尔等多排火器毒弩，专等燕军接近，今日必须杀败燕军——"

再说此时，燕军不知盛庸有备，却乘胜回师城下，一阵鼓噪，拼命杀入东昌南军阵中。南军见此，伏兵四出，奉命举起火炮、毒箭，向冲来的燕军猛袭过来。燕军正在一意奋勇行进，无奈南军火器飞奔，万箭齐发向燕军飞来，直使燕军人人鬼哭，个个狼嚎，并且互相阻塞，自相践踏，乱嚷嚷，立时死伤过半。

燕王见此，格外暴躁，竟亲率领精骑，直接杀入南军合击阵中。盛庸见燕王孤军深入，故意兵分两翼，一任燕王冲进，而等燕王冲到中坚核心处时，立即令兵包围，合阵既成，即将燕王绕至数匝，不能动弹。燕王已知中计，慌忙夺路。无奈盛庸军阵好似铜墙铁壁，而且越绕越紧。他左奔右突，前驰后撞，不能冲出。

燕王已陷入盛庸军马层层包围之中，四面刀光剑影，风声呼号，就在眼前，形势十分危急。燕王渐渐发现，近旁已看不到护卫，甚觉心慌意乱，不能支撑，节节败退，忙缩向城根之下，负隅顽抗。此时，四周的盛庸兵将，举手就可刺及燕王身躯。于是，一位骑手见斩杀燕王的机会已到，突然拉开长弓，欲用毒箭射死燕王。

"勇士手下留情——"见此将正欲张弓射杀燕王，燕王性命不保，盛庸立即大叫，"万岁有旨，不允射箭杀死燕王！"

此将闻罢，无奈地收起了弓箭。

"哎呀呀，主帅为何如此——"那位骑手捶胸顿足地叫喊道，"我本即将大功垂成，杀死燕贼也——"

"将军不知，临出征前，陛下已有旨意：不杀燕王！"盛庸也流泪说道，"如可斩之，本帅早已领先了，岂能留得燕王性命到今日。万岁意旨，岂可不遵？"

"如此作战，我辈何时能胜？末将必举枪刺之，抗旨之罪在我，大帅不必挂虑！"这位骑手顿时激昂，咆哮着，举枪还想要向燕王冲击。

"壮士不可造次！"盛庸策马挺枪，上前挡住了骑手的去路，"我等唯有杀尽燕军，才能再困燕王——倘若一意孤行，抗旨乃是死罪也！"

听了盛庸的呵斥，该骑手只得罢休，并愤然收起了自己的长枪。

这时，燕将朱能、周长等已望见燕王被困，形势危急，急率数骑驰骋来救，朱能突入围中，奋力死战，方杀开了一条血路，护着燕王冲出重围去了。

"我来也——"张玉不知燕王已出，慌忙也叫了一声，奋勇而入，冲向盛庸阵中来救燕王。不意盛军万箭齐发，一支毒箭飞来，正中张玉面门，张玉遂被射毙于马下，张玉所率兵卒也悉遭全盘斩杀，所剩无几。

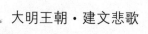

接着，盛庸大军还在追击逃出的燕王，无数刀剑直逼燕王、朱能和周长，却无人再敢先行下手，斩杀燕王。南军略退以毒箭射击，又怕伤了燕王性命，然而，燕王却能挥举大刀，左砍右剁，连杀无数近身的南兵。等到南军齐上，将要擒住燕王时，忽然又见燕王子朱高煦等人引兵来到，竭力一冲，立即冲散了围困燕王的南军。燕王终于被救出重围，扬长北去了。

燕王奔回北平城中，检阅将士，发现在东昌一战，业已损折三万余人，且有大将张玉及数十位骁将战殁。

"痛哉！本藩虽失千军万马也不足惜。奈何折我上将张玉——"燕王哭道，并向众将叫道，"我今休战矣！诸位各奔前程去吧。"

众将闻罢，也号啕大哭。

"不可！"此时，道衍突然走进殿来，进言道，"贫僧上次说过：大王出师必胜，只是难在'两日'，这'两日'即'昌'也，今大王东昌失败业已过去了，而后将是前途坦然、百战百胜了！今日为何反倒畏首畏尾，不再进军了？"

"军师之言甚妙，每次应验。本藩悔当初未从军师之言，以致酿成东昌之败！本藩今日决计一意听从军师，来日必获大胜也——"燕王同意了道衍之说，遂又兴高采烈，收拾残卒，准备来日大战。

二十六、朝内空，韩郁求和谈

东昌大捷消息传到京师，举国欢呼。

"重新起用国之重臣齐泰、黄子澄二位老先生，让二者官复原职！免除李景隆败兵之罪！"建文帝高兴异常，连续下旨，"举国上下，即日祭告太庙。"

"陛下，不可！"御史大夫练子宁、宗人府吏宋征、御史叶希贤等人出班奏道，"齐、黄二位可以官复原职，总理朝务，然而，李景隆失律丧师，且有二心，应当处死，以谢宗社，并励将士也！"

"臣等也以为李景隆失律丧师，罪不容恕。"齐泰、黄子澄也出班奏道。

建文帝默然不语。

建文三年春三月，北平燕王府演兵场上。

"本藩自'东昌失利'后，本欲暂且息兵。然而，军师神机妙算，言道，本藩再次出兵，必获大胜。因此，本藩谨从军师之言，今欲再次出兵南下，望诸位个个奋勇争先。诸位尚有何妙策献来？"燕王向众人问道，"再者，此番进军之前，本藩还要追念故将，祭奠张玉等烈士英灵——"

"燕王此举甚合人心天意!"众将说。

言罢,燕王吩咐上下人等,准备各种供奉的器具礼品。自己走出大殿,来到万人校场之上,亲将战袍脱下,焚赐予英灵。并且从厚抚恤烈属,赐赏将士家属。军民无不感激涕零。

"诚感燕王大德,我等此次南下,必然奋勇争战,获取全胜!"朱能、邱福等数十员大将振臂高呼。

"哎呀!大王屡次出兵与南军决战,多有战绩,宋贵虽然无能,今番也要随军南下,建功立业——"正当燕军将帅高呼,欲再次出兵之时,侧旁跳出了镇东大将军宋贵,只见他一边大步走到燕王面前,一边大叫道,"宋贵此番也要随大王南下……"

"宋将军不必性急,我大军南下远征,北平空虚,而北平却是本藩燕地基业,岂能有失?将军多次坐守北平、永平,屏障东北南军,自然同样功不可没,何必争执去留?"燕王向宋贵说道。

"大军此番将南下数千里,且时日较长,宋将军兵驻永平,当与北平城内徐王妃及大世子等留守兵将呼应,扼守山海关,以屏蔽外敌,防朝廷关外辽兵乘虚而入,击我北平,断我归路。"军师道衍也出班向宋贵说道,"此番留守尤其重要,阻击南军辽东军旅入侵,绝非易事!宋将军不必争执!"

"如此说来,末将当遵王命,坚守北疆!"宋贵缓和地说道,"然而,末将如何应对北来顽敌,尚须燕王及军师指教!"

"东北敌兵势大,然而,一时也不会经常南下。将军宜以逸待劳,静观其变,多派探兵,察其行踪。倘若见他们欲来侵我,应事先设下多重埋伏。"道衍军师说道,停了一会又向宋贵递上一囊,说道,"将军且走上前来,贫僧曾为此作有一囊之计,将军到时可拆视锦囊,自然可遵之行之。北方自然无忧!"

"如此末将胸有成竹矣!"宋贵上前高兴地接过锦囊,向燕王说道。

"燕军此番定要打到南京?"燕王看了宋贵一眼后,遂厉声向诸将问道。

"打到南京,不负燕王厚望——"军民大呼起来。

于是，燕王大军十余万，浩浩荡荡向南开来。

燕军再次南下，兵到保定，立即设帐，燕王与诸将计议军务。

"定州地靠中原，一旦拿下，可动东土。末将以为应往定州！"邱福进言道。

"盛庸主营在德州。依本藩之见：德州乃肥沃之地，交通要道，且经多次征战，彼军人心不稳，宜先攻德州，德州既下，也可震动西方！"燕王说道。众人闻罢叹服。

"南军盛庸已出兵夹河！"此时，探子来报。

"我等移兵东去，直取德州——"燕王说罢，即挥军南下，攻城夺地，直抵德州城下。

此时，日已西沉，燕王亲领三骑前往侦察，只见盛庸军阵，陈列坚固，少有破隙，多处路口兵马重重，大有严阵以待之势。

盛军步旅看到燕王数骑到来，立即前来追击。燕王手拉大弓，一连射死五兵，其余溃退营中。接着，燕王率众万余来战盛庸军。盛庸军以盾相挡，燕军矢剑皆不能入。

"以长矛破之！"燕王见了性急，忙大叫道。

于是，燕军的千矛齐出，带钩的长矛，扎入盛军盾中，盛军无法拔出，心中惊慌，于是阵脚立刻大乱。

"盛庸小儿，我来破你！"此时，燕将谭渊又挥戈直驱盛庸军营中，大声喊叫，同时，部将董中峰也挺身而出，协力助战。

"我来战你——"谭渊等刚到盛庸军中，迎面碰到南军一位勇将向他大叫着冲来。

"来将何人，敢与我接战？"谭渊大声问道。

"我乃盛庸麾下的都指挥庄得！"庄得说着，忙举枪来刺，"谭渊反贼，吃庄得一枪！"

二将战不到数合，庄得就拨转马头回阵。谭渊急欲争功，忙策马追赶，不意忽见庄得回马一枪，正中其喉，谭渊立死马下。董中峰见了，前来相救，又被一刀两段，斩于地上。

燕军惊见本阵连失谭渊、董中峰二位骁将，人人恐惧，随即败

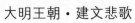

退。庄得乘胜追击，杀得燕军人仰马翻，纷纷溃退。燕王且战且走，越过一座小山，已成落荒的惨兵败将，逃到一里之外处，碰上朱能率铁骑前来救援，方才脱险。

"朱能且率铁骑去前面阻敌——"燕王快速整顿好兵马，并俨然令道，"其余大军随我绕向敌后，夹击南军——"

燕王说罢，已率军转到盛军背后，突然拼杀过来。庄得乃是一员猛将，只知一意前冲，未觉后无续兵，不料后方燕王大军杀来，一时不知所措，稍一回马，致使整个盛军阵脚大乱，庄得阻止不及，急忙溃退。

燕王破了盛庸军阵，遂与朱能、张武等合兵一处，汹涌而来。南军指挥庄得、骁将楚智、张能等见了，十分恼怒，于是一齐上前，拼命向燕军砍杀。

燕王见这三将都是有勇无谋之辈，忙令弓箭手围而射之。顿时，燕军万箭齐发，庄得身中数箭，死于非命。张能手拿皂旗，往来冲突，一会，也是浑身皆箭，死于马下。张能死后仍手执皂旗不放，虽死犹生，燕军见了，个个畏惧，不敢近身。此时，楚智仍然手持双刀左右砍杀燕军数十人，将到围圈侧边，不意被一支暗箭射中右臂，毒箭发作，痛不可支，坠于马下，被燕军活捉了。楚智醒后仍大骂燕王不止，遂遭燕王军前杀害。

接着，盛庸与燕王双方仍在拼杀。战情惨烈，至夜，盛军死者已经过万人，燕军也已伤亡过半。

燕王因又折大将谭渊等数人，心中悲愤，遂带十余骑，意欲拼命，直抵盛庸军阵门前安睡，胁迫盛军退避。天明，燕王竟见四周都是盛庸军马，燕部将急催燕王速去，燕王却谈笑自若，毫不畏缩。

"少主有旨，南军岂敢杀我！"燕王笑道。

"大王洪福——"众燕将见此，也纷纷笑道。

直到天明，燕王方才整顿军马，从容穿过盛庸重重军阵而去。盛庸阵中诸将相顾愕然，无一人敢向燕王发出一箭，众人均无可奈何，只得目送燕王走脱东去。

次日，双方再次对阵，燕军列阵东北，盛军陈兵西南，又苦战一日，互有伤亡，直到傍晚，正当双方人困马乏之际，突然天刮东北大风，飞沙走石，伸手不见五指，盛庸军阵，一片沙尘风土，士卒混然不能向前。

"风神又来助阵。南军必然大败——"此时燕王又举旗大叫，"此番定是天意，燕军必胜，兵将向前——"

"我等冲锋——"朱能等也随燕王一起，摇旗呐喊，趁着风势冲入盛庸军阵。

盛庸见大风骤起，不能应战，正打算收兵回营，却不意突受燕军将士如此杀来，盛军立足不稳，竟不战而溃。燕军见了，群起齐追，直达滹沱河边，盛军被逼入水者不计其数。盛庸见此，只好军退德州城中。

南京明皇西宫内侧，又是一阵纷乱吵闹。侍讲方孝孺等人正在与皇帝商讨国事。

"宫外何人喧哗？"建文帝正在聆听重臣争论，忽闻后宫吵闹，忙抬头皱眉问道。

"陛下，后宫沈嫔近日事多，众宫娥苦不堪言——"小林子进来奏报，"方才有个小宫女在找沈嫔评理呢！"

"叫沈嫔前来！"帝令道。

"启奏陛下，沈嫔等人已趁回家省亲之机，化装打扮，偷出京城，向北逃奔燕王去了！"大内另一太监进来报道，"因此那小宫女未能找到沈嫔。"

"竟有此等怪事……去吧！一个嫔妃，让她去吧！"建文帝不耐烦地摆了摆手说，"也怪朕躬当年认错人了。"

"喏——"太监应声退出。

"燕王逆反，致使今日战事不断，悔当年不听众卿忠言，未能一意灭燕！朕七尺男儿，竟不及当年爱妃翠红！"此时，建文帝又想起了宫妃王翠红。

"临淮人王翠红，真乃女中丈夫矣！"方孝孺感慨道，"其二八得幸，才艺容貌过人。且早知燕王萌生异志，陛下却听信了后宫沈嫔等人的谗言，误罚了烈女，实在可惜！"

"朕自觉愧疚——"建文帝痛心疾首道。

"事已至此，不可挽回，陛下也不必再三悲叹。"方孝孺劝道。

"启奏陛下！"突然小林子进来报道，"前方盛庸来使已到——"

"速宣——"一听前方有战报到来，建文帝慌忙叫宣。

接着，来使跪拜后，俱陈前方败局。建文帝听罢，更是愁眉不展，痛苦阵阵。

"悲情未了，警信复来。如今之计奈何？"建文帝抬头问孝孺，"而今唯有再求议和？宣监察御史韩郁罢？"

"陛下要与燕王议和？"孝孺问，"陛下，倘若燕王不允，陛下将如之奈何？"

"依卿之言？"建文帝问方孝孺。

"燕兵久战在外，天将暑热多雨，长此以往，势必不战自疲。今日，陛下应令辽东诸将入关攻打永平，真定诸将渡卢沟桥直捣北平。今用'围魏救赵'之计，燕军必然回师自救，我盛庸大军随后追之，必获大胜！"侍讲方孝孺进言道，"不过，为麻痹燕敌，讲和之言也应说出，仍向燕王下诏说和，以拖延时日，使我军能够四出合围燕军。"

"此计甚妙！"建文帝赞同道，接着又犹豫起来，"只是对待叛王，需文武二策兼用。这议和之计，尚须首先试之！"

"召监察御史韩郁进宫？"方孝孺问。

"如今之计只能如此！"建文帝低头道。

方孝孺感慨地也低下头。小林子闻声去了。不一会，监察御史韩郁进来。

"韩卿向与燕王有旧，朝廷北伐多有不利，朕只好今日令卿出山，与燕王修好，卿有几分胜算？"建文帝含泪道。

"朝中齐泰、黄子澄等大臣阻拦议和，微臣难以受命！"监察御史韩郁奏道，"除非陛下不让齐、黄二大人掣肘！"

"朕可令齐泰、黄子澄等暂离京都，出城远去招兵买马！"建文帝说，"爱卿且只管出使北燕说和！"

"谢万岁宠信，微臣领旨谢恩——"韩郁答道。

于是，建文帝遂遣御史韩郁、大理寺少卿薛品持诏赴燕。

"速召齐泰、黄子澄觐见——"建文帝沉思了一会后，向太监小林子命道。

齐、黄入殿后，遂被派往淮上招兵买马去了。

河北藁城。燕王正与吴杰、平安惨烈大战。

吴杰、平安夹击燕军，箭如雨下，鬼泣神惊，燕军纷纷中箭阵亡，陈尸遍野；燕旗千疮百孔，燕军将士们惊惧万分。

然而，正当此时，突然，苍天又大风骤起，吼声如雷，直向南军刮去，南军突遭此祸，立刻溃退不止。吴杰、平安虽然十分英勇，也挡不住似水的溃兵。燕王趁机又挥军反向砍杀过来，向着南军头颅，如砍瓜切菜一般，南军顷刻被杀万人。燕军立即转败为胜，拿下了河北藁城，并掉头分兵，进军顺德、广平、河北诸郡。

"京使到——"燕王正在帐中歇息时，忽听侍者来报。

建文帝的议和诏书此时被御史韩郁、大理寺少卿薛品送到燕军营中，燕王拆阅后大怒道："少主多次加兵于本藩，让本藩损兵折将。今却又以议和诓我。本藩此能就范？"

"大王虽应拒绝和谈，但也不可明言。何不趁机让少主先除了朝中小人？"朱能上言道，"同时，大王也还要以燕地军威慑动少主！"

"此计甚好，就听尔言！尔等火速准备，以威势胁迫京使！"燕王吩咐左右道，接着，向侍卫令道，"传唤京使——"

顷刻，京使御史韩郁、大理寺少卿薛品闻声进得帐来。

"奸臣信使，还不赶忙下跪——"御史韩郁、大理寺少卿薛品刚一进帐，就被一群燕将举着刀枪吓道。二位朝使只好向燕王跪拜。

"请转告少主，若要议和，则请皇帝先清扫朝中齐泰、黄子澄等小人，再除掉军中盛庸、吴杰、平安之辈的军权！"燕王怒向地上的朝使说道，并问，"尔等来时，少主如何细说？"

"万岁说，殿下早上释甲，朝廷晚上即可班师！"大理寺少卿薛品答道，御史韩郁低头，默不作声。

"哈哈——"燕王狞笑道,"此话只能骗得三尺小儿,本藩岂能上当?"

说罢全场众将都大笑不止。

"杀了此辈!"邱福等说罢,遂举刀直接靠近大理寺少卿薛品身边,薛品浑身发抖。

"两国交战,不斩来使!"燕王笑向邱福道,"钦差起身就座吧!"

"父王怎能如此仁慈?难怪前次长兄高炽说道,父王对朝廷仍存有忠心,不忍相弃,对少主封建的王位仍爱惜如命呢!"见燕王如此优待钦差,突然,燕王子高煦跳出来向燕王叫将起来。

"高炽逆子说本王什么?"燕王听罢,大吃一惊,遂厉声问道。

"长兄高炽他……他说,父王只为一己'燕王'封号,常对朝廷畏首畏尾——"高煦上前,轻声答道。

"畜生——不可胡言!当心狗头——"燕王暴跳如雷道。

高煦、邱福听后,只得喏喏退下。韩郁、薛品见了此情,心中却感到了一丝慰藉,正想起身落座,忽听燕王侍从们又大吼了一阵,遂慌忙北退。

"京使且往南走——"高煦又突然大叫,"将韩、薛推向南边,让他们从练兵场前,卷了身躯,抱头而过,见见我燕军声势。"

此时,在燕王的练兵场上,正是锣鼓震天,旌旗掩日,叫喊之声动地。御史韩郁、大理寺少卿薛品看了后,吓得目瞪口呆,不知所措。

"大王!"此时,朱能又上来与燕王耳语了一阵。

"御史韩郁、大理寺少卿薛品大人!"燕王停止了笑,低头向京使道,"望回告少主:本藩与天子之父皇同父,今已贵为藩王,安有何求?只是朝中奸臣当道,欲加害于我,我今起兵自卫而已,绝无他意。请少主无虑!先行班师回南,并杀尽朝中黄子澄、齐泰等奸臣逆党,解除盛庸人的军权,本藩即可偃旗息鼓。岂有他言——"说完,燕王令人修书给了朝使。

御史韩郁、大理寺少卿薛品听后,持书唯唯退去,带着一身冷汗,回报南京去了。

第三章　燕王入京帝逊国

徐邓功勋谁甲第?

方黄骸骨总荒丘。

可怜一片秦淮月,

曾照降幡出石头。

南京石头城遗址公园——玄武湖

二十七、反间计，孝孺谋世子

秦淮苍茫，蒋山郁暗，南京帝都在黑云笼罩之中，苍穹间发出了沉闷的哭泣声：

> 形胜当年百战收，子孙容易失神州。
>
> 金川事去家还在，玉树歌残恨未休。
>
> 徐邓功勋谁甲第？方黄骸骨总荒丘。
>
> 可怜一片秦淮月，曾照降幡出石头……

歌声掠过黄河、淮上、大江，穿过紫金山、石头城、清溪河、鸡鸣埭，直入皇帝内宫。

御史韩郁和大理寺少卿薛品持书日夜兼行，到了京城。到京后，御史韩郁回了自己府中，薛品首先与方孝孺相见。

"燕王之意如何？"方孝孺问薛品道。

"燕王之意，欲先除朝中奸臣和前方战将，而后才愿罢兵。在下己见，燕军阵容雄伟，其气十分强盛！"薛品道，"恐燕王一时难以服从朝廷！"

"哦，依薛大人看来，燕军就毫无弱点可击了？"方孝孺问道。

"燕军虽然气盛，然而，依在下看来，并非无懈可击。尔辈也有短处……"过了一会，薛品又告方孝孺说。

"此话怎讲？"方孝孺问。

"据我等上次在燕营中所见所闻观之：对皇上的封号，燕王父子之间存有争夺之嫌！"薛品轻声地向方孝孺说道。

"正是……对此，在下也有所耳闻……"方孝孺点头说道，"苍天有眼，或许此处就是皇上能够击溃燕王之处！"

方孝孺听后，脸上的怒容渐消，遂与薛品一同来见建文帝。

"燕王已成气候，如今兵多将广，声势浩大，上下气盛，不易破灭！"向帝叙述了一阵后，薛品最后奏道。

"……薛卿且退。"建文帝闻后说道。薛品遵旨退出。

"唉，若果真如薛品所言，国事艰难矣！"薛品走出后，建文帝向孝孺叹道，"悔当年不该用兵。齐泰、黄子澄误朕了！"

"陛下岂能有此颓废之念？燕军实非强盛！陛下派少卿薛品去宣谕燕王，少卿薛品反为燕王做了说客来了。其言不可信！"方孝孺说道。

正在此时，小林子进来道："燕王使指挥武胜送书到。"

"宣——"建文帝急忙道。于是，指挥武胜遵旨走进宫来。

"朝廷已许罢兵，盛庸等却拥兵自重，不肯撤军，并绝我燕军饷道，违抗圣旨。请即严办！"指挥武胜伏地，盛气凌人大声地向皇上说道。

"卿看这——"建文帝问方孝孺，"况燕王乃朕之亲叔，若逼之过甚，则于情不忍！卿以为可否就此罢兵，与燕王修好？"

"如今，盛庸等正断燕军饷道，其势正盛，不日即可取胜。陛下果欲罢兵吗？兵罢不可再聚，若他再次犯阙，如何对付？"方孝孺向帝说道，"臣愿陛下不为燕贼所骗，应斩武胜，以绝后患。那时我军士气振奋，方可平息燕乱。"

建文帝同意了方孝孺建议，将武胜下到锦衣卫狱中囚禁，并再召群臣商议，按方孝孺之计增兵讨伐燕王。

燕王闻得建文帝已经决心抗燕，十分恼怒。

遂命都指挥李远率兵六千，改着南军衣甲，混入济宁、谷亭，乘机四处纵火，烧毁抢夺南军粮草。同时，燕军邱福、薛禄又合兵连夜进军山东州县，并且大破济州城，抄掠沿途大小州县，搅得北方州县人心惶恐，南军四处不宁。

接着，燕王调集水师，冲击河道，并且焚烧南军粮草船只、军资器械船舶。几日来，南军竟有万艘船舶被焚毁，致使南军军需将尽，军心震动。

盛庸听到消息后，忙遣袁宇率兵来救，双方数万军马，齐集在水港大战。上天乌云密布，下地波浪汹涌，兵将混战一团，尸体成山，血流成河，苦战一日一夜，结果，袁宇又被燕将李远伏兵杀得大败，伤亡千人，退避城中。

南军再败的消息传到京城，建文帝更加惶恐，遂召集群臣计议。

"如今讨燕之战失利太多，朝廷若不能尽早设法，恐燕军将成大势，则难以收拾了！公等有何妙计，尽快阻止燕军？"建文帝急向众臣说道。

"燕军势大，一时难以遏止，朝廷当有非常计策破燕，方可使大局转危为安。"黄子澄说道，"然而，这非常之计……"

"如其扬汤止沸，不如釜底抽薪！"在满朝沉默了一会后，方孝孺慢声说道，"今日之计，当搅乱燕王内脏！"

"先生之意？"建文帝听罢，急忙问方孝孺。

"陛下不必过虑！"孝孺见众臣噤若寒蝉，忙出班向帝奏道，"兵不厌诈，微臣今有一计，或可暂破燕贼！"

"爱卿且速说来！"建文帝急切地说道。

"燕王与世子高炽皆生性多疑、桀骜不驯之辈。据微臣所知，以及方才薛品所言，燕王父子现今已有互争'燕王'封号之情。万岁何不因势利导，借此施与反间之计？陛下可遣书给高炽，允他继承燕王爵位，令其父子相疑，反目成仇，必自内乱，北燕之祸或可缓至矣。"方孝孺欣然继续说道。

"妙！妙！"众臣闻罢齐声叫好。

"……此乃无奈之计矣！"方孝孺又不无忧虑地说道，"是好是坏，尚不得而知！"

"爱卿何出此言？"帝问方孝孺道。

"道高一尺，魔高一丈！"方孝孺说道，"此计用意昭然，想必不能瞒过燕王，甚至，即使瞒过了燕王，也难瞒过那燕王帐下的一个人……"

"燕王帐下大将？"帝问。

"非也——"方孝孺道。

"道衍和尚？"众人齐问。

"正是！经战多年，我辈足见道衍乃乱国的狡贼！"孝孺说道，"然而，虽然如此，我辈不得已，仍应走此一步险棋，只是要派个精细足智多谋的大臣为之。锦衣卫千户张安足智多谋、武艺不凡，又与燕府有旧，或可担此重任。望上苍能保佑大明，张安中途勿生差错。愿此计能瞒过道衍和尚！"

"此计甚妙！"建文帝叫好，并令孝孺道，"还是方爱卿草拟诏书，使锦衣卫张安迅速送到高炽军营中。"

方孝孺写好诏书，再三嘱托，交给了锦衣卫千户张安。张安领旨，转身出宫去了。

张安快马加鞭，日夜兼程，将诏书送到高炽营中。恰与燕府中官黄俨撞了个满怀。这黄俨是燕王的第三子高燧的死党，而这高燧又历来与世子高炽不和，因此，为了主子利益，黄俨对朝臣来高炽营帐的事，十分敏感。

"贵钦差来此何干？"黄俨抬头假作无意，随口问了张安一声。

"今有皇上封诏在此。"张安故作诡秘地说。

"有何诏书？"黄俨紧张地问道，"奴才素与大人和睦，还望大人看在往日你我交好的分上，略微明示！"

"……加封大世子为燕王！"张安说着，并欲擒故纵，拿出诏书递上，接着又慌忙取回诏书，诡秘地向黄俨挤了一下眼睛，随即进了高炽的内帐，与高炽叽叽喳喳地交谈起来。

黄俨听了张安的话，看了张安的行踪，大吃一惊，急忙转身要去报告燕王。

当黄俨正急匆匆地赶往燕王大帐时，恰巧又迎面碰上了前来大帐议事的军师道衍。在这紧要之时，道衍本来十分警惕各方动向，今见黄俨慌慌张张的神态，知道出了大事。

"黄公公有何要事，竟如此惊慌，莫非大世子出了大事？"道衍立即问黄俨。

"朝廷要封大世子为燕王了！如此一来，这……这世子竟把其父王放在何等位置？"黄俨气喘吁吁地说，并诡秘地做了个鬼脸道，"难道军师不以为，此乃大事一桩？"

"黄公公意欲何往？"道衍问道。

"身为燕府家奴，我得速报燕王知道——"黄俨急急地说道。

"的确，此乃大事也！然而，正因为事关重大，所以，贫僧以为，此事不能过早声张，尚须再三弄清详情后，方可报告燕王，以免节外生枝，引出不意后果！"道衍向黄俨说道，"此事尚须公公再三思量！"

"不可，咱家有事，决不隐瞒于燕王！军师请便，咱家去也——"黄俨固执地说道。

黄俨说罢，转身抬腿就向燕王大帐跑去了。军师道衍深知此事关系到燕王父子恩仇和燕王事业的成败，非同小可。于是，他立刻转身进了燕王世子高炽的营帐。

"敢问世子，有朝廷封赏钦差到来否？"道衍慌忙直入内营，急切地问高炽。

"正是，正是！军师已知？张安已携封诏到此，后辈正欲向军师讨教，此事应如何处置呢！"高炽见军师到来，忙起身让座，并且连声说道，"钦差张安现今正在帐中！"

"世子你知否？此乃少主欲离间你们燕王父子之毒计，倘若殿下处之不当，引出殿下父子仇隙，或可为燕府招来杀身灭国之祸。对此，世子决不可等闲视之——"道衍道，"此计非常恶毒，或许是朝中高人所设!"

"后辈将如何应对……"朱高炽张口结舌,惊慌语塞,不知所措,目望道衍,"后辈也知此事关重大,然而却不知如何处置!"

"世子切不可拆纳'封世子为燕王'的诏书,且要将此诏与钦差张安一并送交燕王大营处置,方可无事!"

"军师所言极是!"高炽点头说道,"后辈与军师偕张安同往?"

此时,张安在内室听得道衍与高炽的说话,已急忙走了出来。

"事不宜迟,迟则燕王生疑,大局瞬息万变,将有害于燕军矣!"军师道衍说罢,接着目视刚从内帐走出的张安,并说道,"贵钦差远道而来,燕府理当敬重,应随我等一同面见燕王,以便礼仪接待!"

"仙师不必客气,在下官小职微,岂敢打搅燕王殿下?与大世子见面即可!"张安慌忙支吾,意欲拉世子高炽再入内帐商谈。

"不可!"道衍知张安欲耍伎俩,忙严厉叫道,"贵钦差务必随贫僧前去拜见燕王!"

"既然如此,概由仙师定夺……"张安自知拧滑不过道衍和尚,只得说了一声,硬着头皮走了上来。

说罢,三人急速赶往燕王大营。当三人刚到燕王大营帐口时,就听中官黄俨已到燕王帐内,并且正与燕王等人在议论高炽受封燕王之事。三人闻得,燕王此时正在情绪激动,呼喊号叫,大发雷霆。

"……竖子,竟敢私通朝廷,谋害父王——"燕王大怒,并怒目回头,问在场的高煦道,"煦儿,尔且说来,尔兄果能叛我吗?"

"……此事王儿也早有所闻!"高煦犹豫了一会后,又谎然说道,并且加油添醋地说了高炽许多坏话。

"来人!带朱高炽——"燕王听罢,勃然大怒,叫道。

正当此时,道衍、高炽却已带着张安进帐来了。并且,高炽还将诏书原封未拆地向燕王呈上。全场顿时空气凝固,大家一时都愣住了,众人都不知如何是好。

"……世子对燕王至忠至孝,大王不必见疑!"道衍军师从容不迫地走到燕王面前,慢慢说道,"此书显然是朝廷蛊惑人心,离间大王父子之计，大世子丝毫未动，请大王拆阅处置！大王万勿中了朝中小人之离间奸计也——"

燕王拆书阅罢，转怒为喜，如释重负，并大叫道："哎呀呀！本王险些中了少主离间我父子之计，杀我世子也！本王再三感谢军师洞察秋毫之能！今日之事，若非先生即时指教，破了朝廷小人奸计，我燕府危矣！"

"父王下令，这钦差将如何处置？"过了一会，高炽问燕王。

"立即带来细审——"站在一旁的军师道衍一听，忙上来大叫，"少主既让张安行此密计，想必这锦衣卫张安胸中藏有皇宫机密。大王当趁机严审张安，以得南廷内秘！"

"军师所言极是！"燕王赞同道，并下令道，"左右，还不将张安绑了？"

"朱棣叛贼，竟敢捉拿钦差！"正在一旁急促不安的张安，见有此变，立马跳起来大声喊道，"锦衣卫千户岂容尔辈作弄？"

"本王不过权且将你软禁营中，俟日后发落。"燕王看了一眼正在一旁咆哮的张安，冷冷地说道，"贵钦差何必如此疯狂暴跳……"

"大丈夫身为钦差，当不辱圣命——"未等燕王说完，张安突然又大叫起来，"既然今已事发'，张安愧不能成功，当成仁也！"

张安说罢，冲向燕王座前，撞案自尽了。是处血喷尸碎，一片狼藉，众人一阵惊叹。接着，燕王令侍从清除了张安的尸骨。

停了一会，燕王又走向军师身边，并笑道："哈哈！道衍军师乃神人也，早已窥知奸臣的用意，本王兴兵，幸有道衍军师辅助！幸有世子忠孝，本藩事业有望矣！"

"世事本由天定，燕王本有洪福在上，不必感激贫僧！"道衍谦逊地说道。

"军师过谦了——"燕王父子齐声向道衍感激地说道。

燕王说罢，回顾站在一旁的高炽，无限抚慰地说："我儿乃忠孝之人！从今往后，我父子决勿相疑！"

深夜，在京城皇宫内寝中，建文帝彻夜难眠。

张安碰案而死，孝孺的离间计败露；前方盛庸因军饷无着，又已陷入困境。种种失利的消息传到京城，建文帝如此屡闻败信，情知大势危急，已觉身心疲惫，必须起用非常力量，否则，将难以为继，匡复大业无望了。此时，他忽然想起太祖临崩时曾托驸马梅殷之事。于是，紧急下旨，欲召梅殷进宫。

　　"小林子，且宣驸马梅殷黄夜进宫议事！"建文帝道。

　　"喏——"太监小林子答道。

　　小林子出去不久，遂引驸马梅殷进来。

　　"微臣梅殷奉旨觐见。请万岁吩咐！"梅殷进来跪罢，说道。

　　"爱卿平身！"建文帝道，"先帝临崩时曾嘱卿道'诸王强，太孙弱，烦你尽心辅佐。如有犯上作乱，应为朕讨伐。'今国家多舛，朕已临深渊，望爱卿勿忘先皇嘱托！"

　　"臣身为国戚，世食国禄，当为国尽忠尽力。"驸马梅殷慨然答道，"为陛下、为大明江山，臣万死不辞！对先帝之重托，岂可忘心？"

　　"今战事前方多败，想必卿已知之？"帝问驸马梅殷。

　　"讨燕战事不利，国家已在非常之秋，身为人臣，梅殷无时不记挂前方军情，岂有不知！"驸马梅殷激然答道。

　　"朕封卿为总兵，望卿率瓦剌灰等部将，出师淮安，招兵买马，整军四十万，驻守淮上，屏障京师，以防燕军南下！"建文帝令道，"淮上地处要冲，望驸马坚守驻地，不可轻出，以防燕军由彼扰京！"

　　"臣领旨、谢恩！"驸马梅殷斩钉截铁地答道，"臣虽万死，亦不负陛下君命！梅殷定然为陛下分忧，决不让燕军借淮上之路，扰我京都！倘若燕军进犯淮上，梅殷当拼命还击，击溃叛军于江淮大地之北——"

　　"如此，大明幸甚！"建文帝激动地说道，并起身携住驸马梅殷的手说，"朕还要请宁国公主出面斥责燕王，以杀燕王的傲气。卿夫妇二人皆皇家之栋梁，大明之功臣。"

　　梅殷谢恩领命后，出宫走到门口，见到部将瓦剌灰正昂然肃立在殿外，随即回头向瓦剌灰说道："军情紧急！令你为先锋，再率五千兵马先驻淮上，以迎燕军。立刻动身！"

"麾下听令——"部将瓦剌灰应声先行去了。

随后，驸马梅殷也率大军过了龙江驿，出了京畿，声势浩大，向北而行。

驸马梅殷走后，建文帝还在殿内苦思冥想。

"小林子！速将此书交宁国公主，请公主致书燕王，斥责燕王不顾君臣大义，犯上作乱之罪！"过了一会，建文帝又向太监小林子命令道。

"喏——"小林子又应声去了。

二十八、南军烈，燕王怯久战

深秋雨夜，大明皇宫寒风凄冷。

建文帝在翻看外府递上的各种文书卷案时，却见状告大内太监的文表成堆。

"应天府告……中官太监魏宁等人在巡视中贪赃枉法……"

"淮南——弹劾大内太监魏宁等人……"

"开封府弹劾大内太监魏宁等人……"

"弹劾大内太监魏宁等人……"

前方讨燕的战事纷纷告急，后方应天、淮南、开封、凤阳诸州府弹劾大内太监魏宁等人的奏折，又如雪片似的飞进皇宫。万事纷纷，建文帝一遍遍地翻阅着奏折，思潮起伏，惆怅无限。

"大太监魏宁等人在出巡外省州府时，竟敢如此狐假虎威，为非作歹，吸吮民脂民膏！"建文帝看了几个折子后，自言自语。接着，不禁怒火中烧，忙令内侍道，"小林子！宣方大人起草诏书，严惩中官魏宁等人！"

"启奏万岁！"小林子轻声地说，"刚才，外臣已传出话来，说大太监魏宁等人，业已在这次出巡时，步了前次中官狗儿的后尘，经中都凤阳北往叛投燕王去了——"

"啊……这群败类——"建文帝忽然跳了起来，骂了一声，遂又坐在御座上沉思。

建文三年初冬，燕王正在山东军营中议事，忽然听说宁国公主函到，忙从侍者手中接过，拆函细阅。

"……"都是一派责我之言！不可信之——"燕王看罢，怒向道衍及身旁几位部将说道，并掷信于地上，"皇姐假借父皇之威，却来责备本藩！"

"大王可置之不理，不必因此而动心！"道衍说道。

"军师所言极是，本藩非三岁小儿，岂能为此心动？"燕王说道。

"禀报大王——"小校又报，"驸马梅殷四十万大军已驻防在淮上，欲阻我南下之路！"

"呀！淮上大片国土又被驸马所占，本藩南下路窄矣。本藩起兵三年，仅据北平、保定、永平三府而已！宁国公主方才来信责本藩，今日少主又令梅驸马来加兵于本藩。这宁国公主夫妇，一文一武，都向我逼来，其气焰何其厉害？看来，本藩不可如此缓慢行军了。我当大举奋进，以杀少主之锐气——"

"报——"此时又有侍者来报，"京城朝廷中官大太监魏宁等人前来投奔我燕军！"

"中官何以来投？"燕王问左右道。

"朝中中官乃是一批批贪官污吏、百姓共愤之辈，因此将被朝廷严惩，所以前来投我，以避祸殃！"邱福道，"此种败类，大王能接纳否？"

"丧家之犬，无家可归！如此也可为我所用！"燕王笑道，遂向外令道，"宣中官大太监魏宁等人进来！"

于是，一群中官在大太监魏宁带领下，慢慢进得帐来。

"朝廷昏暗，我等弃暗投明，甘为燕王效力——"魏宁等中官跪向燕王说道。

"尔辈有何效力之能？"燕王笑问，"前次，中官狗儿尚有万夫不当之勇，尔等如何呢？"

"我等奴才们虽然手无缚鸡之力，但知京城空虚，百姓民不聊生，可为大王参谋进军路途，引燕王立即进军，以救百姓于水火——"魏宁答道，并硬着头皮说道，"况且……老奴当年，亦曾在定林与大王蒙面，近年来也为大王立有寸功……"

"魏公公之事本藩业已尽知，尔是本藩的有功之人。望今后能再三尽力。权且下堂歇息，日后再去北平——"说罢，燕王令侍从带他们出帐去了。

"方才……魏宁所言，虽有不确，然而也有实情。今日之势，因国内多年争战，海内民不聊生，国弱民疲至极，我辈当尽快临江决一雌雄，再不能缓行下去了——"燕王道。

"燕王之意极是！'靖难'之战，如再旷日持久，则民不聊生也！"道衍说道，"燕王此次进军，将一举趋入南京，建立伟业——"

建文三年仲冬，燕王再一次大张旗鼓，盟血誓师，驱军近三十万，齐头南下。首先，燕王率大军驱散了华北南军兵马，占领了山东。接着，整顿兵马，挥军南下淮北，剑指淮南大地。最后，燕王亲率大军，沿途斩杀，轰轰烈烈地直逼江东。此次不过数日，燕军一路驰骋，所向无敌，连陷东平、济阳、宿州等地，所陷之地南军残部，还在与燕军作惨烈争斗。

燕师既出，锋芒毕露，将直刺京都，帝京闻警，举国震动。建文皇帝忙派魏国公徐辉祖率军急援山东。

徐辉祖星夜前行，来到小河，却探听到都督何福正与燕王交战，并已初获胜利。

次日，魏国公即令大将军平安挥军北向。骁将平安身先士卒，率军拼搏冲锋，势如破竹，并且接连杀败了燕军三路人马。

日暮时分，齐眉山下，硝烟蔽天，燕军百折不挠，三败三起，气势汹汹，屡向何福的南军拼命反扑过来，只压得何福难以招架。

魏国公徐辉祖见此，急忙亲率大军，直接趋逼齐眉山，同何福合兵一处，并召集三路将领计议，为保京师，决心与燕军作一场殊死厮杀，合击燕王。

"各位将军，燕王只因有了几场小胜，竟视何福都督于不顾，胆大妄为，不可一世，孤军深入，独自帅军南来，一心要向何福将军报仇雪恨。趁燕将朱高煦、邱福、朱能等大军尚未到来之际，我等可速破燕王于齐眉山下！"徐辉祖向众将说道。

"我等悉听大帅调遣——"众将答道。

"都督何福将军：请率人马由山下小路，绕过燕将王真、陈文的阵后，在丛中埋伏，堵住燕军李斌的退路！"徐辉祖向何福说道，接着又向平安道，"大将军平安：请立即率军从北阪出发，先破燕将李斌，再率军杀向燕王在山南的大营！"

"谨遵大帅之令——"平安、何福齐声答道，声如洪钟。

"燕王长驱直入数百里，然而，终于在小河镇上被何福将军杀得大败，齐眉山将是燕贼毁灭之地也！"徐辉祖向众将说道，"何将军务必要小心行事，偃旗息鼓，埋伏在深山丛林之中，以逸待劳，俟平安大军杀出，燕军向后溃退时，你截住燕军的归路。本帅当亲率全部人马在山前等候燕王大军南下，俟燕王挥军向南时，我将利用山南数里森林山险，驱逐大队燕军于山侧沟壑深涧之中，以便一举剿灭之——"

"大帅之计甚好——"众将说道，"胜败在此一举，我等即刻行动——"

接着，南军将领各自引军去了。

平安随即率领大军从北阪冲出，很快包围了刚从小河溃退下来的李斌燕军，李斌不久刚被何福杀败，心有余悸，又未及休整，所以见平安杀来，只好以破阵仓促迎敌，战不到五个回合，遂败下阵来。部下万余士卒，见主帅不支，忙争先恐后地向北溃散。平安见此，即令弓箭手万箭齐发，堵住李斌退路。李斌正欲回军反扑时，恰逢一箭飞来，正中面门，立即中箭落马，死于非命。于是，平安率军杀退燕军余卒，挥军直抵燕王大营。

此时天色已晚。燕将王真、陈文见李斌全军溃退，急忙引军来救，然而，王真、陈文率军刚一奔出山口，就被在彼埋伏多时、急不可耐的何福大军杀了个大败。燕将王真、陈文的残兵败将，尚不及喘息，又被徐辉祖亲领的三万右路大军冲向沟壑之中。一见三路军败，燕王气急败坏，忙挥师南来救援时，却又遇到平安、何福回军合围，身陷重围，自命难保。此时，燕军慌不择路，纷纷向南逃避。时逢天黑，人马莫辨，所以，上万燕军都不意落入沟壑深渊之中，燕王左冲右突，终不得脱身，身边燕军纷纷坠涧，损失惨重。

此时，徐辉祖率领三军齐出，数万劲旅直入燕王阵中，企图生擒燕王，无奈此时，邱福、朱能等已率大队人马过来，以牺牲数万人马的代价，挡住了南军去路，于重围中，救出了燕王。当邱福、朱能等将领拥簇着燕王逃出时，已见身后燕军陈尸满地，阻塞沟壑。

在齐眉山一战中，徐辉祖等南军直杀得燕军丢盔弃甲，胆战心惊。燕将李斌、王真、陈文等皆被战死。燕王前几日连胜数战，却在此受到重创，只得收拾残兵败将，败退十里之外驻扎，数日不敢接仗。

齐眉山之战，已使燕军遭到致命一击。众燕将因魏国公徐辉祖及都督何福、平安等劲敌的到来，近日屡败，已有退意。

"上次军师言道：'一鼓作气，平定江南'。如今看来，军师道衍之谋也未必可信？"朱能向燕王说道，"我军长期在外，已觉困乏，大王不如权且班师，以待来年再战！"

"尔等意下如何？"燕王回头问邱福。

"末将也以为：回北平休养生息，待来年再次出兵南下，仍为上策！"邱福说道。

"道衍军师之言极是：兵事如逆流行舟，有进无退。尔等岂能因见眼前失利而畏缩？"燕王忽然大怒道，"成大事者，必识大计！如今本藩与建文帝已连战三载，国疲民乏，双方已到穷尽境地。我燕军若不能一鼓作气，拿下南京，再旷日持久下去，国民苦难何日才能到头？本藩宏图何日可展？"

众将闻罢，默默无言。

"诸位且自决定，欲渡河向北回家者，请站左面；愿继续向南征战者，请站右面！"燕王突然吩咐道。

于是，众将纷纷都走到左面。燕王见势，沉下脸来，眼观全场，一言不发。

"大王知否？兵士连战，非死即为伤病之人，更加上长期饥寒，已不能久战！"朱能又向燕王说道。

"尔等既不愿南下，即请自便——"燕王突然大叫起来道，"征战在最后胜利关头，倘不能坚持，无异于鼠目寸光之徒，岂能共成大事——"

"……燕王既有大计，我等当齐听号令！"邱福见此，急忙上前说，并出面调停道，"汉高祖当年，十战九败，也终得天下，今我燕军还是胜多败少，或可不必言退了！我等当从燕王及军师之命，一意拼战！"

众人一时无言。很久之后，才陆陆续续说道："愿与燕王……南下……"

见军心已动，燕王深感忧虑，忙四处察看，窥测内外，又恐兵将哗变，只好每夜提心吊胆，和衣而眠。

次日深夜，燕王正在帐内用膳，忽报军师道衍到来。

"军师怎么还未能安歇？来，夜饮一盏！"见军师到来，燕王放下酒杯问道衍，"今日魏国公大军人多势众、气势非凡，本藩顾此失彼，将士心中大有不安，军心似有浮动之态。军师于此黄夜到来，定有何妙计送来？"

"哈哈！大王未能就寝，我辈岂能安歇？"道衍说道，"大王起兵，今日已到关键之时，大王忧愁，贫僧亦忧愁也。不过，大王勿忧，难关即可过去！"

"先生已经成竹在胸？"燕王听后大喜道，"今日之计何如？望军师明言！"

"兵书所云：兵不在多而在于精，更在于主帅布置谋略！"道衍一面坐下，一面举起杯子向燕王说道。

"'巧妇难为无米之炊'。本王这点兵力，且多有伤亡，如何布置？"燕王问道。

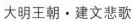

"正是！南军虽然人多势众，大王可让他们'无米以炊'——"道衍接口而说。

"先生之意？"燕王问。

此时道衍放下杯子，一听燕王的话，忙用手扣住自己的脖子。

"扣紧南军此处，断了他们的粮道，他们又能再挣扎几时？"道衍上翻着双眼，面带笑容地说道。

"请细述其详！"燕王说。

"目下，南军主力是灵璧何福大军，然而灵璧军多而粮少。老僧已探知，京都空虚，为保京师，魏国公迟早将会被召回南。而代替徐辉祖的无非是朱荣、刘江之流。南军已派骁将平安率领六万兵马，押运粮草，向灵璧何福军营而来。大王不必计较攻城略地，权撤下主力，分兵一半，调头到城郊密林深处埋伏，另一半由大王亲率，突破平安军阵，两下分兵合击，去打劫南军粮草，南军没了粮草，岂能够久战？无须多日，南军就会不战而退了！一旦这一初战告捷，军心大振，从此燕军就能长驱直入，势如破竹，直捣京城矣！"

"嘀嘀！若果然如此，本藩无忧矣——"燕王听罢，为之欢呼，遂开怀痛饮，哈哈大笑了起来。

"不过……"道衍又沉下脸来说道，"贫僧尚有一事忧虑！"

"南军或临末路，末路穷寇勿追？"燕王问。

"非也！"道衍说，"贫僧所虑乃是北方！我军离开北平多日，恐朝廷东北辽兵，有窥我北平之心。宋贵久驻北方，少有战事，军心不免会逸久生懈！请大王速派快马叮嘱宋贵，叫他务必防备，或许近日辽东杨文等人就会起兵，犯我北平！"

"军师所虑是矣！本藩几乎忘了朝廷关外之军了！"燕王笑道。

燕王说罢，即令一名部将，快马加鞭，持书北告宋贵将军去了。

二十九、燕又飞，兵临江北岸

建文四年四月。徐辉祖、何福兵镇燕军，使燕王军心动摇。得知燕军怕战，南军弹冠相庆。消息传到京师，举国更是一片欢欣鼓舞。

"前方已出捷报，燕军就将北遁。看来前方不必留有重将，而朝中空虚，不可无有良将守护，故而可将魏国公等人召回京师，以保京畿！"黄子澄等京官向建文帝奏道。

建文帝欣然同意。于是，建文帝一面下诏召还徐辉祖，一面遣朱荣、刘江等将，奔赴山东、淮北以代徐辉祖等将，统军北守。

话说，南军大将徐辉祖率军刚一撤离淮北，何福力孤，燕王立即派轻骑截住南军粮道，几经争战，何福支持不住，只好退到灵璧，以便就近取得粮草，来日再战。

平安率领六万兵马，押运粮草，向灵璧何福军营而来。平安军粮大队将到灵璧，不料燕军已事先设下伏兵，见平安粮队到来，突然冲出，杀入中军粮草阵中，搅起了平安军阵内乱。平军遭此冲击，首尾不能相顾，平安慌忙调动护粮兵将，仓皇迎敌。然而，平安上前拼杀半日，不分胜负，只得回军退保粮草。而燕军此时见了，却又回马反攻，平安只好命令弓箭手万箭齐发，才暂时压止了冲上来的燕军。

看看日将西沉，平军已觉疲惫，平安忙收拾余众，整顿兵马，继续向灵璧进发。但是，在离灵璧不远处，平安又见燕王亲率大军主力回冲过来，平军兵马未能站稳脚跟，就被燕王杀得七零八落。幸好此时，何福在城中得知平安到来，忙率兵出城来接应，两下夹击，才将燕军暂时杀退。

这时，天色已晚，暮色苍茫，平安军兵带着疲惫之躯，与何福军一同缓缓向灵璧城走去。但是，平安等人刚到城门前，就见密林深处黑压压一片，原来是燕军又一支兵马赶到，千军万马，漫天遍野，直向正面杀来。南军措手不及，本来已是疲劳之师，哪堪反复征战，所以，兵将懈怠，人马车粮，前后相堵，立刻一片混乱起来。平安见此，别无退路，只得决定引军硬性前行。

"平安休走——"突然一声大叫，从燕军阵中杀出一员猛将。

原来这正是燕世子高炽挥大军接应燕王来了。高炽大军如狼似虎，借着黑林掩护，一齐冲向南军。南军早已心胆破碎，终于纷纷抛弃粮草，疲于奔命，直入灵璧城中，燕军大队人马却已围住了灵璧外城。平安、何福一面勉强抵御，一面也退守城内。在此一战，平安、何福损失兵马万余，粮草三千车，看看灵璧不能孤城独守，双双商议，只好决定次日兵退淮河，以取粮草屯兵。

平安、何福等人决定，次日凌晨，按计以炮声为号，全体拔营突围。但到黎明，平安、何福的各路军马正在整装待发时，忽闻炮响三声，都以为是自己主将发令出城，所以纷纷急忙冲了出去。然而，众人开门一看，却不见南军兵马，只见遍地都是燕军，蜂拥而来。南军猝不及防，又抱头鼠窜，夺路回退，自相踩踏，加上燕军砍杀，已是尸体成山，血流成河。在此一次突围战中，南军副总兵陈晖、侍郎陈性善等三十余将领，全部死伤，平安、陈晖等三十七员骁将被俘，只有何福单身逃脱。

在押解的途中，平安英勇不屈，百般挣扎，终不能脱身，自思就要成为燕王的刀下之鬼，深感晦气，无限沮丧，看看将到山谷边沿，平安遂纵身愤然跳崖身亡了。

军情传到南京，建文帝与黄子澄等相对而哭。

"大事去矣，悔不该当初调回魏国公！我万死也不足以赎误国之罪——"黄子澄哭道，遂向建文帝奏道，"目下只有铁铉一旅强兵尚在北方与燕贼争战，铁铉孤军不能长久，陛下请速调辽兵十万，以与铁铉遥相呼应，南北配合，从而掣肘燕王，截击燕军北归退路。"

"……也只能如此！"方孝孺等人也点头称是，"不过，燕王军中道衍之流，在此次远征南下之先，也不会对北平的防务毫无警觉，留守北平的燕军实力雄厚，驻在永平、山海关一带的燕军大将宋贵更是智勇双全，关外总兵杨文等人未必是他们的对手。因此，万岁务必颁旨，令杨文等人百倍小心！"

"……也罢！"建文帝点头，并命道，"方先生拟旨！小林子立即传使进宫，飞报辽东杨文诸将——"

再说燕军留守在北方的大将宋贵，自从燕王大军南下后，遂整顿兵马，遵命由永平出发，移师至与辽东相距咫尺的广宁卫驻防。

数十日后的一天，宋贵正闲坐在广宁卫大帐中发愁，忽见侍卫紧急入帐报道："燕王从南方派来使者传令！"

"请使者快速进帐——"宋贵立即令道。

于是，燕使进来，双方礼罢，来者向宋贵谈论了燕王在南方节节取胜的战况，二人说罢，都喜不自禁。

"将军来此，一定为末将带来了燕王重要命令？"过了一会，宋贵急问来人道。

"燕军南进一切顺利，只是南征日久，燕王和军师都怕宋将军在永平、广宁日久生厌，厌而生懈，故而委派在下快马加鞭，前来告诫将军：'南军日暮途穷，或可动用辽东大军来袭我北平以自救。'"来使急切地说道，"军师估计，辽东杨文即将起兵犯我永平、北平，请宋将军移师广宁城东郊外，再逼直沽，以便先发制人，迎头痛击。切勿有失！"

"请转告燕王，'养军千日，用在一时，'末将巴不得有此为燕王出力的机会，决不会失去战机，贻误燕王大事！"宋贵摩拳擦掌、斩钉截铁地说道。

"如此，燕王无后顾之忧，燕军幸甚！"燕使听罢说道，同时起身道，"望将军小心行动，在下就此回南复命去了！"

燕使说罢，翻身上马而去，宋贵随即传令移师东向。

不一日，宋贵又招来大宁一万人马，从永平、广宁卫出发，挥军近抵直沽，军至直沽城外十里处，宋贵立马站在山坡之上环顾四野，见此处山重水复，沟壑纵横，道路崎岖，林木茂密。宋贵思忖了许久后，又想起了当初军师的锦囊妙计，忙在马背上取锦囊拆而视之。

"哈哈，此处正合施行当初军师的伏兵之计！"宋贵看罢锦囊之后大笑，并且欣然命令全军，"就此扎营、四路埋伏以待敌军——"

燕王大军南下，直逼江北，京城危急。建文帝与朝中文武大臣商议，急忙飞饬总兵杨文，急调辽兵进抵直沽，胁迫北平以声援京都。

杨文得令，连夜起兵，率军十万南下，进抵直沽城东。此时天色将晚，杨文忙令全军下马，撤放辎重，安营扎寨，暂行歇息，以便来日一举攻破燕军大营，占领永平，直赴北平。

"不要放走了杨文——"杨军劳累了半日，正想休整，不意却突然听到燕军从身后林中，叫喊着猛扑过来。南军个个闻风丧胆，惊恐万状，不知所措。

"一支小股燕军，不足为惧！"杨文急忙上马挥枪叫喊着，制止着部族，调动军队，"全军休得慌乱！立即前队改为后队，按部前行。我军冲过前关，即可大获全胜——"

果然，这支燕军只呐喊了一阵，就转入前方，消失在森林沟壑之中了。于是，杨文重整军马，已见所属不足九万余众了。

此时，天色已黑。杨文遂将兵马分成三路，分别由左、中、右三个方向杀逼直沽。不料，正当杨文大军气势汹汹，趁夜爬山越岭、前冲后突之际，前方忽然火把通明，只见宋贵的各路伏兵四起，叫喊着一起杀出，辽军不知燕军阵势，均措手不及，立刻溃败，并迅速被燕军分兵合围起来。杨文挺枪跃马，企图杀破重围，但刚刚临近关口，就被燕军军师道衍预设的"三重伏兵"紧紧包围，脱身不得。

杨文本想踏过永平，直逼北平，军救山东、淮北，岂料才到关前就被杀败，十分气恼，只好单枪匹马，拼命厮杀，企图带领全军奋击，挽回败局。

"燕贼主力均已南下，北方空虚，燕军此地兵力不足，将士们应当拼搏冲锋——"杨文又气又急，一面冲杀，一面在继续驱赶兵将，大呼着向部下发令，"后退者立斩不赦——"

不料，这一驱赶冲杀，使杨军数万军兵反而误入了崎岖深崖，纷纷落入宋贵的陷阱之中。杨文全军陷入燕军重围之中，不能自拔，濒临绝境。杨文被众燕军逼迫，急忙策马越过一座高岩，准备逃脱，却落入浓黑的深潭，挣扎不起。接着，宋贵亲带三员大将，挺枪冲进圈内，从水潭中擒住了辽兵主将杨文。此时辽兵余众已不足三万，又再次被燕军驱逐，弄得七零八落，首尾不能相顾。

于是，经过一昼夜的苦战，十万辽兵被宋贵一网打尽。杨文全军覆没，朝廷调回的辽兵，无一兵一卒南下，来救济南。

建文四年五月，燕军长驱直入，拿下泗州，守将周景初被迫投降。

"本藩'清君侧'之军历经四年奋战，天助我也，今已兵达祖籍，安民已毕，就要往谒祖陵。如何行进？诸位有何高见？"燕王兴味盎然，端坐在泗阳营中，笑问众将。

"此番喜讯，当先祭告祖陵，再告于家乡父老！"朱能等人说道，"在此告示安民，如此，更可显我燕王军威！"

"此言极是！"燕王道。

于是，燕王亲着素服，带着世子、王子和众将，前往祖陵墓地祭祀。陵园四周百姓父老，闻讯纷纷前来叩见，燕王多赐予酒肉，亲加慰劳。父老乡亲，个个兴高采烈，拜谢而去。

"我军当急渡淮水，以临应天府。"祭陵后，燕王向众将说道，"怎奈盛庸已领兵马数万，战舰数千，陈兵淮南，严阵以待，欲阻我南下，如何是好？"

"殿下可先派员去淮安，送书给驸马梅殷，请他借道让我等前去淮南进香。"邱福说道。

"此言有理！"燕王说罢，即差人前往淮安。

不一日，快马报道："驸马梅殷不肯借道，且大骂燕王不遵先命，是不孝之辈！"

"本藩此次进军，本是为少主清除奸臣。天命所归，何人敢挡？"燕王听罢大怒，"识时务者为俊杰。驸马梅殷若不早日见机归顺，则悔之晚矣——"

燕王说罢，遂作书，令小校迅速送到淮上驸马梅殷营中。驸马梅殷见书又勃然大怒，并割去了来使的耳鼻。

"本想杀了你这叛卒，暂且留下你的口，叫你回报殿下，必须知道君臣大义！"驸马梅殷怒然向燕使说道，"燕王倘若执迷不悟，就成了高皇帝不孝之子！"

燕使受辱后，没命地跑回燕营哭泣，向燕王禀报了这一切。

"如今如何处之？"燕王闻罢又急又怒，无可奈何。

"我等何不取道中都凤阳？"高煦、朱能问道。

"此言正合我意！"燕王说道，"且派人察看凤阳军情如何！再者，昔日暗投本藩的王平将军如今如何？王平乃李景隆部下的一位智勇之士也，若得他相助，本藩幸矣！"

"末将已派人察访，可惜王将军投燕之情，早已泄露，他本人已于去年被凤阳知府徐安斩杀。"邱福上前说道，"末将此番察访凤阳，又见凤阳知府徐安已拆除了浮桥，烧去了船只。我等过淮的交通几乎断绝！"

"凤阳知府徐安实在可恶！将来必须拿他碎尸万段——"燕王大声地向诸将说道，接着又叹息道，"唉！凤阳缺少了楼橹，淮安粮草丰足，此二地都不易快速拿下，如何是好？"

"我等不如乘胜直趋扬州，占领仪征。这样一来，淮安、凤阳孤城独立，自然震动。待我挥兵大江之上，京师孤危，必然发生内变。此乃事半功倍、速战速胜之策——"军师道衍起身说道，"大王何必定要亦步亦趋、步步为营？"

"此非险棋？"燕王问军师。

"此计虽然有险，然而毕竟有多成胜算！"道衍说道。

燕王及众将听后，齐声欣然叫好。

"然而——目下如何渡过淮河？"邱福略有顾虑地问，"未能渡淮，何以谈过江？大王和军师必须……"

"这……渡河何必定要在此处？"道衍军师犹豫了一会，说了一句，接着摸着前额，踌躇了一会后，突然叫道，"贫僧倒有一计，可能破敌！"

说罢，道衍上来与燕王耳语了一阵后，燕王笑着示意，众将遂纷纷上前听令。

"令朱能率轻骑二千，沿淮河北岸西行二十里觅船，快速渡河，绕到南军营垒的南边杀进！"燕王令道。

"邱福也率轻骑二千，沿淮河北岸东行二十里觅船，快速渡河，绕到南军营垒的南边杀进！"燕王又令道。

二将得令，各引军去了。

"其余兵将随本藩留守本营，轮流击鼓高呼渡河，以疑敌军。同时，大肆喧哗高叫，准备过河的一切器具，作出将要渡河的姿态——"燕王接着说道。

众将分头去后，燕王遂号令其余将士，扑向淮岸，舣船扬筏，张旗鸣鼓，作出即将强渡的架势。南军在对岸见此情景，十分紧张，只得严加设防，全军力量，都用在岸上，专等燕军渡河，以便船在中流拼杀。却见燕军鼓噪半日，仍未有过河的行动。于是，防备之心渐渐松懈，后来已十分疲劳，只得回营歇息去了。

但是，过了不久，忽然，南军大营后方叫声骤起，无数燕军杀出，人叫马嘶，吓得南军魂不附体。主帅盛庸一直将大军列向河边大堤，怎么也未能料到，燕军竟敢绕道南来，疑是燕军由天而降，慌忙出帐上马迎敌，不意群马惊跃，又把他掀下，幸而有随从救起，赶紧掖登小船，叫他仓皇逃去。这边，南军群龙无首，自然大乱。后方朱能、邱福等先来的燕军又汹涌杀出，南军阵脚已乱。同时，前方抵御燕王渡淮的大军突然闻败，也立即溃散开来，放弃了正面渡河的燕

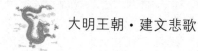

军。于是，燕王趁机大举扬帆渡河，不一会，燕军大队人马，势如排山倒海，向淮南压来。南岸的南军纷纷溃退。

顷刻，燕王扫清了南军在淮南的各路兵马，缴获了大批军需器械、粮草和船只，拿下了盱眙，攻陷了扬州，杀死都指挥崇刚和巡按御史王彬。接着，燕军占领高邮、通泰、仪征等城，最后，燕王进军高资港。

此时，燕军在此的兵将已逾四十万，战舰已过六千艘，军旅连营二百里，旌旗蔽日，鼓乐动地震天。

三十、求太平，庆城议和解

燕军大队人马已临大江北岸，南朝举国震动、惊恐。建文帝在与群臣紧急计议。

"进击永平、北平，援救山东及京都的杨文辽兵，已全军覆没。今燕军已临江畔，京师不保，我朝危急！"建文帝泣道，并向御史大夫练子宁、侍郎黄观、修撰王叔英等说，"朕令三位临危受命，分道到各州府征兵，以防京城遭燕军袭击。"

"臣等前往——"御史大夫练子宁、侍郎黄观、修撰王叔英等应声出宫去了。

"……目下，各镇守将见朝廷临危，都观望不前，甚至还有在暗中以钱贿赂，有意归燕之叛徒！"方孝孺叹道，并说，"陛下当下旨，稳定人心！"

"卿等今日有何计策，以救朕躬？"帝凄然问道。

"陛下，请看！"黄子澄说着，同时拿出一叠奏章，向建文帝说，"朝中六卿大臣，纷纷上奏，力图向外逃避！"

"此时弃城逃避……如此，国中更为空虚了！"齐泰惊道。

"朕当速颁'罪己诏书'，以安定人心！"建文帝向齐泰、黄子澄等人说道。

"……国运已到最后关头。陛下，我等群臣应当立即商议国家后事——"方孝孺、齐泰、黄子澄等人齐声叹道。

"正是！事已至此，朕与群臣当立即商议后事！"建文帝哭泣道，遂和众人计议。

"'大丈夫应当能屈能伸'，今为缓兵之计，陛下应遣使者向燕王割地求和！"方孝孺道，"等到四方援兵来后，再作决战，以转危为安！"

"事到如今，还有何人能往燕营？燕王也未必会答应议和？"建文帝泪流满面道。

"庆城郡主乃燕王之姐，陛下可请吕太后出面，命庆城郡主前去江北的燕营走一遭！"方孝孺向帝说道。

"此言极是！"建文帝哭泣道，点头称是，"烦卿拟旨——"

"臣遵旨——"孝孺急忙拟旨，交侍官送出，转交庆城郡主。

芦苇飞飞，夜色茫茫，凄惨的风声从耳边刮过。

庆城郡主受着建文帝的重托，以吕太后的名义，怀揣着吕太后的密函，星夜匆匆上船离京，乘风破浪向江北而来，官艨直抵六圩船坞旁边。雾罩燕营，朦胧在目。

此时，渔歌随风从六圩港隐隐飘来：

> ……
> 王浚楼船下益州，
> 金陵王气黯然收。
> 千寻铁锁沉江底，
> 一片降幡出石头——

"刘禹锡的诗句竟到六圩江渚之中！"庆城郡主闻罢，悚然回头向随从们低言了一句。众人闻罢，默然无语。

"这……似乎是从燕营方向传来的……"过了很久后，一侍者说道。

庆城郡主没有回答，沉默了一会后，遂命船工加快行船，星夜赶到江北燕营。

"啊，皇姐驾到——"燕王听说庆城郡主已到营外，慌忙出迎，且大哭，"想不到你我姐弟竟如此见面？"

"皇弟且莫悲伤！为姐今来，正是想了结尔叔侄此番恩怨。望尔辈能静而思之，偃旗息鼓，化干戈为玉帛。"庆城郡主一面将吕太后手书交给燕王，一面也满面泪水地说道，"……尔辈何必同室操戈，致使先皇在九泉之下也不能安宁？"

"太后错怪我了！皇姐亦差矣！"燕王惊向庆城郡主道，"如今之势，悉因少主被朝中奸臣挑拨离间所致，为弟只是为自身立命而战而已，别无他意——"

"既然如此，皇弟且听为姐一言，双方权且收兵如何？"庆城郡主停止哭泣，问道。

"皇姐莫非是来专为少主做说客的？"燕王收泪问庆城郡主道，"今朝廷负我，屡次加兵讨伐，大兵在前，为弟岂能罢兵就缚？今周、齐二王何在？"

"周王已召还京师，齐王仍在狱中。倘皇弟愿就此罢兵，为姐即可奏请皇帝恕免各王！"庆城郡主道，并接着试探道，"若弟仍怕万岁加害，可否让天子割地给你，你与天子以长江为界，分而治国，如何？"

"父皇封地，尚不能自守，岂能指望天子割地？为弟率兵而来，无非是要谒孝陵，朝天子，劝皇上恢复旧制，赦免诸王，严惩朝中奸佞而已，一切办妥，为弟即刻回军北去，仍守北平藩国！"燕王说道。

"……一切当慢慢处置，皇弟何不暂且先行收回兵马？"庆城郡主说道。

"不然！"燕王斩钉截铁地说，"弟若不能先行办毕诸事，将来夜长梦多，前景岂能预料？皇姐之意，似为息兵，实为朝廷缓兵之计。一俟燕军北去，朝廷援兵到来，则为弟凶多吉少！皇姐之计，乃害弟之计也。倘若，朝廷今日议和，明日又战，岂不是让我姐弟徒劳。弟若如此，恐无葬身之地了。弟决不能中奸臣歹计！"

"当年为姐与吕太后力谏建文帝不杀燕王,少主仁义,欣然允诺,否则,燕王如今安在?然而,为姐今日替少主过江来与燕王媾和,燕王却丝毫不让,此乃强人之为也!"庆城君主瞠眼问燕王,"为姐岂有害弟之计?"

"阿姐之言差矣!如今朝中奸臣当道,弟与少帝已成水火,本王倘若不恃强以自保,恐怕性命早已休矣!阿姐,恕弟不能怀妇人之仁,以误大事!"燕王大声说道,"大丈夫当胸怀大义而不怀妇仁!"

"国中家中,又一场劫难难逃——"庆城郡主听罢,自忖说服不了燕王,十分痛惜地叹道,"若果如此,我姐弟难见了——"

燕王未应,庆城郡主只好起身告退,燕王走出帐外说道:"回京后,阿姐为弟谢过皇上,说我与他骨肉至亲,叫他从此悔悟,除去奸臣。我命大福大,虽经陷害,至今不死,不久就要进京面奏建文了——"

庆城郡主听了燕王此番声色俱厉的话,浑身颤抖,忙站起身来,冒着六圩江畔风雨,失望地率众慢慢向江边官船走去。燕王一直送她来到江上船坞。

"……倘若皇弟进城,会大开杀戮否?"庆城郡主走着走着,过了一会,又回头问身后的燕王,"……譬如,皇后马氏已有孕在身,皇弟可否网开一面,放其母子两条性命?"

"除恶务尽,否则,为弟即死也!皇姐不能要求为弟自掘坟墓。"燕王面露凶相地向庆城郡主叫道。

"阿弟何出此言?莫非你要将大明国民斩尽杀绝?"庆城郡主听了惊问道。

"阿姐尚知先皇当年收容陈友谅妃子之故事吗?"燕王反问。

"此事……略知一二!"庆城郡主打了个寒战,嗫嚅道。

"当年先皇留下了陈妃阇氏,结果竟然是养虎为患呀!待陈妃阇氏遗腹子朱梓成人之后,先皇封之为潭王。在朱梓将去其封地长沙时,向母辞行说'儿将去封国'。其母问:'你国在何处?受谁人所封?'梓说:'父皇封我在长沙',母又说:'你父陈友谅早被元璋所杀，怎能封你？我所以委曲求全至今，乃为报仇啊——'于是，朱梓母子抱头痛哭一场，并定下了谋反之计。直到事情败露后，其全家自焚时，犹对我先皇叫道：'宁见阎王，也不见贼王'。先皇险遭陈妃阇氏母子的毒手。如今，为弟岂能再步先皇之后尘，重蹈先皇之覆辙？"

"同宗至亲骨肉，不可与陈氏相提并论！"庆城郡主听后反驳道。

"人虽不同，理则相当。皇姐乃妇人之见，怎度帝王将相之腹？"燕王斩钉截铁地说道，"曹操说过：'宁我负天下人，勿使天下人负我'。除恶务尽，斩草除根。此乃帝王将相之本性，亦我燕王之本性——"

"……大明国民将大难临头了——"庆城郡主听罢，大哭而去。

夏月未沉，夜深露冷，六圩在一遍孤影雾霭之中。

送走了庆城郡主，燕王返身回帐，和衣侧躺在床上，辗转反侧，百感交集。过了一会，燕王又起身披衣，走到窗户前，并一手推开窗门向南而望，但见那江南远处京城，亮光隐约。

"是灯？是火？是星斗？"燕王自言自语道。

"大王还要外出？"侍者轻步走来问燕王。

"不不不，尔等且退——"燕王向来人摆摆手后，又自言自语地说，"世事难料，少主遣人要与本藩讲和了！啊哈，本王起兵靖难凡四年，历经磨难，不意如今，兵达天子脚下，龙庭将指日可待矣！"

"朱棣不可得意忘形！尔上负先皇圣旨，下负国中亿万臣民，杀人如麻，大明岂能容尔？"突然，窗口上空一个混浊的声音响起。

燕王听罢，悚然回顾，大吃一惊，俄而又慌忙探头仰望，见夜空深沉，却空无一人，此声犹如发自苍穹天籁。

"何方妖孽，敢如此辱骂本藩？"燕王瞪眼叫道，"世间事，多在人为。本藩与少主同为太祖嫡后，先帝本欲让本藩继承大统，所以本藩未能如愿，乃因朝中奸臣作祟，惩治奸佞，有何不可？这大明国家，原非只少主一人可为！天下者，乃英雄之天下。先帝'削棘'故事，正是恨懿文太子懦弱也。本藩逞强，有何可非？本藩以强力靖

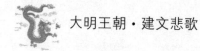

难，天下有不从者——杀杀杀！本王以杀戮镇天下，有何不可？"

燕王说罢，帐外夜风骤然呼嗖嗖地兴起。他倒吸了一口凉气，急忙披上长袍出帐，迎风大踏步地沿着方才庆城郡主踏过的泥路，走到大江亭边，并凭栏南眺。

"夜已深矣！原来阿姐已去远矣——"燕王自言自语，轻声地说了一句。再举目远望，只见这时西风扫去了中天江月，舳舻无影，江南灯光也渐渐暗淡了下来。

三十一、拒和谈，燕破六圩港

当夜，庆城郡主回到京城，将实情奏告于建文帝，帝急与方孝孺、齐泰等商议。

"今燕王夺位之心，已昭然若揭，先生尚有何计策？"建文帝问方孝孺道。

"陛下不必过于畏惧，长江天险也能当百万大军！"方孝孺道。

"启奏陛下！苏州知府姚尚、宁波知府王进、徽州知府陈彦方、中都凤阳知府徐安、永清典史周缙，各率数千兵丁勤王来了！"正在此时，锦衣卫进来奏报。

建文帝闻罢，始觉宽慰了一些，脸上略露笑容。

"诸位当各自从原地出发，合击燕军！"建文帝说，接着向齐泰说道，"齐爱卿，宜急调各地兵马！"

"江北兵危，速命兵部侍郎陈植去江边督军，臣即往上游召集船舶，以应敌军。可否？"齐泰上前向帝奏道。

"爱卿说得是！"建文帝道，"卿再调盛庸、徐辉祖夹击燕军于江左！"

"臣等领旨——"于是，众臣各领命去了。

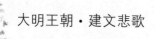

建文四年夏六月初，天气乍热。

大江南岸，从京城城北神策门、金川门、钟阜门、穿过龙江驿，绕过狮子山，再到城西仪凤门，蜿蜒二十多里，人喊马嘶，兵来将往，战舰穿行，战车轰鸣。昔日的江山风景，都笼罩在一片'战火欲来''黑云压城城欲摧'的紧张的气氛之中。

兵部侍郎陈植正策马飞奔在江岸和江渚之间。

"下游镇江和对岸江北瓜洲同时吃紧！"突然，水师部将快马来报。

"我京城江南江北防务周密，燕军一时难以由此过江。燕军的计划是：全军聚集，出扬州，取瓜洲，并将从瓜洲渡江占领丹阳、镇江，再挥军西向，犯我京畿——"兵部侍郎陈植向来将说，"你等飞渡江北，与盛庸合兵拒敌。不许燕军占得瓜洲！我当快马飞奔，乘风破浪，直达六圩水军港口。到时你等率军在六圩与我会合。"

来将听后，忙策马飞驰江边船坞去了。

不到两个时辰，兵部侍郎陈植就已赶到六圩，见叛臣中官狗儿及都指挥华聚，率燕军正向江边守镇南军的军营杀来，陈植忙率众乘船扬帆前去营救，死命与燕军拼搏。南军大将盛庸、徐辉祖也趁机率军从北面夹击燕军。南军将帅盛庸、徐辉祖身先士卒，十分勇猛，中官狗儿及都指挥华聚只得节节败退到燕王大营。

"京都尚有如此强敌，镇江也恐一时难下，我等不如权且议和，引兵北去？"燕王坚持了一会，遂向邱福说道。

"大王为何竟有此说法？"邱福不解地问道，"如今胜利在望，我等不日就将突破长江天险，大王尚有何难处？我等定可为大王分忧——"

"尔本与朝廷水军都督金事陈宣有些交情，今日听说侍郎陈植已将水师交给了他的学生陈宣，而陈宣本是个反复无常的小人，今日已萌异志，尔何不趁机派人以重金劝说陈宣投降燕军？"燕王向邱福说道。

邱福听罢答应，并立即召来参将刘相。

"刘相将军，命你从速秘密前往金陵，与我的好友左都督徐增寿联络，增寿向来有归顺燕王之意，我这里写好一封书信，请你过江去京城教坊，找到徐增寿，让他偕你一同去江北六圩陈宣大营说降。"邱福一边说，一边写信，且将信交给了刘相。

刘相接过书信，应声上马飞奔江边渡口去了。这里依旧战火纷飞，燕王、邱福、朱能等仍在观看战势，并紧张计议。

"如不能快来援军，长此以往，朝廷的淮北兵马南下聚集后，恐于我不利！"朱能也说。

"燕王且看——"燕王正在发愁之时，突闻邱福遥指扬州方向说道。

燕王顺其所指的方向看去：只见一队人马正浩浩荡荡飞奔而来。顷刻，援军到达眼前，为首的将军正是二王子高煦。燕王不禁大喜。

"我儿虎将，屡立战功。汝当为燕军的栋梁——"燕王兴奋地向高煦挥手笑道，"望我儿挥军直入盛庸阵中，破其后阵，杀其锐气！"

高煦听了，不由分说，急起直追，冲向南军大阵与盛庸相对大战。高煦与盛庸拼搏，三战三平，斗得十分惨烈。

在六圩镇的一座茶馆中，人来人往，声音嘈杂。燕将邱福的参将刘相在朝廷左都督徐增寿的参谋下，正在与南军水师都督佥事陈宣密谋。

"……佥事近日可好？"左都督徐增寿笑问陈宣道，并手指身边的刘相说，"今日有这位朋友来访将军！"

"老兄是？"陈宣未及回答左都督徐增寿的话，首先直问刘相，"客官由何处而来，怎么认识末将的？"

"在下是从北方而来……"参将刘相说，"有个朋友托我给大人带来书信。"

"哦！书信今在何处？"陈宣问道。

"大人先回答我，你近日可好？"参将刘相说，"不必慌忙问及信在何处！"

"燕军已大兵压境，朝中人心惶惶，还有何'好'可言的？"陈宣说，"我等朝廷兵将，个个如坐针毡，惶惶然不可终日！"

"燕军兵临城下，大人就不为自己筹划一条退路？"参将刘相问。

"我恨不得反了——"陈宣暴跳如雷起来。

"嘘……"左都督徐增寿赶紧上来，用手捂住陈宣的嘴，说道，"隔壁有耳，将军小心为上！今日刘相将军到来，就是要为你指出一条路呀，金事何必性急？"

"左都督与我已是至交，这小朝廷本也是命在旦夕，我不怕你把末将招供出去！"陈宣说，说罢又问刘相，"大人果然是燕王的人？"

"你的朋友托我以百两黄金买你和金都督的水师！"参将刘相笑着，一面说，一面把一个包裹递给陈宣，"我乃是将军的朋友邱福大人的参将呢！"

"啊——"陈宣大吃一惊说，"你是来说降的？"

"不瞒将军说，在下是受你朋友邱福大人之托，来与你做买卖的，也是来救你的。否则，怎会劳左都督徐增寿大人的大驾？眼下形势莫非大人还不知道？在下很高兴，你是位识时务者，刚才大人不是已经说了？"参将刘相道。

"是的！刘将军所说的这些，末将我都知道。只是这买卖？"陈宣说道。

"百两黄金，外加一个水军总督的乌纱帽。如何？"参将刘相说。

"啊！小人领命——"陈宣一听，兴奋地说着，并起身走到参将刘相面前作起揖来。

"将军不必大礼。请附耳上来，听在下将燕王及邱福将军的计划向你告知……"刘相诡秘地对陈宣说道。

陈宣忙推开茶杯，上前与左都督徐增寿、邱福参将刘相一起走进内室密谋去了。

在六圩阵前，南军已浴血奋战了三天三夜，人困马疲至极，兵卒多有懈意。

"养军千日，用在一遭！朝廷官兵岂能畏战？我等当为天子苦战——"兵部侍郎陈植见兵士十分怯战，多有畏首畏尾之态，急得慷慨誓师，痛哭流涕。

无奈人心将散，兵士不敢趋前，陈植只好亲自率领着数千兵卒在与上万燕军努力拼斗。正在相持不下时，突然南军都督佥事陈宣竟在邱福参将刘相的劝说下，引领着前方金都督的部分水师人马和船舶投燕军去了。燕军趁机涌来，顷刻，左边阵地悉为燕军占有。陈植部下见了越加动摇，南军已濒临溃败的边缘，陈植十分紧张。

"兵将们，苍天不负皇上，叛燕终会灭亡。我辈向前，朝廷官军终会战胜——"陈植大叫着，甩开了满头白发，身先士卒，在继续挥戈奋战。

在六圩水军港湾中，南军聚留着数千艘备用的战船。

燕二王子高煦正带着数千兵马在浴血拼斗，与南军争夺港口，抢掠战船，以便渡江。

港口守备是陈植部下的骁将金都督。这里战火纷飞，杀声动地，金都督满身血汗，正在港口炮台上挥军喊叫着。燕军多次冲锋，南军失去了前港数百艘战舰，但是在金都督奋战下，燕军始终未能拿下后湾这主要的船坞港口和其中的上千战舰。

"将军！金都督乃陈植部下的骁将也——"正在双方苦战之时，军师道衍上来告诉王子高煦道，"王子尚在浴血奋战？然而，此港倘若强攻，恐伤亡太重，不如以计取之！"

"军师有何良策？"高煦急切地问道衍。

"贫僧曾闻朝廷兵部侍郎陈植的部将金都督乃是一员勇将，且有至忠至孝的品德，其母现住在六圩镇上，我等何不拘其母以要挟于他？"军师道衍道。

"如何为之？"高煦问。

"贫僧又闻，燕军大将邱福长相酷似兵部侍郎陈植，今陈植又去了江渚上游督军，刚到六圩，又回返去了瓜洲。我等何不趁陈植未到，速令燕军大将邱福冒充陈植，将陈植部将金都督的老母擒来杀之，以激怒金都督，逼迫金都督反叛朝廷，并交出港口？"

"此计甚好！"高煦一听大叫道。遂吩咐部下，依计而行。

港口上，两军仍在奋战。虽然高煦的军力越来越大，但燕军在南军金都督英勇反击中，弃尸千万，仍然不能再前进一步。正在此时，金都督猛一下抬头，突然望见化装成兵部侍郎陈植的邱福率兵远远地赶来，正觉疑惑。

"侍郎大人有何军令？"金都督向假陈植喊道，"为何突然到来？"

"金都督，你好不经心！为何失了前港数百战舰？"假侍郎邱福骑马立在远处，向金都督高声怒道，"还不快速下台受罚？"

"麾下无能，此罪请大人权且记下。然而，今日战势危急，湾内尚有数千战船要保，恕麾下暂不能马上离开炮台！"金都督大声答道。

"胆大的金都督，你要违抗军令？本侍郎即将拘你母为质！"假侍郎邱福进一步向金都督要挟，并且高举着一颗血淋淋的人头，向金都督叫道。

金都督又大吃了一惊，惊恐疑惑，久久未语。假侍郎邱福见金都督未及答话，忙将人头交给小校。

"难道金都督不认识此头？"小校将人头摔上炮台。

金都督愕然一看，原来是家母之头，立刻大哭。遂即狂吼着，引兵弃台而下。

"侍郎陈植，末将为朝廷浴血奋战，九死一生，亦不足惜。朝廷为何却杀了末将的老母？如此朝廷有负末将也——"金都督哭叫道。

金都督连喊带叫，对陈植万分痛恨，欲下台斩杀侍郎陈植。但是，当他策马跳下炮台到达门边时，只见假侍郎已不知去向。此时南军水师也随之溃散，燕军却如潮水般涌向港口。一霎时，六圩港遂被燕军全部占据，数千战舰悉被燕军拿下了。

"兵士们，我等投燕王去吧！"金都督下台之后，无限悲愤，又见走投无路，只好叫着，引兵向燕营奔去。

刚到燕王军营门前，迎面却被燕王子高煦挡住了去路。

"我等将投燕王，王子为何阻挡？"金都督问道。

"燕王有令，降兵降将必须弃甲弃戈，自缚双手，匍匐入帐！"高煦说道。

金都督等人无奈，只好依言进帐。然而，当金都督等人刚到帐门时，就听帐内一阵骚动，士众突然叫喊起来。

"我儿差矣，金都督乃暴躁虎将，知我已设计害死其母，他怎肯善罢甘休？你还不趁早除了他们，以免生后患！"金都督分明听见，燕王在帐内向进来的高煦如此大叫道。

金都督等人听了，大吃一惊，连呼上当，但未及退出，就听两边帐下刀斧手一拥而上，顷刻，把手无寸铁的金都督所领的兵将剁成了肉泥。

此时，真侍郎陈植率军赶来援救六圩后港，不幸见六圩港已经失守，数千战舰，悉被燕军抢占，万分痛苦。陈植在继续奋战争夺中，不意其左方又飞奔来了一彪人马，向他杀来，领头的却是侍郎陈植的部将陈宣。

"好个叛徒逆贼！你还能算我的学生？'国难之中见忠臣'，你这个卖主求荣的东西！"见了陈宣，老陈植怒发冲冠，一边叫喊着，一边举起大刀向陈宣砍来。

"恩师何必甘为建文帝那小子作殉葬品，'识时务者为俊杰'呀！"陈宣一边招架，一边劝说陈植道。

"老夫要与你这叛贼拼命了——"陈植骂了一声，遂举刀冲了过去。

怎奈陈宣力大无比，反而将陈植推下马来。顷刻，陈宣斩下了陈植的脑袋，并用衣服包了起来，放在自己的马背上。可怜一朝忠臣的兵部侍郎，竟不幸死于自己一向钟爱的弟子的屠刀之下！

在陈宣兵马的配合下，陈植及其所率领的数千名兵马，也立即全被燕军杀死了。随即燕军平定了六圩港前后的南军。

于是，燕军立即大振，舳舻衔接，旌旗蔽空，钲鼓之声，远达百里。江北南军开始溃退，向瓜洲和江南大营退去。

南军都督佥事陈宣，杀了兵部侍郎陈植和港内南军残部后，立即率众兴高采烈地来到燕王营前。

"启禀大王，末将和金都督等人的所有部族兵马，业已全部归顺了殿下，而且，在下还外加一件重礼，请大王笑纳！"南军都督佥事陈宣得意地向燕王说道，"想必大王能够不食前言，施恩于末将！"

"外加的重礼是什么？你要本王如何？"燕王笑问道。

"重礼在此！"陈宣说着，并向燕王呈上一个布包。

　　"啊，这是？"燕王打开包，见一颗人头血淋淋地滚落下来，吃了一惊，并问道，"是陈植大人的脑袋？"

　　"正是！在下又为大王除了一害。"陈宣得意地说。

　　"那么，你要本王给你什么？"燕王立刻收起了笑容，怒问陈宣。

　　"百两黄金，外加一顶水师总督的乌纱帽！"陈宣说。

　　"本王记得陈植大人是你的恩师。是吗？"燕王明知故问。

　　"是的！不过，那都已是过去的事了。如今我再无此恩师了！"陈宣笑着说道。

　　"为了一己的荣华富贵，连恩师都可随意杀之，你还有何面目来向本藩要官要财？"燕王向陈宣怒道，"本王倘若用了你这等奴才，岂非叫天下有德之士笑骂终生？本王只能给你一刀了！"

　　"……朱棣，你不守信用。我这一切都是为了你这个叛臣——"陈宣一听，知燕王翻脸不认账，又怕又恨，立即疯狂地叫了起来，不禁脱口大骂燕王。

　　"你也配谈信用？左右，还不将这个背信弃义的逆贼拿下去砍了！"燕王暴叫着，并说，"陈植大人是我大明的一位得力干将，著名忠臣，本藩决定将他厚葬于白石山上。左右，请从速将陈植大人的首级具棺收殓——"

　　于是，左右杀了陈宣，并送陈植首棺去了白石山。

三十二、动军心，瓜洲楚歌亡

江雾迷茫，芦叶瑟瑟，江南一叶扁舟飘来。船中只有两人。

"天可怜悯，圣人多舛。想不到我大明国民竟遭此劫难！"坐在舟舱里的陈老先生垂泪道，"我在三山门书楼上，听说陈植侍郎已经殉国，悲不欲生。"清明书楼掌柜陈老先生哽咽道，"老朽一夜辗转反侧，不能入眠！"

"老先生与侍郎同姓同宗，想必已是故交？"坐在船头一旁的后生问，"能冒此险来为他掩埋尸骨？"

"非也——"书楼掌柜陈老先生哭道，"侍郎虽是我的同宗，但也只有一面之交，侍郎日理万机，无由相见。然而，仅此已足矣！如此忠贞烈士之躯，我辈岂容他暴露在荒野？"

"老先生说得好！"那后生道，接着又问，"听说侍郎已是无首之尸，老先生岂能识得？"

"这自然可以！凭侍郎一身独特铠甲，三山门外大都识得侍郎大人，老朽全家更能识得侍郎大人——"陈老先生坚定地说。

说罢，船到六圩，泊岸停舟。上岸后，二人忙在芦苇边的尸堆中，寻找侍郎陈植的尸骸。陈老先生一边嘴里叫着陈侍郎的名姓，一边上上下下多处翻动，但许久未能寻得。

"老先生要找谁人？"正在此时，陈老先生突然听得身后林旁有人大声问话。陈老先生闻声悚然回头，却见一主一仆模样的二人，边说话边向他走来，他不免吃了一惊。

"二位是？"陈老先生惊慌地问道。

"老先生也是为陈侍郎而来的？不必顾虑，在下原是京郊溧水之人，且与陈侍郎同朝为官，深为陈侍郎忠义精神所动，故而也是陈侍郎的好友。在下得知侍郎为国捐躯，星夜从浙江宁海赶来！"那走在前面主人模样的人慢慢说道。

"哦，大人是？"陈老先生再次欲问。

"老先生不知我等？我家老爷正是刚被贬往宁海的魏县尉呀！"那仆人走上前来，抢先向陈老先生回答。

"啊！大人原来是刑部尚书魏泽大人？老朽失敬了，失敬了——"陈老先生一听大叫道，"得闻大人名姓，如雷贯耳。大人就是赫赫有名的清官魏尚书？"

"老先生看出老夫像魏泽吗？"魏泽笑问道。

"能冒死前来为朝廷大臣收拾遗骸者，正是魏大人的性格，老朽岂会疑之？"陈老先生答道，并且接着说，"朝廷曾经谪贬了大人呀！朝廷刚贬了大人的官职，大人竟仍能一如既往，冒险为朝廷出力，为朝廷掩埋朝臣忠骨。大人的情怀，大人的此种忠于大明国家的高风亮节，更令万民钦佩呀！"

"朝廷贬了老夫，实因老夫本人罪有应得也，为赎一己之罪，老夫唯有加倍努力，为国效忠，岂能恨及朝廷？况且陈侍郎还是在下的至交好友呢！"魏泽大声说道，过了一会，他又低声说，"老先生要找的人已在林中，我等共葬英烈于江南前山吧！"

"老朽再三拜谢大人——"陈老先生听罢，万分激动。说罢，随魏尚书一起进了林子。

陈老先生看到侍郎陈植的无首尸体后，即与众人一起，拉开大绢和竹席，将他包好，再抬到船上。然而，正当老人抬起陈植，一脚向坡边踩下时，眼前土坑上突然滚下了一具男尸。这眼前的一幕，立时把陈老先生惊呆了。原来此尸不是别人，正是其子陈新，接着陈老先生又找到了其孙子的尸体。

"哦——"老人叫了一声,"原来我儿他父子都在此为国捐躯了!"

魏泽主仆二人和那后生见了,忙上前扶着老人痛哭。过了很久,众人才将陈老先生的儿孙尸体,也抬到船上。接着,他们分乘两舟,扯帆摇桨,过了长江,来到前山,挥泪掩埋好了烈士们的尸体。

"老先生多加保重,在下将回浙江宁海,今后若有事需在下出力,可来宁海——"魏尚书含泪,向陈老先生拱手告别。

"后会有期!也望魏大人格外保重——"陈老先生也凄惨地向魏泽拱手道别。之后,他拖着疲倦的身躯,随着那后生,慢慢地向江边芦丛方向走去。

建文四年六月上旬。燕王占据了六圩后,派军师道衍前往中都凤阳,收拾残局,整军安民。自己亲率大军西向,兵临瓜洲。

"将士们,本藩起兵'靖难之战'就将成功,尔等务必齐心协力,一鼓作气以破瓜洲,以便设祭江神,誓师渡江!"燕王在马上挥兵大叫道,"南军残部,仍在负隅顽抗,我等如何处之?我等当竭力破敌——"

"我等当紧随燕王,打进南京——"众将齐声答道。

朝廷御封平燕大将军盛庸,正在瓜洲营中,见燕王大军压境,急忙率领水师向燕军杀来,并经数番苦战,大败燕军于浦子口。

接着,盛庸又见燕军进犯瓜洲,遂率军拼死抵抗,奔跑着向燕营杀来。怎奈几经争战后,燕军气盛,南军气馁,燕军大队已在下游登岸,余者数百健卒冲来,也使南军披靡。盛庸率众防御燕军,燕军又南向强渡,盛庸引军穷追数十里,两军混战,盛庸挥军策马,再三杀入敌阵,斩杀燕兵数千。然而,当盛庸又一次引军冲锋陷阵时,却因燕军势众,南军沿途反遭杀戮。南军余卒,遂七零八落,四方散去。

屡战不能打退燕军,盛庸仍不气泄。只见他再一次召唤部将,纠集残部十余万兵马,组织坚守瓜洲。盛庸稍作休整后,又一次挥兵绕过芦苇荡,从燕军后方插入燕阵,再三拼杀。几经拼搏,双方阵前已是尸满圩堤,血染江河,数千人马倒在芦苇泥沙之中。燕军见屡进无果，只得又一次撤军，回到六圩营内，偃旗息鼓。

在六圩营中，燕军将士齐集，燕王正为瓜洲久战不下而恼。

"本来胜利唾手可得，怎奈这盛庸小儿不识大体，竟然如此猖狂，逆我大军？"燕王向众将叫道，"诸位有何妙计除之？"

"启禀大王，军师从中都送来锦囊妙计！"正在此时，忽然小校进帐禀报，并向燕王呈上一锦囊说道，"道衍军师知大王忧愁，特令部下送上此笺！"

"哎呀！"燕王应声取囊拆看，拍手称妙道，"四面楚歌'——哈哈，军师神人也！"

"军师之意？"邱福不解地问燕王。

"盛庸非等闲之辈，当以智取。哈哈，大江已成乌江，盛庸已成当年的项羽霸王。本藩今日也要盛军'四面楚歌'了！"燕王大笑着对邱福道，"速将与盛庸相熟的将士们找来！本藩要面授机宜，再作冲锋；而此次冲杀，只抓俘虏，不必争地，不必恋战！还要将擅长演唱江南小调者找来——"

"原来如此！"邱福说道，"南军已到山穷水尽境地，殿下是想放回俘虏，搅乱南军军心，再以吴腔弹唱，瓦解盛庸军心？"

"正是——军师也即将动身南来，共同破敌！"燕王道，说罢又挥鞭大声叫道，"尔辈即刻号令三军再次冲锋——"

随着燕王的一声令下，燕军又一次凶猛地向瓜洲杀过去，指向盛庸大军中营，盛军刚欲歇息，又被冲击，实难招架。燕王此次冲锋，只杀得盛庸大营兵卒鬼哭狼嚎，一片混乱。盛庸无奈，被迫舍命反杀过来，燕军一见，赶紧鸣金收兵。而在此一番拼杀中，盛庸兵将被俘者不下千人。

燕王回营后，即吩咐犒劳三军，安抚俘虏，召集能歌善弹者进帐，准备重演当年汉高祖"四面楚歌"故伎，向盛军发动音乐攻势。

"将士们，给俘虏多付银两，让他们回营报说京城将陷，朝内大臣已纷纷出城逃避去了！"燕王向众将说道，"燕王起兵，只为斩杀朝中奸臣，与兵民无关，兵民不必死战，家中老小正等你们回返江南昵！凡兵将解甲者，即可归田。否则死无葬身之地！"

众将遂应声各自安抚属下俘虏，俘虏们个个感激涕零，纷纷从燕营被放出来，奔回南军营中，劝说战友去了。

"众位歌手、乐手，且将器具备好，俟夜深人静、月黑风高之时，你们就开始弹唱吴韵小调、江南丝竹！"燕王亲自向歌乐者们吩咐，接着笑道，"哈哈，将士们且看：风神助我，今夜偏刮东北风啊！"

"喏！我等听令——"众位歌手、乐手齐声答应道，并分头准备去了。

却说这盛军兵马，多属江南人士。他们被征北战，业经数载，如今南军节节败退，虽临江畔，却终不能自入江南家门，个个都有思乡之情。如今，燕军就将入京，军民及家属性命不保，前途无望，因此人心离散，加上士兵多数已经伤亡，所以余者早已心灰意冷，不想再战了。因此，俘虏们回营之后，老乡们相互交头接耳，个个长吁短叹，使南军士气更加低下，以至几临衰绝地步。

盛庸正为今日白天大批兵将被俘而忧虑，不意，忽见俘虏们又纷纷回营，正不知此为何意，却闻营中隐隐约约，藏有异声，人心浮动，大有草木皆兵之态。于是，盛庸见此，慌忙命令部将们分头查问。

"何人蛊惑人心？何人蛊惑人心？"部将们四处奔走，向兵士们喝问。兵士们敢怒而不敢言，被压得怨声载道。

深夜，月光暗淡，星落露冷，夏夜偏起东北风。正当盛军兵卒长吁短叹之际，忽听下江丝竹骤然响起，对面六圩港方向传来凄惨的吴韵江南小调之声。那歌如泣如诉，隐约唱道：

> ……
>
> 江雨霏霏江草齐，
>
> 六朝如梦鸟空啼。
>
> 无情最是台城柳，
>
> 依旧烟笼十里堤……

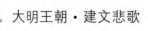

其歌声和着琴乐,随着东北风,向盛庸瓜洲兵营徐徐传来,时高昂,时凄凉。盛军将士听了,倍感伤怀,恨不得立刻回家团聚,更加无心征战了。渐渐地,盛军士卒抽泣哽咽,连营数里,一片啼哭之声。

"燕王就要大军进京了,我等今日解甲,即可归田,否则死无葬身之地!我等弃甲归田吧——"突然,兵卒们鼓噪起来,盛军立刻军心哗然大乱。

燕王趁机又连夜亲率大军,正面冲来,见南营就烧,见南军就砍。顿时,盛军大营大火冲天。盛军见此,赶忙四处逃避,立刻散去了一大半。燕军一直杀到瓜洲水边,南军四处奔跑,营帐狼藉一片,兵马仓皇溃退。

"不许后退,违者斩——"盛庸见此,策马挺枪高叫着,并急忙挥刀立砍数人。

"我等京城之内皆有家小,谁不贪生?"逃兵们一边逃奔,一边哭叫道。

盛庸刀枪仍未能阻止住逃兵,南军残部,仍在自相残杀,以致最后全军覆没。黎明时分,瓜洲水边,只剩下了盛庸一人一骑,孤影独立在江渚之畔。

"大势已去——"盛庸回望南都,仰天长叹一声。之后,他凄然向西,策马孤身走入茫茫芦苇深处。

燕王引军策马狠追了一阵后,见芦花淹没了盛庸身影,方鸣金收兵回营去了。

燕兵占领了瓜洲,荡平了江北各路南军人马后,遂整顿舟楫,主力过江,并迅速拿下了镇江城。此时,镇江城外的南军兵马不及接战,纷纷调头西窜,兵败如山倒。接着,燕军在镇江大营休养数日,准备西上,进攻都城南京。

京城明皇宫内,建文帝得到南军再败的噩讯,自知大势已去,遂走出寝宫,到大殿召集方孝孺等近臣商议后事。

"今口败象已定，公等有何计救朕？"建文帝徘徊殿廷，束手无策，满眼含泪地问。

"……"众人泪眼相对，痛心疾首，皆无言以答。

"……事已到此，当杀误国罪臣李景隆——"过了一会，方孝孺大声叫道，"作为御敌统帅，李景隆先有抗燕失败、丧师辱国之罪，后有不杀燕王、姑息养奸之责。他为了一己之私而误了我大明国家！况且，他如今已将其家属妻子转移到了外地。李景隆早已心怀二意，萌发异志，如此败类，岂可不杀？"

方孝孺说罢，众臣也随即附和起来。李景隆惶惶然，伏在阶下发抖不止。

"国破也非景隆一人之过，众卿不必如此！"建文帝在阶前徘徊着，满眼含泪地说道，并望着在地上的景隆。

"不惩误国者，不足以平众愤！"廷臣邹公瑾等十八人一边说着，并且一边迈步冲向李景隆，举起象笏，连喊带叫，没头没脑地向景隆砸来。景隆俯伏在丹墀之上，毫无反抗之力，其头破血流，痛哭流涕。

"不可！留下景隆还可为朕出力！"建文帝悲惨地说，又对景隆道，"李景隆，你既已负国，今还有何计使国家转危为安？"

"……当当……当有议……议和一策——"景隆俯伏着说。

"啊……权依你言！"建文帝看着地上的李景隆，抽泣地说道，"景隆和兵部尚书茹瑞向来与燕王交好，朕且令景隆和兵部尚书茹瑞，再往燕营议和去吧！"

众人点头赞同。李景隆叩首不已，接着起身出城向东去了。

李景隆和兵部尚书茹瑞来到燕军镇江大营，见了燕王朱棣。

"启禀大王，微臣奉主命前来——"景隆和兵部尚书茹瑞双双跪在地上叩首道。

"公等来此有何贵干？"燕王得意地冷笑道。

"奉主上之命，前来向大王乞和！愿割地求和，与大王分踞长江南北！"景隆和茹瑞仍伏在地上跪拜。

"本藩从前毫无过错，少主却无端加罪。本藩被削为庶人，公等身为大臣却并未为我说情。今日倒来为少主做说客来了？况且，今日割地有何名义？先皇已封本藩北平藩国，却由朝中奸臣拨弄，下诏削夺。今日叫本藩罢兵，必须首先拿下朝中所有奸臣，悉数杀戮。否则，本藩岂能罢休？"燕王声色俱厉地叫道，"尔等今日方来求和，为时晚矣——"

李景隆和兵部尚书茹瑺见此，自觉不能说动燕王，遂浑身发抖，唯唯诺诺，拜谢而去。

建文帝得知燕王不允议和，惊慌失措，与众臣计议后，仍令李景隆再去燕营。

"卿等且再去求告燕王，说奸臣已多逃走，俟拿住后定当交给燕王处罚！"建文帝道。

"罪臣见燕王已无心议和，臣难……从命，陛下不必勉为其难……"李景隆面有难色地乞求说道，不肯再去燕王大营。

"为求最后的一线生机，卿当不辞劳苦，与八大王爷同去！"建文帝命道，接着，又向方孝孺等大臣们叹道，"当年朕对燕王仁义有加，唉，想不到燕王今日……"

"唉，燕王本有篡夺之心，陛下过于仁慈，燕王只能以怨报德也……"孝孺流泪道，"不过如今再谈此事，为时已晚……"

"……怪哉！而后来，朕收回了'不杀燕王'成命的圣旨，为何各路将士就未能有人杀得燕王？"建文帝想了一下，又问道。

"……臣估计，或许……收回成命之旨，根本就未能送达铁铉营中，因为齐泰和陈植都未曾见得传旨人回京呀！陛下岂知其中破绽？"孝孺痛心地悲叹道，"……然而，今日纵然再下圣旨……一切业已晚矣！"

"为今之计，也只有让李景隆及八大王再前往燕营走一遭——"帝道。

"喏！只能如此——"众臣齐声说道。

说罢，八大王及李景隆等接旨，再向燕营奔去。

景隆与京城八位王爷遵旨再次来到燕王镇江大营。燕王见八大王到来，十分得意，并且立即开营出迎。见礼罢，宾主坐定，并热烈争论。

　　"……今陛下已答应皇兄条件，还望皇兄看在至亲骨肉的分上，罢兵而去！"众王与燕王商谈了一个时辰后，最后再齐声努力地向燕王肯求道。

　　"请诸位皇弟想想，少主之言是真心话否？"燕王说。

　　"皇兄明鉴，据弟等看来，万岁此言，并非假意——"诸王赶紧齐声答道。

　　"我挥军此来，意在捉拿朝中奸臣。今奸臣未获，我岂可回返？"燕王说道，并令部下道，"从速设宴，以请众位皇弟——，然而，求和之事，暂时免谈。"

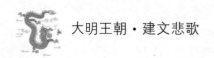

三十三、道衍僧，临别荐贤才

　　建文四年六月中旬，南京城外句容道上，崇山峻岭，暑气逼人。燕王拒绝和谈之后，遂亲率大军从镇江大营出发，沿着江东崎岖山道，逶迤向大明京都南京而来。

　　由于年老，加上连日的鞍马劳累，军师道衍伏在马背上，懒洋洋地打了个哈欠，马行缓缓，熏风阵阵，他竟在马背上打起瞌睡来了。

　　"军师道衍！啊，不，和尚道衍！你是出家人，年纪已老，身在红尘之外，却卷入红尘之中，帮燕王杀戮了多少生灵。今燕王再次大开杀戒之日，就在眼前，难道你还要为虎作伥、作恶下去么？"突然，道衍似乎觉得有人在他耳边发话。

　　"身为大丈夫，老僧也有一颗展示宏图之凡心。老僧年方花甲，何言已老？当年姜太公年近八旬，犹有出山报国之志，贫僧既然才高智广，为何不能有向世人展示之心？贫僧也有作为一番的胆略！"道衍若梦若醒，不以为然地回答。

　　"况且，兔死弓藏，朱家前代的事例，还不令你猛省？大明开国元勋曾有几人善始善终？你的才智比刘伯温如何？"一个声音又在道衍耳边响起。

　　"尔是何人？竟敢阻我前行，要贫僧前功尽弃？"道衍又问。

"在下是受尔姐之托，来引导道衍脱离苦海之人！"那个声音又继续说道，"道衍师父莫非忘了？我佛告诫：'苦海无边，回头是岸'。请道衍向后看来：哦！尔姐竟已亲自来也——"

于是，道衍回头望见身后一片汪洋，其姐站在彼岸，且向他厉声喝道："为姐我不要做官杀人的兄弟，尔还不立即回头？"

"啊，阿姐！小弟四年争战，大功垂成，往后还有何残杀？"道衍嗫嚅地问。

"燕王残暴，其又一轮更大的杀戮就将开始，尔何不悬崖勒马，立刻悔悟？"姐向他泣道，接着口喷鲜血大叫，"今日万幸，我辈姐弟能在此见上一面，倘若弟不从我，姐唯有一死矣。姐不能再见尔辈杀戮！"

"阿姐勿急！弟已悔矣。只是不知如何抽身？"道衍道，"阿姐能明示否？"

"尔尚知昔时三国，陈宫与曹操故事么？当初曹孟德自知错杀了义父后，竟为了自保，以绝后患，却要将错就错，大开杀戮，杀灭了义父全家，铸成大错。陈宫亲见操之为人，立马深夜悄然离去。于是留下了青名于后世史册。"

"哦！愚弟晓得了！"道衍幡然醒悟。

正在这时，道衍的马失前蹄，忽然将他从马背上振动惊醒过来。

"啊，原来是南柯一梦！"军师道衍吃惊地自言自语了一声。说罢，他回味了一下方才的梦境，立即惊奇，甚觉恐怖。

此时，道衍见燕王的马已走到前面去了，于是，他忙策马赶上燕王。

"启禀大王，贫僧已知，殿下的大事眼见得就将成功，贫僧就此告别了——"道衍向燕王说，"望陛下登上大宝之后，好自为之。容贫僧提早称殿下一声'陛下'也！"

"先生与本王南征北战，相处多年，自入燕以来，屡建奇功，乃国中第一大功臣。入京后，先生理应还俗，恢复原姓。本王当封先生为资善大夫及太子少师。本王本想与先生一起长期相守，时听教诲。怎么先生今将突然离我而去？"燕王吃惊地问，遂泪水下流，"莫非先生要做第二个刘伯温？先生大才大德，即使仿效当年梁武帝的陶弘景那样做个'山中宰相'为我出力也好，否则，从今往后，本王将何以报答先生？"

"贫僧本是游戏人生，怎求报答！"道衍道，"臣乃尘外子弟，性为佛家，终以慈悲为怀。但愿陛下入城后能爱惜生灵，少作杀戮，即可告慰贫僧矣，贫僧何求报答？今日之后，贫僧当东归故里，归隐吴县穹隆山中。"道衍说罢，遂引马东去，消失在百里林荫道后。

"前方百里林荫挡住了先生的身影，本王恨不得砍尽这百里树丛——"燕王望着道衍渐去的背影，怅然若失，愣了一会，突然大声喊道。

伫立道旁许久后，燕王才慢慢回头策马，洒泪挥军，继续西行。

"大王慢走，臣且来也！"燕王刚回头向西未行多远，忽然听到道衍又策马赶了回来，在他身后叫道。

"先生回来了，莫非不欲归隐？"燕王兴奋地问道衍。

"非也！"道衍道，"贫僧今返，是有一件秘事相托，望大王于公、于私、于国、于家，都不要忘记！"

"先生有事，但说无妨！"燕王说，"设若本藩是游龙，则先生乃是云水。先生虽今欲离本藩而去，然而本藩日后大事仍当求教于先生。先生有事，尽管说来，本藩能不应允先生？"

"唉——"道衍叹息道，"贫僧残躯虽已置于红尘之外，然而，自投燕后，生命却已融于大王宏图之中，终难自拔。大王如未忘前事，有所差遣，贫僧当不遗余力，岂可忘心？然而，贫僧今日所求，是为自身，亦为国家大事也——"道衍说。

"是入京立国之事？"燕王问道，"若果真如此，本藩愈将洗耳恭听！"

"然也！南朝有个文学博士方孝孺，素有才学和品行。想必大王早已知晓！"道衍说。

"方大学士，国中谁人不知？他已是本王记挂之人了！"燕王笑道，"只是此人性烈，不易驾驭，并已为建文所用也……"

"殿下今以武力就将取得天下，然而，欲保得天下，非文不可！

方孝孺虽已为建文所用，但其意在忠贞，多行大义。今大王入京后，万不可斩杀此公，倘若杀了此公，天下读书的种子，从此就断绝了。舍了此公，大王无可用矣！虽然，此公或许不肯降服于殿下，殿下也应以礼服之！"道衍真诚地向燕王说道。

"……方孝孺其人其才，本藩早有所闻，亦有敬意。先生也曾多次提起此人，本藩早有重用此人之心！先生既然今又提起此人，本藩理当应允。先生且宽心，今日之言，本藩当格外铭记！"燕王首肯道，"本藩得到此人之后，将以礼感之，当设法迫他为我所用！"

"若果真能够如此，国之幸甚，王之幸甚！"道衍又道，"贫僧虽去，国中有人也——"

"先生之意？"燕王问。

"大王基业将立，不正是求才若渴吗？贫僧虽有薄才，然而德行逊于孝孺，自知难以服众也。大王若得孝孺，则胜得贫僧十倍！"道衍激动地坦然说道。

"本藩当从先生之言！"燕王说，"不知先生？"

"后会有期，愿大明中兴——"道衍说罢，毅然拱手、转过身来，策马而去。

燕王喃喃自语，举目北向丛林，泪如雨下，伫望道衍背影许久。

三十四、金川破，皇城也陷落

建文四年六月下旬。南京京城皇宫中，灯火辉煌。殿前宫后，一片狼藉，上下廷臣，人人恐慌，彻夜无眠。

"既然，燕王再三不允议和，为保皇上的安全，臣等劝陛下早些离开南京，以避燕兵锋芒，再图来日！"众廷臣齐齐跪地，向建文帝奏道。

建文帝在殿上来回踱步，仍在犹豫。

"京城里尚有精兵二十余万，城高池深、粮食充足，何不齐心协力，君臣固守？"方孝孺赶紧出班反对道，"况君乃国家之首，首去国又如何存在？"

"如何守城？"廷臣们问方孝孺。

"请陛下颁旨，尽撤城外民居，让百姓纷纷撤屋，运木入城以作城防之材，而如此一来，燕兵在城外无所依靠，岂能久战？"方孝孺奏道，"此外，应当派出各位王爷，分守各个城门。再令谷王、安王率引兵民分段巡城！"

"妙，如此，一可遏止诸王动摇之心，二可监视乱贼之意，乃一石二鸟之计！"御史连楹欣然叫道。

"倘若，燕军终入京城，如之奈何？"众廷官又问。

"倘若果然如此，微臣应当以身殉国！"方孝孺厉声悲壮地说道。

"就依方爱卿之言！"建文帝说道，遂下圣旨，令举国照行，拼死拒燕。

接着，京城内外，兵民巡城，撤屋清野，一阵忙乱。

时值夏日盛暑，居民们都不愿搬家拆屋，兵士们只得纷纷纵火焚烧。于是城外浓烟滚滚，连日不息。各位王公疲于奔命，一片哀叹。

"哦嗬……如此炎天，我等无房，何以为生？"在神策门外，一群百姓在与前来撤屋的兵将们争吵哭闹起来。

"皇上和方先生之意，谁人敢违？"一将凶狠地打了那争执的百姓一记耳光，并暴跳如雷地说，"不知死活的刁民，燕军就要进城！倘若至今仍不能军民齐心协力，阻拦燕军，燕贼入城，城内城外，鸡犬不留，玉石俱焚，何有房屋？"

"我等不能在炎夏中热死！"百姓们仍旧在挣扎哭闹，抗拒清野拆屋。

抢夺的兵将们无可奈何，只好取刀杀了几个乱民。方孝孺闻声走来，痛心疾首，痛哭流涕，忙俯身跪下，并用手摸了一下死者的脸，凄然说道："为了社稷，尔等且原谅朝廷撤屋之计，此乃不得已而为之计也……"

星夜，燕军在南京城外苦战多时，仍不能攻克京城，城内外军民哭声震天，死伤遍地。

"本藩数次进攻，终未能进城。这如何是好？久攻不克，延误时日，恐有变故也！"燕王在马上焦急地向众将问道。

"大王不必忧虑，我等可以用智取之！"邱福上来说道。

"如何智取？"燕王问。

"目下京城四周被困，朝中早已人人恐慌，个个自卫，胆战心惊矣。我军可用盛气压之！"邱福又说，"京城虽然坚固，又还有一批残余文武拼命死守，然而，北边神策门、金川门一带乃是谷王和李景隆的防地，大王何不派员入城，秘密与之联络，令此二人权为内应？

我军里应外合，必然攻下京城！"

"此事关系重大，谷王和李景隆二人能立即听命于本藩？"燕王反问。

"此二人向来与大王交好，况且，而今又到紧要关头。在此关系其性命的关键时刻，叫他们权作燕王内应，为获自保，他们自然求之不得，大王不必犹豫了！"邱福催促燕王道。

"当此两军激烈交火之际，生死多有不测，进城十分危险，谁人愿往……"燕王仍在犹豫，"何人敢为？何人敢为？"

"父王不必犹豫，儿臣愿立刻前往——"王子朱高煦跳出来叫道。

"煦儿勇猛，但智谋不足，须有一位有谋者同往！"燕王说。

"末将虽然不才，但是愿与王子同去，以相照顾！"邱福上前，自告奋勇地说道。

"哈哈，有将军同往，本藩无忧也！"燕王点头说道，"二位且去吧！不过，城中多人都识得二位。尔等见了城中的人，理当格外小心应付，不可造次，以免事情败露，反害了谷王、景隆等人的性命。倘若此二人殉命，本藩内应无望矣！尔等当首先于内帐化装一番！"

"遵命——"二人说罢，入内室乔装打扮了一番，最后身着便装，带着几个随从，骑马向神策门方向去了。

朱高煦、邱福等人来到城北，将随从安排在城外接应，他们自己双双低帽侧身，混在城民一起，向城内挤去。当高煦、邱福二人刚刚与进出的百姓一起混入了神策门时，就听见门边人声吵闹起来。接着，城门突然"吱啦"一声被关闭了。

"让开！已经抓到城内奸细了！神策门暂时关闭——"一群小校推拉着几个被缚者，朝着拥簇在城门口的人群叫喊着，向城内押来，并匆匆从高煦、邱福二人身旁走过。

朱高煦、邱福二人也来不及细究，就快步来到李景隆的军营。朱高煦、邱福二人进营后，发现营房内人多势众，不禁吃了一惊。然而，正当二人见此，想退出时，却见景隆亲自上来，一把抓住朱高煦之手。

"王子不必见疑，此处并无外人，这些都是我的部下和城内燕王知己……我辈正在紧急商议，迎接燕王入城之事呢！"景隆说道，"王子如此打扮，也不能掩过我的耳目，我一眼就已识得了二王了！"

"二王子，燕王一切可好？"这时，谷王朱橞也兴冲冲地跑上来握手。

"哦……原来如此！谷王阿叔也在此营？"见来者都是好友，高煦如释重负地说道。

"为叔在此已守候一天一夜了——"谷王疲乏地答道。

"城内如何？诸位迎燕入城的计划如何？"邱福接着问道。

"只有一些迂腐顽抗之人而已！其余大多人人自卫了——"李景隆说，"我辈迎接燕王入城的计划，业已商量妥当，交由左都督徐增寿将军出城送信去了。莫非燕王尚未见到徐增寿大人？"

"未能见到呀！哎呀，不好！我与王子二人入城时，正见到一群朝中将士在说，捕获一个城内奸细呢！"邱福惊恐地说道，"莫非徐将军他业已被擒？"

"哦！看来……我等秘事已经泄露！"谷王慌忙叫道，"快速行动！先派护兵将高煦、邱福等人送出城——"

"阿叔，出去与父王如何说？"高煦问谷王。

"神策门虽已封锁，但金川门只由本王一家守卫，请燕王火速率军进入金川门！我等就在金川门内迎候燕军——"谷王催促道。

说罢，高煦、邱福等人随着谷王的卫兵，迅速出城，向燕王大营报信去了。

明皇后宫，灯火通明，南朝事态紧急。建文帝的朝中廷议，仍在彻夜进行，建文皇帝疲劳不堪，在龙座旁上下走动。文武百官议论纷纷，进进出出，如热锅上的蚂蚁。

"启奏万岁，京城兵荒马乱，而且兵力太少，我等愿出城募兵！"此时，齐泰、黄子澄又相继出班奏道。

"太常寺卿黄子澄、兵部尚书齐泰，如今京城事急，二位岂能远走高飞?"建文帝听罢,看着黄、齐二人惊问道。

"城内兵力不足,为集外部援军勤王,我等定要出城不可!"未等建文帝允许,二人说罢,立即引军出城去了。

"齐泰、黄子澄将私自避难去也!"齐、黄走后,廷臣们对建文帝说,"齐泰欲去广德,黄子澄将去苏州了!如今京城乏将,太常寺卿黄子澄、兵部尚书齐泰这两位大员岂能离去?"

"啊,齐泰、黄子澄哪!事情本出自尔辈,如今也是尔辈却欲弃朕远逃他处?"建文帝凄惨地哭道,一时慌乱,并走下丹墀,来到方孝孺面前问道,"如今天下垂危,先生有何良策以救朕于水火?"

"陛下,且不必慌张!目下军情紧急,朝中急待增选人才,委用重臣!之所以要如此,其理由有三:其一,黄子澄和齐泰既已出走,朝中空虚,良臣不济;其二,朝中兵部尚书茹瑺年老体衰,且有畏燕心意,已不堪重任;其三,京外兵将统领盛庸业已兵败,朝廷各路大军,已兵无主帅之人。因此,当国家正在临危之际,需不拘一格选用人才。代理兵部尚书之职的铁铉将军,有德有能,当正式晋升为兵部尚书,以便统领山东、淮北诸路人马,号召四方豪杰,挥军南下,抗敌勤王,我朝或可转危为安!"

"正式加封铁铉为兵部尚书,先生且速拟旨,派钦差持旨出城,去铁铉大营——"建文帝闻罢立刻照准。

"奏报皇上,燕军已到城下——"小林子进来报道,"哦!燕军业已入城——"

建文帝闻报,更加恐慌。君臣同时抬头向宫门外频繁张望。

入夜,京城内外,灯火辉煌,一片慌乱。燕王大军已布满了金川门瓮城周围。在城门内外聚集的南军,纷纷向外郊溃退。

谷王、李景隆等人趁夜登到金川门城楼之上,俯目下望,只见城下燕兵燕将已如潮水般涌来。在呼天号地的混乱人群中,燕王麾盖在数百雄伟的燕将护簇下,前呼后拥,威严地向金川城门走来。

"从速开门!迎接燕王——"谷王、李景隆同时狂叫着,向部将大声命令道。

紧接着，在谷王、李景隆等人的接应下，燕王大军浩浩荡荡、雄赳赳地进入京城北关金川门。一霎时，城内鸡飞狗叫，人哭马嘶，呼儿唤女，火光冲天，一片混乱。

　　前殿的朝臣们有的在东奔西跑，东躲西藏，更多的是跪伏在大街两侧，拜迎燕王大军。

　　在狮子山下，魏国公徐辉祖浑身血污，见燕王军马进城，又急忙率兵来战燕军。而当魏国公军过钟阜门时，就又一次遭到燕军的炮火猛烈袭击，徐辉祖的坐骑业已受伤倒地。他急速跳到部将送来的另一匹战马上，挥起大刀直取前方的燕王。可惜，此时燕军已如洪水般掩杀过来，重重叠叠，阻住了辉祖进前之路，徐军终因寡不敌众，被横压过去，退到神策门西侧的护城河畔。再几经冲杀，南军四散，最后，徐辉祖兵败出走，穿神策门，向龙江驿后方逃避去了。

　　燕王率军入城，威慑城中百姓。城内、前殿渐渐平息，无数王公和朝臣拥出，迎谒燕王于马前，并齐声欢呼。

　　突然，御史连楹挤到燕王马前号啕大哭，跪拜不起。

　　"……老御史请起！何必恭行如此大礼？"燕王也感动地含泪向连楹说道，"今日胜利之时，我等只宜欢笑，何故大哭？"

　　"反贼岂能知道？"御史连楹一听，突然蹦跳起来，大声叫道，"我何故大哭？我哭先帝后主，我哭京城涂炭，我哭尔等燕贼窃国，我哭我身为大将而无力回天，我哭我大明蒙难，我哭我身为人臣而未能以身殉国也——"

　　燕王听罢，陡然大怒，大惊失色。说时迟，那时快，只见这时御史连楹一边大叫，一边从身上拔出佩刀向燕王砍来，燕王忙将身子向后一躲，御史连楹因用力过猛，遂扑了个空，一头栽倒在燕王马下，此时一批燕军围了上来，举刀乱杀，遂将御史连楹剁成了肉酱。

　　众人一片惊恐，燕王沉闷了很久之后，才慢慢缓过神来，又面露笑容。接着，燕王在一批旧臣拥簇下，迈步向东面皇宫走来。

　　城内及前宫已落入燕王之手。在皇帝后宫，建文帝和一班信臣还在紧张地计议后事。

"启奏陛下，左都督徐增寿已经密谋策应燕王！"御史魏冕踉跄奔进大殿后宫，前来向建文皇帝奏道。

"能……有此事？左都督徐增寿……"建文帝疑惑不解地问。

"陛下，左都督徐增寿即将去燕营——"四位廷官推拉着徐增寿，一齐进来向帝报道。

"陛下，这是方才从徐增寿身上搜出来的燕将邱福给陈宣的密函！"御史魏冕说着，并将一函件呈给建文帝，"上次水师将军陈宣投燕，原来也是徐增寿策划的！"

"啊！"建文帝惊叫了一声，遂展函读道，"……燕王愿以百金买尔水师，且仍以将军为水师都督……邱福谨上……"

"是邱福亲书？"魏冕问道。

"一点不差，乃邱福亲书也！"帝答道。

"陛下，徐增寿刚才还吞食毁灭了一张重要函件。臣以为，那正是城内奸贼要引燕入城之书！"御史魏冕又说道，"因为，方才臣仓促间，看到那书上写有'迎燕'字样！"

"陛下，徐增寿已是亡国的贼臣——"众臣义愤填膺地叫道，"徐增寿乃是国之内奸！"

"还有何秘密勾当？"建文帝见此，暴跳如雷，并向刚被众臣推进来的徐增寿冲来，抓着徐增寿衣领，急对徐增寿说，"朕躬待尔不薄，牲畜竟如此无忠无义！还有何秘密勾当？尔必须一并说出！"

"前次……万岁收回'不杀燕王'成命的密旨，也是罪臣派人中途截去的！"徐增寿胆战心惊地招认道。

"啊！难怪此后朝廷兵将，仍屡屡不敢下手斩杀燕王！元勋徐达之子竟也如此叛朕？气杀朕也！"建文帝怒道，"——左右，还不将徐增寿捆缚拿下！"

于是，左都督徐增寿被一群卫士捆起，拖上殿来。

"卿等不必动手，待朕亲手杀了此贼！"建文帝叫骂着，怒气未息，遂跑下殿来，从一名卫士腰间抽出佩刀，咬着牙狠命地向左都督徐增寿肩上一刀砍下。徐增寿立刻倒在血泊中。

此时殿外人喊马嘶，前殿一片沸腾。

"何事喊叫?"建文帝又惊问左右。

"不好了,不好了,燕军已经进入前殿了!"翰林院编修程济大叫着,跑入后宫。

"……这么快就来了!莫非真的还有人做内应?"建文帝忙问。

"谷王和李景隆等人,打开了金川门,迎进了燕王,所以京城陷落了。"翰林院编修程济凄凉地叫道,"城破后,有多位朝臣出迎燕王,所以燕王径往皇宫而来……"

"罢,罢,罢,朕一向待王公们不薄,他们竟如此负心,天理不在,莫非朝无忠臣?朕无正道耶——"建文帝颓然哭道。

"陛下不必自责!国有奸贼,也有忠臣!"程济道,"陛下知否?方才,御史连楹业已为国壮烈殉难!方才燕军入城时,御史连楹曾假装迎接燕军,在燕王马前叩拜,突然趁人不备,奋起刺杀燕王,不幸独力不支,大功未成,反而被燕军杀死在街市!"

"哦!国家竟有此忠臣?朕悔当初未能重用御史连楹矣,此乃朕之过也!"建文帝悔恨道,"朕今不如从孝孺之言,殉了社稷吧!"

建文帝说罢,欲拔剑自尽。

"陛下不可轻生,不如出逃!"站在一旁的翰林院编修程济劝道。

"事到如今,尚有何出路?"建文帝绝望地问道。

"留得青山在,岂能无柴烧?苍天不会绝人之路,更何况我大明帝王?"程济跪地哭求道,"臣夜观天象,陛下当有出逃生路,皇上何必弃而不纳?当年微臣一息尚存,是为了今日劝告陛下于国危之中求安泰呀!"

"上天啊,朕之路在何方?"建文帝又哭道。

此时,少监王钺急忙跪奏道:"从前,高皇帝升天时,曾交给我和掌宫中官一个密箧,并遗嘱道:'子孙若有大难,可开箧一视,自有办法。'"

"啊!竟有此事?"建文帝说,转而又问,"现箧在何处?"

"藏在奉先殿之左!"少监王钺急忙说。

建文帝即吩咐侍从将密箧取来砸开。程济砸开密箧后,众人赶快观看,却发现里面有三张度牒,并有剃刀、白银、袈裟及鞋帽等物,另还注明宫殿内人出逃路径细节。

"……当年高皇帝竟能预知主上之今日……"程济问少监王钺。

"一日，太祖高皇帝微服出访于南郊，在古寺中偶遇一奇异长老僧人，太祖向长老求问：'大明将来前途如何?'那僧不敢答，只乞太祖求签。太祖遂向寺中取出一签。只见签上赫然写道：'施主祖孙之道相反!'太祖又问'何为相反?'那僧答道'祖先为僧，后为帝；而孙先为帝，后为僧也'。当时太祖不悦，那僧却说：'天命既然如此，幸施主可设法化解之!'因此，太祖回宫后即与军师刘伯温大人相谋，军师为太祖高皇帝设出一锦囊妙计，命臣等置备下了如此一只密箧。"少监王钺跪地向建文帝说道。

众人闻罢，惊愕不已，顿时噤若寒蝉，许久无人以答。

"……唉，原来皇祖只是留下了一个教人逃跑的计策!"建文帝看后，叹了一口气，顿时索然无味，精神恍惚起来。

建文帝说罢，万念俱灰，并扔下了遗箧，无力地转过身去。此时，忽听后园慈宁宫方向发出了一阵阵哭闹之声，接着就见一群中官向皇帝后宫跑来。

"何事惊慌?"建文帝木然问来人。

"……惊闻燕王进城，太后……吕太后已闻警……自缢身亡了!"上来的太监答道。

"哦，命礼部按例安葬……"帝听罢，轻声地说了一句。

建文帝说罢，辞了众臣，转身向内寝宫走去……

第四章 槛外长江空自流

我非今世人，空怀今世忧。

所忧谅无他，慨想禹九州。

商君以为秦，周公以为周。

哀哉万年后，谁为斯民谋？

南京石头城遗址

三十五、燕入京，建文逊家国

初秋未凉，聚宝山上芳草萋萋，天生桥下波光如烟。在暮霭茫茫的林间曲径中一个樵夫担柴，走出了山口，高声清唱：

寒风吹落西江月！

黄花出，长干血，晓来何人堪嘘嗟？

牧童挥笛南山陌，纵荒坟，横断碑，何辨龙蛇……

歌声委婉、凄凉、茫然。

建文帝慢慢走向内宫，推开侧门，见马皇后独自一人靠在案旁，手持诗卷默读：

四十年来家国，三千里地山河。

凤阁龙楼连霄汉，玉树琼枝作烟萝。

几曾识干戈？

一旦归为臣虏，沈腰潘发消磨。

最是仓皇离庙日，教坊犹奏别离歌。

垂泪对宫娥……

马皇后含泪吟咏着。

"梓童——在读李后主?"见此情景,建文帝无限感伤,进来轻声问马皇后。

"唉,陛下!"马皇后见建文帝进来忙抬起头,泪眼婆娑,遂放下手中的书本,打算欠身起来,却被建文帝按在座上了。

"国运多舛,朕的命运不及后主啊!赵宋虽是异姓,犹有恻隐之心,燕王本是至亲骨肉,却如此相逼!天下最毒者莫过于帝王之家——"建文帝激动地捶胸顿足地叫道,"朕本一介书生,是上苍错爱,先皇错选储于斯!为夫者不能齐家,为君者不能卫国。朕好悔恨哪!恨当初不忍杀叛王,以至于遗祸今日——"

"事到如今,陛下何必再……"马皇后嗫嚅道。

"启奏皇上——"突然太监小林子破门而入,伏在地上,惊慌地说道,"满街兵马慌乱,宫内人心惶惶,燕……燕军已进奉天殿!"

"啊!"建文帝轻轻地叫了一声,接着向内宫殿前四周望了望道,"朕大明国家有此难,朕将去也——"

"陛下——"太监小林子凄然望着建文帝。

"……小林子,尔自东宫至今,随朕多年……也去吧!"帝看了小林子一眼,接着说道。

"陛下,奴才区区蝼蚁微命,死不足惜!"小林子惊恐地趴在地上哭道,"只是……家中老母,望儿两眼欲穿,奴才岂忍心……"

"尔身为朕的贴身太监,燕王岂能饶恕尔全家?"建文帝问道,并且无奈地望了望伏在地上小林子的那张略带稚气的绝望面容。

"哇——陛下保重!奴才只有来世再侍候陛下了——"小林子听罢皇上的话,略微犹豫了一下后,突然从地上一跃而起,大声叫喊了一声,身撞阶下,顿时血肉模糊而亡。

马皇后惊愕地向小林子的尸体望去。这时,建文帝也已慢慢地走向她的身边。

"卿……如月中嫦娥,冰清玉洁,为何要来到朕家?"建文帝悲恸欲绝地问马后,也像在问自己,"而今而后,卿将何往……"

马皇后转过身子,与建文帝泪眼相对。接着缓缓地靠向建文帝身旁泣道："覆巢之下，安有完卵？啊，妾自从委身陛下后，本不图皇家富贵，只想琴瑟和谐，夫唱妇随，共享天伦……今日既是苍天不佑，事已至此，妾……"

"……卿尚有何言……"帝舍泪问道。

"今日妾再无话可说了，只是……妾自事君至今，从未分别……况且有孕在身……龙子尚未见得天日……"马皇后说罢，潸然泪下。

"唉，人间没有不散的筵席！"建文帝抬起泪眼，再看着马皇后道，"今日之势，即使业已在世的子孙又能如何？朕一门老小，唯有死矣——"

马皇后听罢转过身去，走向案边，略犹豫了一下后，即伸手取下挂在墙上的宝剑，随即抽出长剑，向脖子上一挥。

"陛下，今当永诀——"马皇后惨叫了一声，忽然倒地，血溅金阶。

看着刚刚死去的二人尸骸，建文帝略迟疑了一下，接着，令人搬来一桶清油，浇灌到宫内床上床下。最后他自己上去付之一炬，顷刻间，皇宫大火熊熊燃烧起来，火光冲天。建文帝遂纵身扑向火海，自尽了。

燕王在将帅及朝廷旧臣的拥簇下，本欲直入建文内宫，但因在殿前杀了企图行刺燕王的御史连楹后，情绪大伤，突然面带愁云，心中不安起来。于是，他打消了进入皇宫内寝的念头，急忙转身改道欲向外殿走去。

"大王暂不入内宫？"众臣问燕王。

"内宫为少主寝室，暂且不往也好！"燕王皱眉说道，"来日再去不迟！"

"前方蓝袍大臣是？"走着，走着，为了打破沉闷的空气，燕王随意抬头张望，忽见殿后站着一位长髯文官模样的人，忙问左右道。

"哦！他不就是左金都御史景清么！"邱福向燕王说，"景清乃多才多艺之辈。此人堪为大王所用！只是他较重名节，恐怕一时难以降服。"

"败军之将，丧家之犬，还有何傲气！"燕王冷漠地说着，并令左右道，"叫他过来！"

左右遂引左佥都御史景清来到燕王面前。景清见了燕王，倒头便拜。

"先生愿为我所用吗？"燕王见此，转怒为喜，且问景清，"曾闻左佥都御史赫赫大名！"

"亡国之臣，唯大王之命是从了！"左佥都御史景清答道。

景清向来高洁，然而，今日献媚之言，大出众人意料。

燕王立刻高兴地上来握了握他的手道："本藩为国苦心，卿想必已知？卿以大局为重，以国家为重，堪称众人之楷模也！"

"左佥都御史景清大人乃我朝高人！"众人也附和道。

景清闻罢，笑而未答。接着，燕王又去接见了几个在廷旧臣。

"周、齐二王今日如何？"过了一会，燕王接见了众位旧臣后，又向左右问道。

"二王仍在府中！"众臣回答。

燕王遂与大臣们一起，来到二王府中，相见时众人对哭。哭罢，燕王与诸皇弟并辔重归城北龙江驿燕王大营，并召集百官议事。

兵部尚书茹瑞急速地从皇宫中走出来，驱车赶到龙江，进帐后，即拜倒在燕王脚下。

"罪臣茹瑞恭拜大王——"茹瑞在地上说道，"恕微臣来迟也！"

"兵部尚书免礼！"燕王说，遂问茹瑞道，"少主如今安在？"

"大内被火，想必皇帝已经晏驾了！"茹瑞叩首再三拜道。

"既然皇帝已经晏驾，但国不可一日无主，就请大王登临大位！"众臣立即向燕王说道。

"本藩无辜受迫害，是不得已才起兵自卫的。本藩本是誓除奸臣，以保宗社，本欲效法当年的周公，扶助少主，以便垂名后世。"燕王道，"不料少主不能谅解，反而轻自捐生。我已得罪了天地祖宗，哪敢谈及再登大位呀！望尔辈另行选取德才兼备的亲王，以继承先皇大统！本藩岂敢怀有登位之念——"

"大王功劳盖世！上应天理，下顺民心，谈不上得罪。大王还是以国事为重，继承皇位吧！"茹瑞等再三叩首拜道。

"天下系太祖的天下，殿下系太祖的嫡嗣，无论是凭着道德，还是凭着功劳，都应由大王荣登大宝！"一班文武大臣倾巢出动，俯伏在前，跪满阶下，齐声说道。

"本王不敢擅自做主——"燕王三番五次地推辞。

"大王——"余众再次劝请，刚想张口，又被燕王挡回。

"诸位，今且暂回，明天再议吧！"燕王将手一挥，起身欲退。

于是，朝臣们只好也纷纷转身出营。兵部尚书茹瑞前脚正将跨出门槛，忽见中官狗儿上来拉了他衣襟一把，且向他微笑点头。

"呵——"兵部尚书茹瑞回头叫了一声。

"明日还望兵部尚书——"中官狗儿眼望着茹瑞，并对他只说了半句话。

"呵……微臣明白！"兵部尚书茹瑞瞪眼想了一会后，突然恍然大悟地说道。

三十六、追穷党，黄齐双被执

两位建文帝旧臣离开了燕王城北龙江驿大营。

"国运已绝，众臣悉归燕王了！"一位旧臣感慨道。

"是啊，众臣悉归燕王！"另一位也叹道。

"众人悉去也无多忧，唯左金都御史景清之辈也能屈投燕王？"前一位接着说，"景清乃重名重义之人呀！"

"威武不能屈者，古之少有！"另一位叹道，"下官出门时，已有多位朝臣议论此事！人们说左金都御史大人，曾自诩清高，其实他言行不一。左金都御史听后，却面不改色，听之任之，如同未闻。"

"唉，世风日下，何况我等庸碌之辈！"二人同时摇了摇头，走出驿口。

第二天，燕王在龙江驿大营里早议，兵部尚书茹瑞首先向燕王劝进。

"……大王今日荣登大宝，勿再推辞——"茹瑞道。

兵部尚书茹瑞说罢，接着，百官固请燕王早登大位。

"……恭敬不如从命！既然众臣一意固请，本王理当不能再三推辞，以免冷了众人之心，误了国家社稷——"燕王笑着答应道，同时抬头向左侧礼部侍郎及众臣说道，"我等即日进宫，举办大典！"

"大王——是先登基，还是先祭祖、谒陵？"编修杨荣迎上来，提醒燕王道。

"哦——当然，应先行祭祖、谒陵！"燕王拍了一下头，恍然大悟说道。

"请各位大臣听令！"燕王与众人议论一番后，即向众发话，"登基之事，祭祖、谒陵之事均由礼部操办，即日准备！邱福、朱能等大将协同兵部做好京城及外域的防务，万勿懈怠！"

"此外，尚有颁发捕杀奸臣逆党逃犯的文书事宜！"朱高煦在一旁插言叫道。

"正是！搜捕公文应分别首恶和协从，对齐泰、黄子澄、方孝孺等人，应悬赏通缉，要犯当行连坐，协从者也决不能放过——"燕王接着恶狠狠地说道。

当初，燕王两次拒绝和谈，挥军南下，大军压向南京，京城已岌岌可危之际，太常寺卿黄子澄和兵部尚书齐泰这两位建文重臣，见建文大势已去，急忙离开皇宫，走出北门，来到龙江驿中，商讨死灰复燃、收集残部、再讨燕王之对策。

"太常寺卿大人，目前之势，国命在悬一线，少主又执意守城，如之奈何？"兵部尚书齐泰对黄子澄道，"我等已知家国难保。然而，如其在城中坐以待毙，不如出城远遁。或可借得一支勤王之军，以保国家于万一！"

"尚书之言有理！我已再三思之：不如，尚书速往广德聚集人马，在下将赴苏州劝知府姚尚发兵救驾！"黄子澄说道。

"此话正合我意！"齐泰对黄子澄说道，"我等应尽早动身出发，两日可在此会面也！"

说罢，双双作揖相别。

当下，兵部尚书齐泰在府中，收拾好行装，骑着一匹白马，带着一支老弱病残家丁人马匆匆北往，穿过无际阡陌，越过江南丘陵，向皖南山区进发。

午后时分，齐泰一干人来到黄山的一座高岗密林山道之中，已觉人困马乏，饥肠绞腹。看着浓云密布的上苍，兵部尚书齐泰等人十分倦然，正欲躺下歇息，不意山下却突然喊声大作，金鼓齐鸣。齐泰一见大惊，忙立即翻身上马，并赶紧命令全队起身上马，继续拼命向西山深处逃避。

"奸臣齐泰，休要逃避！我邱福兵马在此埋伏多时了，山高岭陡，尔插翅难飞！"邱福策马飞奔，堵在齐泰后退路上，高声叫道。

"奸佞齐泰落网了，不要放了齐泰——"一名燕军年轻的将军，率着一支人马冲向山岗，并高声叫道。

"将军勿虑，待末将前去杀了这个奸臣！"一位小将已挺枪上了山岗，并且一边叫，一边举枪向地上的齐泰人马大加砍杀起来。

齐泰所带人马大多是府中老弱侍从兵丁，哪堪被如此斩杀，不一会已死伤过半了。只有齐泰本人凭着一身的武艺，还在赤膊上阵地挣扎。只见他双手死抓着那小将的枪头，紧紧不放，其手中血流如注。

"小将军休要胡来！齐泰乃朝廷要犯，王子高煦殿下是要逮捕活人返京的——"大将邱福见此，忙向山上小将叫道，"况且，齐泰之流已成瓮中之鳖，无须大动干戈的了！"

"我命休矣！陛下，微臣当为国捐躯了！"眼见得逃避不及，齐泰冲上山崖，大叫了一声，就将纵身跳下。

"齐泰将要跳崖，小将抓住齐泰！"邱福一见此情，急忙叫道。

"得令——"那小将说着，翻身跳到齐泰肩下，趁机扭住其臂，同时上来一群兵士，赶紧用绳索前来绑缚齐泰。

而就在此时，齐泰的坐骑，马通人性，奋勇冲来，用头顶倒齐泰周围的燕兵燕将，并将齐泰顶送达背上，随即跃起四蹄，长啸一声，跳下深涧，向西飞奔而去了。邱福大吃一惊，忙率军策马追赶，无奈涧深林密，早已不见齐泰踪影了。

"将士们，齐泰所骑的是匹白马，我等分头追杀骑白马者可也——"邱福急忙大叫着，穿林挥军向前追去。

燕军闻罢，遂兵分四路，沿着山道匆匆而去，专门搜擒坐骑白马之人，但半日未曾见到齐泰踪影。直到日暮黄昏，邱福所率的主路军士们在一家路边客栈歇息时，一将忽见栏下一匹黑马，因大汗淋漓，致使身上黑墨下落，顿时惊奇起来。

"将军且看！此黑马身上的黑色，为何随汗水下流而褪色？"那将向邱福说道。

"啊，原来此马本是白色，其色是用黑墨所染也！"一位老将军惊叫道，"哦，此乃齐泰的白马！齐泰当然就潜在此店之中！"

"全店包围，捉拿齐泰——"邱福见此，突然大叫。

于是，燕军将小店重重包围了起来，并且很快在内室中擒得了齐泰。邱福令山下囚车上来，装了齐泰等人犯，下了黄山。

邱福等燕将率着人马，押着齐泰等犯的囚车，连夜向北往京城而去。

次日清晨，他们穿过宜兴来到京畿汤山地界，迎面看到王子高煦的人马也拿到了黄子澄等一干人犯，囚车夹在人马之中，浩浩荡荡地奔来。到邱福面前时，两支人马合一，谈笑风生，急速向城内而来。在车中的齐、黄二人隔帘相对而泣，无尽感叹。

"太常寺卿大人，如今国破家亡，我等死得其所，只是壮志未酬，于心不甘！"兵部尚书齐泰在囚车中向黄子澄感慨叫道。

"苍天哪，想不到大明的晁错，比大汉的晁错悲壮十倍——"太常寺卿黄子澄披甩了一下长发，仰天长叹。

"将死奸臣，还不住口？"邱福策马走来，向二人大叫道。

二人听罢，同时垂下头，闭目沉睡下来。

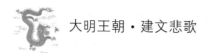
三十七、赴大义，孝孺投罗网

　　建文四年六月末的一个傍晚。南京城西三山门外，孙楚楼边，一片凄凉，灯光摇晃，已无昔日繁闹的风光。

　　一个衣衫破烂的老者，带着一位后生，疲乏地走上"清明"书楼台间。书楼掌柜陈老先生刚收拾好书店和茶社，起身走到店铺前，准备关门，突然见他们进来，吓了一跳。

　　"啊！原来是方大人，方孝孺先生，天这么晚……"陈老先生惊问道，"时局吃紧，大人怎么还不暂时出去躲避一遭？"

　　"陈老伯，老先生，你还在此？"方孝孺问。

　　"大人知否，老朽的子与孙都……都已……战死在六圩港——"陈老先生垂泪说道，"老朽将无处去矣——"

　　"一切我均已知，惨痛呵，悲壮呵，老先生——"方孝孺说着，并手击案台。

　　"举国悲愤！"孝孺哭向陈老先生道，"金瓯既破，何年可补？燕贼已经入宫，皇帝已经晏驾。大势今去也，国运何年再复生——"

　　"外面兵荒马乱，这些我也已知道！"陈老先生点头道，接着又问方孝孺道，"外面风声如此紧急，大人为何不早点北遁？老朽听说，兵部尚书铁铉大人大军驻在山东，尚有一席之地，方先生何不暂且投他?"

"覆巢之下,终无完卵!况孝孺身心都已随国家和君王而去。"孝孺说,"何故再留一具残躯?"

"大人不知'留得青山在,不怕无柴烧'?大人乃是国之栋梁,国运今日虽中斩,倘若来日国运再复生,还靠先生力挽狂澜。"陈老先生说。

"老伯,在京城,我尚有未了之事……"方孝孺说,"岂能远去?"

"先生在此有何事,虽赴汤蹈火,老朽也在所不辞!"陈老先生激动地说,"老朽业已孤身一人,且年过花甲,今日能为国家、为方先生粉身碎骨,我也感心甘——"

"老先生啊!"方孝孺感慨地说,"感谢老伯对国家一片忠心,对孝孺一片义气!国已破,孝孺唯有就义!奈何孝孺之事,非孝孺而无人能为也——"

"哦?"陈老先生惊道,"方先生是要舍生取义……要血溅京门?"

"……陈老先生!"方孝孺说道,"事已至此,孝孺别无牵挂!"

方孝孺说罢,遂激昂地转身,面向窗外,轻声念道:

> ……
> 我非今世人,空怀今世忧。
> 所忧谅无他,慨想禹九州。
> 商君以为秦,周公以为周。
> 哀哉万年后,谁为斯民谋?

"孝孺先生,不必挂怀!我辈世世……代代不忘……"陈老先生哽咽不能语,"不过先生未必定要……"

"事至今日,我唯有随少帝共赴国难,别无他望!"方孝孺哭泣道,说罢,遂从怀中取出一封函件,交给陈老先生,并哽咽地说,"国破河山在,大明终将复兴。我将随亡帝去了!现留下绝命遗书一封,望老伯来日以昭大明后世。"

"老朽只要有一线生机,也要让先生的函昭天下——"陈老先生,跪接孝孺遗书,并锵然发誓道,"方先生不必悲痛!"

方孝孺含泪，起身欲跪拜还礼，又被陈老先生扶起。此时，陈老先生转身满斟一杯茶，双手捧向方孝孺。

"今日非常之时，权让老朽以茶代酒，祝方大人一路顺风！"陈老先生道。

"碧螺春？"方孝孺双手接过一饮而尽，说道，"香茗也！江南的碧螺春。如今，春何在？夏水无碧螺！神州夜永，南国无处不蝉声！"

二老泪眼相对，痛哭了一场后，陈老先生把孝孺主仆二人送下书楼来。此时，在书店近旁的孙楚楼上，早已人去楼空，灯灭无影。

建文四年六月末，燕王在南京下令张榜安民之后，即开始拜谒先皇孝陵。

燕王谒陵人马千万，从龙江出发，正浩浩荡荡向钟山孝陵而来。谒陵队伍军民、车马混杂，绵延十余里。其中燕王及徐妃、燕世子高炽、王子高煦、高燧、王公、大臣、廷官、燕军大将邱福、朱能等都在队伍之中。

次日，京城皇宫奉天殿。

燕王朱棣登基大典在热火朝天地进行。燕王身披龙袍，头戴皇冠，威严无比地端坐在御座上，两边王公国胄，文武百官齐集。

过了约一个时辰后，中官大太监狗儿双手奉出宝玺，并将它举过头顶。

"祝愿吾皇万岁，万岁，万万岁——"阶下见此，顿时呼声雷动。

接受王公大臣、文武百官朝贺后，燕王朱棣从此即皇帝之位，史称明成祖皇帝。

"众卿平身！"明成祖皇帝朱棣笑逐颜开，忙伸展着双手向阶下招呼。

三呼九叩之后，文武百官遂陆续地从地上爬起，手捧象笏，静立在两侧。

"朕本无德无才，未能上承宗庙，奈何诸王群臣，共同极力劝进，才得勉强遵从众志，登上大宝！"朱棣明成祖皇帝激昂地说道。

忽然，他话锋一转，又变得威严起来，厉声叫道，"朕今既登此位，就当权谋此政。尔等王公大臣各宜协力同心助朕！倘若有不能出力，或另有异志者，无论其身居何位，朕都将严惩不贷——"

成祖声如洪钟，震荡殿宇，绕梁不息。众人心惊肉跳，齐齐俯首，唯唯听命。

"鉴此，朕将颁发数旨以清除奸佞——"明成祖斩钉截铁地说。说罢，向大将军邱福点头。于是邱福出班接诏。

"除恶务尽！这第一道旨，就是捕查朝中奸臣及其家族人丁，其首恶者有齐泰、黄子澄、方孝孺等五十八人犯；第二道清宫三日，杀尽前代一切奸佞中官和肮脏宫女嫔妃……"大将军邱福一道道地陈述着。

正宣读时，龙廷之上，杀气腾腾，气氛森森，满朝文武，垂首闻罢，个个胆战心惊。

于是，新皇诏颁之后，突然间，宫内无数宫女、太监在惨遭屠戮。受刑者们东奔西突，鬼哭狼嚎，血流成渠，尸堆成山，堵巷塞衢。

"中官魏宁，努力扫荡建文旧宫余孽——"在混乱的人群中，皇子朱高煦满脸血污，举着长剑，暴跳如雷地叫道。

大太监魏宁正带着一群中官，操着明晃晃的砍刀，在追杀着侍从宦官。无数昔时与他有仇的大小太监和宫人，都纷纷被他们杀死在阶前殿下……

建文帝的叛嫔沈小姐也在趁机滥杀昔时的姐妹。无辜宫女们在呼爹叫娘，一个个惨死在她复仇的刀下剑前……

"万岁有旨，赐前代叛者沈嫔以自尽——"突然一名太监持诏进来向沈嫔宣读。

"中官无礼，本妃乃是改朝的有功之人，又是当今大皇子高炽殿下的爱妃，怎可就戮？"沈嫔一听，如五雷击顶，委曲地大叫道。

"嫔子切勿怪罪奴才，咱家悉为奉旨行事——"那太监说道，并指着高煦说道，"嫔妃有话，也可对二皇子殿下申诉！"

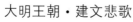

"皇子殿下，妾本是大太子高炽的人，且多次舍生忘死，为新君出力——"沈嫔一见站在远处殿前人丛中的高煦，如获救星，赶紧飞奔而去，并伏地大声哭泣道。

"哈哈哈！去去去——"高煦向她大笑道，"尔对大太子再无用矣！尔辈乃前朝污秽旧裳，今后还有何用处？我等皇子已是将来诸王，新王岂能拾用尔等前朝旧衣？正因尔往日有功于我朝，新君才格外加恩，赐你以全尸也。请快速上路，以免同其他宫妃一样，碎尸万段——"

"罪嫔沈……领旨……"一名侍卫向沈嫔叫道。

沈嫔听罢，已觉全然失望，于是惊恐地跪下哭叫道："……当年世子在京时，曾与我沈嫔海誓山盟道：'倘若来日登大宝时有负沈嫔，则皇位不过一年！'上苍啊，其言犹在耳，岂能忘心？"

接着，一名侍卫走到沈嫔身边，丢下一条白绫。

沈嫔推迟了多时，看看实在是无奈，遂哭泣着拾起，将白绫套在殿头门框上，悬梁自尽了。尸首挂在门上，还在不停地摆动。魏宁上来，手起刀落，沈嫔的尸体也立即掉在众侍从的断肢残骸、淋漓血泊之中。

宫里清扫尸体和血污的人车川流不息。不到半天工夫，宫中太监宫女死者已逾半数！

午后，明成祖又走进建文帝内宫，命人从灰烬中掏出建文帝和马后的尸体，只见二尸焦头烂额，四肢残缺，难辨男女，惨不忍睹！

"尔等将如何处之？"成祖问立在一旁的侍读王景道。

"当以天子礼仪殡葬……"侍读王景不安地答道。

"……就依尔等！"成祖不悦地说，"来人，将他们葬了吧！"

"苍天，我主——"正在此时，殿外忽有一人满身缟素，奔到阙下，扑向帝尸，号啕大哭，声震殿宇。

"何方奸佞，竟敢如此放肆？"成祖一见，勃然大怒道，"左右，还不将他拿下？"

在侧的镇抚伍云赶忙将来人拿来，推到成祖面前。成祖一见，吃了一惊。

"你不正是方孝孺么？朕正要捕捉于你，你却自投罗网来了，这不是前来送死？"成祖凝视许久后，才茫然问道。

"国家破碎，我不死还有何可为？"方孝孺反问道。

"你愿意死吗？朕偏不让你死，如之奈何？"成祖对方孝孺说。

"人不畏死，你将如之奈何？"方孝孺再反问道。

"朕且不与你细说。"成祖说着，遂向左右命道，"先将方孝孺收监，待日后审理！"

众人应声带走了孝孺，临走时，孝孺还回头怒视了成祖一眼。

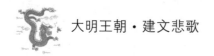

三十八、斥燕贼，拒写诏书帛

过了几天，成祖又召众臣议事。

"尔等谁能说服方孝孺？朕可惜他满腹才华，不忍加害于他也——"成祖转身问左右。

"方孝孺其人性情固执，我等恐无人可以说服他！"编修杨荣迎上来，低头向成祖说道，"陛下……除非请——"

"除非什么？编修杨爱卿请说个明白！"成祖向杨荣说道。

"依微臣之见，当唤其得意门生廖镛、廖铭说之！"编修杨荣回答道。

"唤廖镛、廖铭上殿！"成祖立即向左右令道。

阶下大太监魏宁等人应声去了。过了一会就引廖镛、廖铭进宫。成祖向廖镛、廖铭陈述了说服方孝孺之事的厉害，又亲自细细地向他们嘱咐了一番后，二人才怀着惴惴不安的心情，诺诺而去。

方孝孺在成祖的天牢中，与其得意门徒廖镛、廖铭相见时，大哭了一场，之后，方孝孺忙向二人打听近日外面的情况。听罢，师生又是一阵痛哭。

"……门生何事？竟敢冒死前来狱中见我？"许久后，主方孝孺问二廖道。

"先生恕罪,学生此来无别,乃是遵从皇上的旨意,来向先生劝降的!"最后,廖镛、廖铭不安地对方孝孺说道。

"哪个皇上?建文帝不是已经晏驾了?怎么又来了个皇帝?"方孝孺明知故问。

"就是……燕王,燕王令我等前来——"二人嗫嚅道。

"小子事我多年,难道还不懂大义吗?"方孝孺感慨道,"我多年的心血,竟教出了尔辈不义之徒,尔辈竟来为虎作伥!"

"学生谨承圣命,别无选择!"廖镛、廖铭说。

"朱棣有何德能,敢以帝王圣贤自居?尔辈为鬼张目,我岂能有此等学生?"方孝孺大怒道,"尔辈且先回告朱棣:孝孺不事二主!如何发落,概由其自便——"

"先生之言,学生本无不从之理。只是目下先朝大势已去,燕王虽非长嫡血脉,然而总算太祖高皇帝之后,且如今已势压寰宇,国中谁可与敌?我等屈在燕王之下,也不辱大明太祖之旨,先圣夫子之道。先生之才,倘若就因逆燕而遭夭折,国失栋梁,国人嗟叹,岂不可惜?"廖铭小声劝说道。

"竖子好不晓理!大统自古常有长嫡之分,国家伦理纲常,岂能无序?"方孝孺破口大骂二生,"以至燕贼淫威,至圣先师乃教我'威武不能屈'也!尔辈空读诗书,不明事理,也不怕为天下读书人笑骂?"

"先生所言是矣!然而,先生尚不明燕王暴残性格。学生一介书生,微命灰飞烟灭,本无可惜,倘若祸及全族,如之奈何?"廖镛、廖铭伏地泣道,"学生七尺男儿,生不能报父母劬劳,却祸及举族邻邦,又何以为孝为义也?"

"人各有志。叹为师不能说服尔等。惜哉,痛哉!尔等岂能反说于我?"方孝孺向廖镛、廖铭挥挥手说,"吾意已决!愚师披肝沥胆,将以我血荐轩辕——"

"先生!身在矮檐下,不如权学尺蠖,以屈求伸!"廖镛、廖铭跪地肯求说,"先生知否,凭燕王为人,岂能恕于苍生?先生一念,何止一人血溅国门?或将招来万骷头落,血满江河啊——燕王素有株连九族之心！"

"尔辈去吧！纵有不测，悉为燕贼之罪，孝孺无力回天，概由天命！"孝孺大叫道。

廖镛、廖铭满眼泪水，狼狈而回，并且将实情奏告于成祖。成祖听罢，叹了一口气，遂挥手斥走二廖，自己倒在宝座之上。二廖不安地唯唯退出。

次日，成祖与众臣聚集在奉天殿，正在商议，起草即位诏书，布告天下等建国大事。

"这诏书虽是陛下亲发，然而，这写诏书之事也非同小可，此即位诏书乃皇家体面！"正议论间，大将军邱福进言道，"当有一位德高望重之人写之！"

"往日少主的诏书均由何人代笔？"成祖问，"何人可当此重任？"

"建文时，均由侍讲方孝孺起草诏书！"众多老臣跪地答道，"方先生乃江南大儒！"

"前代罪臣岂能当此大任？"站在后侧的大太监魏公公赶紧插嘴说道。

"众卿之意呢？"成祖问道，并同时用眼瞟了魏宁一下。魏宁忐忑不安地退到一侧。

"臣等的意思，若按常规，还是让孝孺起草为好。因为此即位诏书可号召国中亿万官民呢！"众廷臣齐声答道，"以微臣们看来，孝孺的声名，足可号召天下！"

"……朕就依众卿之言！"成祖说着，并转头向左右叫道，"带方孝孺——"

不一会，方孝孺被从狱中带到殿前。见到成祖，方孝孺仰面向上，立而未跪。

"大胆罪臣，见天子为何不跪？"太监魏宁骂着，且冲上前来，用手按了方孝孺肩膀一会。方孝孺趔趄了一下，又挺立在殿上，并怒视着成祖和魏宁等人。

"魏宁不可放肆！朕今日是请方先生写诏的，以往过失，暂不追究！"成祖急忙向魏宁厉声喝道。

"我为陛下……"魏宁慌忙缩回，胆战心惊地辩解。

"为朕何来？尔辈本也是前代走卒，何必耀武扬威至此？"成祖向魏宁大怒道，并抽出长剑刺向魏宁咽喉，顿时魏宁血溅大殿，倒地而亡。尸体遂被侍从拖了出去。

"写何诏书？我只知有建文皇帝诏书，今上已亡，还有何诏？"方孝孺并未被成祖杀人的行为所吓倒，只是看了一下成祖，并且说道，说罢，立刻又跪向内殿大声哭号起来，头碰玉阶，悲痛不已，"陛下，微臣恨无回天之力——"

"先生不要过分自责！朕本无他意，本欲效法当年的周公，辅助成王而已！"成祖一边说，一边走下金阶笑对方孝孺道。

"哈哈——篡位之徒，还想掩人耳目？"方孝孺抬起头，向成祖怒吼着，并走到成祖身旁问，"今日成王何在？怎么只剩下了'周公'了？"

"无奈他已经自焚而亡了！"成祖轻声地说。

"成王既死，何不立成王之子？"孝孺反驳道。

"国赖长君，成王之子尚年幼！"成祖按捺着愤怒之情，仍轻声地说。

"王子既幼，何不立成王之弟？"孝孺又驳斥道。

成祖一时无语以对。

"……此乃朕的家事，先生不必多问！"良久之后，成祖才勉强答道。

"那么，为何……"方孝孺还想争辩。

忽见成祖摆了摆手，强装笑脸地走向方孝孺，以手扶其肩道，"今日不必徒言他事！先生德才兼备，此诏当由先生起草！"

"孝孺岂可——"方孝孺仍在推辞。

"左右且拿笔来！供方先生使用。"成祖突然令左右道，并对方孝孺说，"先生一代儒宗，今日的即位诏书，非君，谁能起草？朕烦请先生起草，请先生，勿再三推辞——"

"孝孺乃大明重臣，皇帝既亡，孝孺岂可独生？想我不能事从二主！要杀便杀，此诏我决不可起草！"突然，方孝孺跳起来，抓起笔墨掷向成祖胸前，大哭大骂道。

"腐儒真不惧死？"成祖也怒吼起来道。

"君子重义而轻生！"孝孺怒道。

"……尔梦想做管仲、乐毅？然而尔的贤主何在？"成祖想了一会后，又讥讽道。

"孝孺无能，无力回天，然而孝孺虽不能成为管乐，然而总可做得比干耳！孝孺终有比干的一颗赤胆忠心——"方孝孺激昂答道，"大丈夫不能成功，总可杀身成仁也——"

"……即使尔本人不畏死，难道就不怕诛灭九族吗？"成祖情绪突然暴躁起来，怒发冲冠地叫道。

"君子视'忠义'大于天，为了大忠大义，虽灭十族，有何惧哉？"方孝孺也厉声对叫道。

说罢，方孝孺跳将起来，抓起笔和纸，在地上奋笔疾书，一挥而就，随后掷与成祖，并说："此即你的诏书！"

成祖一看，不觉暴跳如雷，并咆哮道："大胆狂徒，竟敢在纸上大书'燕贼篡位'四字！"

"这是亿万官民之心声——"方孝孺厉声向朱棣叫道，"贼子行径，莫非不是篡位？"

"尔敢呼朕为贼吗？"成祖狂叫道，"成者帝王，败者寇贼。朕今日是胜者，安能是贼？"

"窃国谋逆大盗，岂非贼子？逆天违民，岂非贼子？"方孝孺厉声地骂道，"你本是贼，奈何窃得大位，自以为帝王也——"

"左右，还不用刀割其嘴？"成祖气得浑身发抖地令道。

"贼子，篡国——"方孝孺张着血口仍在唾骂。

"将他嘴撕到耳朵边，看他还如何能骂！"成祖又令道，"将他带到大理寺候审——朕就将灭他十族——"

于是，刀斧手上来，剖开了方孝孺的嘴，直到耳根旁。方孝孺仍用手指向成祖，"呼哧"着，用带血的舌头还在怒吼，还在叫骂。

"将他带去死牢——"成祖最后喊道。

不一会，方孝孺被众刽子手拉走了。

"刑部听着！方孝孺乃十恶不赦重罪之人，当灭其十族。除其九族本家、亲戚之外，再加上其学生朋友为第十族。令尔辈尽快将其在京城内外的十族人等，悉数拿来狱中，等候处斩——"成祖再向左右命令道。

于是，随着成祖的一声旨谕，当日，收捕方孝孺十族人犯的兵丁在城内城外，大街小巷中奔跑，在大江两岸的各州各府内穿梭。官兵所到之处，鸡飞狗叫，一片混乱。

当夜，在京城聚宝门外，方孝孺的府宅，悉遭哄抢。一队刑部人马来后，顿时，前院后房，火光冲天；男女老少，呼喊奔跑。全府上下，侍从家丁，惶惶不可终日。

在混乱中，方孝孺的结发老妻郑氏踉跄走出，凄惨地上吊自尽了。满门大小全数跪地痛泣，哭声震天动地。

黉夜风号，聚宝山外方孝孺府第沉浸在一片混乱哭闹中。家丁报道：赶来抄斩方孝孺家小的高煦人马正急匆匆地向南奔来。

在方府后院内，方孝孺长子——中宪将自己的三个儿子和两个女儿召集在一隅，举刀大叫："今日……老母大人业已归西，阿父……孝孺大人也即将为国就戮。阿父临行时，已挥泪向我辈嘱托后事。如今大难业已来临，我方府满门忠烈，倘不趁早自戕，终会落入燕贼之手，如若落到燕贼手中，就将深受奇耻大辱。如其被辱，我辈不如自己先去矣——"

中宪说罢，不禁潸然泪下。其中两个儿子和女儿听了，纷纷哭泣着惨然撞壁而亡，只剩下最小的幼子哭叫着，四处惊慌逃避，不知所措。中宪见了，狂叫着，双目紧闭着，举起大刀将他砍倒。顿时，那幼子头滚厅下，血溅全身。

这时，方孝孺的次子中愈已经挥剑斩杀了自己的全家上下五口人丁。中愈的二子、一女的头颅滚落在大厅外廊之下，血肉模糊，其余家丁侍从也已全部自戕就义。

方孝孺的两个儿子——中宪、中愈解决了全家老小后，环顾了一下凄惨的府院四周，接着，他们快步跑到前堂，二位兄弟各向东西，相继拔剑自刎在方府大堂左右两侧。至此，方府上下，前厅后院，均已鸡犬未剩，人人死亡了。

过了一个多时辰，高煦的人马赶到方府，却见全府已是血满廊廊，满庭狼藉，无一生者。高煦只好引兵穿过后院，向孝孺二女所住的松林内苑冲去。

在城郊外秦淮河桥边，月黑风高，芳草萋萋。

方孝孺的二位正当花季的小女连滚带爬，被一群兵丁扯拉着从聚宝山前下来，她们挣扎在兵马乱闹之中，蓬头垢面，浑身血污。眼见得她们就要瘫痪在地，于是一群刀斧手又冲上来，将她们捆起，连夜向京城皇宫前门押来。上得长干桥头后，二女被拖泥带水地扯动着，双脚业已血流不止。她们看看实在无法前行，只好趁人不备，双双投向外秦淮河水中，自尽了。

次日深夜，京城三山门外"清明"书楼的陈老先生风尘仆仆，一路马不停蹄，赶到浙江宁海县衙内。县尉魏泽大人闻声追出相迎。

"陈老先生，京城大事不好？"魏泽问陈老。

"事……事急矣——"陈老未能就座，就急促地叫道，"魏大人，朱棣要抄斩方孝孺大人十族人丁，朱高煦所带的人马立刻就将来到宁海，方叔、方弟举族都将蒙难。据说孝孺有一幼子——方中庸寄养在宁海方兄孝复家中，小老儿特从京城星夜赶来，乞魏大人务必设法救出孝孺这唯一遗孤于水火——"

"老先生权且放心！孝孺乃国之卓越忠臣，方克家、方孝复、方孝友等方门举族皆大明的忠臣义士，就连孝孺表兄卢原质卢探花，也是举世闻名的清廉之官，此种贤能之家蒙难，魏泽决不坐视不管！魏某拼了这一条老命，也要救出孝孺的骨血。老先生且先回去罢，魏某即去办成此事！"魏泽说罢，立即转身出衙，骑马朝方镇跑去。

来到方镇时，魏泽已见方府上下灯火通明，一片混乱，魏泽立即翻身下马。

“魏大人来了？”方叔方克家及其子方孝复、方孝友等见魏泽夤夜前来，忙迎上急问。

“孝复已知朝中之事，朱棣已经入城，建文皇帝业已晏驾，孝孺举家举族性命不保！”魏泽急向孝复说道，“孝复有何安排？”

“事已至此，小民唯有一死，尚有何话可说？”孝复叫道，接着双膝跪地哭道，“孝复一家老小命不足惜，只是阿兄孝孺尚有一幼子中庸寄在舍下，望大人怜悯救之！”

“孝复不必挂虑，老夫此来，正是要为忠臣救得这一孤血脉的呀！”魏泽急忙上前，一边扶起孝复，一边说道，“事不宜迟，请唤出中庸！”

“带出中庸——”孝复闻声向家人叫道。

家丁应声从房内拉出惶恐不安的幼童方中庸。

此时，方中庸见面施礼未毕，就闻门外家人报道：“朝廷抄家的人马业已到达镇头了！”

方中庸等人惊慌地跑到院中，院中恰有一顶官轿，孝复随手把中庸塞进轿内。中庸刚刚入轿，明成祖朱棣二皇子朱高煦率浙江宁海抄斩方孝孺族人的人马，就已挤到方家院中，连魏泽也不及逃出。

“哦，王子亲临方府，有何贵干？”魏泽情知不能走脱，遂硬着头皮走上来，并向朱高煦轻声问道。

“不必多言，查抄方府，拘捕方家所有人丁——”高煦盛气凌人，向部下大声令道。

于是，兵士开始在方家上下拘捕翻腾起来，顷刻，甚至也将魏泽抓了起来。

“王子好生无礼，下官所犯何罪，竟遭拘役？”魏泽叫着，质问朱高煦。

“建文帝的刑部尚书，奸臣方孝孺家中常客，岂能无罪？”朱高煦叫道。

“建文帝的刑部尚书乃是暴昭！老夫本是太祖高皇帝的尚书，是建文帝的贬官。老夫何罪之有？"魏泽一听大怒，"难道说连高皇帝的人，尔等也要一并清洗？"

"老……老大人，请不必生气，后生也是奉父皇之令来查抄犯臣的，并非有意难为老大人！"高煦一见魏泽生气起来，连忙口气转软，并向部下说道，"这位是前朝刑部尚书，将士们不得无礼！"

部下兵将听了高煦的话，忙放了魏泽，并纷纷退下，跑到后院缉拿方府人丁去了。魏泽与业已被缚的方孝复对视了一下后，遂疾步如飞，走到院中的轿边。

"此处混乱，告辞了！老夫且打轿回衙！"魏泽向旁边的随从说道。同时又向方孝复看了一眼，见孝复点头，他忙掀起轿子门帘。

这时，魏泽的随从们也都会意，慌忙掀帘让魏大人进了院中的那顶官轿，接着轿夫抬起那顶藏有孝孺幼子中庸的官轿就走，快速进了县衙门中。高煦手下兵将，见魏泽轿夫慌慌张张，手忙脚乱，顿觉蹊跷。但是，他们畏于魏泽老臣的威望，只能远远地看着，谁也不敢轻举妄动，冲进魏衙去察看。

"……皇子殿下，那老东西并不高大，为何其轿那样沉重？莫非其中还另藏有人犯？"待魏泽入衙后，一将突然上来向高煦说道。

"哦——"高煦一听有理，忙大叫起来，"既知魏泽轿中有诈，为何不早报告？"

"殿下尚且畏惧魏泽三分，我等岂敢与魏大人争执？"高煦部将喘气说道。

"有何怕的？走，进衙搜查——"高煦立即向部下下令。

于是，高煦领头，几个拘捕兵将冲进县衙。而正在这时，高煦远远地看到一位少年正急急忙忙地从那轿中跑向后院。

"给我抓住——"高煦见了，立即大叫道。

可是，当一群兵士临近时，却见那少年已经进了县衙内房。

"魏泽老匹夫，你匿藏方孝孺家族人犯，我本人亲眼所见，你还有何话可说？快交出人来！否则，我就将你这县衙一并抄了——"高煦见此，忙高声叫道。

这时，一大群兵将已随高煦进到县衙院中，兵士开始烧杀抢夺，是处一片嘈杂声。

"……王子见了什么?" 魏泽支吾道。

"魏泽老匹夫，不交出那少年人犯，我就要抄斩你全家——" 高煦又大叫道。

魏泽见事已败露，急如热锅上的蚂蚁，立刻满头大汗。此时，恰逢其子从后厅走来向父问安，魏泽不禁灵机一动，且含着泪走到儿子身边。

"我儿孝心，听为父一言否?" 魏泽轻声问其子。

"阿爸有何吩咐?" 儿子反问。

"今日方孝孺幼子有难，他们决意要杀之——" 魏泽手指阶下的士兵们向儿子说，"然而，方家满门皆斩，只此一子，不能再死，奈何? 我儿深明大义，可替他一死否?"

"儿虽年幼，然而听父亲大人教诲也已多年。稚儿懂得大义，儿子愿意前往!" 魏子欣然答道，并撒腿就要向前厅跑去。

"我儿! 娘只你一子……" 身在屏风后，观看了魏泽父子对话许久的魏夫人，一见儿子将要去替死，不免心痛如刀绞，忙冲出来拉着儿子哭道。

"妇人不识大体，有何可泣? 立马退出!" 魏泽一见夫人上前，急忙冲来，压低声音向夫人吼了一声，并推倒夫人，同时送出儿子。

"此少年正是方才你藏来的孽子?" 高煦如获至宝，连忙将魏子一把抓了过来，并且冷笑着问魏泽。

"王子还要抓谁?" 魏泽问，"你以为他是魏家人，还要另找方家人?"

"不用了，人犯已获，就此问斩——" 高煦再三冷笑答道。

同时，高煦走到门口，接着挥刀向那少年砍去，只听那魏子惨叫了一声，倒在门边血泊中，死去了。魏夫人见了疯狂大哭，接着，魏泽等全家人都齐声号啕起来。

"死了个方贼孽子，有何可悲?" 高煦向魏夫人骂道。

说毕，高煦率着兵将，离开了魏泽县衙，押着方府一门四百余口人犯，得胜回朝去了。

方中庸自被魏泽救后，又由天台山的义士余学夔辗转带到松江华亭青村，由方孝孺早年的门生俞允收养，成年后遂与俞女成婚，再转至余学夔从弟的白沙里村隐住，改姓余氏。方中庸在此埋名隐姓数代，直到明朝万历年间，才得以平反昭雪，恢复方姓。

建文四年七月初，在京城东隅。

方孝孺的门生廖镛、廖铭等近百人，也纷纷被抓捆着押到牢中。

次日黄昏，在京城皇城外的刑场四周，人山人海。御斩方孝孺等钦犯的仪式就要开始。

方孝孺的父母、住在外地的子女、兄弟、姐妹、本家叔伯、堂兄弟、岳父母等九族共七百余人悉数被陆续带到京师，下到聚宝门外刑场之中；方孝孺的故旧三代近二百人也被陆续带到京师，下到聚宝门外刑场之中；其他未能降燕的建文旧臣及其眷属人犯们，也都被一个个、一批批地带到京师，下到聚宝门外刑场之中……

接着，一群宫廷仪仗队出来，在华盖下，成祖向行刑官和锦衣卫士吩咐一阵后，人马车轿从正阳门，开始向聚宝门拥去。

南京城万人空巷，从五龙桥外，到正阳门转弯过通济门，再达聚宝门口，到处都是聚集和涌动的人潮。人们纷纷向前挤来，唏嘘不已，犯臣官属们哭声震荡天地。兵士们疯狂地吆喝着，紧张地马来枪去，熙熙攘攘，前后拦挡。

建文四年七月初。南京聚宝门前，华表高耸入云。

方孝孺头破血流，全身伤裂，被五花大绑、捆在聚宝门刑场门口，刽子手们每次抓来一个方孝孺家的亲人，都要在方孝孺面前被执行杀戮，几个时辰后，在方孝孺的脚下，陈尸无数，是处已成一片尸山血海。

"燕贼疯狂，无视天理国法，逆我先皇太祖，屠我朝臣国民，惨无人道，旷古难见——"

方孝孺张着破裂的血口，含混不清地愤怒地叫骂道，"燕贼行径，天理不容！如此……背离天理人性之徒，岂能……"

"罪臣且住口——"刽子手们狂叫道,并以绳子勒住孝孺的脖子,以尖刀挡着他的嘴。

方孝孺的弟弟方孝友雄赳赳、气昂昂地也被捆拉着,推到孝孺的面前。孝友也将要在孝孺的面前被斩杀。

"孝友,吾的贤弟——"方孝孺见了,急忙挣扎着向弟哭道,"恕……为兄不能为家光宗,却让举族蒙难!来年我魂归故里,犹觉……不安!"

"兄长何出此言?方家能有兄长这般大忠大义之人,万世流芳,我等死无遗憾——"孝友看着浑身污血的孝孺,激动地说道。

"好……贤……弟——"孝孺断断续续地说。

"兄长且听小弟口占一绝:

　　　　阿兄何必泪潸潸,取义成仁在此间。
　　　　华表柱头千载后,旅魂依旧到家山。"

孝友激动地高声吟诵道。

"我京城之内,好一对勇烈的兄弟——"人群中,突然爆发出一阵激昂的喝彩声,"大明前朝国魂犹在也——"

"待燕贼亡命之后,国人当为我而唱前朝文丞相名篇:

　　　　人生自古谁无死,留取丹心照汗青!"

方孝孺挣脱缚索,激动地说着,并手指华盖下的成祖,张着血口叫骂着。

"方孝孺如今幡然悔过,尚可留下性命,倘若一意孤行,朕将叫你血溅南门也!"成祖向孝孺叫道。

"忠臣……何惧生死——"方孝孺继续用右手指着成祖喊叫着。

"将他的右手剁下!舌头割下!让他再指、再骂——"成祖大声叫道。

刀斧手闻声上来,砍去了孝孺的右手和舌头。孝孺已成了个残缺不全的血人。

接着，成祖车辇回宫，方孝孺也被回拉到午朝门口。这里已陈列有三百具血肉模糊的尸体，大部分都是孝孺的亲人。方孝孺被绑缚在金水桥前的一块大青石板上。他望着亲人们的尸首，仍在咆哮着，披发长啸着，向成祖哭骂着。

"将他千刀万剐——"成祖大声叫喊，"再施以车裂酷刑——"

于是，众刽子手一拥而上，同时举刀向孝孺斩刺。孝孺已被割下了双脚，只剩下一段呼呼流血的左臂还挂在肩下摇晃，一颗头颅挂在血肉模糊的躯干上，口里却仍在"呼呼"地溅血哭骂。

在挣扎中，由于方孝孺的右手已被砍去，所以其左手镣铐铁链已经自然脱落，方孝孺似乎还在挣扎着往上爬。此时，一个刽子手见状，突然冲上来，举刀砍下了孝孺的双腿，于是，方孝孺轰然倒在地上，全身血流如注。他一边骂着，一边抬起残存的左臂，蘸着地上的鲜血，"嚓！嚓……"地在地上一口气写下十三个"篡"字后，才渐渐气绝。

"尔将死也，却还胆敢说朕篡夺？"成祖一见，更加气急败坏，而且又气又怕，忙疯狂地叫喊起来，"……将他车裂——"

于是，刽子手们七手八脚，将奄奄一息的方孝孺缚在五马绞架上。随着一声大喝，五马急向五方拉去，孝孺的残躯骨肉在刑架上，被撕扯得咝咝作响，顿时分成数块。他的血浆一股股地从其口中和腔中喷出，洒在那块大青石板上。那青石渐渐由青变红，后来竟变成了鸡血色，直到侍从清扫擦洗路台时，它仍不能恢复原色，最后竟完全变成了一块用人血染成的巨型晶莹剔透的赤红的人血石。

至今，此人血石仍伏在明故宫中，供世代游人观赏。人们都视之为宝石，也有人认为此石价值贵过了价值连城的"鸡血石"。

方孝孺终于成尸数块，倒在血泊中，壮烈地为国殉难了。其尸体同其他烈士的尸体一起，被兵卒们车拉人扛，穿过正阳门，越过外秦淮河，被推到聚宝门外报恩寺下的万人坑中。

当天深夜，三山门外"清明"书楼的陈老先生，含悲忍泪，将方孝孺先生的尸体拉到聚宝山下，细心地将他埋葬在万木丛中。

埋好了方孝孺，陈老先生扯下自己身上的白衫，盖在方孝孺的坟头上，并且大哭着，咬开自己的中指，用鲜血在白布上写出一副对联：

> 血染雨花鲜为痛忠魂埋十族，
> 声凄云树劲长留正气炳千秋。

在葬毕孝孺之后，陈老先生慢慢抬起头，离开了聚宝山。他因连日来数起悲惨事情的刺激，已觉身心疲惫，神情恍惚。到次日凌晨，形容枯槁的陈老先生，竟成了一位疯癫之人，他手持方孝孺的绝命遗书，拖着破烂长袍，一边行走，一边大念大唱起来。那绝命词道：

> 天降乱离兮，孰知其由？
> 奸臣得计兮，谋国用犹。
> 忠臣发愤兮，血泪交流。
> 以此殉君兮，抑又何求？
> 呜呼哀哉！庶不我尤。

陈老先生行吟道上，神态憔悴，衣衫褴褛。他从聚宝门，走到十八坊，穿过鸡鸣寺，上了旧台城，逶迤来到了城楼之上。

"老先生何故如此模样？千万不能……"在城楼边，一位穿戴笠帽蓑衣的老翁见其欲纵身跳城，忙惊问道，"世事虽乱，我辈亦不能轻生！"

"世事混浊，吾心已碎，蝼蚁无力，何可救之？"陈老先生慢慢起抬头，漠然反问道。

"君不闻：虽是山河破碎、乾坤倒置——"那老翁又慨然说道，"然而，金瓯可补，倒置的乾坤终有扶正之日也——"

"唉，老丈之言差也！天缺一片有女娲，心缺一角何可补？况……老朽业已心碎！"陈老先生凄惨地叹道，过了一会，又远望前方，叫道，"哎呀，危楼远眺，浓云谲变，水天一色，无边无际……天地如斯，我这一具残躯何用——"

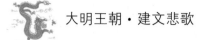

说罢，陈老先生急步登上楼台之巅，低下头，俯瞰玄武湖水荡漾，再抬头茫茫然远望。

"呜呼，出师未捷身先死，长使英雄泪满襟——"陈老先生忽然披发大叫，叫罢，遂翻身跃入城下湖中。

此时，那老翁闻声，悚然回头，翻身扑来，然而，其为时已晚！待那老者赶到城头女墙旁边时，陈老先生已入水中，不见身影。老者唯见目下的湖面掀起了一阵波浪，接着又慢慢地平静下来。

"苍天哪——"那老翁也大哭着，咆哮起来。此时，一条闪电穿过长空，划破东方，然而，玄湖依旧霾雾浓浓，蒋山依旧暗云霰霰。

三十九、成鬼雄，铁景感天地

七月炎天，淮北北郊。

建文南军的烈焰已近平息，唯有一星半点的余烬还在迸发星火。

兵部尚书铁铉与成祖的大将邱福、皇太子高炽的大军还在淮北持久大战。铁铉在南，燕军在北，两军陈兵城外，南北对垒，多日相持不下。

"少主后任的兵部尚书铁铉，果然忠勇！我等不能速胜，这如何是好？谁能料到：建文已去多日，唯此北地一旅，却如此强劲，难以消灭！"太子高炽向邱福说道，"铁铉较之曹国公，更胜数筹呀！"

"铁铉本为山东的一员小吏，能成了少主兵部尚书，实为少主胜算之策呀！铁铉忠烈，更兼智勇双全，其势可敌十个李景隆。重用铁铉等能人志士，也是朝中方孝孺等人的高明之举！"大将邱福说道，"而今铁铉搜集了山东及大江南北残部，统率全军，占据淮北，誓死勤王复国，其势有死灰复燃之态，殿下不可小觑！"

"我等将如何对待铁铉这支劲旅？"高炽向邱福问道，"双方已战多日，人困马乏，我军终不能胜。这如何是好？"

"对待此人，只可智取，不可强攻！我辈前次所以不能速胜，皆因把铁铉视作李景隆了！"邱福轻声说道。

"将军有何战胜铁铉之计?"高炽问,"这淮北乃南北要塞之地,倘若不能从速尽皆荡平,恐怕天下震动,或许建文真会死灰复燃!"

"殿下勿忧!这铁铉虽然智勇,然而毕竟是亡国之臣,如今其主上蒙难,京城陷落,其将士已经气馁,势在强弩之末,本来无心久战。殿下不如重整军营旗鼓,索性摆出个长期久战姿态,铁铉为救京都,必然性急,欲求速战速胜,而我军则可事先埋藏伏兵,以逸待劳,见彼杀出,即可奋而歼击之。"邱福道。

"倘若铁铉不来,将如何破之?"高炽问。

"正因为铁铉是以天下为己任的志士,京城沦陷,他决不会长久袖手旁观。"邱福道,"况且,我方才已得到军报:南方的魏国公徐辉祖也有与铁铉合兵一处,先扫平淮北外敌,再回救南京、卷土重来之意。徐辉祖援救铁铉之兵,已到淮南八公山下。因此,一旦我等在此吃了铁铉,之后,还可坐等徐辉祖的军马送上门来,如此我等便可一并歼之!此乃一箭双雕之计也——"

"此计甚好!只是淮北地形平坦,这埋伏兵马之处何在?"朱高炽问。

"前方山口,山陡路窄,且两旁禾稷茂密,虽不能隐藏马队,却是我步兵埋伏的佳地!"邱福手指城南说道,"如有可能,还可遍地隐设绊马绳索!"

朱高炽在马上向前看去,但见前方城池一角,颓城低垛,掩在山中;对面农家茅屋片片,水潭星罗齐布,犹如沼泽,都落在杂木林中。

"此处竟有此险,将军所言极妙!"高炽遂点头笑道,"我等即可因地制宜,在此伏下一批步兵行卒,以待南军到来!"

二人欣然,随即吩咐近万步兵走卒,依计而行。

再说在南军大营之中,主帅铁铉正因朝中巨变,高炽、邱福又按兵淮北郊外不动,牵制自己南下的军马,使自己不能脱身,不能早日援救京城,十分焦躁。

"朝廷大难,而燕贼又稳坐淮北城外,我不能先行取胜而抽身勤王，这如何是好？"铁铉问身边的山东参军高巍道。

"尚书大人何不派兵直攻高炽大营？如今，京城陷落，我等不可久留北地，如再三拖延下去，南军心冷，必有后患！"参军高巍说道，"末将愿领三千人马，冲进邱福大营以胁逼燕军，大人引大部人马踏平高炽军营！"

"不可！对待高炽、邱福等人，尚须三思而后行——"铁铉犹豫道，"高炽、邱福皆非等闲之辈，如今死守淮城郊外，必有变故，我等当用步步为营之计，慢慢挤破燕营，而不可贸然行动！"

"淮北地形平坦，少有高山深沟，城外草不过膝，高炽战马成群，无可躲藏，岂有他计？莫非大人害怕燕军了？"高巍说道。

"铁铉受命于危难之际，山河已破，决战在即，大丈夫为国家社稷，鞠躬尽瘁，死不可惜，岂能惧怕燕贼？"铁铉说道，"不过，我等虽死，也要死得其所，如其徒然送死，不如留得青山，以图日后报国——"

"我朝业已国破君亡，尚书还要长期等待下去？"高巍又问。

"非也！将军所虑是也！我等不能坐以待毙！"铁铉转念又说，"国家破亡，万民涂炭，我心如刀绞，我将不能长久等待了，如今只好听从高参军之计，拼命冲杀，借以抽身南下，的确不能长此死守北地也——"

铁铉说罢，遂分兵两路，自率大军，势如飞沙走石，急风暴雨，向北扑来。然而，铁铉兵马刚到山口，就遭遇到了高炽上万伏兵包围并冲杀上来。双方大战开始，铁铉见杂树丛中，燕军如蚁，只好命令纵火烧林。于是，城北山上山下，一片火海，燕军死伤无数。但是，此时邱福的大队人马已漫山遍野，从后方密林中窜出，蜂拥而上，围住了铁铉大军前队。铁铉前队不能进步，后队却阻塞上来，也陷入火海与燕军斩杀之中，不能出逃。

"不意燕贼在此小林中竟有如此众多步兵埋伏——"高巍一见铁铉这边战火纷飞，忙惊讶地叫着，并率军飞奔，前来援救铁铉。

"休要顾我！速进城中，保住车马——"铁铉高声叫道。

铁铉、高巍等挥军跑到城门口时，遭到燕军的火箭冲击，又死伤数千人。见燕军势大，铁铉只好命令大队人马在外接应，亲自带着数十骑冲入城中抢救城中粮草。不意，此时高炽引着大队堵住了城门，一阵火炮，将铁铉大军炸得人仰马翻。此时，高巍不幸被当场炸死。铁铉在炮火中左冲右突，一时不能跳出，最后不幸坐骑跌落深潭，也被高炽部将捉住了。

铁铉遭到伏击，致使兵败被擒。魏国公徐辉祖闻警，心里慌乱，急忙快马加鞭，挥军赶来抢夺、援救。日暮时分，魏国公率兵赶赴到淮北城边，见燕军黑压压一片布满了城郭，其势使南军不辨东西南北。

"魏国公，本将在此，还不下马投降——"邱福突然出现在徐辉祖面前，并向他喊叫。

"叛将休得猖狂——"徐辉祖一听，火冒三丈，举枪飞马，向邱福大叫道。

辉祖一边叫，一边也来不及仔细打量，就身先士卒，一马当先，冲入燕阵，不意碰到了邱福的绊马绳，随即来了个"倒栽葱"，连人带马跌入燕军绳前的水潭之中，燕军见此，蜂拥而上，捉住了魏国公。接着，整个南军也陷入燕军的汪洋大海中，南军将士见主帅被擒，仍在各自为阵，拼命奋战，然而，大战约一个时辰后，终因寡不敌众，纷纷被杀被擒。顷刻，魏国公也全军覆没了。

建文四年八月。燕王大军平定了整个江淮大地。

高炽、邱福擒获了兵部尚书铁铉和魏国公徐辉祖之后，除了关外南军余部和驸马梅殷淮安的驻军之外，明成祖的"靖难"之军，业已荡平了宇内，取得了靖国胜利。因此，成祖得悉高炽、邱福擒获了兵部尚书铁铉和魏国公徐辉祖之后，十分得意，并命高炽速押铁铉、徐辉祖到京御审。

经过数日颠簸，铁铉、徐辉祖被高炽、邱福押解，送到京师。

在皇宫奉天殿内，明成祖威风凛凛，踌躇满志，大有万世之主之态。因魏国公徐辉祖乃是当朝的国舅，成祖畏于徐皇后的威望，无奈于徐辉祖。于是，成祖将满腔愤怒都集中放在铁铉身上，他决意严审这前代兵部尚书铁铉，以泄多年怒气。

"朕将亲审铁铉，要这位前代骁将兵部尚书，跪在朕的面前，俯首帖耳——"成祖向四周文臣武将瞟了一眼后，随即高声说道。

"我主万岁，万岁，万万岁——"众臣三呼之后，又齐声说道，"陛下虎威，可摧万仞，何况一个小小的奸臣铁铉！"

"为君之势，摧枯拉朽！顺我者昌，逆我者亡——"成祖说，并回头厉声向刑官喝道，"带奸臣铁铉！"

"带奸臣铁铉——"随着一阵传呼，铁铉被捆绑着推了进来。

铁铉带着浑身血污，昂首阔步地走进大殿后，转身背朝着成祖，巍然挺立，拒不跪拜。

"兵部尚书！今日终成朕的阶下囚徒！昔时在济南的威风哪里去了？"成祖怒道，"今日败北，还不转身跪拜乞命，更待何时？"

"朝中大臣只朝天子，怎拜奸臣？"铁铉仍然背对成祖说道。

"败将逆臣，现已落到朕的手中，朕偏要你北拜——"成祖暴跳大声道。

"大丈夫宁折不屈。忠臣可死而不可辱！"铁铉毅然背立地说道，"况且，本帅与盛庸大将一起，曾大败尔燕贼！莫非尔已忘了'东昌之耻'了？尔燕贼所以恨本帅，正是本帅曾经几乎灭了尔辈也。苍天呀，恨我主当初仁义，不忍下手杀贼，否则，尔曹今日早已魂归西天了！无用之贼，多次几乎丧命，本帅岂能向尔跪拜？"

"哈哈哈——"成祖狂笑道，"既然不能面向于朕，尔还要这耳鼻何用？左右！何不将铁铉的耳鼻全部割下看看？"

众刀斧手闻命遂一拥而上，将铁铉的耳鼻全部割下，并放在盘中递给成祖观看。铁铉顿时头无完肤，血流满面。

"一团生肉，拿下煮熟——"成祖看了铁铉的腥腥耳鼻后，又令左右道。

于是，侍卫端去盘子，顷刻将已经煮熟的铁铉之肉，端到成祖面前。成祖令侍从将肉塞入铁铉自己的口中。

"让铁铉自食其肉！"成祖冷笑道，并问铁铉，"尔肉味如何？是否甘甜?"

"忠臣孝子之肉,岂有不甜之理?唯尔等叛国背祖的佞臣,肉多苦味也!"

"尔若不北拜于朕,朕即将在此金殿之上,寸磔尔于廷中!"成祖叫道。

"忠臣既然被擒,只有赴死,何必多言?"铁铉仍背向成祖怒道,且面洒鲜血。

折腾了一个多时辰后,成祖无可奈何,遂命左右刀斧手,将铁铉乱磔于廷中。铁铉直到最后死亡,终未向成祖朝拜。

"搬来异镬,用油数斗,将他尸体放在其中煎熬!"成祖令道。

众侍卫闻声搬来异镬,将铁铉尸体投入异镬中煎熬,顷刻铁铉尸体变成了黑炭,但仍是伏在其中,背朝成祖。

成祖下阶伸头观看,见炭尸仍是顽固地面向下方,十分气愤。

"将他翻起,令其面朝上、朝朕——"成祖令道。

众侍卫赶忙用铁铲将其翻起向上,不意铁铲刚翻,尸体又背向外方,翻了十多次,终不能使其向上。

"铁铉呀铁铉,莫非尔曹真是铁铸铉鼎不成?死后还要与朕作对?"成祖又急又怒,暴跳如雷、声嘶力竭地叫喊。说罢,又转头向侍卫们骂道:"尔等怎么连个死尸都不能对付?且用两根铁棒夹起它,将它面向拉到上方,叫他面朝朕——看他如何?"

侍卫应声夹起,终于使铁铉焦尸面向上方了。成祖见了,立即靠拢上来。

"哈哈,铁铉呀铁铉,尔终于朝朕了!"成祖得意地伸头向异镬中铁铉的尸体说着。

但是,一语未完,突然,异镬中沸油腾飞,溅出十余丈,烫伤了左右侍卫们的手腕,左右忙弃棒逃开,于是尸体又反向如前,背朝成祖。成祖见了大惊,毛发悚然,忙命人将铁铉的尸体妥善安葬了。

建文四年八月中,京城皇宫奉天殿。

明成祖朱棣正在早朝,两边文武大臣齐集。人们正在议论中,忽见左佥都御史景清身着红衣而入，成祖及满朝文武大臣都疑惑不解。直到朝毕，景清突然跳上九五丹墀，扑向成祖皇帝胸前，并抽出身内所藏的短剑，刺向成祖。成祖忙抽身下躲，左蹿右跳，惊慌失措，避开了景清之剑。满堂文武一时呆若木鸡，不知所措。

"左右还不上来拿下这个反贼？"成祖边躲边叫道。

"反贼休得猖狂！"皇子朱高煦一见，赶紧叫了一声，并冲上丹墀，遂举起长刀，一刀砍下了景清左臂。

景清手中之剑仍握在右手中，右手仍在不停地向成祖刺杀。

"剁下其右手——"众人恍然大悟，突然侍卫们叫喊着，冲上来夺下景清宝剑，并将他捆好，推到成祖面前。

"老弱反贼，也想图朕？"成祖气急败坏地叫道。

"欲为故主报仇！可惜老朽老矣，未能成功，痛心疾首！"景清哭泣道。

"腐儒不畏酷刑？"成祖瞪着双眼威胁道。

"燕贼的酷刑已惊天地，动鬼神，国人谁不恨之入骨？然而，老朽决不惧怕！"景清斩钉截铁地说，"老朽恨不能食尔肉矣——"

"快速活剥了这老贼的全身皮肤——"成祖声嘶力竭地叫着，向左右吩咐。

于是，左右冲上来，血淋淋地用尖刀扒下了景清全身的皮肤，并将皮挂在长安门上。景清光裸着骨肉，鲜血直喷御衣，还在跺脚大骂成祖。

"砍了这老朽双脚——"成祖惊恐地看着景清血身叫道，"对他骨肉施行磔刑！"

"杀——"侍卫闻声冲上，七手八脚，立即当场将景清的血身砍剁成了肉泥。

两日后的傍晚，成祖出巡，御驾经过长安门右首，想起了景清人皮，于是策马走到景清挂皮处，并以剑拨弄挂在门上之皮。

"嗬哈，腐儒景清，尔今已成腐皮一张，尚可反朕？"成祖得意地向那张皮笑说道。

此言未毕，突然，一阵怪风吹来，景清的皮挂自断绳索，扑向了成祖，并罩住了成祖的面庞。

"哎呀，可恶！速将此物取下——"成祖惊惧道，接着回头令身后的二皇子朱高煦道，"皇儿还不动手？"

"左右点燃烈火！"朱高煦一听，忙向侍卫叫道，并赶紧冲上来一把揪下景清之皮，迅速地将皮放在侍卫所点的盆火中，滋滋地烧毁了。

此后，成祖仍然时时不安。一天，成祖在右首偏宫白日小憩，突然梦见景清仗着长剑入宫，直临成祖面前，怒目相觑。

"何方鬼魂，还敢作祟，不怕朕灭尔九族？"成祖突然惊觉，跳起来，气愤地叫道。

"灭九族，将有九族之鬼来袭你——"景清鬼魂怒对成祖道。

"腐儒老贼，为何死后还要作祟？何时是了？"成祖焦躁叫道，"左右，传旨，杀尽景清在京城内外九族亲属——"

"陛下欲传何人？"侍卫闻声进来，胆怯地问成祖。

"兵部尚书茹瑞何在？"成祖睡眼已经大睁。

太监听到成祖的叫声，忙去前门找兵部尚书茹瑞，不久茹瑞气喘喘地赶了进来。

"再传旨到刑部——"成祖暴叫着。

于是，一位皇宫锦衣卫将口谕传到刑部，刑部侍郎立即率众出宫，赶赴御史府，捕杀了景清城内府中上下百余口亲属和侍从老小。官兵去后，景府内外，尸血满地，一片狼藉。

"茹瑞大人，陛下口谕，兵部火速派军，前去城外景家村，杀尽景氏宗室九族人丁！"皇宫锦衣卫又向前来参战的兵部尚书茹瑞叫道。

茹瑞听后，忙指挥部将，率兵向城外飞奔而去。顿时，城南一片鸡飞狗跳。茹瑞的兵马杀声呼嗖，分别围困了京城南郊景氏的四个村落。接着，官军刀枪剑矛齐下，可怜景氏四村，一时哀号震天，被杀得鸡犬不留，三百余口老小，尸横村野，流血满渠。从此多年，京城南郊景清家乡所有村落空无一人，悉成废墟，人烟灭迹，满目凄凉，中夜多有鬼哭神泣之声。

四十、灭余烬，群英就戮杀

　　黄子澄、齐泰等人已被捕押来京城牢中多日。这天天刚拂晓，成祖急令大理寺少卿准备刑具，再审黄、齐。

　　"今日朕将御审齐、黄二奸贼！尔等务必把一切刑具备齐——"成祖在朝堂上大声地向众臣说道，"此二贼口称忠于朝廷，实乃坏朕大明也！此二贼执掌大权数年，党羽满天下，乱朕朝纲已非一日。朕当御审，卿等不可小觑！"

　　成祖说罢，喝令退朝。并偕皇子高煦，随大理寺少卿向着刑部而去。

　　来到刑部重犯审讯大厅，成祖等已见齐泰、黄子澄分别被铁链牢锁在两边钢铁刑架之上，浑身衣衫褴褛，血肉模糊。两旁大理寺及刑部官员森严相向，如临大敌，见成祖等进来，立刻全体跪伏在地，口呼万岁。成祖向众人摆了一下手，用目环顾了一下四周后，再挥手示意平身，众人这才慢慢起立。

　　"侍讲太常寺卿大人、尚书大人——"成祖慢慢走到黄、齐跟前，向他们冷嘲热讽道，"近日怎么落到这般地步？往日'挟天子以令诸侯'的气派何处去了？"

　　"嘘——"黄子澄蓬头垢面，听是朱棣进来，慢慢抬起头，两眼从乱发中透出一缕凶光,向成祖瞪了一下后,说道,"我原以为殿下想以武力强抢豪夺天下之富贵,却不知殿下竟想篡夺皇位!富贵瞬息万变,何足挂齿?殿下向来是个悖谬之人,必定难得善终!殿下竟能如此丧心病狂,恐殿下的子孙也将效尤殿下此种德行,殿下将要遗罪后代,岂不悲哉?"

"尔一将死狂徒,仍旧嘴硬,委实堪悲!"成祖怒道,并也回头反瞪了黄子澄一眼,紧接着转身走到了齐泰面前,并一把揪住齐泰的头发,厉声吼叫道,"兵部尚书大人,尔的大军何在?昔日的风光何在?"

"篡国燕贼,太祖的不肖子孙!杀少主,乱大明,尔将何以面对先祖高皇帝?"黄子澄高声向成祖骂道。

"嗬,奸贼还要叫骂?"成祖冷笑道。

"可叹少主仁慈,我等手软,未能杀乱贼于北燕萌中,致使大明易主。齐泰愧对先帝与后主也——"齐泰口流污血,无限感慨地接着叫道。

"大明乃朱家之大明,尔等奸臣,有何颜以谈大明家国?"成祖再冷笑道,"如今尔等奸贼已身败名裂,还是想想自身残命吧!"

"今日大明少帝既亡,我等大明忠良,已无所牵挂,唯共赴国难而已——"黄子澄说道,"尔朱棣虽是高皇之后,然而不是治国之良臣,却是篡国之逆贼,将令高皇饮恨于九泉;我等虽非朱姓,却是先太祖高皇帝遗臣,是誓保大明之忠臣,虽死也无憾!"

"大胆逆贼,已死到临头,还敢狂言!"站在一边的高煦闻言,气急败坏地冲上来,并叫道,"我父皇本高皇帝嫡脉,功劳盖世,当继大统,皆因尔辈奸臣作祟,才使大权旁落。今日还要如此放肆。岂有此理!"

说罢,高煦一刀刺进黄子澄的腹中,黄子澄腹部立即鲜血喷射,内肠外流。黄子澄在刑架上挣扎着,仍在破口大骂着。

"二贼休要再三猖狂,从速认罪,才有一线生机!"成祖怒发冲冠吼道。

"我等忠心耿耿,保我大明,何罪之有?罪者,燕王也!我等决不屈服！"黄子澄怒道，毫不顾及肠胃仍在外漏，身上还在流血不止。

"皇儿，且将其肠胃塞进腹中，不能让此贼就此死去！"成祖说道。

高煦狂笑着，令左右为黄子澄塞好内肠。接着，高煦又冷笑着靠近齐泰，并举刀也给了齐泰腹中一刀，齐泰痛昏了过去，但又立即挣扎着抬起头来，向高煦猛啐了一口鲜血。

"齐泰尚书大人，这刀味如何？尔再三挥军北向杀我——"高煦厉声笑道，"我等今将让尔碎尸万段——"

齐泰、黄子澄二人一直在不停叫骂着。

"且用尖刃，零碎削剐二贼之肉——"高煦向刑官们叫喊着。

左右急忙持刀围了上来，分别在齐泰、黄子澄二人的身上乱砍乱割乱剐，不一会，二人脚下，碎肉与鲜血堆成一堆。齐泰、黄子澄二人还在声嘶力竭地叫骂着。

"二贼不怕死，安能不怕灭亡九族？"成祖又问。

"九族虽灭，万古流芳——"二人同声喊叫道。

"将二人的口腔都封闭起来，到饮食之时，才让其张口！"成祖见状忙向左右道。

"取铜锁——"高煦叫道。

于是，一群狱卒拥上，将二人上下嘴唇各穿一洞，冒着汩汩红血，用铜锁锁住了二人的口腔。二人仍在大口呼叫，但已叫不成声了，鲜血与皮肉在顺着刑架铁杆淋漓下滴。接着，黄、齐又被送往狱中。

建文四年八月末。京城午朝门外，酷暑难当，人山人海，犯官家属鬼哭狼嚎一片，大明臣民呼叫之声雷动。明成祖杀戮建文旧臣总仪式在惊心动魄地进行。

"下面由刑部宣判、罗列罪臣名录——"在华盖下，成祖亲自向王公大臣、京畿国民说道，"各批罪臣，除了已死者外，均由刑部偕大理寺近日分别严审正法！兵部及京都九门将官协助典刑——"

成祖说毕，乘华盖过去，皇子朱高煦走上高台，推开刑部侍郎，自己大声向全场宣读刑部文书道：

"……齐泰、黄子澄先后被捕获，经万岁亲自审讯，罪大恶极，两人均抗议不认罪，同时处以磔刑，处以瓜蔓抄，灭九族；

……原户部侍郎卓敬、右副都御史练子宁、礼部尚书陈迪、刑部尚书暴昭和侯泰、大理寺少卿胡闰等罪大恶极，而且均抗议不认罪，均处以击齿、割舌、杖死数刑，处以小瓜蔓抄，灭三族；

……苏州知府姚尚、凤阳知府徐安、御史茅大芳三人罪大恶极，且均未认罪，均处以割舌、截断手足、寸磔死罪，斩全家；

……此外，原大学士刘三吾、太常寺少卿廖升、修撰王垦和王叔英、都给事中龚泰、都指挥叶福、衡府纪录周是修、江西副使程本立、大理寺丞邹瑾、御史魏冕、翰林院编修程济等在城陷后均已先后自杀，加处以小瓜蔓抄，灭三族；

……又有，原户部侍郎郭仁、礼部侍郎黄观、左拾遗戴得、给事中陈继之和韩永、御史高翔和谢异、宗人府谍经历宋微、刑部主持徐子权、浙江按察使王良、漳州教授陈思贤已先后战死，加处以小瓜蔓抄，灭三族；

……还有，原给事中黄钺、御史曾凤韶、谷府长史刘景、大理寺丞刘端、中书舍人何申等人已先后暴死在狱中，加处以小瓜蔓抄，灭三族。

……另外，凡为建文出战杀燕将军以上之武将，悉处极刑，加处以小瓜蔓抄，灭三族。此不尽述。

……"

宣判后，各位在此之前未死的犯人，均被分别带出执行各种死罪。一时间，在南京全城中，哀号震天，到处又是一片血海尸山，血污遍布在街头巷尾，尸骨散落在南北御道，纵横沟渠，腥臭冲天，数日不绝。

黄子澄、齐泰二人被牢锁着嘴唇，浑身血淋淋地又被拖上了刑车。马拉着黄、齐所乘的刑车，沿途滴血。二皇子朱高煦率着刑官、刽子手、狱卒等人马押着刑车，在向城外跑去。他们过午门，沿着御道南去，出了正阳门不远，就到了聚宝山下的刑场上。高煦狂吼着，命令刑官和刽子手们将黄子澄、齐泰双双倒绑在老虎铁凳之上行刑。

"刽子手，先给我用皮鞭抽打——"高煦叫道。

于是，刽子手们的皮鞭像雨点一样打在二人身上。二人早已体无完，血流淋漓。二人还在拼命叫骂。

"哈哈哈！二位大人，还要叫骂？"高煦突然一把夺过刽子手手中的皮鞭，向刑架上的黄、齐二人身上，左右开弓，猛抽了一下后，向二人狂笑道。

"呜呜……"二人带锁的嘴唇冒着鲜红血沫，仍在呼叫哭骂。

"刽子手——行刑！"刑官与高煦耳语了一阵后，立即命令。

于是，在黄、齐二人身边，突然各上来二位持斧的刽子手，他们凶恶地向二人的脚跟举起明晃晃的大斧。

"开始砍足剁手——"高煦又大声命令道。

随着高煦一声令下，刽子手们双斧齐下，剁去了黄、齐的双脚，他们双脚顿时血流满地。

"二位大人，还要叫骂？"朱高煦又上来冷笑着问二位。

"呜呜……"二人仍在口冒血沫地呼叫。

"继续行刑——"高煦叫。

于是，黄、齐二人的双腿从脚开始，被一截一截地剁了下来，直到大腿根部；二人的双手从手指开始，也被一截一截地剁下，直到肩膀。二人的刑架下洒满了残碎的肉骨和鲜血。

"呜呜……"二人仍在浑身颤抖，口冒血沫，死命挣扎。

这时，不远处又被押来一群囚犯，并且越来越近。

"殿下，那些是何人？"刑官指着那群人问高煦。

"那是奸佞袁州知府杨任父子，他们竟敢窝藏奸臣，让奸恶的黄子澄躲在其家中！因此，也要将他们与黄、齐等人一同处以磔刑！"高煦答道。

"啊，黄子澄正是殿下从杨任府中搜捕到的？"刑官问。

"正是如此！"高煦答道。此时杨任父子已到场上，高煦说罢，立即令道，"马上对杨贼行以磔刑——"

于是，刑官带着一群刽子手上来，七手八脚，将杨任等人缚在五辆马拉刑车之间，接着挥动长鞭，让马向各方跑去，一霎时，刑架上的犯人被"五马分尸"了。可怜杨任及其二子都在顷刻之间，尸分数块而死！

过了一会，高煦吩咐："速将杨贼之脸部肌肉剐下、煮熟，送给黄子澄、齐泰去吃——"

在高煦的一声令下，刑官、刽子手们又一轰而上，剐肉、煮肉，并将煮好的肉强塞进黄、齐二人的嘴中。黄、齐"呜呜"呕吐，挣扎不迭。接着，高煦又向刽子手们大叫起来，刽子手们忙碌不停。

"黄子澄、齐泰二贼尚有余息；尔等同时对黄子澄、齐泰二贼施以击齿苛刑——"高煦又吩咐道。

刑官应声举起铁锤向二人的口部猛击起来，只见黄、齐二人口中连血带齿，纷纷下落。渐渐地，二人面骨已砸碎成泥，心跳渐弱，即将死亡。

"再施与磔刑，五马分尸——"高煦叫道。

刽子手们听罢，立即对黄子澄、齐泰也施行了磔刑。黄、齐在刑架上作最后惨叫，停止了挣扎。到最后双双尸裂数块，完全死后，高煦才命令刑官罢手，将残尸丢在沟壑之下，并且，向刑场内放进十多只凶狗来吞食碎尸。约经两个时辰，高煦等人杀尽了所有人犯后，才率众向皇宫走去。

京城夫子庙西侧东牌楼，临近秦淮河是一片官宦宅区。这里，往日的繁华喧闹，如今骤然变得寂静无声。处在此地的黄子澄府邸业已成了杀人屠场，尸磕血块，四散狼藉，几只野狗正在摇尾走动，舔食着碎尸。

在黄府深处的后院内，原先曾关押了黄子澄宗亲三百余口人犯，然而，经过数日的严刑拷打和饥渴的折磨，如今活人已所剩无几了。

"你等畜生，如此对待我大明功臣！"黄子澄的表叔在铁窗之内，手抓窗台，披着长发，蓬头垢面地向外大叫着，"夜闯官宅，烧杀掳抢——是何道理？"

"尔等奸佞之属，命如猪狗，杀之何妨？待我再三杀之——"窗外狱卒闻叫，立即吼着。

说罢，那狱卒随手从牢中又抓来一位黄家的幼童，当着众人的面砍杀起来，幼童惨叫不迭，直到血尽人死，遂被抛尸户外，喂了恶狗。在押的大院内人们见了，又是一阵哭骂。

"岂能如此草菅人命，令人发指！"三位老者在吼叫。

"我等已数日未能进食，哪有如此刑罚？给我等饮食——"有个老妪疯疯然，将头从窗栏中探出来乞求。

"给予饮食——"又一批老少躺在房内地上，也声嘶力竭地哭叫，"呜噜……"

"岂有此理！燕贼不得好死——"一位壮汉在怒骂。

"为何疯叫？尔等还是官宦家人吗？"一名狱卒骂着，冲上来给那汉子一棍，嘴里还在骂道，"将死的囚犯，还想吃饭？"

那汉子应声倒下了，瘫倒在地上奄奄一息的人群之中。

正当狱卒与人犯们在互相唾骂时，大理寺的一群行刑官兵押着齐泰的姐妹及外甥媳等五位女眷，气冲冲地闯了进来。

"不必送吃的了！"那为首的刑官狂叫道，"奸臣黄子澄、齐泰均已在聚宝山下，处以磔刑，死亡了。这里以瓜蔓抄、灭九族的犯贼家属，也就要立即处死了——"

"刽子手、狱卒们，且举刀杀入——"狱长一听，立即大叫道。

"且慢！"那刑官阻止道，"陛下有旨，对黄子澄、齐泰等家中的主要女眷，尚须另作处置！且将黄子澄的四个妹妹一同提出，将让她们每人每夜各由二十条莽汉来蹂躏——将来，让她们所生的男童终生为奴，女子皆作娼妓！"

"原来还要如此处置！"众狱卒恍然大悟，接着又问，"那么，其余妇人将如何处理？"

"奸臣家的其余女眷、女佣，或送入教坊妓院，或配给家奴为妇，或派往别国供人'转营奸宿'。凡不从者，悉予斩杀或令其自杀，尸体让狗食之——"

"遵命——"众人答道。

于是，狱卒们大声吆喝着，冲进府中内庭，将黄子澄等人的女眷悉皆拖出，让一群刽子手押送走了。

"将其余犯人都带往城外？"在处理了罪臣主要女眷后，狱卒领队问行刑官道，"如何处置？此处尚有百名未死人犯。"

"不必了！人犯太多，就地正法——"刑官冷漠地奸笑道，"百十人犯，进去三十兵卒行刑就足够了。立即行刑——"

刑官一声令下，三十余狱卒和刑兵拿着大刀分别进了各个牢房，牢房中顿时又传来了一阵混乱绝望的哭叫声。他们手举利刃，向站在门框边的，靠在墙头上的，躺在砖地旁的浑身创伤的男女老少，挥刀大砍大杀起来。人们挣扎着，全院鬼哭神嚎一片。一霎时，哭喊之声渐息，院内安静了下来，人们举目一望，犯人们已全部死去了。此处横七竖八，尸骨血污，狼藉一片。几条野狗，还在一边舔食着地上的肉骨，一边慢条斯理地在院内走来走去。

"我等还要去何处杀人？"行刑兵士和牢监狱卒们忙碌了一阵后，喘着粗气，各自擦了擦砍刀，又不约而同地望着那行刑官问道。

"去吧！去乌衣巷齐泰府中行刑！"那刑官用手擦拭了一把脸上的污血后，急切地向众人说，"皇子高煦殿下要立等回音呢！"

"要另换一批狱卒吧？大理寺的规矩，狱卒不能出门去两处杀人！"狱卒领队问刑官，"可否另叫九门提督的兵丁帮忙？"

"近日京城之内，要杀的奸臣太多，罪属已过四万，提督府中人马，今日从凌晨早起，就已赴多处开杀了，他们哪有多余的人手？尔等火速率众前往——"那刑官不耐烦地催促道。

于是，这边狱卒们也与行刑官兵一道，过了文德桥，向乌衣巷口的齐府跑去。这群人马刚上文德桥，迎面却碰上了另一群从乌衣巷王谢堂后出来的行刑官兵。

"不用去齐府了！齐泰一门上下三百余口，均已悉数处斩，未留一个。就连家丁女佣也被我等杀戮殆尽了——"刚从乌衣巷撤离的刑官兴味盎然地说道，"连日来，朝廷已抄斩城内奸党数万，我等十分忙碌。我等今日寅时就已经出发行刑了。俟午宴后又要听从高煦殿下口谕，分头去抄斩奸臣城外党羽去呢——"

"我等且前往午门，等候殿下口谕——"这边刑官听罢，说道，并令全体人马调头向东北而去。

人们未到五龙桥，就已见皇宫方向人马喧哗，官兵市民，人头攒动，如山似海，黑压压一片。凡被抄斩全家和灭三族的官员都要在午门前御审、斩决，绞杀在午门或聚宝门外。那装运尸体的马车，一辆辆从五龙桥沿御道向南而来，车上的人尸早已残缺不全。尸车满载，碎骨外溢，拉车的马儿喘着粗气，在不停蹄地跑着。车上血肉模糊的人头、人手、人足，如秋天的枯叶，纷纷在沿途散落。因此，两天来，这里沿途残尸遍地，御河内早已是浮尸盈血，腥臭浓凝。

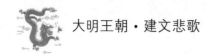

四十一、叹往昔，定林有思忖

建文四年九月初。南京紫金山南麓的定林寺中，万木苍翠，枫红如染。

数日来，明成祖朱棣率众皇子及亲将在京城已杀人五万余众，自觉疲惫，于是，偕徐皇后等人，来京城东郊紫金山中的定林寺敬佛和歇息。

南京城东近郊的紫金山，古称蒋山，又名钟山，其中山重水复，树高林密，自东晋以来，此山就有寺庙数处。所谓"南朝四百八十寺，多少楼台烟雨中"，正是此处的写照。而在这些寺中，唯有定林最为著名，这不仅因其所在龙阜蜿蜒、古树幽暗、流水潺潺、风光无限，更因其留下了刘勰、王安石、陆游等先贤的足迹，还因其在大明数年"靖难之战"后，京都百寺凋落，唯独此处香火依旧兴旺。

佛事完毕后，成祖皇帝与徐皇后对坐在寺外凉亭中的石桌旁边。眼前松柏森森，百鸟穿林，深谷秋色浓郁。徐后双手托腮，沉思着，凝望成祖，思绪万千，百感交集。

"……'人情似纸张张薄，世事如棋局局新'！想那先皇洪武二十五年秋天，妾与陛下在此参加中山王佛事之时，妾徐家上下人丁千口，殿内灯火辉煌，是何等显赫和威风？而那时，陛下虽然只是个燕王，倒是万事如意呀。然……今日陛下已经称帝，荣登大宝，而姜中山王家人；所剩无几，业已伤亡将尽了。陛下竟无一点怜悯……"徐后不无忧郁地向成祖慢慢说道，"想不到姜徐氏一门，如今却落得如此下场……"

"往事不可追忆，如今天地大变。朕'靖难'四载，历经艰辛，如今否极泰来，梓童何故反而多愁善感？妇人自古出嫁随夫，如今万事如愿，朕的江山初定，来日方长，妇以夫贵，卿将与朕共享荣华，应当百般欣喜才是！"成祖说道，"至于中山王家之事，朕定当妥善处之。只是……卿兄魏国公虽有杀败元将阿鲁铁木儿等功劳，然而身为建文帝的太子太傅，又屡阻燕军，伤燕将士，实是罪过！尤其在山东齐眉山一战中，他杀燕军无数，几乎毁了朕的'靖难之战'，直到燕军入城，他犹在负隅顽抗，且北联铁铉，扰朕后方，可谓罪孽深重也！然而，即使如此，作为皇后长兄，元勋之子，朕也会恕之。梓童切勿为此伤怀！"

"贺喜陛下，荣登大宝！贱妾深知：此身贵为皇后，母仪天下，已荣耀之极！然而，妾之所以叹息，非为一门之苦也！燕王入城，江城破败，血溢京师。且看那独龙阜前，山势突兀似有虎啸；细听这蒋山深涧，也有呜咽啼哭之音也！"徐后接下来说道，"真可谓，'一夫成名万骨枯'！同为大明臣子，一门宗亲，各人生死两重天，岂有公平？妾仁义之心不忍。妾今一日香火，岂能拂去这遍地衰草，满天愁云？"

"成大事者，如帝王胸襟，豁达高远；不似妇孺之心，多愁善感。"成祖道，"帝王本无情，一切均为自己所用。大丈夫处世，一切乃以江山社稷为念！譬如弈棋，大地为盘，王公皆为朕的棋子，概以大局为计，哪管谁人生死，何谈仁义公平？"

徐后听罢不悦。此时见二皇子朱高煦骑马从山林尽处，来到亭前溪畔问安。

"启奏陛下、母后，京中奸臣最后一批四千六百口，午前已在聚宝门外的聚宝山下，悉数斩讫！四围尸首已全部埋葬在山台之下的万人坑内。父皇、母后尚有何旨意？"高煦立在马上隔着溪岸向亭内的太祖和徐皇后问道。

"去吧，不可继续再杀——"徐皇后皱着眉头，向高煦挥手说道。高煦依旧默然立在对面溪前未走，仍在等待成祖发话。

"拆毁懿文太子陵的事如何了？"过了一会，成祖问高煦道，"为何至今未动？"

"遵父皇意旨，打算先行拆卸明楼，而后进行焚烧，两班人手业已准备就绪，明日就将动手！"皇子朱高煦立马答道。

"太子陵也要拆毁？陛下做事何必如此彻底干净？"徐后听了，十分不悦，并扭头质问成祖道，"此陵本太祖所建，如此下去，后人将如何评判陛下？"

"妇人之见，孺子之心！"帝答道，"朕思忖当年先帝之意，皇兄本非大明储君的适当人选，只因年长而已，今日欲再因袭旧制，留此陵墓，将置朕躬于何地？"

"父皇圣明！昔皇祖常说父皇酷似自己，实乃重视父皇。父皇曾屡得皇祖敕书，委以重任，本应在懿文太子之上，我辈何必再留懿文遗踪？再者，'胜者为王，败者为寇'，俟江山百代之后，还能容多少懿文建文父子遗迹？"高煦说道。

"皇儿去吧，不必细言——"徐皇后听罢，又挥手向高煦说。

"父皇、母后，皇儿就此告别！"高煦问道。

"去吧！"成祖也向高煦摆摆手。

高煦骑马走了，此处又是一阵沉默。

"……煦儿勇猛雄才，酷似朕躬，而且在靖难战中，屡建卓越功勋。朕拟立其为储君，如何？"过了一会，成祖问徐皇后道。

"陛下父子都以'酷似朕躬'为由，来评述大事。陛下忘了方才自己之言？"徐皇后反问成祖道。

"何言？"成祖问。

"'一切乃以江山社稷为念！王公皆为皇上的棋子'，岂论公平？又岂论靖难战中，有无奇功？立储又岂能只靠'酷似朕躬'来决定？"徐后说道，"再者，煦儿杀人如麻，早已天怒人怨，倘若立他为储，江山必乱！天下不靖，他岂能成为长久太平国君，陛下的万代基业将如何延继？"

"唉，打江山者，只留下了一股杀人凶相，决不可为坐龙椅之君，为君者当不是拼杀沙场的有功之人？"成祖瞪着双眼道，"朕的三子也是为朕安排的棋子？"

"正是此理，哪有他意？为保天下安定，陛下当以得人心者为储君，还当事事遵从长幼之序，无序则有朝乱祸根！如此看来，当选炽儿为储！况且……外藩早已称大皇子为太子了……"徐皇后说道，接着又说，"若论雄才大略、惠民泽国，也当首推长子高炽，故而册封炽儿为储更好！更何况……陛下也已知道：恰是打江山最出色、最凶猛之人，最不能成为坐江山之人也。高煦为人，已为朝内朝外所不容者！"

"此言有理，梓童之意朕当思之！"成祖说道，并思索了一会，又回头向立在一旁的中官狗儿问道，"大将军朱能是否返京？"

"朱能大将军今晨就已到京，现已在定林寺外等候召见——"中官狗儿答道。

"哦，陛下已派朱大将军亲往苏州吴县穹隆山军师禅庙处，咨询册储之事？"徐皇后仰头问成祖。

"正是——"成祖答道，并又问道，"梓童怎知朕派朱能是东往穹隆山军师禅庙处咨询册储之事的？"

"眼下朝内大事纷繁忙碌，朱能终日不离陛下左右，不是非常之事，陛下岂会派大将朱能前去？"徐皇后说道。

"梓童亦非凡人也——"成祖感叹道，接着又向中官令道，"宣朱能进来——"

中官狗儿应声出去了，不久引出使苏州的朱能大将军进定林来。

"启奏万岁，微臣领陛下旨后，即率人星夜赶往吴地穹隆山军师庙中，面见了道衍军师，并向军师递上了陛下的圣旨。军师阅罢笑道：'贫僧离京多日，今已知陛下要使朱将军来此询及立储之事'。军师说罢，就从袖中取出一笺，递与微臣并嘱微臣道：'……其实，对立储之事，帝与后主意早已决定，就请你将贫僧之函转达陛下可矣！'于是，微臣快马加鞭，今晨就已赶回京城！"朱能说罢，向帝呈上道衍的书笺。

"果不出朕之所料！"成祖接函，阅罢大笑道，接着又问，"朱爱卿！军师还有何话？"

"军师说道：'贫僧早在当年与陛下西山初会时，就已说大世子是非常之人！只是……'"朱能告成祖道。

"只是什么？"燕王问道，"当年军师出山时，曾说'只是……'二字，怎么今日又来了个'只是……'了？"

"微臣也曾向军师追问，然而军师却说'天机尚不能泄露'。他只是请陛下在册储时，要同时册立太子太孙！这不知何意……"朱能不解地说，"莫非……"

"他恐太子在位时日不长？"成祖忧虑地说道，"朱爱卿所虑不无道理……"

"唉，上天有眼！煦儿说过，沈嫔在临死前向天高呼，说炽儿与她曾有誓言：'倘若相负，其皇位不过一年！'"徐皇后叹道，"……莫非炽儿当年之誓，今日果然有此应验？"

"军师未能说出……"朱能不安地回答，"然而，微臣以为军师未必能知未来。陛下和皇后也不必细究其语。"

"哦，这个自然。不过，如此说来册立高炽是无疑的了！"成祖说道，接着又对朱能说，"军师还有何话要说？"

"临行时，军师还含泪说道，'老僧业已老矣！僧俗两重天，十六年后，贫僧或许还要乞求于陛下。只可惜那时贫僧已达八旬垂暮，不能亲身北拜陛下于阶前！'"朱能想了一会又说。

"军师身为功臣，居太子少师之职，何必多虑？来日他若果然有事相求于朕，朕当亲驾，上门探视军师！"成祖说，接着又向朱能说，"朱爱卿一路劳苦，且先退下歇息去吧！朝廷册储封王之后，就将颁发封赏功臣之旨，爱卿功高盖世，亦在本朝大封之列也！"

朱能听罢，千恩万谢后，退出去了。成祖在此倚栏沉思起来。

"为立储之事，陛下已求征了朝内大臣意见？"过了一会，徐皇后再问成祖。

"正是！朝臣的意见，军师与朕及梓童心意，同出一辙！"成祖忽又兴奋地答道，"莫非……此乃天意！"

"……既然如此，皇上即可令侍读解缙拟旨，立储封王——"皇后又说道。

"如此看来，朕之三子，高炽文武兼备，胸怀大略，而且惠民泽国，可承大统；高煦英勇有余而才德不足；高燧乃懦弱歹毒之辈。诸子虽不能为储，然而，均可封王！方才朕虽有疑虑，其实朕与梓童及军师都不谋而合。朕即颁旨册立高炽为储——"成祖兴奋地笑道。

帝后谈着，接着起身向孝陵方向走去。在经过东陵懿文太子墓时，徐风从山北阵阵袭来。

仰望着前陵间气势恢宏的碧瓦红楼和陵后环抱的群山，徐皇后又停滞不前，慨然叹道："哦，宝顶上，苍松翠柏，浓郁婆娑，林涛无边；宝顶后，峰峦叠嶂，百瀑挂川，风光无限！"

"梓童又有何心意？"成祖回顾徐皇后，且问道。

"唉，这懿文之墓，本是先帝所造，如今已绿树成荫、殿宇嵯峨，陛下何必定要将它毁之？"徐皇后不禁再次问成祖。

"朕本不想毁烧此处陵墓，奈何它是建文旧迹，不去此陵，我岂能磨灭国人心头的记忆？岂能征服国人之心？爱卿切勿空怀妇人恻隐之心肠，再三提及此事！"成祖劝皇后道，"想当年，梓童与高炽在北平守城，是何等威猛，而今天下方定，梓童竟是如此手软心慈，没了帝王将相胸怀。'无毒不丈夫！'梓童此情不可留，此心不可有也——"

"唉，妾当年浴血奋战，为的是扫荡朝中奸臣，也无非是替天下志士谋取功利。又谁知，此番'靖难'，竟然引起了我大明天下如此动荡，千万人头落地……此……实非妾之初衷本意也！"徐皇后凄然说道，"倘若当年妾早知如此，岂敢为之？"

成祖听罢，沉默未答。

此时，二人已到陵侧丹枫道口，是处树木参天，浓郁蔽日。突然一支枯枝落下，掉在徐皇后面前，徐皇后默然拾起。

"人道：'子规声里雨如烟'，然，子规春啼，眼前却是秋雾……"后轻声答道，"妾正欲问陛下：'何故如今天道异常，春秋不分……'"

成祖默然无言，二人慢慢地，又向定林寺走去。

四十二、靖大明，徐梅在何方

建文四年九月中旬。南京成祖皇帝西宫。

明成祖朱棣基本杀尽了除了归降以外的前代所有大臣，未能归降的前代文官武将，只剩下魏国公徐辉祖和驸马梅殷了。因为魏国公徐辉祖和驸马梅殷二人都是皇家至亲，而且威慑四海，德高望重，所以明成祖犹豫再三，仍然难以对他们作出最后的了断。为此，成祖心中时时忧虑，甚为不安。

"陛下还是为妾兄之事操心吗？"此时，皇后徐氏见成祖无限忧愁，忙走了进来问道，"人言道：'皇恩浩荡'，陛下就不能法外开恩，恕我徐家？"

"论罪孽，徐辉祖已经不小，可惜，竟未能幡然悔悟，这……"成祖为难地说。

"陛下难道欲治妾徐家兄长之罪？"皇后徐氏担心地问，"妾兄左都督徐增寿已经为陛下捐躯了，难道陛下还要治妾的长兄魏国公徐辉祖之罪？辉祖乃是高皇帝亲封功臣、不死的爱将！"

"梓童以为如何？徐辉祖的罪孽已是深重了——"成祖又一次向皇后说道，"徐辉祖不止在齐眉山一战中，重创了朕之燕军，让朕损兵折将，而且，在朕入京以来，他一直独守父祠，拒不出门迎接新皇，此乃藐视皇威之举！朕岂能容忍见谅？"

"陛下怎能如此说话？"皇后惊慌地反驳道，"两军交战，各为其主，辉祖身为建文帝的大帅，受先皇嘱托，奋勇大战，为国勤王，乃忠勇大将之本分，其何罪之有？陛下入京后，辉祖深居父祠，也是忠孝之举。人言道：'宰相肚里可撑船'，陛下身为帝王，岂能少了此番度量和气概？"

"虽然如此，然而，如今已不是当年了，辉祖也应当改弦易辙，投向朕家！"成祖说，"倘若辉祖仍旧一意孤行，朕却未能问罪于他，这……叫朕何以服众？"

"不看僧面也得看佛面！妾徐氏全家为大明、为陛下已……"皇后徐氏悲从心来，泪流满面，急切地说道。

"梓童不必性急！元勋之后，朕之郎舅，朕躬岂忍加罪？"成祖说，"然而，国有国法。辉祖本人也当向刑部有个交代！"

"妾求陛下亲自召问辉祖，给他一条生路！"皇后徐氏说。

"宣徐辉祖——"成祖点头同意，并向门外侍者令道。

一会，徐辉祖垂头丧气地进来，立在一边。成祖向他摆了摆手，示意请徐辉祖坐下。辉祖立而未坐。

"建文的太子太傅，尔有心归顺朕否？"成祖问辉祖。

徐辉祖只是垂泪，一声不响。

"燕王入城时，你独守父祠，终日不迎，本来有罪，向刑部交代了否？"皇后关心地问。

徐辉祖仍无言以对。成祖已觉不快。徐辉祖遂走到案边，拿起笔来，欲以笔代口。

"知晓否？尔如此下去将会如何？"成祖又问。

"开国元勋，子孙免死！"徐辉祖写下当年太祖皇帝给他家的这八个大字，递给了成祖。

成祖接过，看罢，皱起眉头。

"去吧，朕不杀元勋之子，尔归隐山林去吧！"成祖令道。

"妾兄被废为庶人？"皇后问。

"只能如此了！"成祖说道，并对皇后说，"梓童可暂时退去了！"

于是，徐皇后与徐辉祖一同走出了宫门。皇后刚出，成祖就又急切地在室内走动起来。

"宁国公主求见——"这时内侍进来报道。

"宣宁国公主！"成祖一听，更加焦躁，过了一会，成祖只好向左右吩咐道。

宁国公主赶紧走了进来，向成祖请安、施礼。

"建文业已去了多时，而驸马梅殷至今仍驻军淮上，效忠建文少主，不听朕躬调遣。公主将欲如何处之？"成祖问公主道，"上次招降，公主与他谈得如何了？闻说驸马竟要自刎，以为建文效忠？"

"那一日，奉陛下之命，我已令人持我的血书招他。他问及建文下落，使者说建文在逃，他说：'君在臣也在，我不自杀。'因此，他也随使者回京来了，现正在宫外候旨求见呢！"宁国公主含泪答道。

"啊，宣驸马梅殷——"成祖立即向门外令道。

顷刻，驸马梅殷仰天长叹着走了进来，立在成祖对面。

"驸马何必如此沉默？当年，撕朕来书，不借道路，割朕使者耳目之事，如今尚记得否？"成祖见梅殷无声而入，忙以话激之。

"两军对阵，各为其主。莫非陛下还要与驸马清算昔时的旧账？"宁国公主一听成祖的口气不善，急忙高声叫道。

"非也！只是旧事新提而已。朕观驸马，至今仍不服朕也——"成祖说道。

"自觉疲惫……无有他念！"驸马梅殷轻声地说道。

"驸马军驻淮上，功高劳苦！"成祖再对梅殷冷嘲热讽地说道，"精神百倍，何有疲惫？"

"虽然劳苦，然而劳而无功。未能挽回前朝，很是惭愧！"驸马梅殷冷静地答道。

成祖听了，更是不乐。

"尔辈之罪，死有余辜。驸马不知否？"成祖说道。

"悉听尊便吧！"驸马梅殷答道。

"陛下，莫非要将建文旧臣斩尽杀绝？"宁国公主站在旁边，一听此言，急忙跳起来质问成祖，"我高皇帝在天有灵，岂容陛下如此行事？"

"公主息怒！朕绝非无义之人。"成祖劝公主道，"梅驸马忠义之士，素来有功于大明国家。朕决不负公主！"

"对梅殷驸马，陛下将如何发落？"宁国公主问。

"……尔且隐居于山林中去吧！"成祖过了好久以后，才慢慢地向驸马梅殷说道。

"也好，削职为民！"宁国公主叹了一口气，说道，"我宁国夫妇就此拜别陛下！"

宁国公主说罢，遂起身拉着驸马，打算与驸马梅殷一同出宫回返驸马府。

"驸马留步！"见梅驸马夫妇抬脚欲出宫门，成祖忙起来召唤道，"辽东将士乃驸马旧部，今辽东兵马未平，还烦驸马引都督谭深、指挥赵曦一同前往平乱！"

"驸马你……"宁国公主急切地看着驸马问道。

"……好吧！"驸马无奈，过了一会，只好答应，并告宁国公主道，"唉，公主且先行回府，待我平了辽东，即日回京，与公主隐居深山，共度余生——"

宁国公主应声乘轿去了。

公主刚一出门，成祖即与一位驼背的锦衣卫士耳语了一阵。驼背锦衣卫出门找来了中官狗儿。成祖即与狗儿议论了一番。

"……宣都督谭深、指挥赵曦觐见！"中官狗儿向外叫道，接着，又承旨走出了宫门向殿外太监令道，"都督同知许成备也要入宫觐见——"

接着，都督谭深、指挥赵曦应诏进来，成祖示意与梅驸马相见后，三人与随后进宫的都督同知许成备又点了点头。众人商议了一阵后，一同出了宫门。

都督谭深、指挥赵曦、都督同知许成备与驸马梅殷刚出宫门，突然，都督谭深、指挥赵曦不约而同地叫起来。

"哎呀，不好！许都督，我等怎么把文书也忘在了衙门里了？我等还得先去兵部取了文书，你们明晨到龙江驿旁边的清风酒楼找我们，如何？"都督谭深、指挥赵曦向都督同知许成备和梅驸马说道。

"悉听吩咐！"都督同知许成备和梅驸马同声向他们说道。

都督谭深、指挥赵曦说完就转身走了。接着，梅驸马和都督同知许成备也各自回府去了。

次日早上，太阳刚刚升起，都督同知许成备就来到清风酒楼找谭深和赵曦。然而，许成备在店前店后转悠了半晌，总不见谭深和赵曦的影子，只好在桌边找了一个偏僻处坐下。

"官人吃饭，一共是几位？"店小二见来了官员，忙笑着迎上来问道。

"……先且稍等，一会再说！"许成备回答。

"小二，本官且打听件事如何？"过了很久，仍不见都督谭深、指挥赵曦二位到来，许成备急不可耐地向店小二打听起来。

"好的，请客官吩咐！"小二忙碌地跑上来答道。

"有两位军官模样的人，今天来过贵店否？"许成备问。

"军官？"小二停下了手中的活计，站在桌边思索着，"哦——是来过两位军爷！"

"一个大胡子，一个矮胖子？"许成备追问道。

"一点不错！"小二肯定地说，"而且他们来了不久，小店里又来了两个宫中军校模样的人。他们好像一见如故呀！"

"宫中军校模样人？"许成备问，"是一个背弓得很厉害的人？"

"一点不错！"小二肯定地点头说道，"还有一位高个子的中官！"

"哦——中官狗儿也来了！他们这么早来干什么呢？"许成备狐疑地自言自语地说。

"大人！小人一见你，就觉得你是位好人，与刚才那几位不一样！有句话，不知小人当讲不当讲？"小二在一旁站了好长时间后，才吞吞吐吐地说。

"何话？只管照直说来！"许成备急切地问。

"他们好像要……杀……人，大人，你可不要混在他们一起呀！"
小二犹豫再三之后，终于大胆地说道，"本来大明天下太平，只是
现今改朝换代，每日杀人，百姓们中夜犹惊！百姓再不愿看到杀戮了
呀——"

"啊！何以见得刚才来的军官要杀人？"许成备问。

"他……他们说什么……‘笪桥’……待他平定了辽东后……回
京时，就除掉他……‘驸马’"……杀害等话……"小二支吾着，
"说完，小人见那个宫中人神秘地给了那两个军爷一封锦帛信函。"

"多谢店家！本官知道了。"许成备听罢，向店小二说道，心里
扑通一下，已经知道都督谭深、指挥赵曦已有暗害梅驸马之意了，而
且更为可怕的是，这也许还是皇上的意旨呢！

在店中，许成备一直等到晌午，才见都督谭深、指挥赵曦等一干
人慢慢走来。后来，驸马梅殷带着部将瓦剌灰，也赶到了清风酒楼。
一时间小楼聚集了二十多位军官。

众人吃罢酒饭，遂策马逶迤向北方官道而去。

都督谭深、指挥赵曦、都督同知许成备以及驸马梅殷等一干人，
风餐露宿，星夜赶到辽东卫城外的燕军大营，三皇子朱高燧及部将宋
贵等燕将，急忙出营迎接。

"大人们请——"高燧一听这一干人到来，喜不自禁，一面满脸
堆笑地把大家让进大营，一面紧张地说着，"我在此对辽东卫的城池
已强攻数日了，奈何这群建文余孽一直在负隅顽抗，我等实在难以拿
下——"

"呵呵，皇子殿下勿虑！"都督谭深和指挥赵曦一面向高燧还礼，
一面将他拉进侧室，"殿下先随我来！"

于是，高燧和都督谭深、指挥赵曦都进了侧室，他们窃窃私语了
好一阵。

"皇上有密诏在此！"都督谭深、指挥赵曦同时向皇子说，"殿下
先说一下关外敌情吧！"

"如今还在辽东顽抗的大将军有平雄和秃颜金等人，他们拥有兵

力五万余众。我等强攻是难以取胜的!"高燧说,"不知二位有何妙计?"

"这些人大多是梅驸马及其部将瓦剌灰的部属,如今皇上将梅驸马和瓦剌灰调来,正是要利用他们的亲情关系,一举平定辽东的呀!"都督谭深一边说着,一边小心地将皇上密诏递给皇三子朱高燧。

"用亲情招安法处之?"三皇子问,"之后如何?"

"嘘——"都督谭深鬼鬼祟祟地上来关好门,回头对高燧说道,"隔墙有耳,不要被门外人听见!万岁的意思是——卸磨杀驴——"

"哦,我等明白了!父皇英明——"高燧差一点叫出声来。

"好吧,可以让外面的人们进来了?"都督谭深问高燧。

"有请梅驸马、都督同知许成备大人!"高燧点了点头,向门口的步卒叫道。

接着,梅驸马、都督同知许成备先后应声进来,大家一起商讨破敌之策,最后高燧将皇上的旨意传达给了梅驸马。

"这也是梅驸马立功赎罪的大好机会。望驸马以大局为重,明天出阵一举说服辽东余部残将,率众归顺朝廷!"皇子朱高燧斩钉截铁地向梅殷说道。

"我……我——"梅驸马不知所措,犹豫了一会,又说,"叫我招降可以,只是……"

"驸马有何难处?"都督谭深立即问道,"时至今日,在下以为驸马只能斩钉截铁地为新皇效忠,义无反顾,再勿存有任何犹豫的了!"

"本驸马并无其他意愿,只是希望,在辽东兵将归降之后,尔等定要给他们一条生路,一定要保证他们的生命安全!"梅殷带着哭泣之声乞求地说道。

"这也要看他们是何等兵将——"都督谭深说。

"末将以为,驸马所提出的条件是理所应当的!"都督同知许成备忍不住插嘴说道,"倘若降者连生命的保障也无,则穷寇也要拼命。这于朝廷有何益处?"

"好吧,我答应驸马的条件!"高燧说。

"一言为定!"梅殷又问,"我等都是有家室的人,切不可——"

"驸马不必再三犹豫！明天就出阵劝降吧——"都督谭深急切地说道。

在高燧、谭深等人的催促下，梅驸马只得点头同意，并在第二天拂晓，亲自出马与南军余部将领平雄和秃颜金对阵。

"前面走来的大将是平雄和秃颜金将军吗？"燕军列阵后，只见辽东卫城内南军一彪人马飞奔而来，驸马梅殷赶忙策马上前向他们问话。

"将军，你是……啊，梅驸马？"对面阵上二将齐声惊奇地叫道。

"是的，老朽正是梅殷！"驸马不安地答道。

"梅驸马乃国之忠良，一向对国家忠心耿耿，也是我等的楷模。今日何故却替篡位之人助阵来了？"平雄和秃颜金齐声向梅殷问道。

"二位忠君之心，国人皆知，只是如今建文已去，将军独木不支，难以力挽狂澜了！将军本是国家不可多得的杰出人才，何必仍一意孤行下去，白白地断送了性命？"梅殷吞吞吐吐地说，"这于公于私，均甚是可惜也！"

"我等生为大明的人，死为大明的鬼！大丈夫处世何惜性命？"平雄说道。

"如今建文虽亡，然而大明江山仍在。二位将军何不改弦更辙，如果长此与燕王对垒下去，耗尽了我国力民财，外敌入侵，我辈或许倒成了历史的罪人！"梅驸马说。

"梅驸马本来说得也有道理，只是燕王上台后屠杀了无数国之重臣良将，我军民已经血流成河，连驸马你这样的国之栋梁，也落到如此下场，我辈人人寒心，还有何指望？"秃颜金接着流泪哭道。

"二位切勿再三固执，请将阵势网开一面，权让本将和瓦剌灰将军一起入得你等的营中，与你等面谈如何？"驸马要求道。

"好吧，驸马本是我等的恩师，我等永远是相信驸马的，请驸马大人来小营一述！"平雄和秃颜金同时说道，"只是若要我等归降，驸马一定要能保证，我等五万部族的身家性命不遭涂炭方可！"

"这个自然！"梅殷说，"昨日三皇子殿下已经亲口向在下保证

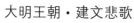

过，量不会有诈！二位尽管放心吧——"

　　说罢，梅驸马招来瓦剌灰，一起随着平雄和秃颜金进了辽东卫城。进城入府后，在厅堂上，梅殷向平雄和秃颜金，动之以情，晓之以理，几经劝慰，终将辽东将士们说得涕泪满襟。于是，平雄和秃颜金等将领，率着所属部族五万人马连夜归顺了燕军。

　　成祖在辽东的最后一块心病终于去掉了。可是，高燧和都督谭深等人并未能兑现原先的诺言，见辽东兵马业已放下了武器，他们竟出尔反尔，使出诡计，在不到一天的工夫里，就设法将这五万手无寸铁的投降兵卒全部活活埋葬了，所有的将军也悉遭屠杀。举目关外，辽东又多了五万冤魂！

　　"殿下为何竟如此失信于我？这叫梅殷如何面对这千万冤鬼？"梅驸马见此，痛不欲生，思虑过分，竟声嘶力竭地向高燧和谭深等人大哭大叫起来。

　　"皇上有旨，'除恶务尽，对叛贼，必须斩草除根！'我等岂敢违抗？"谭深厉声叫道，"驸马身为将帅，岂有不知此理？"

　　"先帝……我梅殷酿成又一桩大罪也！梅殷有何话可说？"目望此景，梅驸马向天长叹了一声，再无言以应对，只是暗自流泪，并且已经感到自己也是凶多吉少了。

　　平息了辽东之后，高燧和谭深等人决定带着梅驸马等将官返京复命，并商议留下宋贵、瓦剌灰等将，领军仍驻守辽东卫。瓦剌灰与梅驸马泣不成声，双双挥泪相别。

　　在返京的途中，梅驸马长吁短叹，神情恍惚，来到笪桥附近时，已是月色朦胧。梅驸马身心疲惫，心灰意冷，茫然上了笪桥，然而，正当梅殷走到桥顶时，不意恰逢都督谭深、指挥赵曦双马突然冲来，"呼"地一下，梅驸马竟被二人立刻挤到桥下。此时，桥下正值急流滚滚，驸马只得在水中翻腾不迭。

　　都督同知许成备很快发现了驸马落水，慌忙与众将一窝蜂地、争先恐后地去河边营救。这时又见都督谭深、指挥赵曦双马挡住了许成备的去路。

"二位人人为何不许我们救援驸马?"许成备急切地叫着。

"我等也要抢先去救呀!岂能不救驸马?"指挥赵曦狡猾地答道。

说罢,都督谭深、指挥赵曦双双占住了河边救人的最佳位置,但却不去救人,而是用长矛狠命地刺杀着正在水中挣扎的梅驸马。渐渐地,梅驸马沉入了水底。都督谭深、指挥赵曦这才罢休,并带着许成备,与高燧等人一起,率众回京复命去了。

都督谭深、指挥赵曦、都督同知许成备等,奉旨与驸马梅殷一同平了辽东建文余部后,都督谭深、指挥赵曦却在笪桥上将驸马梅殷暗害挤入水中,让驸马被溺死亡。数日后,谭深、赵曦兴高采烈地带着该队人马回到了南京。

"启禀陛下,驸马梅殷在途经笪桥时投河自尽了!"回京后,都督谭深、指挥赵曦向成祖谎报驸马梅殷的死因道。

"非也!"都督同知许成备一听谭深和赵曦的话,赶紧跪地奏道,"微臣有十足证据,表明驸马系遭他二人谋害而亡!"

"有何证据?"成祖反感地问都督同知许成备道。

"陛下……"都督同知许成备正欲张口细说,忽听成祖不耐烦地叫道,"今日暂不谈此,众卿一路劳累,权先歇息去吧!"

"陛下容禀!"都督同知许成备跪在地上,坚决不出殿门,并极力申诉道,"微臣北出淮河时,就听到他们密谋陷害驸马的言语,直到笪桥,其图穷而匕首见。微臣正要上前告诉驸马防范,不料,他们却先下手为强,将驸马推向桥下水中,使微臣措手不及!"

"陛下,宁国公主冲进宫来了——"成祖正在为许成备的话恼怒,不意又闻太监报说宁国公主来了。成祖非常惊慌,正要阻止,却见宁国公主已冲到宫中阶前。

"公主……"成祖慌忙上前向公主打招呼。

"陛下,连我皇家之人你也竟要斩尽杀绝?"宁国公主一把抓住成祖的龙袍,厉声地质问道,"难道说,陛下非杀尽宗亲,便不能坐稳江山?"

"皇姐息怒！驸马之死，朕实不知！"成祖解释道。

"驸马系遭谭深、赵曦二人谋害！"许成备跪在地上，又极力申诉道，说罢，且展示了二人谋害驸马的一大堆证据。

宁国公主闻罢更加痛哭流涕，并在大殿上打起滚来。闹声惊动了后宫皇后徐氏，只见皇后闻声，急风暴雨似的赶了出来。

"拿下谭深、赵曦——"成祖无奈，只好当场命令左右擒住站在一旁发呆的谭深和赵曦，并命令道，"将谭深、赵曦打入死牢。"

"陛下已许驸马不死。今驸马之死，陛下怎能脱了干系？君无戏言，皇上怎能出尔反尔？"宁国公主仍在地上滚动大哭。

"皇姐之意如何？"成祖无奈地问。

"陛下，还我驸马——"宁国公主叫道，"我与陛下，本来同为高皇帝骨肉，今却连自家的夫婿都不能自保，还有何用？"

"立斩谭深、赵曦——"成祖无可奈何，只好再三下令。

于是，侍从冲上来，抓住谭深、赵曦，并将他们推到阶前处斩了。

"……虽斩二贼，我孤儿寡母，今后将如何是好？"宁国公主仍在地上叫喊哭闹。

"皇姐勿忧！杀了二贼，厚葬驸马。本宫再求万岁加封驸马二子为高官！"此时，皇后徐氏赶紧进来，以言劝慰宁国公主。

"就依皇后之言！先杀二贼后，再封驸马二子！"成祖说道，遂向宫外侍读解缙令道，"学士拟诏：加封宁国公主长子顺昌为中府都督同知，次子景福为旗手卫指挥使。"

刀斧手立即在宫前砍下了谭深、赵曦二人的头。侍读解缙遵旨拟好诏书。宁国公主在皇后等人的劝说下，这才渐止哭声，慢慢从地上爬起来。

"内宫中官，备轿送公主回府——"成祖松了一口气后，又令侍者道。

"陛下，驸马葬礼如何？"宁国公主起来后，临走时又回头再三问成祖。

"以王公礼仪厚葬驸马！"成祖道。宁国公主这才向宫桥走去。

"梅驸马——"正当宁国公主一波将平之时，不意另一波又起，突然梅驸马部将瓦剌灰蓬头垢面，疯也似的冲进宫来，一边叫一边以头击地，致使血流满面。

"将军将要如何?"皇后徐氏赶紧问地上的瓦剌灰。

"末将欲破谭、赵二贼胸，挖二贼心，以祭梅驸马!"瓦剌灰哭道。

"将军如此忠主，何不也将自己头颅献上，为主殉难?"成祖激将着瓦剌灰道。

"若能以二贼之心祭奠驸马，末将情愿献出自己的头颅——"瓦剌灰哭道。

"若果如此，朕且准奏!"成祖厉声道。

"君无戏言，一言为定!"瓦剌灰闻罢成祖的话，遂擦了一下眼泪，欣然一跃而起，并斩钉截铁地叫了一句。

瓦剌灰说罢，遂以尖刀挖出了谭、赵二人的血淋淋的心脏，并在大殿上，当场祭奠了一阵梅驸马，接着，抽出长剑自刎在宫殿之上。

"……此乃真义士也! 可惜未能为朕所用——"成祖看着瓦剌灰还在冒着热气的头颅尸体，骇然惊叹道。

见了这一幕幕血淋淋的场景，众人均惊愕不已。

洪武三十五年（建文四年）深秋。南京雨夜，皇宫乍寒。一场腥风血雨过后，大明业已地改天换，朝中易主，又是一片太平景象。

成祖批阅了一夜奏章，最后，拿起诏书三本。

"传侍读解缙——"成祖对内宫大太监中官狗儿令道。

中官狗儿遵旨走出宫门，不一会，引新朝侍读解缙大学士进来。

"此乃昨日爱卿草拟的几本诏书，朕已过目，明日将颁布天下。请爱卿明日早朝宣读，望爱卿今夜再审视一遍!"成祖对侍读解缙说道。

"微臣遵旨——"侍读解缙答道。

侍读解缙一面说，一面躬身从成祖手中接过诏书，走到候朝房内，将诏书小心翼翼地层放在案上，细心阅读。只见其中一书上写道:

"……诏革去建文年号。

……追夺兴宗孝康皇帝庙号，仍谥懿文太子。

……迁太后吕氏墓至懿文陵，废兴宗子允通、允坚为庶人，将二人禁锢在凤阳中都城中。

……令兴宗少子允熙随母幽住中都广安宫中。

……改建文四年为洪武三十五年，明年为永乐元年……"

又诏大意写道：册封大世子朱高炽为皇太子，封高炽长子瞻基为皇太孙，其余各皇子皇孙一律册封为王。

又诏大意写道：大封功臣。公爵有邱福淇国公、朱能成国公等二人，侯爵有张武成阳侯等十三人，伯爵有徐祥兴安伯等十一人。

……战死将士也都分别追加封赏……"

大学士解缙念到此处时，忽听窗外一声惊雷巨响，大雨哗然骤降。

"啊——天道异常，秋雷闪光!"解缙悚然抬起头来，惊叫了一声。

接着，大学士解缙又闻殿外更夫嗟叹道："哦，建文已去，永乐将来，江山依旧，天道异常!"

说罢，隐约听见远处渔歌声隐隐传来：

青冢森森泪作涛，一变龙衣万骨凋。
回首犹见石城水，秦淮流萤照南朝……

歌声凄婉、哀怨，从聚宝山，越过秦淮河，穿过聚宝门、五龙桥、午朝门，直到皇宫候朝房中。